月亮山

不问三九

— 著 —

长江出版社
CHANGJIANG PRESS

目

CONTENTS

录

原野知道说错了，

方绍一怎么生他的气都是活该。

生气了就道歉，
有矛盾咱们就解决，没理清的就慢慢理。

你失去了才知道后悔，
但我在更早的时候……就已经后悔过了。

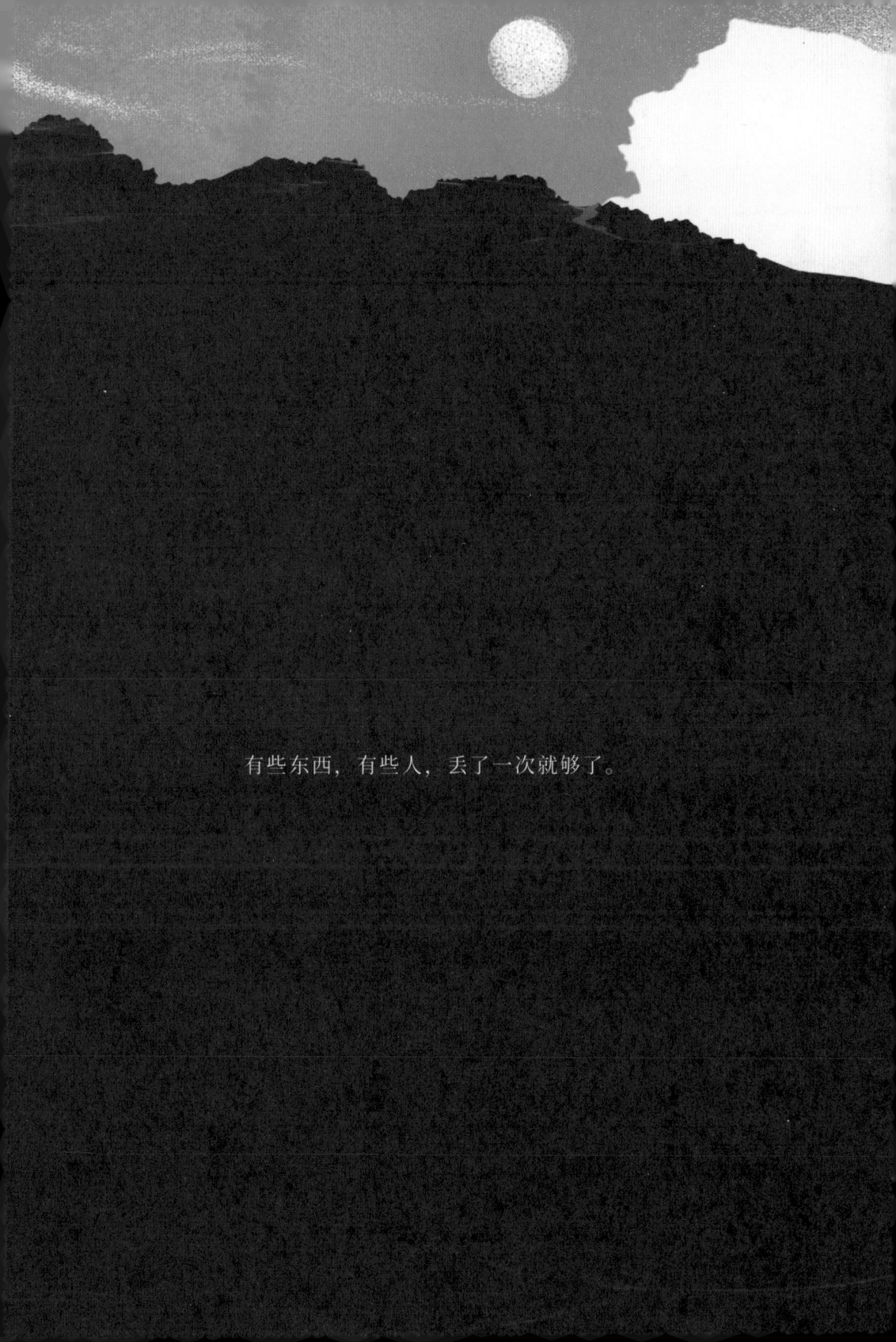

有些东西，有些人，丢了一次就够了。

"给我装一点光，好不好？"

"好的啊，装什么光？"

"月光，好不好？"

第一章

原野不是什么作家，只是个很轴的人。

原野蹲在高速路边的应急车道上，微微眯着眼看手机。屏幕上，是原野与一个节目组小导演的聊天记录，对方发了一堆节目流程和待敲定的细节内容。

　　原野打完字发过去，打断了对方源源不断的消息：你先等一会儿。

　　对面小导演：怎么了？原老师？

　　原野：谁让你来联系我？耿靳维没和你们解约？

　　小导演：原老师，我没太懂您的意思。

　　原野：这节目方绍一还上？你们跟方绍一确定过吗？

　　对面顿时让原野给问蒙了，消息都不敢回，估计是赶紧问头儿去了。

　　原野攥着手机，一阵风吹来，树叶落到身上，他眉毛皱了起来，低头随意地伸手掸了掸。

　　这档节目是一年以前签的，当时打包签了他和方绍一，是一档搭档式慢节奏旅行节目。已经过去这么长时间，原野心里根本不记得这回事了，方绍一本来也不喜欢参加综艺，这个节目当时也是方绍一勉强签的。原野以为方绍一肯定早就推掉了，这会儿突然收到这个小导演的消息，他脑子还有点转不过弯。

　　过了一会儿，小导演回复了消息，说自己确认过了，方老师那边没什么问题。

　　原野站起身，蹲的时间久了腿稍微有点麻，于是轻跺了跺腿，给方绍一的助理小涛拨了个电话过去。

那边电话接得很快,接起来叫了他一声:"野哥?"

原野应了,然后直接问他:"那个节目你们没推?"

"哪个?"小涛反应过来,问道,"你说《时光里》?"

原野"嗯"了一声。

"没推,他们联系你了?我还正打算这两天跟你说这事儿呢。"小涛在电话里说。

原野又问了一次:"方绍一还去?他今年档期这么紧,不是一直得拍戏?"

小涛说:"我们跟剧组那边协调过了,时间上可以的。怎么了野哥?你那边是不是有事儿?你要是不想去了,咱们可以再讨论,回头我让耿哥看看能不能推。"

原野顿了一下,一只手插进兜里,站在原地,低头沉默了半晌,然后说:"签都签了,那就去吧。"

原野今天原本打算去邻市见几个朋友,但车在高速路上开了好一阵,越开觉得车子越沉。他靠边停下一看,两个前胎全瘪了,估计再开一会儿车就走不了了。这情况,要不是让人故意扎了胎,就只能是原野自己背到家了。挂了电话之后,他就一直坐在高速路边的栏杆上,等人送轮胎过来。

这天风有点大,吹久了脸都有些发干。

等原野到了地方,包间里一屋子人都已经喝了两轮了。见原野推门进来,离门最近的宁陆走过来,挤对道:"哟,大师,我们这还没完事儿呢,你是不是来早了?"

原野挑着眉转头要走:"那怎么着?我出去等一会儿再进来?"

屋里人笑着骂了几句,宁陆拖着原野过来坐下,来这么晚,罚几杯酒是跑不了了。

这一屋子人都是多年的朋友,有几个是原野的高中同学,关系都不错。这些人倒是几个几个常聚,但原野不怎么出来和他们见面,因为原野的臭性格,他们能约原野出来见一次得费好大个劲。

席间,原野抽着烟,看他们一帮人闲聊。这里边的人出去都是有头有脸的人物,甚至有个还是挺有关注度的娱乐主持人。原野和他认识的时间最早,俩人是发小。

主持人叫关洲,对外一副谦谦君子的样儿,关上门喝酒也一样就是个嘻嘻哈哈的酒蒙子。不知道谁问了一句："洲，我可听说了啊，刚拿了影后那大花死乞白赖非要收了你，怎么着？你从不从啊？说是人都登门上你家了？"

关洲骂了一句："滚蛋。"

"滚什么啊，说说我们听听？"

关洲摇头，嘴很严："别瞎说，捕风捉影的事儿。"

一群人喝起酒来就放开了，吵着缠着关洲打听圈里的秘闻八卦，关洲是做娱乐节目的，他的交际圈可太广了，有什么事儿他不知道？但是他很少和别人提起，也从不在酒桌上说这些，什么秘闻或者八卦的，在他嘴里几乎听不着。所以他在那个圈里吃得很开，很有人缘。

原野靠在椅背上，指着那些人，扔了一句："可把你们闲坏了？"

关洲和原野对了个视线，笑了一声，说："谁说不是啊，野哥罩我。"

原野冲关洲招了招手，说："来，洲，坐这儿来，我看谁再欠一个。"

关洲笑嘻嘻拿着自己杯子就过来了，扯开原本坐在原野旁边位子上的宁陆，挤在原野旁边。他用自己酒杯在原野的杯子上碰了一下，俩人喝了一杯酒。

一桌子都是很铁的朋友，但也分里外远近。这一屋子人里有那么几个人和原野要更亲近一些，宁陆和关洲都是。

"原野"这名字是原老爷子有意给起的，说小孩儿野点好，长大了到哪儿都不吃亏。这名也真是不白起，关洲家和原野家打小就离得近，原野从小就是野孩子，关洲从小就是由他罩起来的。后来长大了谁也用不着谁罩了，大家身份地位都变了，但从小到大的交情还在，这个不会变。这句"野哥罩我"，关洲还经常挂嘴边，当一句玩笑话说。

那年原野和方绍一那场声势浩大的工作室成立典礼，关洲就是主持人。别人都以为关洲是冲着方绍一去的，毕竟当时半个圈里的人都去了，的确都是冲着方绍一去的，也冲着方绍一那个在圈里极有身份和影响力的爸爸。但只有关洲不是，工作室老板之一是他的发小，他冲的是原野。

原野今年三十四岁了，早就不是当初的淘小子了。但这人往这儿一坐，叼着烟微扬着下巴，从薄薄的眼皮下面睨人，眼皮上还有一处因儿时淘气留下的小小的疤，冷酷的一张脸看起来让人不敢接近，分明还是当初那个不可一世的样儿。

又喝了两轮，大家都有点喝多了。

关洲破例抽了一支烟，他平时都是烟酒不沾的，怕伤嗓子，也就和大家聚的时候会放纵一次。他吸了一口烟，侧过头看原野，叫了一声："兄弟。"

"嗯？"原野看过来，半挑着眉等着他说。

关洲看着他说："我听说……你要上我们台那个节目？"

原野没什么反应，只是应了一声："啊。"随后不太在意地随口问，"是你们台的？"

关洲皱着眉说："哪个台无所谓，你想好了？"

原野收回视线，看着一圈人喧喧闹闹地喝着酒。大家都各闹各的，没人听得见他们俩低声的对话，他们就像被隔出了一个屏障，这挺有意思的。原野笑了一声，说："有什么了，一个节目而已。"

"放屁。"关洲又抽了口烟，表情不太好看，"你好好写你的东西，你往这个圈里掺和什么？上了节目你就算一只脚踩进圈了，就你这性格，等着被人骂呢？"

原野喝了酒，眼眶有些红，嗤地笑了一声："无所谓，我看不着。"

"你怎么回事儿？"关洲有点恨铁不成钢，"你们文人圈儿最看不上这些，你以前不也跟着骂吗？你何苦招这一身烂摊子，我看你是傻吧。"

原野的性格一直很轴很犟，像头倔驴似的，脾气也差。那天不管关洲怎么说，原野都是那么一副不太在意的模样，甚至脸上始终挂着一点轻轻浅浅的笑，没改过主意。

后来关洲又和他喝了一杯，一大口酒闷下去，不知道是不是因为酒精的刺激，关洲眼睛也红了。他声音压得很低，指着原野说："你还跟我装什么！"

原野看过去。

关洲用力搓了搓脸，然后眼睛盯着原野说："我早听说了，没来问你你就真当我不知道呢？你跟方绍一早闹掰了！"

原野脸上一直挂着的那丝笑一点一点没了，直直地看着关洲，半响才沉着声问："哪来的消息？"

关洲冷笑一声，像看傻子一样看着原野："这个圈里根本没有秘密，你能瞒住谁啊？你脑子灌水了还跟方绍一上那什么破节目，还要在节目上装哥俩好？回头观众不给你扒个底朝天都算我天真！"

原野沉默着，半天都没说话。

"野哥。"关洲叫道。

原野应了一声。

关洲这次问得直接，一句话甩到原野面前："你们真掰了？什么时候？"

原野捡起桌上的火机，搓了搓又放下，金属小物件磕在玻璃桌上，发出清脆的一声响。原野点了点头，道："啊，掰了。"

原野脸上没什么表情，只说："一年多了。"

原野从出生起就是个不消停的，出格的事儿常有，从不让家里人省心。而原家爸爸原安平是个文学教授，专门研究中国古代文化的，一生都刻板规律，他很多次都无奈地笑着说："我这辈子唯一出格的事儿八成就是生了原野。"

原野和他爸爸太不一样了，他天分太高，智商也高，小学就连跳三级，中学也跳了一级。后来高中因为和别人打架，把人打伤了，被留了一级。

他淘气、叛逆、臭脾气，因此经常惹祸，惹上些麻烦事儿，这些原野父母虽然有时候也生气，但心里其实还是纵着。男孩儿哪有不淘气的，淘小子都这样，特别乖特别安分那就没个男孩儿样。

高中选文理科分班的时候，家里都让原野学理科，结果他私自选了文科。文科班念了一年，原野又转去了理科班，念了两个月感觉没意思，又回了文科班。家里想管都管不了，他太有主意了，家里说了也没用，说了他也不会听。

原野上大学时，比同级学生小了两三岁，人家十八九岁上大学，原野大一那年才十六岁。高考报考志愿前，原本就定好了学管理类，结果填志愿的时候，原野临时脑子一抽填了中文。在原野身上，好像就没有过什么按部就班顺理成章的事儿，不管什么事儿，最后肯定都能被他弄出点幺蛾子。这些，他家里都习惯了，他们都知道原野这孩子就这臭德行。

结果二十一岁那年，原野突然回家说自己要开工作室。

那是个夏天，原野嫌天热，剃了个光头，才刚长了胡须那么短的青皮，他当时摸着一颗光秃秃的脑袋，没脸没皮地笑着说："老爹老妈，我要开工作室。"

原安平那天震怒着把原野赶出了家门。

原野和方绍一玩得来，家里一直当是他一时兴起，他们从最初就不看好。结果原野研究生还没毕业，就回家说要和方绍一合伙开工作室。这事要家里同意，就不可能。原野才二十一岁，还是个没定性的孩子，跟个拍电影的合伙做生意？娱乐圈烂糟的事儿一堆，他们怎么可能让原野和娱乐圈里的人捆绑这么深。

然而过了两年，原野到底还是和方绍一把这事落了地，注册好了再赖皮兮兮地回家哄爸妈。

原安平当时对原野说："你这是拿前途当儿戏，你早晚要后悔。"

原野那时候正是眼高于顶不知天高地厚的年纪，点了点头说："后悔我认了。人活着本来就是戏，怎么活都是戏，我的戏我自己演。"

那年原野还写了本书，叫《轴》。翻开书的第一页，作者介绍那里只有一句话——

"原野不是什么作家，只是个很轴的人。"

那年方绍一二十五岁，原野二十二岁。外界都当这是一场笑话，摸不透他们俩到底是给谁打掩护还是就这么天真，总之多数人都等着看他们到底哪年拆伙。方绍一那么英俊，他那天穿着白色西装，高大俊朗，极帅极有魅力，原野当时开玩笑跟他说："哎，以后咱俩要是拆伙了，你就永远不能再穿白西装。"

当时方绍一看了原野一眼，皱眉说："说的什么乱七八糟的？"

原野笑嘻嘻地说："我说真的。"

人前两个人说话都得偷着说，脸上表情不变，始终挂着从容得体的微笑。只有在两人能互相听到的距离，方绍一才压低了声音在原野旁边说："小猴子别撒野，今天我的场，闭上你这破嘴。"

原野听了仰头哈哈笑着，一副臭无赖的傻样子。

关洲问原野为什么会闹掰？

原野靠在椅背上，拿起湿面巾展开擦了擦手，擦完后淡淡地扔了一句："缘分尽了吧。"

原野那时候才二十二岁，现在都三十好几了。人生又到了一个新阶段，身边很多东西都不一样了。当初青春年少，恨不得整个世界都踩在脚底下，想要的必须到手，甩着大步肆意人生。如今而立之年，有些读者已经打趣着叫他"野叔"。从"小原"到"野叔"，人生层层递增又缓缓递减，减来减去，竟然把方绍一减没了。

原野嗤地笑了一声，站起来转身走了出去。房间里又闷又燥，出了门走廊里凉气兜头吹过来，霎时间就什么头昏脑涨的破乱思绪都没了。

节目正式录制之前，又过来两个节目组的人跟原野补了几份合同，吉小涛说合同可以放心签，该谈的他们那边都谈过了，找原野签只是走个流程，没什么问题。原野在电话里跟他说："你们看没问题就行，我懒得看。"

吉小涛笑着说："好的野哥，不用你费心管这些，你就当出门玩儿几趟吧。"

"嗯。"原野语气淡淡的，"有事儿给我打电话。"

"行，你早点休息。"吉小涛和原野认识这么多年了，关系其实是很亲近的。只是他毕竟是方绍一的助理，方绍一和原野两个人决裂得利索，他也没法再跟原野打成一片，不是那么回事。

原野应了一声，然后挂了电话。晚上十点，他冲了个澡抽了根烟，其实该睡了，但是脑子很精神，没什么困意。

想到那个节目，原野有点心烦，自己向来讨厌有摄像机对着拍。镜头让人拘谨，原野又不喜欢被约束，被框在方方正正的镜头里，像动物园表演的猴子，一点也不自由。关洲其实说得对，当初他真是脑子灌水了才会接这个活。

原野打开电脑，不想写东西，只是随意地翻翻照片。虽然他不喜欢被别人拍，但很喜欢拍东西，从上学那会儿就喜欢。从取景器里看世界，整个世界都是静止的，就算当时画面在动，拍摄到照片里总会静止下来。不管是美的丑的、开阔的还是闭塞的，也无非是无数个瞬间的集合，总会停止，总要定格。

电脑里的照片不是按顺序排列的，时间顺序比较乱。原野从来就不喜欢归整东西，以前的照片都是方绍一闲着不拍戏的时候整理的，但是最近这一两年的照片都是原野瞎存的，没有规则。

原野的视线落在其中一张照片上，视线停留两秒，然后点开了它。

照片上是一片灿烂的金色，阳光铺天盖地洒下来，照在小楼后院那片草坪上。这只是平平常常的一张照片，没什么美丑可言，当时自己就是觉得阳光好看，就随手那么一按。现在一眼看过去，透过屏幕都能看见当时热烈耀眼的光。

原野的眼里像是平静的，盯着那张照片看了挺久，其间还皱起了眉。最后原野笑了一声，坐在椅子上放松地抻了抻胳膊。

夜深人静时，人脑子总是止不住想东想西。原野以前一直觉得自己活得潇洒，现在倒觉得自己偶尔矫情。

——他想那一小片地了。

算了，想了就去看看。

这栋小楼原野待了十年，从他和方绍一合伙那年起就在这儿待了。那一年，这边还算郊区，就几片别墅区，现在市区越扩越大，他们这边变成了市里一个区。有快一年没来过这儿了，原野一直觉得这房子大，旷得慌，现在他住的那两居室就刚好，不大不小，一个人住正好。

车开过去，门口的感应器嘀地响了一声，但门竟然没动。这里的大门都是自动识别车牌的，原野和方绍一的几辆车都录入过系统。这会儿他的车停在门口，门竟然毫无反应。原野坐在车里，觉得自己有点滑稽。

他刚想掉头离开，保安从门岗里跑出来，打了声招呼："原哥回来了？挺长时间没见你过来了，忙什么去了这是？"

保安一边说一边用遥控器打开了大门。

原野按下车窗，手扬了下算是打招呼了，之后问保安："嗯，出门了。怎么着，门坏了？"

"没坏啊，我刚在里面还以为是外来车，出来才看见是你车。"保安也不清楚这是怎么回事儿，说，"你先进吧，回头我问问物业经理怎么回事儿。"

原野点点头，跟他说："不用，估计是系统更新了。那我先进了，等会儿出来还得你帮我开个门。"

"好嘞原哥，你进吧，你出来的时候嘀我一声就行，我能听着。"

原野进了大门轻轻按了一下喇叭，算是道谢了，小保安在身后跟原野摆了下手。原野从倒车镜看着他，而后缓缓摇头笑了一声。

还用问吗？自己跟方绍一早分道扬镳了，也从这房子搬出去了，自然没什么理由再来，估计车牌也早就被方绍一从系统里删除了。他都忘了这茬儿了，要不今天就不会来了。

原野来这儿也不仅仅是因为那片小草坪，还因为这儿有几个忘拿走的相机和镜头。当初走得急，挺多东西没收完，总想着有空再来拿，但一直也没再来过。

可该拿的东西总得拿走，总占着不该占的地方算怎么回事。

后院的草坪上杂草长得挺高了，自己不在这儿，也没人修剪。泳池里也是空的，看起来有点破败，有些脏。

房子里没人，陈设倒是和自己走的时候一样，没怎么变。原野没多看，也没多待，收了自己的东西，在后院草地上坐了一会儿，拍了几张照片就走了。毕竟这儿不是他的地盘了，没说一声就过来收拾东西已经挺不是那么回事了，再以一副主人姿态动动这、碰碰那的就说不过去了。散了就是散了，别摆出一副过去的姿态，让大家都别扭。

原野走了之后还是给吉小涛发了一条消息：小涛，我回东区房子里收拾点东西，回头跟你哥说一声吧。

吉小涛估计在忙，没有立刻回复原野，直到下午，他才回复了原野一条：好的野哥，没事儿。

方绍一一直在外地拍戏，所以直到节目开始录制，俩人都没见过一面，也没提前对过话，直接就开拍了。录节目当天，摄影组提前去了方绍一那边，原野再自己坐飞机过去，与他们在机场会合，两个小时之后直接飞往亚洲某海岛。

所有流程都是事先对好的，原野对这一套顺序记得挺明白了，心里有谱。但尽管这样，飞机落地滑行的时候，原野还是轻轻皱着眉，脸上看起来不是那么痛快。

原野戴着一顶滑雪帽，双手插兜从出口低头走出来的时候，听见有人喊了他一声——"原野。"

原野迈出去的腿几不可察地顿了一下，随后立刻恢复正常。那声音他太熟悉了，只听一个字就知道这人是谁。

原野抬头看过去，一下和那人对上了。四目相对，各人心里感触也只有自己知道。

原野淡笑着走过去，看着那人的眼睛，笑着叫了一声："一哥。"

随后原野转开眼，跟这人身后的摄影团队摆了摆手，然后冲着摄像机打招呼："大家好，初次见面，我是原野。不好意思啊，我飞机晚点了。"

原野站得离方绍一大概半米远，方绍一往前迈了一步，接着胳膊环了过来，搭在原野的肩膀上。原野垂下眼，听见他说："再跟大家正式介绍一下，这是原野原老师，知识分子。"

跟拍的小导演小声在旁边笑着说："我是野叔粉丝，您的书我都有。"

原野冲她笑了笑，道了声谢。

时隔一年，这是原野第一次见方绍一。他没怎么变，就是瘦了点，头发也短了。在摄像机镜头前，原野放肆地打量着坐在对面的方绍一。他们俩都是第一次拍综艺，哪怕方绍一对镜头那么熟悉，但两人还是都不太习惯，话都不多。原野没话说，就一直看着方绍一。

方绍一看过来，挑着眉问道："怎么一直看我？"

原野看着他说："挺久没见了。"

方绍一扯了扯嘴角，这么笑起来的样子总是特别好看。但方绍一这样对着自己笑的时候，原野看着他，突然发现，他的眼尾竟然有纹路了。沿着眼角晕染出的细细纹路，倒是给这人的脸上画了岁月的一笔。原野脑子里闪过很多年前还是学生的方绍一，随后自己低着头笑了笑。

三十七岁的方绍一，和二十岁的方绍一，到底是不一样的。

"怎么了？"方绍一问原野。

原野抬起头问他，话音里带着点笑："你是不是在外面拍戏，没好好涂精华做按摩？"

方绍一没太明白原野的意思，微微挑着眉。

原野朝摄像机说："来，镜头给个特写，看看方老师这脸，都有皱纹儿了。你才三十七岁，你寒不寒碜？"

方绍一失笑，摇了摇头说："录节目呢，别乱说话。我老了？"

"没，"原野摇了摇头，低头笑着说，"你年轻着呢。"

方绍一年少成名，很小的时候就在拍戏了。他爸爸方悍是影视圈响当当的艺术家，早些年很多人说方绍一的成就都来自他爸爸，是个十足的星二代，原野以前还因为这事在自己微博上发过火。原野这人反正从来不压火，有什么说什么，生气了就开骂。那会儿原野曾在自己微博上发了一条：去你们的"星二代"。别人说自己写的东西难看、垃圾，这些原野都不生气，但是他听不了别人踩方绍一，你骂他我就骂你。

这些年这么讲方绍一的人渐渐少了，几乎不再有人提。因为有眼睛的人都看得到，方绍一是真的拼，不比他爸爸当年差。平时方绍一也低调，没戏的时候几乎在娱乐新闻和八卦里听不着他，不去掺和乱七八糟的事。几年前方绍一的一部《尘青》拿了国内两座影帝的奖杯，没人能说一句这奖来得不应该。虎父无犬子，方悍这人就养不出孬儿子。

在圈里这些年，方绍一唯一让人意外的一件事就是大张旗鼓和一个圈外人合伙，让很多人都当个笑话在看。不过方家对这事也没怎么反对过，方悍从前在采访里说过，儿子自己的事儿他和妻子都不会过多参与，觉得没必要。自己的人生自己负责，家里不管他，也管不着。

方绍一今年才三十七岁，在圈里这还勉强算得上是个小生的年龄，正当年轻。说起来也挺有意思，节目里有一对三十多的情侣，分在了年轻组，因为在一起不久，平时走的也都是"小鲜肉""小花"人设，看着嫩生生的。三十七岁的方绍一和三十四的原野，也没比那俩人大多少，节目组倒把他们俩兄弟分在"饱经风霜"组。

搭伙十多年了还不算是饱经风霜？两位老师快别闹了。

他们俩时不时搭几句话，虽然话不多，但也不会彻底冷下来没得拍。机场毕竟是个人来人往的地方，他们架势拉得大，几架摄影机对着拍，肯定有路人认得出来方绍一。不过方绍一本来也不是什么流量明星，没有那些热情到不好招架的粉丝，有路人认出来了就打个招呼签个名，也没什么。

直到登机后坐在位子上，原野才算松了一口气。在镜头拍不到的地方，他皱着眉往外看，表情看起来有些烦躁。

方绍一坐在他旁边，两人在镜头前面演得够了，这会儿没了镜头，谁也没开口说话。方绍一回头看了一眼摄影师，摄影师在低头摆弄机器，方绍一探身低声问小导演："飞机上拍不拍？"

小导演低声回他："飞机上等一会儿拍几个片段就行，摄影老师会提前说，您和原老师累了可以先睡一会儿。"

方绍一回过头来，没出声，拿了一个眼罩遮着眼睛，调了调座椅，像是真的睡了。

原野回过头来，摘了领口的麦。

方绍一蒙着眼睛，眼罩下面露出高挺的鼻子和紧闭的双唇，原野看着这张脸，眼前这是自己万分熟悉的人，是自己曾无比信任的合伙人。

尽管心里早有准备，但在机场里方绍一叫的那一声，还是让原野有片刻的慌乱。在摄影机前虽能勉强应对，但其实他心里一直吊着。

原野脸上挂着点自嘲的笑，也闭了眼睛靠在椅背上。

想什么乱七八糟的，叽叽歪歪。

几个小时的飞机坐下来不怎么舒服，但原野在镜头里的表现还不错，还能和工作团队有说有笑。方绍一在旁边稍显沉默，这人不说不笑的时候，看起来是有些深沉的。中间原野还指了指他的脸，对着摄影机说："看见没有，方老师一把年纪了，起床气还厉害得很了。"

这就是一个一边旅行一边做做游戏的节目，挺轻松的，任务就是逛逛玩玩。他们第一站来的地方是一个风景极美的小岛，这地方以前两人就一起来过。他们这对是最先到的，其他三组嘉宾都还没到。

吉小涛先他们一步过来了，他得先过来看看，有没有什么需要提前安排的。他看见原野，赶紧跑了过来，笑着喊了一声："野哥！"

"哎，听着了，声儿再大点能掀我一跟头。"原野笑了笑，"小点声吧，照顾照顾上了岁数的人的耳朵。"

这档节目一共邀请了四组嘉宾，还没到晚上，另外几组人就都到齐了。节目组铁了心要收视率，所以很舍得砸钱，这四组人都是很有身价的。除了方绍一和原野，还有一组早年影后和她的富豪爱人，一组是和方绍一年龄相当的伪"鲜肉""鲜花"，另外一组是对小年轻，都是二十出头的年纪，走的是青春路线。

两组"饱经风霜"的嘉宾都很有影响力，毕竟方绍一和影后陈洳他们俩咖位摆在这里，当初都是费了很大力气才签下来的。另外两组嘉宾负责吸引流量，都是正当红的，自带话题和热度，流量很可观，签他们也不便宜。

每一组到了都得互相打招呼，方绍一和陈洳合作过，早年一起拍过戏，两人还算熟悉。另外的两组就完全不熟，原野甚至都没听说过。最小的那俩小孩儿是最客气最恭敬的，眼前这些人都是前辈，尽管他们自己现在名气很大，但地位差距不是一星半点。

晚餐安排在酒店里，他们这几组人得一起坐下来吃顿饭，毕竟后面得一起录整季节目，需要吃个饭互相熟悉一下。林恬是这里面最会活跃气氛的，因为长期活跃在各种综艺节目里，很会把握节奏。最年轻的迟星和程珣也有经验，综艺感挺强的。陈洳和她老公也不拘谨，很放得开。这里面就只有方绍一和原野话少，他们都不怎么主动开口，有时候甚至跟不上别人的思路，不知道他们到底想说什么。

原野一直低头吃饭，方绍一时不时给他加菜添汤。

"原老师你别一直吃饭，你跟我们聊聊天哪，哈哈，原老师太实在了！"

话题突然落在自己头上，原野抬头看了一眼林恬，对方正笑着看他。原野对大家笑了笑，说："行啊，聊聊呗。"

原野一本正经的回答让一桌人又笑了，综艺里的情绪总是很夸张。

"让他吃，原老师一饿了吃饭就急，不禁饿。"方绍一坐在原野旁边，又添了一勺汤放在旁边，笑着和其他人说，"他也不怎么会聊天，一说话你们该冷场了。"

原野看了他一眼，笑着点了点头："嗯，平时我朋友聊天儿都不带我，嫌我烦。"

这俩人平时都没什么新闻，都是各自工作的人，原野早些年还经常发发微博，近年也不怎么发了。他们对外界来说是有些神秘的，两个低调的公众人物，好不容易一起出现在公众视野，节目组早把他们要上节目的消息透露出去了，观众的胃口也早被吊了起来。

林恬眯眼笑着问："那你们平时怎么聊天？感觉你们俩话都少，这样不会很闷吗？"

原野开玩笑说："我们俩不聊天，就互相使眼神儿交流，我们互动都是无声的。"

桌上又一阵笑。

方绍一把话接了过去，主动和别人聊着天。他抬起一只胳膊在原野的后背上拍了一下，让他继续吃，之后就拿开了。原野看了他一眼，既然不用回话了，那他就接着低头吃自己的。原野感觉自己的烦躁值快到线了，他实在是不喜欢这种场合，吵得头疼，每个人脸上的笑估计都是假的，端着太累。方绍一那么了解原野，当然也知道这人那点耐性快用没了。

原野吃完放下筷子，沉默着擦了擦嘴。方绍一正和别人聊着，转头问他："饱了？"

"嗯。"原野点头，"我看你没怎么吃东西。"

方绍一低声说："你不舒服就上去休息，不用管这些。"

原野摇头："没事儿。"

吃完饭没别的安排，大家就各自回房间了。但摄影师还得跟着继续拍，拍拍日常。原野一进门就往床上一倒，闭着眼说："累。"

方绍一把房间的空调温度稍微调高了点，走过去拍了拍原野："先去把澡洗了。"

原野睁开眼看他，俩人视线对上，原野不说话。随后原野转开眼又看了一眼四处都有的镜头，伸手抓了一个枕头过来盖住了脸，声音从枕头底下闷着传过来："还拍着呢，我都有点儿不好意思了。"

方绍一笑了笑，他笑起来的时候，眼角眉梢看着都软了下来。他站在床边，用膝盖撞了撞躺在床上的原野，笑着说："扯，又不进去拍你洗澡，你有什么不好意思？"

"反正我不好意思，你洗吧，我等一会儿再洗。"原野说。

原野把两条胳膊都压在枕头上，声音都快听不清了。

方绍一拿开枕头："别闷着。"

枕头被方绍一拿开了。可能是刚才被枕头闷的，导致呼吸不畅，这么一拿开，原野的眼睛有些红红的。

方绍一站在原地，看着原野的眼睛。原野没跟他对视，耍赖一样甩了一下胳膊，顺势翻了个身，不让镜头拍自己的脸。

之后原野就跟睡着了一样，侧躺在那儿不动了。方绍一进去洗澡，摄影师走过去拍原野近镜头。原野下意识手张开挡了一下，但没睁眼，脸扣在床上半趴着，声音听起来有点鼻音，笑着讨饶："大哥别拍了，你都拍我一天了，给喘口气儿。"

于是摄影师只能拍到他的后脑勺和一只耳朵。

第一天的拍摄任务就到这儿，方绍一吹完头发出来，摄影师就收了机器走了。原野还保持原状在那儿趴着，像是睡着了。

方绍一把脚步放得轻了些，走到窗前站着往外看。房间里陷入了绝对安静的状态，连彼此的呼吸声都听不见。外面的海风吹得有点急，让人看着觉得冷。

手机振动声在这个房间突然响起的时候，显得有些突兀。原野伸手从兜里摸出手机，接通了贴在耳边，仍然趴在那儿："喂？"

"嗯，到了，都录一天了。"

"也在呢。"

"没事儿，放心吧。"

原野趴在那儿笑了一声，声音闷在被子里，笑声听起来倒是放松了一些，说："我二十三岁的时候也没见你们这么操心我，现在我都三十四岁了，快收起心惦记惦记你自己和原教授吧，啊？"

他又跟电话那头的人闲聊了几句，然后挂了电话。

电话都接了，装睡也装不下去了。原野长长地舒了一口气，从床上一扑棱坐了起来。方绍一没回头，原野也没叫他。

他们俩太久没共处一室过了，从前相处有多舒适默契，现在就有多尴尬沉闷。原野一直都没睡着，再说怎么可能睡着，这也不是睡觉的地儿。

方绍一回过头，声音里没有任何情绪地问了原野一句："家里都好？"

"嗯，挺好。"原野也那么样回他。

方绍一转过身站着，原野坐在旁边，胳膊撑着膝盖，两只手随意地交叉在身前。两人都没话说，过会儿原野问了句："在屋里抽根烟行吗？"

方绍一挑眉看他："抽烟？"

原野摸了摸兜，想起今天录节目，他兜里压根就没揣烟，摇头笑了声说："算了。"

他哪怕不抬头，也知道方绍一在盯着自己看，那双眼睛落在人身上是有力道的，也有温度，他感觉得到。

这个空间太闷了，空气像是都要凝住了。原野呼了一口气，眼皮旁边那道小疤刚好冲着光，有些明显。原野对方绍一说："天晚了，你早点歇，我也过去洗洗睡了。"

节目组给他们准备的是个套间，但只有一张床。原野不可能在这儿住，所以原野早就让吉小涛给自己额外订好了房间，行李都放过去了。当原野快走到门口的时候，方绍一叫了他一声："原野。"

原野回过头："嗯。"

方绍一沉着声音说："这节目你要觉得烦就不录了，回去我让耿靳维跟他们谈。"

原野挑起眉，看向方绍一："你烦了？随你，你要不想录了就推，我都行。"

方绍一皱了皱眉，盯着原野："你别扯我，我问的是你。"

原野穿着一件休闲外套和一条黑色牛仔裤，两只手插着兜，半回身带笑不笑地看着方绍一。方绍一洗完澡穿着 T 恤和运动裤，看起来清清爽爽，很居家的样子。方绍一穿的这一套衣服，原野也有一套，以前一起买的，很巧，这次原野也带过来了，准备睡觉的时候穿。

原野突然笑了，转过身正面对着方绍一，看着他的脸，然后点了点头，声音里带着冷漠的笑意："我烦得要死。"

方绍一眸底一片深沉的墨色，还没等他开口，原野接着说："但我还是想录。"

原野往前走了两步，站在方绍一面前，然后抓了一把方绍一的 T 恤，说："你说我是不是有毛病了？"

方绍一看着原野眼角那一道小小的疤痕，这道疤很多年前就有了，当初挺明显的，现在不对着光快要看不见了。方绍一说："你不想录的时候就说吧，不用勉强。"

原野"嗯"了一声，同时搓了搓手指，这是他无意识的小动作，其实他只是想抽烟。原野转过身，扬了扬胳膊，走了。

原野天刚亮就起来收拾完去了方绍一的房间，吉小涛也在，打招呼道："野哥你起得够早的啊。"

"还行，我昨晚睡得不晚。"原野对着里面房间抬了抬下巴，问他："你哥起了没呢？"

"起了，出去跑步了。"吉小涛回道，之后问，"怎么样？"

原野坐在沙发上，淡淡一笑："就那样吧，还能怎么样。"

这天的节目原野心里大概有数，流程上都写了。今天他们得爬山，往山上走，晚上就在上面过夜。四组嘉宾一共分两队，一队有房的住山上小屋，一队没房的就睡帐篷。原野想想接下来又要身后带着摄像机走一天心里就觉得堵，但这是自己愿意的，既然要录就别叽叽歪歪。

抽签分组时，原野抽到的是迟星和程珣那两个小孩儿一队。俩小年轻一人背了个登山包，架势拉得足的。原野拍了拍迟星的书包，笑着问他，"里面装什么了啊？"

迟星笑起来的时候稍微有点腼腆，低头一乐："我们俩没怎么上过山，也不知道应该带点什么，水和吃的就都拿了点。"

原野自己也背了一个包，但跟他们的比起来，他的包就可以忽略不计了，因为今天的游戏就是看谁找的东西多，所以原野背个包就是为了装东西的。赞助商往山上藏东西了，哪组找得多哪组就睡房子。对面两组嘉宾一看他们这边装备这么全，有点蒙。

林恬问她男友："你怎么不背个包啊？"

男友一脸无辜："你不是不让吗？"

"我不让你背就不背了？平时怎么没见你那么听话啊？"

陈洳那边也是空着手的，她冲富豪老公使了个眼神，富商立刻懂了，冲她
眨了眨眼，随后迅速扑过来抓住程珣的包："借来用用，靓仔！"

"哎！"程珣没注意身后，对方猛地扑过来，他被吓了一跳，没来得及反
抗，包就让人摘了。

迟星抗议着不干了，说："哥哥姐姐们欺负小孩儿啊。"

"你们背太多了，"陈洳挡在她老公身前，笑着跟迟星说，"帮你们分担
一个。"

两个小孩儿本来也不怎么敢顶撞前辈，就是挣扎几句意思意思，压根儿也
没想真的要回来。

上山的路一共有两条，嘉宾各选一条上山，原野他们这组选的是看起来难
走一些的那条。上山拍摄没那么方便，前后都要有摄影师，摄影师比他们辛苦
得多。迟星时不时给摄影老师们递水，每次都要说："老师们辛苦了！"

俩小孩儿平时档期排得很满，练唱歌跳舞和形体，还要拍戏跑综艺，工作
强度也挺大的，加上年龄在这儿，他们应该是最有活力的。但山路太难走了，
俩人走了没两个小时就有点气喘吁吁，抬头看看方绍一和原野，都走得没影了。

原野"野猴子"的外号不是白叫的，因为他奶奶家就住在山里，小时候一
下雨原野就往山上跑，采一兜蘑菇回来。他们现在爬的这山也没多高，对原野
来说就跟玩儿一样，摄影师虽然常年跟拍，是极专业的，但还是有点跟不上他。

原野要是不想被拍，几步的工夫就能把他们甩得抓不着自己的人影。

摄影老师跟方绍一说："这跑得也太快了。"

方绍一抬头看了原野一眼，笑得很温和，他没原野跑那么快，只是不紧不
慢地在后面跟着，摄影师跟不上原野的时候就只能都拍他。方绍一笑着说："让
他玩儿去吧，来，你们拍我。"

"那不成啊。"摄影老师都有些哭笑不得。

"不成也得成了，"方绍一开着玩笑，问他们，"你们还能追上吗？"

原野转头来找他们的时候，包里已经揣了几个赞助商藏的小木盒，里面装

的是金币道具，他冲这边招了招手："这儿呢。"

他朝方绍一扔了一串香蕉，方绍一接住，给大家分了分，然后抬头说："别跑太远，山里没信号，到时候找不着你。"

"没事儿，我找着盒子了，有好多钱。"原野应该是这两天头一回真正笑得如此开心，三十多岁的人了，笑起来还跟个孩子似的，甩了甩背着的包，问，"一哥，喝椰子吗？我给你摘一个？"

方绍一失笑："不用，你自己玩儿吧。"

原野时不时也等等后面那对年纪小的嘉宾，给他们也扔了一串香蕉。山路太难走了，迟星体力有点跟不上，他脸热得有点红，脖子上搭了一条毛巾，程珣给他拿了一瓶水让他喝。

迟星喝完一口递回去，程珣也喝了一口。

迟星对原野说："原野哥，你体力怎么那么好，我看你都不喘。"

原野和他们在一块的时候就不像和方绍一待在一起的时候那样了，毕竟岁数在这儿，很像个酷帅的叔叔。他抬了抬下巴，指着自己脖子上的疤，然后眼里带着点笑和他们说："我小时候可是我们那片儿的山大王。"

迟星问："你家住山上？"

原野"嗯"了一声："我奶奶家住山边，我小时候都在那边混大的。"

程珣一直没出声，这会儿在旁边低声接了一句："我知道，我看您书里写过，里面有不少关于那片山的故事。"

原野看向他，挑了挑眉，然后淡笑着问："你看过《轴》？你才多大。"

程珣点了点头："看过，特别喜欢。"

原野笑了一声，没说什么，从背包侧面摸出两个果子扔给他们俩，然后窜了几步又跑了。

原野背着一个包，满山乱窜，其间差点碰上对面那组嘉宾，远远看见摄影机，一回身就又不知道钻哪去了。他装了一书包的道具小木盒，背着还有点沉。原野已经有好几年没这么在山里乱逛过了，自从奶奶去世后，他就没再回过那片山，或者说近些年他哪儿都没去过，喜欢的那些东西回头想想都有点模糊了。

以前原野满世界瞎晃，觉得整个世界都是自己的，后来他的世界就越缩越小，现在回头想想，从前自己都喜欢过什么，也有些想不起来了。

爬山比赛原野他们这队赢是必然的，山上就是野猴子的地盘，谁能赢得了他？

两队嘉宾集合的时候，对方先清点的数，他们清点的时候原野和程珣从各自背包里掏盒子。最后对方总数是一百零五个，他们整组人都累瘫了，也不顾那么多了，找了个木片垫着就坐在地上。

原野听见他们说一百零五个，从包里又拿出两个盒子，然后说："没了。"

程珣那边也说："我也没了，咱们好像不够啊哥。"

原野笑了笑说："那不一定。"

最后原野这队只数出来九十六个盒子，比对方少了九个。所以房子得给人家住，他们两组只能各自领个帐篷睡。

方绍一拍了拍原野的肩膀，问道："你满山转了一天，都转悠什么了？"

原野躲开他的手，笑得也有点不好意思了："我后来就光顾着转了，都忘找东西了。"

"不不，是我们俩拖后腿了。"迟星赶紧说，"我们俩太没用了，能有口气上来都不错了。"

方绍一摇摇头说："没事儿。"

节目就是这么安排的，其实山上还有地方住，为了看点只能这么录。晚上先找地方洗了澡，然后各自回各自的帐篷。原野洗完澡过去的时候方绍一把帐篷都搭好了，节目组把被褥准备得挺足，还有两个睡袋。摄影老师还没收工，原野钻进去盘腿往上面一坐，呼了一口气，说："挺软。"

方绍一站在外面，低头看了原野一眼，说："出来看看星星，回去就看不见了。"

原野从里面爬出来，扯了一张床单往地上一铺，然后躺上去看着满天星星点点。这边夜空的确好看，现在这种场景很难得，原野叹了一口气说："我没带相机。"

方绍一没出声，沉默着走过来，坐在他旁边。

两个人默默看天空，谁都没出声，就这样持续了很久。过了一会儿，原野清了清嗓子，开口说："上次来的时候阴天，没能看见星星，带了相机没用上。这次天晴了，但是相机没带。"

原野说完自己先笑了一声，摇摇头："总是错一步。"

原野把胳膊垫在脑袋下，转过头看方绍一。这人身板总是挺得很直，哪怕像这样放松坐着的时候，永远得体。他总是那么耀眼，谁在他身边好像都有距离。

方绍一感受到原野的视线，低下头跟原野对视。原野扯了扯嘴角，露出一个说不出什么意味的浅笑，随后转开眼。

摄影师收工之后，原野先是走开去喝了一口水，回来时，方绍一正站在帐篷边上等自己。旁边隔不远是迟星和程珣的帐篷，方绍一正和他们有一句没一句地说着话。

原野走了过去，没怎么犹豫，直接钻了进去。

条件有限，顾不上矫情，都是老熟人了，住一间帐篷能怎么？

迟星和程珣很有眼力见儿，见原野回来，两人一起道别走了，说要随便逛逛。他们走了之后，旷野中就只剩下了原野和方绍一。

原野探头出来，歪着脖子叫了一声："来吧一哥，睡了。"

方绍一看了原野一眼，慢慢摇了摇头。

原野挑起眉："怎么着？我身上长刺扎你？"

方绍一说："你身上没刺，你嘴上有刺。"

"哟，扎着你了？"原野反呛回去。

方绍一蹲了下来，说了句："你睡吧，我跟你睡不了。"

说完，他又凑近了一些，甚至有一边膝盖已经点了地，这么高的身形这么蹲着说话也有点不舒服。他盯着原野，接着冷冷地笑了一声，用只有这个帐篷里才能听到的音量，低声说："你躺我旁边……我就只想跟你算算账。"

跟我算账？

原野的眼神也不闪躲，就那么跟方绍一对视着，一点儿没胆怯，张嘴就来："那你来揍。"

以两个人现在的身份说这样的话基本就是互相挑衅，原野直直往后一倒，倒在铺好的被褥上，咚的一声。原野平躺在那里看方绍一，嘴角还隐隐带着那么点笑意。

方绍一没动，原野也没动，只定在那里，看向方绍一的眼神里满是挑衅。原野斜眼看着方绍一问："来不来？"

方绍一没出声，原野故意又哼出几声，他侧过头皱眉骂了一声，然后掀起另外一边被子把原野一卷，一个用力把人掀转过去，沉着声音说："别抽风了，赶紧睡你的。"

原野脸冲着帐篷，嗤嗤地乐出声来。被筒外面只能露半颗头，能看到笑起来时身体跟着振的样子。方绍一从里面拉上了帐篷拉链，在另外一边躺下了。

　　原野嘚瑟了一通，这会儿也觉得有点累了，背对着方绍一，脸上的笑一点点收了。他睁着眼睛看着眼前的帐篷布，身体的每一个细胞都极其活跃。过了一会儿，蒙在被子里的原野终于闷不住了，扯开被子，手一甩，一半被子就甩在了方绍一身上。

　　他们俩就那么睡了一宿。

　　没什么太别扭睡不着的，原野甚至挺习惯的。他们有十年多的交情，分道扬镳一年多是挺久的，但和他们并肩而行的年月比起来还是不值一提。

　　原野早上一睁眼看见方绍一还愣了一下，缓了一会儿才清醒过来。方绍一还没醒，脸冲着原野这边，睡得安安静静的。

　　外面天还没亮透，山上这会儿也冷，原野其实憋着尿呢，但不太想动。于是他平躺在那里，隔着帐篷最顶端透明的那块看外面的天，四四方方一小片，灰灰的。

　　以前原野有本书里写过这么一句话，这会儿不知道为什么突然想了起来。

　　"别人总说天是灰的，但我怎么看，它都是蓝的。后来我说天是灰的，他们又说它是黑的。"

　　他们一共要在这地方录三天节目，前一天上了山，这天就得玩水。岛上的风景没得说，什么都不干光看景就很美了。上山费了小半天的时间，下山倒快得很。原野从山上下来的时候背包里装的都是摘来的果子，在衣服上随便蹭蹭就能吃。

　　玩水不累，无非就是在海边做点简单的小游戏，一组出一个人就行了。原野自己找地方吊了个床，别人都在录节目做游戏，他在这边躺着看书。树影把吊床的位置盖得差不多，悠闲自在，这么躺着让他有点昏昏欲睡。

　　小导演说："原老师你这看着可太舒服了。"

　　原野看了他一眼，说："你想试试吗？"

　　小导演赶紧摆手："不用不用，您躺着吧。"

　　原野一笑，又闭上了眼睛："我就问问，别当真。你想躺我也不能让给你，这是我的贵妃榻，能让人随便躺吗？"

　　"原老师你太逗了。"小导演让原野给逗得笑了半天。

　　原野跟她说："剪辑的时候在我脸旁边用彩色字儿标一下'原贵妃'，别了，'野妃'吧，听着就挺野的，适合我。"

小导演又是一阵笑，问原野："您在看冯老师的书？这本我买回家还没开始看。"

原野于是拿着书在镜头前面晃了一下，故意说："啊，那就给个特写。大家看下，这本，冯雷子新出的，封面是他自己的照片儿这本。大家不要看。"

他在镜头前随手翻着书，对着摄像机念叨着："我说我不要，没时间看，他写那两笔东西我猜都能猜个差不离儿，冯雷子死乞白赖非寄给我。我一看，嗬，一点儿没错，还是他那陈腔滥调，说是线上销量第一了？"

原野问小导演："销量第一了吗？"

小导演笑着摇头，回话："我真不清楚这个。"

"压过我了？"原野挑着眉，对着镜头说，"有原野粉丝看节目吗？我粉丝别买，就说我野叔说了，这本不好看。"

他说完，自己笑了半天，又说了半天冯雷子坏话，摄影老师全给拍下来了。

原野其实就是借着节目，顺手给朋友做个宣传。他和冯雷子认识太多年了，俩人上学那会儿就认识，太熟了，关系挺铁的。很多粉丝也都知道他们俩关系好，原野才敢随便拿他开玩笑。

游戏还在进行中，有女生的组都是女生歇着，俩小男生那组也是轮流歇，就原野这边动都不动。

后来小导演问原野："原老师你不意思意思吗？"

"意思？"原野说，"不用。他们不是比水里赛跑了吗？两个我也不顶一个方老师，方老师平时跑个一万米跟玩儿一样。你忘了我是贵妃了？"

过了一会儿，那边游戏又换了，别的组都换人了，迟星问方绍一："哥你不累吗？让野哥换换你？"

方绍一回头看了眼原野这边，摇头笑了一声说："不用。昨天满山瞎转登高爬树的，这是累着了，让他歇着。"

节目录了两天，原野这边也找着点节奏了，不像最开始那么没话说，即使不跟着做游戏也知道找话说，让摄影这边有东西可拍。既然他签约收钱来录节目了，就给人家好好录，没东西拍没东西剪，节目组钱不就白花了。

这天已经是他们在这地方录的最后一天，明早起来收拾收拾就都各回各家了。晚上他们得分别录一组采访，这几天录下来，每组的导演手里都掐着一堆要问的问题，采访完剪辑的时候插进节目里。尤其他们这是第一期，本来在录之前就得有次采访，但时间没协调成，于是就都安排到现在。

采访是各自录各自的，原野先录，接着才是方绍一。导演组找了一个房间，后面布上背景板，然后就在房间里面采访。

小导演问原野："原老师，一直以来您都不怎么出现在大众视野，您太低调了，也一直挺神秘的。"

原野挑着眉看她："神秘吗？也没有吧，我这书一本一本的也没少写，有宣传和活动我也都去了，应该也不太神秘。"

小导演说："您知道我说的是跟方老师有关的事，娱乐圈的事。"

原野"嗯"了一声，点了点头："是，我不是娱乐圈的人，我就是个普通人。"

导演问原野："您和方老师在很早的时候就一起合作了，那时候您是怎么想的呢？为什么做出这个决定？"

原野笑了："我没什么想法，那会儿想干什么就干什么，这么想的就这么做了，什么都没想。"

采访挺简单的，都是些小问题，原野都配合着好好答了。聊天的时候原野心里就在想，自己真是岁数大了，连这种采访都能接了。以前谁能在自己面前这么刨根问底？就算能，他也不可能这么配合。原野最讨厌不相干的人问来问去，我心里怎么想的你管我呢？跟你有关系？你谁？

虽然现在原野也没多喜欢这种采访，但也不像从前那么抗拒了，他身上那股不可一世的戾气到底是跟着年龄的增长一点点淡了。

该问的都问完，小导演又临时加了一个小问题，她笑着眨了眨眼："我们都知道您跟方老师相识多年了，关系一直很好。偷偷问您一下，您跟方老师不是一个圈子的，当初是怎么认识的？"

原野对这个新加的小问题也没有拒绝，人在回忆过往的时候眼神总是温柔的，哪怕是原野。

原野勾了勾唇角，很坦然地说："我先凑过去的，方老师从前就是个极耀眼的人，谁想接近他都不意外，对吧？"

小导演肯定道："是的，方老师很小就成名了。"

原野本来都准备站起来结束这次采访了，结果听了这句话，顿了一下，低了下头，然后看了一眼镜头，说："他耀不耀眼和他成不成名没有关系。他不成名也是方绍一，拿了影帝也是方绍一。方绍一从始至终都是优秀的，这和他是不是明星，出身于什么家庭，都没有关系。"

原野是出了名的脾气冲，说话也冲，节目组的人早有心理准备的。这次采访录下来，原野一直都很好说话，这还是他第一次表现出了一点个人情绪。小导演那句话也是有点故意的成分，那么说的引申含义就等于是提了一句方绍一是个星二代的事儿。谁都知道方绍一年少成名是因为他爸爸。

原野不喜欢他们这些套路，可明知道他们是故意的，但他还是想说，想说就不能憋着。他说完这句之后问："是不是完事儿了？没别的要问的吧？"

小导演点头："是了，没有了，原老师。"

原野"嗯"了一声，站起来推门就出去了。

原野躺在沙发椅上，闭眼晒着太阳。手机在旁边响了，他伸手摸了两下摸过来，接通了用嗓子眼儿哼出个动静就算出声了。

电话里的人说："出来，喝酒。"

原野眼睛都不睁，张嘴说："不去。"

对面的人又问："那喝茶？"

原野还是闭着眼说："不去。"

"怎么着啊？"电话那边的老图问道，"大太阳天的，一直在家待着干吗啊？"

原野从侧躺转成平躺，声音拖挺长，赖了吧唧地说："懒。昨天刚回，累。"

对方笑着问道："你不说我都忘了，录完了？怎么个情况？"

原野懒得理他，皱着眉说："你怎么也这么八卦？"

老图哈哈地乐了几声，说："行了，别磨磨唧唧的，赶紧的，出来。"

"位置发来。"原野说完就挂了电话。

整个节目组是昨天的飞机飞回来的，本来原野打算就这么在家躺一天。他这人其实还是懒，这种懒也不是说不爱动，要是为了自己喜欢的事儿多麻烦多累都不计较。但要是他不那么喜欢的事儿，去不喜欢的地方，那就浑身骨头都是懒的。去录那期节目总共才四天，原野就觉得累得不行了，身体需要放松，大脑也需要休息。

原野把椅子往阳台一搬，跟个猫似的打盹儿，躺了小半天了。这么躺很舒服，不过他也的确有点饿了。

原野起来随便找了一套衣服换上，拿着手机就出门了。他特意没开车，跟老图吃饭就不可能不喝酒，这人就是个大酒罐子。

到了地方，是家肉店，筛网烤肉，原野到的时候，老图正坐小凳上拿钎子拨炭。这家店没有包间，一大片地扣着个大厂房，几片墙隔了几个区，估计晚上人多时候得挺吵。

"来了？"老图抬头看他原野，老图挺方的一张脸，下巴上留着胡子。

原野在背着人的这边坐下，不过这会儿大下午的，本来也没人。这小桌不大，一米见方，也矮，小桌小凳的胖子坐下估计都有点窝得慌。店铺的装修就是现在挺常见的砖墙泥地，很多人吃肉就是要吃那个烟熏火燎的环境。

原野走到老图跟前问："又折腾个店？"

老图拨弄完炭把铁网扣上，问："这小店怎么样啊？"

原野说："也就那样。"

老图又是哈哈一乐，说："给小妹儿弄着玩儿的，随她去吧。"

原野调侃道："真有情调。"

原野和老图认识挺多年，这人以前是一家茶楼的老板，原野总去他那儿喝茶，因为原野性格大大咧咧，跟谁都聊得来，两人聊了几次就熟了。原野到现在都没记住这人到底叫什么，反正就一直叫老图，岁数得比原野大个十来岁。不知道这人以前是干什么的，现在原野觉得这人就是什么感兴趣了就折腾点什么，茶楼、饭馆儿、酒吧都有，有的挣钱有的赔，但赚不赚赔不赔的，这人像是也不怎么在意。

原野先吃了点肉垫了垫肚子，然后才跟老图喝酒。

他们俩喝酒基本没喝过啤酒，都是直接喝白酒。原野酒量还行，但也没到怎么喝也不多那程度，喝多了也会醉。他愿意和老图喝酒，说到底还是老图这人对原野脾气，要不两人也交不成朋友。

老图身上有种洒脱劲儿，以前原野觉得他们俩是一种人——活得肆意张狂，对世俗凡事不屑一顾。我做什么都是因为我喜欢，不是因为我应该这么做。

老图拿着夹子在铁网上翻肉，一大厚片被剪成一块一块的，烤得流油。原野夹了一块肉吃了，然后说："不养生。"

老图哼着笑了一声："什么都养生就活不了了。"

这家店老板不是老图，是个二十多岁的小姑娘。她从外边推门回来，看见原野，脱了外套蹦蹦跶跶走过来，坐在老图旁边，跟原野打了声招呼。

原野跟她也熟，说了几句话。

她问用不用她在这儿烤，老图腾出手拍了拍她后背，说："不用，我自己来，玩儿去吧。"

她笑着说："那我真走了啊？可别回头说我没眼力见儿。"

老图还是一脸的笑模样："不说你，去吧。"

她站起来跟原野说："那我过去了野哥，你有事儿叫我？"

原野"嗯"了一声，冲她摆了摆手。

她过去了之后，原野问了一句："还不结婚？"

老图没答话，只是摇了摇头。这人脸上从来都是挂着三分不着调的笑，别人也摸不透他心里到底怎么想。刚才那姑娘跟了老图五六年了，二十来岁的时候就跟着他，老图反正没家没孩子，也不结婚，也就一直这样。小姑娘从二十岁到二十六岁，大学毕业都好几年了，整天嘻嘻哈哈像是什么都不想，过得也挺开心。

原野不太问别人这些事儿，对别人的事儿也不感兴趣，自己那点事儿摆弄明白就不错了。

原野没再多问，和老图一边瞎聊一边喝酒。

老图给原野的酒杯添满，问道："你这回去，见着那谁了？"

原野一只眼半眯着，说老图："我没问你，你也别问我。"

"你问呗，我也不怕问。"老图笑着说。

原野摇头，嘴闭得很死。他不喜欢别人打听自己的事儿，尤其是和方绍一有关的事，因为原野打从心里觉得有些事私密得很，为什么要跟别人说，说了多难受。

原野一杯一杯地喝着酒，那不可能不多。他没那海量，喝到后来头也有点晕。

店里人越来越多了，声音也越来越杂，吵得原野脑子里都有点乱。一喝多了，他就控制不住思绪，那些忘了的没忘的旧片段突然涌进他脑子里，只感觉自己的脑容量都不够了。

刚才人家问了他不说，现在人家没问，自己的嘴又闭不上了。

原野将胳膊搭在膝盖上，两只手随意地垂在那儿，头也低着，过了一会儿，突然开口说："那节目里有俩小孩儿。"

老图眼皮一抬，看了看原野："让你们带孩子？"

"屁。"头顶的黄色灯泡映在原野眼睛里，使得他的眼里看起来也带了抹悠远沉郁的光，原野就着那个姿势，低声说了一句，"他们真年轻。"

"二十出头，最好的时候。"原野又说。

老图没再说话，坐对面吃吃肉喝喝酒，听原野说。

"这个岁数最勇敢了，"原野笑了一声，"我也勇敢过，谁还没个天不怕地不怕的年月。"

"你现在怕了？"老图挑眉问。

原野点了头，之后又点了点，说："怕……怎么不怕。"

那天原野和老图喝完酒天都黑了，原野打了个车回家，连澡都没洗，趴床上就睡了。心里不舒服的时候，喝酒是很痛快的，这也是他今天会出门的原因。酒有时候让人烦，有时候也真是个好东西。有些情绪平时发泄不出来，有些东西不借着酒劲儿也不会放任自己胡思乱想。

原野喝高的时候话到底还是没说全。

但是他也不想再说了，有的话和别人说不着。

这一觉原野睡得很沉，昏天暗地的。半夜醒来时，他皱着眉去了一趟卫生间。睡了半宿，酒也醒差不多了，于是原野又冲了个澡。热水从头顶浇下来，滑过他的眼睛和耳朵，再顺着锁骨和肩膀流下去。

原野靠在淋浴间的墙上，看着玻璃反光照出来的自己。他和玻璃上的自己对视了半晌，然后闭上眼睛。

眼前闪过太多片段，十几年的资源库，可以供自己随意抓取。一张张画面迅速闪过，最后定格在一个没有太阳的午后。

方绍一眼睛红得吓人，问道："你是不是想好了？"

原野没点头，但是眨了眨眼睛，默认了。

方绍一当时用力闭了闭眼，他一把扯下腕上戴着的细手环，朝原野扔了过来。

原野下意识伸手去接，只碰到手环的边缘，它从指尖擦了过去，摔在地上，只有很轻的一个声响。

第二章

像蜻蜓轻点在水面上。

原野第一次见方绍一是自己大三那年。那年关洲刚上大学，其实他只比原野小半岁，但原野跳了好几级，所以比他早两年。开学报到那天，原野拎着行李送关洲去他的学校，就他们俩。

　　本来负责迎新接待的那位学长中途让人给叫走了，就给他们指了个大概方向。原野和关洲俩人绕着湖转了一圈，没找着地方。

　　天热得原野一身汗，内心的烦躁值噌噌就上来了，可尽管如此，原野开口和人问路的时候还是很礼貌的。前面走过来俩人，原野客客气气地过去问人家："哎，同学你好，我问一下，宿舍楼在哪边啊？"

　　原野还自觉这声"同学"叫得十分亲切和蔼了，问路都带称呼的，还"你好"了。但对面这人就没搭理原野，而旁边那个人倒是带笑不笑地看着自己。俩人长得都帅，原野当时心里想，这产明星的学校是不一样，随便碰上俩人都帅成这个等级的？

　　其实原野当时也才十七岁，长得也显小，一张脸看着就跟个高中生似的，虽然都上大三了，但在别人看来最多也就是个大一新生，身上还背着行李呢。原野感觉自己特别礼貌了，但其实就像个大一的小豆丁见着俩重量级人物，不好好叫"学长"，张嘴就是一声"同学"。

　　他对面这俩"同学"就是方绍一和简叙，都是正当红的小生，非大导演的戏不接。方绍一十六岁拍了韦佟导演那部《风沙》，一举成名。简叙更是不用提，四岁就开始演电视剧了，正火着的那些一线演员，不少都演过他的爸妈。

但是原野当时一个都不认识。他不认识不是因为这俩人不出名不够火，实在是原野平时不关注那些，不怎么看电视，上网也都是玩玩游戏，写写东西。

在他看来这俩人帅是帅，但有点烦，一个不吭声，一个不知道笑个什么，这么差劲呢。

原野皱着眉看他们俩："不知道啊？"

简叙在一边指了指身后，笑着说："往前走，走到头儿左拐，"他说完还加了一句，"小同学。"

"谢了，"原野背着行李卷就走，还回了一句，"小同学。"

原野因为跳级了，总比班里其他同学小，老师同学动不动就管他叫"小原野"，所以原野最烦别人拿他年龄小说事儿。原野走了几步还听见后面刚才说话那人和另外一个没吭声的说："哈哈，你听见了吗？那人管我叫小同学。"

这是原野和方绍一第一次见面，他向方绍一问路，方绍一没搭理他。也是关洲胆子小，性格太内向。其实关洲当时站原野身后，他是认出了简叙的，因为他曾经看过简叙拍的戏，但关洲不认识方绍一，那部《风沙》他没看过。可是关洲当时没敢上去说句话，心里还带着点见着明星了的腼腆和忐忑。

后来原野每次想起这事儿都觉得挺奇妙的，关洲他们学校那么多人，怎么一问就问着方绍一。原野总说这就是命里带的，就该他们相遇，就该他们好到穿一条裤子。

原野的学校离关洲的学校很近，所以周末没事儿，原野就会往他们学校跑。那时候原野心思单纯，关洲学校帅哥美女一抓一大把，但他都顾不上看，就是单纯找关洲去玩儿的。

后来原野知道那天碰见的那俩人是拍戏的明星后，于是特意找了《风沙》来看，看完竟然觉得很喜欢。

那部电影在国外获得了最佳导演和最佳编剧奖，是一部很厉害的片子。原野是学中文的，很喜欢那个故事。方绍一在里面扮演的是主角小时候，其中有一个镜头是他朝着镜头突然咧嘴一笑，露出一口整齐的白牙，那一笑太难了。眼睛要很明亮，对未来充满无限希冀，对人生有遐想，把主角的所有自在张扬的年月都缩在那一双眼睛里。但是不能笑得傻气，要干净、清透。

方绍一后来说过，那个镜头导演韦佟让他拍了两百多次，从进组第一天开始笑，一直笑了四个多月。韦佟什么也没跟他讲，就让他对着镜头笑出各种各样的神态来。隔个一两天就要拍几组，直到最后一天杀青还又拍了一次。这个三秒钟的镜头是从两百多个镜头里面挑出来的，反反复复调起情绪再沉淀自己，这对一个十六岁的演员来说是极难的。

这部电影原野看了两次，所以再次见到方绍一的时候，他一眼就认出来了。

原野从关洲那里出来要回自己学校，远远地就看见了方绍一。方绍一穿着运动装，身后还跟着几个围观的小姑娘。原野大大方方就走过去了，冲方绍一笑嘻嘻地打招呼："嗨，同学！"

方绍一看向原野，也不知道还记不记得了。

原野走到他身边，毫不吝啬自己的夸奖。他当时比方绍一矮了不少，所以跟方绍一挨着走的时候想说话还得抬点头："我看了你的电影。"

方绍一有点冷淡，估计这种开场白他时常听，他淡淡地挑着眉："我得说谢谢？"

"不用。"原野一晃脑袋，脸上还是笑着的，"我看是我自己的事儿。"

他们最初认识就是原野这样主动接触的。当时他没想太多，就是因为喜欢那部电影，连带着对方绍一也有种爱屋及乌的喜欢。原野其实是个脾气挺差的人，也没什么耐心和别人主动套近乎，方绍一是头一个。原野嘴甜，每次在学校里见着方绍一都笑眯眯地打招呼，一口一声"一哥"，透着股自来熟的亲近。

两人见得多了，方绍一也就不再冷着脸了，每次见着原野也能笑笑。那会儿方绍一还以为原野也是那学校的，有一回他问道："你什么专业的？"

原野说："我学中文的，大三了。"

方绍一连眉毛都挑了起来，看着原野："你大三了？"

"啊。"原野点头，还笑着说，"我知道你大四了。"

方绍一又看看原野的脸，失笑："你多大了？"

原野也不知道当时是什么原因，没说实话，不过也没撒谎，就含糊着说："你大四我大三，我们差不多大呗。"

后来原野为了证明自己真的大三了，还给他看了自己的学生证。

方绍一问："你不是我们学校的？"

"不是啊，"原野说，"我来找我朋友。"

那时候原野一到了周末就往这边跑，但不是经常能见着方绍一，因为方绍一也不是一直在学校。原野那时候的性格就像头直愣愣的小倔牛，有一次，他听关洲说方绍一回校了，便直接往方绍一的宿舍去了。方绍一开门看见他都乐了，摇了摇头："你这消息可够快的。"

"我有眼线。"原野眼皮上有一道很小的疤，每次笑的时候那边会有个小坑，挺有意思的。

方绍一侧了侧头，往旁边让了一下："进来坐一会儿？"

"啊，行。"原野点点头。

方绍一住的是二人间，比一般的学生宿舍高级多了。宿舍里就他自己在，他让原野坐他椅子上，还给原野拿了一瓶水。原野从自己背包里拿出好几个小本子，跟他说："一哥，给签个名。"

方绍一问道："干什么的？"

原野说："卖签名，我打算发展发展，以后当个副业。"

方绍一已经习惯了他说话的不着调，接过笔，全都签了。

好朋友之间相处没那么多前前后后、里里外外的心思，你是明星我就是个普通小孩儿，那我也没想着在你这儿沾点什么光，我就是喜欢跟你玩儿，那有什么呢。我最多就是帮班里女生要个签名，多了我什么都没占你的。那时候在原野心里自己和方绍一就是合得来，他刚开始觉得方绍一明星的身份新鲜，时间久了也就那么回事儿。方绍一应该也挺待见原野这不按常理出牌的性子。

原野和方绍一一起在学校餐厅吃饭，周围坐了好多女生，原野小声问方绍一："一哥，每天这样你烦不烦？"

方绍一只说："习惯了。"

"要是我，我就得烦死。"原野咬了一口玉米，然后又说了一句，"我现在就烦死。"

方绍一笑了笑："吃你的吧。"

关洲在原野这儿迅速就没了姓名，原野都跟他玩了十多年了，看他都没个新鲜感。那会儿原野一门心思只想跟方绍一玩儿，那年圣诞节也是和方绍一待在一起。

方绍一和原野都没什么圣诞节的概念，就觉着这是个普通周末。原野在方绍一宿舍里，坐在他床边，双腿随意垂在床沿提溜着乱晃。方绍一坐在椅子上看书，过了一会儿抬头问他："想不想去剧组看看？我带你去？"

原野问："韦导的剧组？"

方绍一摇头笑着说："我还能每部戏都是韦导拍吗？"

原野说："那不去。"

他嘴上说不去，但最后还是去了。那是原野第一次去片场，片场的架势大得让他有点惊讶。在拍的那部是以战争为背景的古装戏，几百人的大剧组，方绍一演一个年轻的王，但现在还没到他的戏份。

原野当时戴着一顶圆圆的滑雪帽，身上还背着书包，从背后看就像哪个道具组的小男生。

有人搬东西从他们身边过去，方绍一伸手把原野往他自己这边带了带，说："别让他们碰着你。"

原野让旁边搬东西那大哥一挤，腰一弯差点要倒，好在方绍一就站旁边，原野直接往他那边一倒，方绍一下意识抬起手来帮原野挡了一下。

原野的姿势保持了三五秒，直到搬东西那人彻底过去了才站直身子，抬起头。

他把双手揣回外套口袋，又伸出来一只手揉了揉鼻子，然后抬头看着方绍一，和他对视着，不远处反光板的光映在他眼睛里，所以看着格外地亮。原野揉完鼻子嘿嘿一乐，说："一哥，你反应真快啊。"

在第二期节目开录的前一天，原野落地方绍一拍戏的那个城市。节目录制的第二个地点是在草原上。

下了飞机后，原野直接拖着箱子去了剧组——一个离市区一百多公里的村子。路上出租车的司机师傅一直在讲这次过来拍戏的明星，小地方难得来个什么人，还一次来了这么多个。司机问原野来干什么的，原野想了想，说："来打个杂。"

司机从后视镜里看了看原野，摇头说："你不像，你长得好，像来拍戏的。"

原野笑了笑："我不是，我讨厌摄影机。"

方绍一因为得出去录那个节目，所以他在剧组的时候就得提前把后面的进度赶出来，有时候白天黑夜得连着拍，跟他搭戏的人就也得跟着赶，大家都挺辛苦。也就是因为这人是方绍一，身份摆在这儿，别人心里不管有没有想法，但表面上都不会表现出来。

原野到的时候，方绍一正坐在导演旁边看监视器回放，导演在给一个年轻演员讲戏，方绍一坐一边不出声，一边听一边喝热水。

"情绪你得调动起来，该哭的时候你就得哭。没有人面对这种场面——你的亲人朋友在你面前一一死去——这种场景你不可能不掉眼泪。"导演说。

年轻演员是个新人，被辛导选中后，这还是他第一次拍戏，所以有点吃不透他演的这个人物。

导演跟他说："他虽然是个不善于表达情绪、个性过于木讷的人，但这不代表他冷血、冷漠，他不可能面对什么都是同一个表情。"

年轻演员点着头，像是听进去了。他脸上有点为难，尴尬地笑了笑："导演，我怕哭不出来。"

导演表情是严肃的，皱着眉对他说："你必须哭，这种戏你如果哭不出来，你干脆就别拍戏。这不是小情小爱哭哭唧唧的，这是生死。你们全家都在你眼前死了，你说你哭不出来？那你就只是你，你不是戏里这个人物。"

原野其实来了有一会儿了，就在他们背后不远处，既没走过去，也没说话，而是一屁股坐在自己的行李箱上，两条腿支着地，听导演讲戏。原野其实想听方绍一说说，可是方绍一捧着热水杯一个字都没说过。原野以前特别乐意听方绍一说这些，也乐意看他拍戏。

有些人就是天生要吃这碗饭的，只要他一在戏里，就整个人都在发光，是有魅力的。方绍一就是这种人。

年轻演员走了，导演又看了一遍监视器回放，问方绍一："你觉得呢？"

方绍一没出声，只是轻轻摇了摇头。

导演叹了一口气，无奈地笑了一下，说："慢慢磨吧，他的形象太贴了，就是不会演戏。"

方绍一也跟着笑了一下："没有辛导磨不出来的演员，在您这儿没有不会演戏的演员。"

导演摇头说："话是这么说，把谁扔给我拍一年我都能把他拍出来。但是太费时间，都得跟着一起磨，全是新人的戏能磨，就一个两个不会拍戏的，你让谁陪着磨？刚才耀华脸都拉下来了。"

方绍一没多说，又喝了口水润了润嗓子，垂下眼道："谁都有这个阶段，都这么过来的。"

原野在后面无声笑了笑，方绍一还是方绍一，人跟人出身不一样，格局不一样，处事态度也能差出千里万里。方绍一虽然咖位摆在这儿，但从来不在剧组里摆身份要大牌，他话不多，但不是因为瞧不起谁才话少，是他这人本身就不爱多说。只要有年轻演员过来问他什么，他都能耐心讲解。

这看起来简单，但在这个圈子里很难得。方绍一可能看着有距离，因为他表情总是冷冷淡淡的，但他不摆架子，也不屑于去踩谁，永远不会摆出一副站在高处睥睨众生的姿态。

虽然都是影帝，但影帝和影帝之间品格也是有差距的。

吉小涛先看见了原野，他刚才去给方绍一拿药了，顺带出了趟村，买了点东西，还给方绍一买了份汤，顺便帮导演、监制和摄影指导老师也都带了一份。

他看见原野有点惊讶，叫了一声："野哥？"

方绍一和导演都回了头，原野冲他们笑着扬了扬胳膊，问吉小涛："你能不能不要每次看见我都这么大嗓门？"

"我没控制住。"吉小涛先过去把给导演他们带的汤和饼分了，然后小声问原野，"你怎么来的啊野哥？你给我打电话我接你啊！"

原野说："不用，我打个车就来了。反正明天又要录制了，我早一天来等着吧。"

方绍一只是回头看了原野两眼，并没有站起身走过来，依旧坐在导演旁边说话。导演一边喝汤一边说着什么，方绍一点点头，接着说他的。

直到他们说完戏，方绍一才向原野走了过来。他此时看见原野也没什么反应，脸上连多余的表情都没有。吉小涛把保温壶递给方绍一，一打开还冒着白气的。给导演他们的汤都是普通餐盒装的，而方绍一这碗是吉小涛特意带了保温壶去的。

这两人谁也不跟谁说话，吉小涛有点尴尬，他问原野："野哥你吃了吗？要不你吃饼？他有点感冒，喝汤发发汗。"

原野点头说："我吃过了，不用管我。"

吉小涛又说："你把行李给我吧，我去安排个房间给你。"

原野看了一眼方绍一，这人的确是感冒了，鼻子都有点发红。原野问吉小涛："你们晚上就住这儿？"

"嗯，一直住村里。离市区太远了，就不折腾了。"

原野把行李箱给吉小涛，吉小涛接过去，原野手里没东西了，就在一边站着，看方绍一喝汤。

这画面有点滑稽，三人都站着，但没人说话。吉小涛偶尔说两句，剩下俩人连眼神都不怎么对。原野都不知道自己是来干什么的，来之前也没想那么多，反正明天又要录节目，既然演了兄友弟恭就要演得像点。结果这会儿跟方绍一站在一起，原野才觉得自己好像不应该来。

有摄像机在前面对着脸拍，还有话好说，没了那个镜头，他们连话都说不上。

那壶汤方绍一只喝了一半，他之前连喝了两杯热水，实在是喝不下去了，灌了一肚子水。那天下午方绍一有戏的时候拍戏，没戏就上车睡觉。原野就蹲在导演旁边听他和编剧唇枪舌剑争论不休。原野和这个导演接触过，之前方绍一拍他的戏，自己就跟过组了，对这导演和编剧都挺熟悉的。

这俩人各执己见，讨论的是男三的结局到底应不应该死。原野蹲在旁边听着，觉得挺有意思的。

"小原，你说说。"

导演突然叫到自己，原野一愣，笑了："我说什么啊？我都没看过剧本，不知道背景。"

辛导看向原野，挑着眉不满道："绍一的戏你不都第一个看剧本儿的？你怕什么，说，我听听你怎么看。"

原野摇了摇头认真说："辛导，我真没看过这个。"

方绍一上一部和辛导合作的戏是四年前，那时候每天都要现场磨戏现场改剧本，原野多数时候都会参与，而且很多时候，原野的想法和导演想法是一样的，和编剧经常争执。原野说话直，心里怎么想就怎么说，不怕得罪人。

编剧老师在一边笑了："哟，我看你们俩这情况可不怎么对劲。好好的，别整幺蛾子。"

这个圈里的人，往上看都是人精，心里没数看不清东西的在这个圈活不下去。方绍一今年的档期排得一天空闲都没有，基本都住在剧组，而且也不见原野过来探班。

辛导和编剧刘老师是绑定合作的，合作了快二十年。方绍一的爸爸和他们关系很铁，所以不管是从方悍那边看，还是方绍一本身，这些老资格的编剧导演看方绍一和原野就跟长辈看小侄似的。也敢说他们，要换作是别的小年轻，他们都不会多说一个字。

原野点点头，"嗯"了一声，说："听着了！刘老师！"

导演笑着说："刘老师也是好心，别嫌烦。"

"不会不会，"原野赶紧摇头，"那怎么可能。"

吉小涛把原野的行李放在他们住的那屋隔壁，一个院子里的另一间房，但是另外一间只能放东西，没有床。平时他和方绍一各自一张单人床，为了给他们俩制造单独谈话的机会，这晚吉小涛很有眼力见儿地决定自己去别人屋里挤挤。

原野看了看两间房，也没多说。自己也不可能出去住别的地儿，让人知道了又得开始编排他俩的关系，那综艺可就真没法录了。那他就也别矫情兮兮地说回市里住，你早干什么了，大家都累，到了这会儿就别瞎折腾了。

于是原野点头说："行，辛苦了小涛。"

晚上，方绍一和原野一人一床各躺一边，谁都不张嘴说一句。原野能听见方绍一闷着声音咳嗽，咳久了嗓子都哑了。

原野摸出手机发信息给吉小涛：他晚上吃药了没有？

吉小涛回复他：我给他拿了，但我不知道他吃没吃！

吉小涛：不然你问问他！

原野回他：嗯。

原野关掉手机塞到枕头底下，翻了个身，脸冲着墙，没往方绍一那边看。然后清了清嗓子，出了声："一哥，你是不是忘吃药了？"

"吃了。"方绍一隔了几秒才开口，哑着声音问道，"我吵着你休息了？"

原野在黑暗里皱起了眉，说："没，就是感觉你难受。"

之后房间里就陷入了沉寂，没人再说话，方绍一也不再咳嗽。原野听不见咳嗽了，想翻个身转过去，又感觉现在实在太安静，翻个身动静太大了。

过了很久，也可能是感觉过了很久但其实只有几分钟，原野听到方绍一又开了口。他的嗓音又低又哑，带着点嘲讽的笑意，在这样的黑暗中透过耳朵像砂纸一样——

"你还能感觉到我难不难受？"

"你能吗？"

第二天录制节目。

这会儿其实已经入秋了，这里也有点凉了，不过草原上的草还是绿的，这次原野没忘了带相机。

他一直很喜欢草原，那种无边无际开阔的绿色，让灵魂都是自由的。他也喜欢这里淳朴简单的生活，羊群慢慢悠悠走过，带着羊身上特有的那点膻味。原野面对着镜头，笑得有些温和："我以前还跟方老师讨论过，以后岁数大了可以一起来草原养老，天天吃肉喝酒看日落。"

林恬从原野旁边走过，笑嘻嘻地接了句话："方老师怎么说？"

原野看了一眼身后不远处的方绍一，笑了一声，说："方老师说在这儿生活挺好的，但不能天天跟我喝酒吃肉。方老师偶像包袱重，不能放任自己变成个胖老头儿。"

林恬说："要是我我也不行，慢慢变老是生命趋势，但老了也还是得美着！"

原野点点头，两只手插在外套兜里，吸了吸鼻子，说："嗯，方老师也会从小帅到老。"

方绍一走了过来，说："我记得上次你就说我老了？"

"没有，没有的事。"原野拍了拍他的胳膊，笑着说，"你又帅又年轻。"

昨晚方绍一那么一句话，原野接不了，也没必要接。他们俩之间说那些没意思，而且事到如今，说什么也没有意义，说多了更没劲。

今天有了摄像机跟前跟后地拍着，俩人之间那股说不清的尴尬和沉凝终于消了一些，镜头前说话才能更自然一点。中午他们吃了一顿大餐，餐桌上几乎全是肉，原野只记得那碗酸奶很好喝。全桌只有原野和陈洳那个富豪老公吃得多，每次吃饭别人说话就他们俩吃个没完。

方绍一后来把他自己那碗酸奶也给了原野，原野侧过头小声问他："难受？怎么不吃东西？"

方绍一凑过来说："太腻了，没什么胃口。"

原野把酸奶往他那边推了推："喝这个，挺好喝。"

方绍一摇了摇头，不想喝。

于是原野把那碗也喝了，之后擦了嘴，悄悄离了席。

过了差不多二十分钟原野才回来，回来之前还以为别人得吃完了，谁知道他们这么磨叽，吃个午饭吃了四十分钟了还没完事儿。原野已经撩开帘子进来了，也不好再转出去。

林恬问原野："野哥干吗去了？"

　　原野坐回自己的位子，说："方老师吃不了这么多肉，导演让他减肥来着，我去给他煮了碗面。"

　　原野不说方绍一感冒的事儿，说了剪辑的时候肯定又要做文章，现在周围这些人也都得问，平时可能就一句话问过就算了，在镜头前就得时刻记着，嘘寒问暖，处处照顾。原野不喜欢那样，并且知道方绍一更不喜欢。方绍一不管受伤还是生病从来不对外说，他不喜欢被人过多关注，他强势惯了，不喜欢当弱者，也从来不把自己摆在弱者位置上。

　　摄影老师要拍那碗面的特写，原野笑着捂住不给拍："我这烂手艺就别拍了。"

　　原野把碗推过去，从他进来方绍一就一直看着他，这会儿也还在看着。原野低声和他说："只放了点肉丁，吃吧。"

　　方绍一垂下视线，也把声音压得很低，道："谢谢。"

　　原野一愣，过了一会儿，嗤的一声笑了，摇了摇头说："你跟我说什么呢。"

　　吃完饭，大家各自回帐子里歇着，方绍一回去睡了个觉，原野没回，而是找当地人借了匹马。

　　小导演本来不敢让他自己骑走，这一旦摔了或者出了什么事儿，她负不起这个责任。原野再三保证不会摔，又给她手写了免责声明，然后摆了摆手自己走了。摄影师跟了一段儿就跟不上了，原野和他们说："半个小时我就回来，这段别拍了，就当我睡觉了。"

　　原野骑马怎么可能摔呢，他从小就玩马。他小时候街上哪有这么多车，那时候爷爷奶奶去趟县里都得赶马车去，爷爷在后面赶马车，原野就往马鞍上一坐，小孩儿不大，坐得高高的，威风又神气。原野摸了摸马脖子，和它说："大王，带我跑一圈？"

　　马甩了甩尾巴，漂亮的大眼睛眨都不眨。

　　原野又说："咱俩跑一圈吹吹风吧。"

　　他一只手攥着马缰随意垂在身侧，另一只手里拿着马鞭，折起来往后轻轻敲了敲马屁股，嘴里低声催促着。这是一匹大红马，它前进的速度一点点加快，最后彻底放飞，在草原上驰骋起来。

　　原野笑着看了看天，然后闭着眼感受着风在脸上吹过。他天性就是这样的，向往这些，喜欢这些。心里那些情绪被风这么一吹倒是散了不少，因此他和马都疯够了，骑回去的时候脸上还带着微笑。

方绍一正和小导演站在帐子前说着话，原野扯着缰绳减了速，慢慢溜达着往他们那边走。方绍一跟导演说："你看，我说了不会有事吧。他想玩什么你们就放开了跟着，他心里有数。"

小导演哭笑不得："方老师，你敢我们不敢啊，真有什么情况领导不得杀了我吗？"

原野还骑在马上溜达，方绍一看着原野，摇了摇头："我都这么说了，你还有什么不放心的？"

小导演想了想，随后才笑了笑，说："是我多虑了。"

刚才把原野放走了之后她越想越后悔，就不该让原野自己骑马出去，不出事什么都好说，真出了丁点事，她肯定是第一个被问责的，磕坏一块儿皮那都是大事。后来她实在坐不住了就去找了方绍一，问能不能把原老师叫回来。方绍一不慌不忙，让她安心。

原野坐在马上，高高地俯视着他们，问："又说我什么坏话了？"

小导演吐了吐舌头："我怕您跑远了回不来，太担心了。"

原野一笑，又摸了摸马脖子，说："这儿的马本来就是主人家养来骑的，特别听话。我们俩以前养的马比它难收拾多了，你问问方老师，那马我驯了多久。"

方绍一"嗯"了一声，也摸了摸原野这匹马的马鬃，用手背轻轻刮了刮，说："我养的马，总是特别不听话。"

原野看了他一眼，随后抿唇从马上跳下来，牵着马给人家送了回去。小导演跟原野说："要开始录了，原老师！你别再跑啦！"

原野牵着马，没回头，只是抬起手轻轻摆了摆。

那天下午的节目槽点太满了，原野虽然很无语，但是节目还是得好好录。毕竟那是两回事，既然收了钱就尽量好好录。

节目组让他们一批人都穿好无菌服，从头到脚都消好毒，之后进了牛场。来来回回参观之后，重点终于来了，他们每组都得自己挑一头奶牛，在规定时间内哪一组奶挤得多哪一组能住带空调的帐子，也就是一个豪华间，不仅能洗澡还有空调。

这真是触及原野的知识盲区了，再也不是野猴子的地盘了。小时候他爷爷家虽然也养牛，但也不是奶牛啊，他哪干过挤奶的事儿。

　　两个女生只顾着夸这个漂亮那个可爱，另外一组迟星和程珣还挺像那么回事儿的，研究着挑哪头牛。

　　原野和方绍一说："一哥，你站着，你是影帝，影帝架子不能垮。"

　　然后原野回头和摄影师说："来，录我。"

　　原野弯着腰挨个去研究哪头奶牛看起来奶多点，哪头脾气好能多挤出来点。

　　"这个看着太瘦了，一看好像就不怎么行……"原野一直弯腰，脸都充血了，鼻子也不通气，说话的声音都发闷，"我好歹是个文艺青年，我趴在这儿研究这个，啊？这合适吗？"

　　旁边的迟星乐得不行，跟原野说："原野哥你挑好了吗？"

　　原野看他一眼："干什么？"

　　迟星说："我看您最认真了，您有备选吧？到时候您挑完我们要您备选那头就行。"

　　原野笑了一声，说他："你倒挺省事儿。"

　　这段节目就是有意恶搞他们，故意要这么录。牛挑好了还得做准备，得给人家重点部位好好消毒，擦擦，之后还要给它做乳腺按摩。旁边跟着技术指导，告诉大家得用多重的劲儿，怎么揉，揉向什么方向。

　　前期准备做好后，技术指导在旁边现场教学，告诉他们蹲什么位置，手怎么使劲。原野蹲在牛一边，攥住其中一个乳头，按照技术员指导的动作和力道挤奶："我今天是折你们身上了，你们就折磨我吧。"

　　方绍一蹲在另一边，他也不好好干活，就只是看着原野笑。原野一边挤一边嘟嘟囔囔不知道念叨些什么东西，这画面太喜感了，小导演在一边都乐得一直捂嘴。

　　"对，你就笑，我自己来，你看我什么时候能挤出一桶，晚上你冷了我看你还笑不笑。"原野看了方绍一一眼说。

　　方绍一还是笑，原野这次见着他还没看他这么笑过。原野说："行，你笑吧，我来，你开心就好。"

　　原野蹲着一心一意地挤奶，手的动作一松一紧一上一下，他瞟了方绍一一眼，嘴角斜斜勾起一抹弧度，轻笑着对方绍一使了个眼神。

方绍一站起来没搭理原野，然后走到旁边去看看别人的进度。

原野蹲着继续挤，影帝不干活自己不能也不干活，再不干活晚上他们就没空调了，方老师感冒还没好，别再冻着。再说他万一难受了心情一糟再说自己两句，自己又得半宿睡不着。

原野这边挑牛挑得的确不错，奶量绝对可以，感觉挤着都不费劲儿。但这也架不住就自己一个人干活，方绍一那边连桶底都没有满，这人根本就没伸过手挤奶。最后原野也没能拿到这个豪华间，于是便问方绍一："你怎么不挤呢？"

方绍一看了一眼摄影机，低声说："我不爱弄那个。"

"嗯，我爱弄。"原野都让他给说得笑了，愤愤道，"我爱弄啊？我就愿意干这个？"

方绍一垂着眼，笑着说："我看你挺爱弄啊。"

原野也跟着乐，没再说别的。

程珣和迟星拿到了豪华间，他们俩刚才吭哧吭哧地一直闷头挤，可认真了。原野说他们俩："你们俩刚才是不是把我挑的牛牵走了？用了我挑的牛是不是得分我一半？"

迟星现在和原野也混熟了，不像最开始那样不敢说话了，他把刚才挤的那桶牛奶拎过去往原野眼前一递，说："房没法分，牛奶都给您了。"

原野笑着侧了侧下巴，没搭理他："拿走，不要。"

俩小的当着镜头面没多说什么，结果私底下过来找原野。程珣说："原野哥，那个帐子你和绍一哥住吧，我看绍一哥好像不太舒服。"

原野看了看他，摇头说："不用，心意领了。"

"没事儿，我跟小星我们睡哪儿都一样。"程珣说。

原野对程珣笑了笑，还是摇头说："不了，谢谢，有心了。"

原野对他们俩的印象一直不错，俩小孩儿没那么多心机，情商也够用。他们俩没当着镜头面说把房间让给他们，没在屏幕上拿这事作个秀，这就挺招人待见的。

他们完全可以在挤牛奶分房的时候就当着大家的面说，想把他们赢的那间让给方绍一和原野，还可以提一句方绍一不舒服的事，立个礼貌懂事的人设，节目一播观众都得夸他们。

但他们没那样做，处事一直都很有分寸。原野挺喜欢这样的小孩儿，二十岁出头，做事儿目的性别那么强。不过如果把他们俩换成那种能作秀演戏的小年轻，原野这嘴肯定也消停不了，非得呛回去。

吉小涛这次没跟着来，反正他跟着也没什么用，录节目也用不着他一个助理干什么。方绍一晚上收拾完就躺下准备睡了，帐子里这会儿就原野和方绍一两个人，原野本意不想主动说什么话，但方绍一就这么睡了好像不是那么回事，上次他们俩录完节目吉小涛就念念叨叨地磨叽了半天。

原野犹豫了一下还是走了过去，蹲在矮炕前面，碰了碰方绍一，叫了声："哎。"

方绍一抬头看原野，微挑着眉。

原野问："你就这么睡了？"

方绍一盯着原野，眉毛挑得更厉害。

原野也觉得自己这话问得有毛病，人不这么睡还得怎么睡？

原野清了清嗓子，说："这边有点干，你就这么睡？脸都不擦了？"

方绍一听原野说完，收回了视线，淡淡道："不擦了。"

原野说起这个心里也挺不是滋味儿的，以前他们俩还没闹掰的时候，方绍一经常拍戏拍累了，下了戏把妆一卸，洗个脸就睡了，那会儿方绍一还年轻，都不怎么弄面霜、精华那些东西，但是过了三十岁以后不管是谁得服老，虽然身体不老但皮肤状态肯定是不如从前了，睡前都得把这些当个任务做完。

原野还在那儿蹲着，今晚脾气格外好。可能是因为中午骑了会儿马挺放松的，总之这会儿他的心情不太闷，于是又碰了碰方绍一，笑得没皮没脸："一哥，起来擦脸啊。"

方绍一皱着眉，把脸往被子里一埋，咕哝着说了一句："你怎么这么烦。"

原野还是笑，从方绍一箱子里要拿那些擦脸的东西。刚拉开拉链，方绍一就坐了起来，沉声道："别动我箱子。"

原野的动作一顿，手还放在行李箱上没动，回过头看方绍一。

方绍一面无表情地看着原野，又重复了一次："别碰我箱子。"

原野慢慢地眨了眨眼，嘴角挂上了一抹不知道是笑还是什么的表情，于是点了点头："嗯。"

原野站起来，呼了一口气，手揣进兜里，随后收了收下巴，把半张脸埋在外套里，鼻尖碰到拉链的金属头，有点凉。他没看方绍一，只是站在那儿说：

"抱歉啊。"

原野又说："我这人大大咧咧惯了,你别介意。"

这句话说出来就是带着倒刺的,戳出个洞还不算,抽出来的时候连着筋带着血,疼得发麻。戳别人的,也是戳自己的。原野说完这句话就走了出去。

外面风有些凉,他走得挺远,背着风点了根烟。烟吸进嗓子里又干又辣,呛得原野有些咳嗽。他用夹烟的手挥了挥面前的烟雾,挥了之后反倒比之前更多,在眼前缭绕成一团。

原野低笑了一声,侧过头在风里骂了自己一句:"傻子。"

之前方绍一和原野在镜头前,怎么着也能做出一副和谐友好的假象,就算不像别的嘉宾互动起来那么频繁,但他们俩本来就是这样的人,也不觉得有什么。但接下来的这天录一半下来连小导演都忍不住问了原野:"原老师,您和方老师怎么了?"

原野当时正准备着滑草道具,低头给滑草鞋上油,也没抬头,只是问她:"我们怎么了?"

"没,就是感觉您和方老师情绪不高,"小导演小心翼翼地说,"您和方老师没吵架吧?"

"没有的事,"原野站起来,对她笑了笑说,"放心。"

录这个节目,从第一期开始就是原野演得更卖力一些,他总是主动去找方绍一,挑起他们俩的情绪,让他们在镜头前的相处状态尽量看起来自然,不让别人看出端倪。昨晚方绍一那句话让原野到现在连自己的情绪都没能挑起来,更别说去演什么戏了。

以原野的脾气,录到现在演到现在已经很不容易。

他们今天的任务就是滑草,先和教练学完,然后分组进行滑草比赛。每个人身上穿好装备,等着教练教。其实滑草和滑雪差不太多,这里面好几个人应该都是会的,但为了节目效果得装成第一次接触或者不那么熟悉,等一会儿再故意摔倒几次做些笑点出来。

但原野今天不愿意再当这个演戏给人看的猴儿,穿完装备直接就蹿出去了。他先从斜坡上滑下去,接着一个利落的转弯,然后迅速滑走了。

迟星一脸崇拜的表情,连眼神都亮亮的,小声说:"原野哥好酷啊。"

"不管玩什么都转个身就没影儿了,"林恬笑着说,"野哥不当运动员可惜了。"

方绍一说："他就没个老实的时候，野猴子。"

原野自己转了一圈，从后面绕回来的时候方绍一正在斜坡上慢慢悠悠地滑行，原野状态已经调整好了，他冲着方绍一的方向加速冲了过去。

方绍一回头看见原野往这边来，也没往旁边躲，只稍微低下身，让重心更稳一点。原野没减速，照着方绍一就扑了上去，冲力有点强，方绍一没能扛住，俩人一起摔了。原野的身体用劲让俩人以侧摔的姿势滚到草地上，不顾狼狈，一个摞着一个摔得四仰八叉。

原野跟有病似的"哈哈哈"地乐了半天，方绍一眼里有点无奈，拍了拍原野的胳膊，问道："摔着了没有？"

原野摇头，笑得有些喘。

不远处程珣看见他们俩摔了要过来，原野摆了摆手示意没事儿。

他们俩录了一上午都互相冷着脸，这会儿看着倒挺好的，小导演也暗自松了一口气。

方绍一拍拍腿上沾的碎叶子，要起身。原野一把扯住了他的胳膊，把人扯近了些。方绍一挑眉看过来的时候原野一下子凑了过去。

其实原野一上午心里都憋着火，要按自己的想法，尽管他们俩现在闹掰了，但毕竟十多年的交情摆在那儿，如今也用不着谁给谁摆脸子，不至于。

原野心里窝火就没心思演戏，但刚刚自己出去转了一圈，尽量把情绪都排解掉，回来节目还得好好录。因为自己不好好录影响的是方绍一，他毕竟是娱乐圈的人。

但这不代表原野就得一直憋着，他骨子里就压不了火，心里有气就堵得难受。

原野攥着方绍一的胳膊，脸上表情是笑着的，和他对视着，镜头在远处拍摄，回头再加个 BGM（背景音乐），又能剪出来放进预告片里。

别人都没能听见原野拉着方绍一说了几句什么，只有方绍一听清了——

原野将声音压得极低，说道："一哥，我没欠你什么，你也别老拿话呛我。咱俩好好把这节目录完，或者你现在说不录了，咱俩各回各家。"

"我当时脑子灌地沟油了才答应录它，一步错步步错。"

原野当时的语气听着像是恨不得要揍方绍一一顿："我的的确确就是脑子

灌油了，但我来不是看你脸子的，我就是……不服气。"

这句话说出来原野自己都吓了一跳，这句他其实没想说。他想说的只有第一句，咱俩好好把节目录完。

但说都说了，就也不解释了，原野咳了一声，然后自嘲一笑，问方绍一："这句我能撤回吗？"

方绍一先是沉默地盯着他看，之后才说："那你试试。"

原野蹲在那儿往草地上瞎摸，拍了一下说："原野撤回了一条消息。"

方绍一站了起来，手往那边递了过去。原野抬头对他笑了笑，然后搭着他的手，借力站了起来。

原野的这句话一出，前面说了什么都没用了，但和方绍一服个软也不会让他觉得多难受多掉价，这毕竟是他一哥，说了也就说了。

之后的节目录制两个人在镜头前又恢复了正常，说说笑笑看起来挺好的。晚上睡前一个擦脸，一个盘腿玩手机，也挺和谐。

节目录制的最后一天，他们进了沙漠，沙漠越野也是原野爱玩的，玩了一天下来，洗澡都洗出了半斤沙。其实这节目要是去掉一直要被镜头拍这一点，其他的还挺不错。无非就是到处瞎走瞎玩，也没什么目的性，更不用时刻揣着手机回谁的信息，挺好。

节目录完，还跟上次一样，原野直接回自己家，方绍一回剧组。

每次录完，原野感觉废掉了半条命，缓都要缓两天了。不过这次和下次录制的时间间隔长一点，十二天之后才录下一场，这中间的时间够原野好好歇了。其中一天他还得去电视台里录个节目，算是个宣传，合同里签过的。他和方绍一中间至少得出一个人，是原野主动揽的这个活。

原野趁歇着的时候回了趟他爸妈那儿，他妈一看见他第一句话就是："我的天，你怎么瘦了这么多？"

原野扑哧一下乐了，拍了拍老妈肩膀，无奈地说："你能不能不每次看见我都是这句话？"

原野四处转了一圈没看见老爸，扬声在屋里喊："原安平教授在哪儿呢？"

他爸的声音从阳台传出来："你这大嗓门儿能传出两公里了。"

原野笑了笑，走过去，逗了逗他爸养的那几只鸟，问："今天没课啊原教授？"

教授说："哪那么多课天天上，我一周就两节课。"

"行，平时就歇着。"原野说。

原野从小没少让爸妈操心，现在大了，人家也不跟他操心了。三十多岁的成年人，生活都是自己的，也用不着别人再帮他操心。他和方绍一拆伙的事儿原野都没瞒着他们，当初爸妈那么劝着都没劝住他，最后两人到底还是分道扬镳了。

不过老两口什么都没说，没说风凉话，没说"你看，我早就跟你说过吧"，他们干脆就没提过这事。原野的性格从小就这样，决定的事儿别人扳都扳不回来，吃亏受罪也都自己受着，从来不叫苦、不吭声。

"这次又去哪儿了？"吃饭的时候老妈问道。

原野说："去的草原。"

"节目什么时候能播？我也看看。"

原野笑着摇头，给她夹菜："算了吧，别看，太傻了，看完你都不认识我了。"

"那要不你还当你不傻呢？"老妈笑了，"你都傻多少年了，习惯了。"

原野顿了一下，之后说："不是一种，这种没有尊严。"

他爸看了他一眼说："那你还去？"

原野笑笑："先接了，答应了就还是去吧，再说挺多钱呢，不要白不要，是不是？"

他爸没再跟他说这个，只说："你前三十多年做什么事都只顾自己开心，但愿以后也都这样活着，开心就行了。但人生不可能只有开心，每个人都有难挨的时候，顺着心走，你看得清楚，心里明白，我们不多说。"

原野的动作停了一会儿，然后看着他爸笑了。由于手里没有酒，就一杯饮料，原野非给他爸倒了一杯果汁，然后用自己杯子碰了碰老爸的，喝了一口。他爸嫌他有病，但还是也跟着喝了一口。

"好好吃你的饭得了，"他爸说道，"你烦不烦。"

"烦你还喝。"原野"哈哈哈"地乐着，贼喜欢原教授脸上一板一眼心里又很柔软的样子。

其实原野的成长环境是很自由的，从小家里就很惯着原野，基本上算是放养，不会管束太多，反正管也管不听。相比宁陆和关洲，他是家里管得最少的。

虽然原野整天就知道瞎玩儿，但在周围孩子里面成绩却是最好的，没处说理。

本来这个节目应该是下月才能播，但台里另外一档节目突然有了点计划之外的情况，其中有个嘉宾出了点问题，不能播了。节目组只能把那档节目先撤了，拿这个先顶上去，再看那个节目是换人补录还是怎么。

所以这几天网上突然就开始有了他们之前录节目的路透照，一对一对相继被放出。这里面方绍一和原野是头一次上综艺，话题度是最高的。后来节目组也发了一些带动图的微博，宣传了一波，他们得转发那条微博，原野把自己的微博扔给吉小涛，让吉小涛看着弄，自己懒得弄那些。

原野也只在最开始大概看了看，之后就没再管过。

有天原野正在群里和宁陆他们一帮人闲侃瞎聊天儿，突然有个电话进来，他一看那个名字，挑了挑眉。

"哟，耿总？"原野接了电话，打了声招呼。

打电话进来这人是方绍一以前的经纪人耿靳维，现在是方绍一工作室的负责人。方绍一从十几岁就是他在带，那时候他也就刚毕业没多久，是方悍挑中的他，方悍也的确没挑错，他是挺有手段的一个人，现在也是这个圈子的一个金牌经纪人。但原野和他关系一直一般，只是面上过得去，不像和吉小涛那么亲近。

耿靳维这人肯定不会是吉小涛那种小白兔一样的人，那种性格的人也做不了经纪人。方绍一这些年没接过烂戏，但有质量的剧本一直能续上，除了方绍一是方悍的儿子以及他本身演技的确在线之外，还有一部分原因也是耿靳维这人有手段有人脉，资源拿得到也能守得住，把这个圈子混得很明白。

原野和耿靳维私下几乎不怎么联系，很少接到他的电话，所以这会儿还有点意外。

耿靳维跟原野打了声招呼："挺久没见了，野弟。"

这人是个老烟枪，一口烟嗓极低极沉。原野说："是挺久没见了，怎么了耿总？"

对方笑了一声，说道："叫耿哥。怎么着？你们俩掰了跟我这儿哥都不叫了？"

"哈哈哈，我闹着玩儿。"原野说。

耿靳维没事儿就不可能给原野打电话，不过也不算什么大事，他就是问原野："这两天上网了没有？有人说你们俩拆伙的事儿了，看见了吗？"

原野皱起眉："什么？我没看。"

"没事儿，一个帖子，回头让删了就得了。"耿靳维继续说，"我也不是问你这个，我就是想问问你，野弟。"

原野"嗯"了一声说："你问。"

耿靳维说："这事儿你怎么想？"

这人话说得太直接，原野脑里神经都一蹦，之后笑着说："我想什么啊？我没想法，你们准备怎么弄都你们说了算，我这边无所谓，以后有一天要是真的被公众知道了……能把对方绍一的影响降到最低就行，合伙做生意本来就是好聚好散的事，不然就说我坑他钱了？都可以。"

耿靳维在电话里没客气，骂了一句，然后才说："我跟你们折腾不起，耿哥老了。这节目我说推了你们又都要接，都准备老死不相往来了还录这种节目你们拿别人当傻子呢？真揭出来咱们谁都别好。"

"这我想过了，"原野靠在沙发上，手里捏着手机，闭上眼仰头靠在沙发背上，"反正到时候……把责任都推我身上，拆伙赖我，节目也是我接的。具体怎么弄不用我多说，你比我清楚多了。到时候不用顾忌我，耿哥，我不是艺人，也不是你们娱乐圈的人，我都无所谓。"

"你不了解方绍一？"耿靳维冷笑一声，"他能是这种人？"

"他不是，但你是啊。"原野哈哈一乐，乐完了说，"真的，我什么都不怕，不管什么尽管来就是了。我一个拿笔吃饭的，也没什么影响，是不是耿哥？"

耿靳维没再继续说，只说："再说吧，不出意外这事儿应该掀不起什么浪，有浪我也能压住。你们俩早晚玩死我。"

原野又是一笑，和他又说了几句，之后挂了电话。

原野闭眼靠在那儿，捏了捏眉心。过了一会儿，他又拿起手机，登录了微博。

网上又开始一轮自己和方绍一过去十几年的来往总结，以前有人发的帖，现在又被人挖了出来。原野一一点开看，有些往事就这么看着别人说，都能让心变得温和。

原野点开了一个视频，那是方绍一拿到第一个影帝的颁奖典礼那天。

多年前的视频了，画质不太清晰，但原野还是能清清楚楚地看到大屏幕前站着的那个极耀眼的人。方绍一穿着西装，拿着奖杯站在那里，是很帅的。他当时说："感谢秦导，感谢剧组，也感谢所有陪小方搭戏的前辈，你们让我成长很多，谢谢。"

他说完，看了看眼手里的奖杯，然后晃了晃，笑着说："今天这个奖我想送给原野——野猴子，生日快乐。"

原野要去台里录的那个节目，关洲来做了一场嘉宾主持。这种综艺原野从没来过，几个小时录下来基本就是按照提前给的台本在走，但节目设计得不错，笑点很多，就算完全按照台本走也不会显得自己很木。

节目录完关洲没让原野直接回去，俩人一起去吃了顿饭。

关洲和他说："看现在网上的反馈，你人气很高啊。"

"是吗？"原野不太在意地说，"这节目里面哪个人气都不低。"

"你以前神秘呗。"关洲笑着跟原野开了个玩笑，"不然你以后多接点节目得了，有戏。"

原野笑着一挑眉，说了句："闹呢？"

关洲一笑，过了一会儿，收了表情和原野说："对了，你们俩还是得当心，不知道他们那边跟你说了没有，你们俩闹掰了的事儿一直在往外冒。"

原野抬起头看向他，问："不是删了？"

"删了，但是还有。"关洲说，"这几天台里一直在处理，不知道是谁在往外挑这个事，我估计方绍一他们那边也知道。"

原野点了点头，没再说话，沉默着吃东西。

关洲表情也挺严肃的，他和原野的关系摆在这儿呢，很替他操心："连我都知道了的事，在这个圈就不再是什么秘密，你们闹掰这事应该很多人都知道了。不知道这次到底是哪边的人在搞，也有可能是隔壁台为了他们那个节目的收视率，反正只要没个准信怎么都没事儿，但万一过两天真扔出个什么消息来就不那么好压了。"

"嗯，知道了。"原野看着关洲，对他笑笑，"不用操心我，兄弟。"

关洲一脸无奈，说："还能笑出来呢？"

原野扯了扯嘴角，说："笑不笑的，我反正也没什么办法，何况现在还没什么动静，我操什么心？"

原野是真的不操心，这次去草原还抽空拍了些图，闲着的这几天就在家折腾照片了。有几张他很喜欢，其中有一张是方绍一站在沙漠里，回头看向他这边。他的表情是有些冷淡的，还稍微皱了点眉，可能是太阳晒的，也可能是风吹的。

原野挑了张在草原上给羊群拍的照，其中有只小羊恰好看着镜头。原野发了个朋友圈，配上文字：小原摄影。

吉小涛迅速给原野点了个赞。

原野发消息给他：几点了还在这儿瞎点赞呢？

吉小涛马上就回了原野一条语音，声音听起来非常疲惫，有气无力的："还没收工呢野哥……今天又得连夜拍。"

原野看了一眼时间，凌晨两点。原野不知道说点什么，没什么该是自己说的，最后只发了一条：辛苦了。

吉小涛又回了一条语音，声音里带了点笑："不辛苦，你们出去录节目我能歇好几天。"

原野又随便跟他聊了几句，放下了手机。

这节目眨个眼的工夫都录完两期了，一共就五个地方，再录一个都过半了。原野一直都挺配合节目组安排，反正一切都按照流程走，导演组怎么安排他就怎么录，之前觉得应该挺难，真录下来也就那么回事儿。

这次他们要去的是日本，原野没像上次一样提前去方绍一的剧组，剧组转场已经去了外地。他们俩分别出发，最后在机场开始录。在飞机上小导演和他们说，最后一期的节目可能有变动。

之前节目定的最后一期在澳洲录，现在因为一些原因要换地方，可能去加拿大。

原野一听就看向她，问："提前几天去？"

小导演说："正常应该是两天，让各位老师都倒下时差，但是老师们时间都挺紧的，可能还是得看大家的时间，看看提前一天还是两天。"

原野没再多问，只是摇头说："不行。"

小导演也没想到原野能拒绝得这么直接，而且其实对他们来说在哪儿都是录，虽然临时改动但也不至于有多大影响，对他们来说这就是个工作而已。

"怎么了原老师？"小导演问原野。

方绍一当时戴着眼罩在旁边睡着，原野于是声音压得低了些，跟她说："咱们就按照合同来，之前定的去哪儿咱们就去哪儿。澳洲可以，加拿大不行。或者你们就近，印度、泰国，这些我可以接受，跨海的不行。"

小导演都蒙了，以为这就是说几句的事儿，没想到原野会有这么大反应，她试着又问了一次："原老师，我能问问什么原因吗？"

原野摇了摇头，脸上的表情看着应该是不想商量，说道："没什么原因，我这人就不喜欢有什么变化，合同怎么签的我就怎么录。咱们提前签好的澳洲，你们不能做好决定了再来通知我，说换地方就换地方，没这道理，你说呢？"

这事儿小导演也不会处理了，她压根儿就没想到能有这种情况，一下了飞机就赶紧和领导汇报，把原野的话都传过去了。那边领导直接和原野通了个话，问问他的想法。原野说话很客气，但还是没得商量："领导，其他的咱们再商量，不去澳洲那就去近点的哪个国家，加拿大我肯定不去。"

刚才在飞机上方绍一睡了，原野说话声音也压得很低，所以他不知道这事儿，这会儿原野在通话，小导演把事情又和他说了一遍，他点了点头表示知道了。方绍一看向原野，原野还在打电话，表情已经有些不耐烦了。

方绍一伸手过去拍了一下原野的手臂，然后摇了摇头。

原野看了他一眼，又和电话里说了一次："行，咱们回头再说。"

挂了电话之后，原野把手机还给小导演，方绍一跟他说："脾气别那么急。"

原野看看他，说："我没想急，我就是不想去。"

身边跟着的人太多，方绍一也没多说，只是在原野闷头往前走的时候拉了他一把，没让他撞上人。方绍一对小导演说："别介意，之后我们再商量。"

"嗯，好的方老师，"小导演连连点头，"没事没事。"

原野和方绍一是从北边飞过来的，所以他们最先到达。其他几组都在南方城市，下午才到。到达后，原野和方绍一就在酒店窝着，方绍一缺觉缺得厉害，他躺床上睡觉补眠，原野坐一边看手机。

关洲的消息的确是快，中午他就发消息问原野：你又怎么了，抽什么风了？

原野回他：日常抽风。

关洲：你轻点抽吧哥哥，少得罪点人。

原野：我说话非常客气。

关洲：我刚听林未和台长说你事儿多，提了一句。也就是你们这组在节目里地位高，换个人林未肯定开骂了，他那人嘴上没个边儿。但方绍一的影响力现在和你都没关系了哥哥，心里有点数。

原野"啧"了一声，又给他发了一条消息：忙你工作去吧，不用管我。

关洲也很忙，说完这两句就真没再发。

方绍一的时间挤得太满了，也不知道是缺了多少觉，他侧躺在床上，呼吸平稳绵长，一直睡得很沉。

后来只差陈泇和她老公还没到，其余两组也已经到了。原野看了看时间，估计小导演也快过来叫他们了。原野放轻脚步走过去，到方绍一侧躺面对着的那侧床边。他蹲下身，开口想叫醒方绍一，但是张了张嘴，还是没出声。

方绍一这张脸真的是很英俊，五官深邃，鼻梁很挺。他睡得特别安稳，也很舒适，脸上表情是完全放松的，看他睡得这么舒服，原野实在不好叫他。

原野蹲累了就干脆坐在地板上，靠着方绍一的床边，也打了个盹儿。

不过眯了也就十分钟左右，时间快到了，他还是得叫醒方绍一。原野站起身，碰了碰方绍一的肩膀，叫了他一声："一哥？"

方绍一没反应，原野就又叫了他一声："一哥。"

方绍一睫毛动了动，过了几秒才睁开了眼。

他这一觉睡得太沉了，房间里温度也恰好舒适，可能还做了个挺不错的梦。刚睁开的眼里稍微带着点迷茫，被叫醒了也没皱眉。原野见状笑了一下，跟他说："别睡了。"

方绍一眨了眨眼睛，看着原野。俩人此时的目光里都没有那么多复杂情绪，都很简单，很平静。

原野刚想开口再说点什么让方绍一清醒清醒，结果还没等自己开口，方绍一突然伸出手，摸了下原野的头。

原野愣了一下，然后拿开方绍一的手，脸抬起来些，去看方绍一的眼睛。他们再次对视上的时候原野又笑了一下，若无其事地问他："怎么了？"

方绍一盯着原野沉默了片刻，然后转开眼，捏了捏眉心道："没怎么，做了个梦。"

方绍一说做了个梦，原野没问他梦到了什么，只是又对他笑了笑。原野笑起来时，眼睛显得很小，但挺耐看的。

这么一个突然的动作，让这次节目录得都很痛快。两人谁也没再开口呛谁，他们在镜头前就像并肩多年仍交情甚笃的老友，每个眼神间默契都很足。原野突然觉得录这综艺当着镜头演戏也挺有意思，不知道自己和方绍一谁演得更好。但方绍一毕竟是影帝，估计自己还是比不过他。

日本原野来过几次，不算特别喜欢，主要是他不爱吃这边的东西。之前方绍一来拍戏的时候原野跟着一起过来，总共两个月的时间原野瘦了快十斤。

这次他们还泡了温泉，原野和方绍一趁着别人都睡了偷偷去泡水，俩人还在里面吃了点夜宵。

其实都是节目组安排好的，让他们这么录。

原野在心里吐槽节目组也不知道是故意的还是缺心眼儿，两人就这么在水里泡着聊天，到底有什么好看的？

后来原野把摄影师撵走了，让摄影师回去睡觉，别拍了。

节目快录完的时候，小导演又和原野说了一次加拿大的事儿，原野意思就没变过，加拿大他不喜欢，说了不去就是不去。

小导演没办法，只能转头去问方绍一，觉得方绍一这边更好说话，问问他的意思。方绍一毕竟要比原野委婉一些，只跟她说："这事直接和我公司定吧，和他们去说。原野这边你就不用再问了，他的意思不会变。"

他对外的态度和原野始终是一致的，不可能原野这边说不去，他去当好人答应了。但是私下里方绍一和原野说："去哪儿都一样，别跟他们置气，犯不上。"

原野摇头，一点不动摇："不去。"

方绍一看着他，竟然也没再多说，只是点了点头说："好。"

后来到底没去成加拿大，其他人都无所谓去哪儿，就原野和方绍一这边坚持不去，最后还是按原定计划去澳洲。

节目组可能挺不高兴的，但也没多说什么，毕竟方绍一的身份在这儿，而且他们也说不出什么，提前合同都签好了，方绍一这边不同意改也正常。那天回去原野收到节目总导演林未的消息，说：原野老师，还是听您的意思，咱们还去澳洲。

原野回他：抱歉了林导，给您添麻烦了。

林未：原老师哪儿的话，也是怪我们这边没提前和您商量。

原野知道他心里有想法，但是去加拿大只提前一两天到简直开玩笑，提前天数太多方绍一那边时间也挤不出来。这事儿在别人看应该就是原野矫情，但原野就是这样的人，他不同意的事就是变不了。或许方绍一说他能有用，不过方绍一不会说。

他们这档节目电视上已经播了第一期，原野在日本的时候就知道，自己的朋友圈也一直很热闹，看了节目的都发消息来说两句，宁陆甚至在聊天群里拿小视频直播着损自己。原野后来干脆把网一断，谁的消息都不回。

节目组毕竟砸了钱的，前期宣传得很到位，两组年轻嘉宾本来也是当红的流量明星，所以节目第一期播出收视率还可以。

方绍一这些年一直低调拍戏，原野也是个圈外人，挺多现在的小姑娘们对他俩都不了解。网上一波一波的科普帖都被翻了出来，两人还一起上了一回热搜。节目剪辑把最后那段采访都拆开了插在节目里，节目刚开始没几分钟就播了原野最后说的那一段。镜头里，原野有点冷漠地说着"他不成名也是方绍一，拿了影帝也是方绍一"。很多小姑娘觉得原野那段特别酷。

很多原野的粉丝都挺紧张，本来大家都是温和的，突然涌进来一大波粉丝，瞬间就都拉起警戒线了，琢磨着用不用撺掇着给新粉立个规矩，来野叔这边就都安分点吧，别惹事儿，要就只是跟个风凑两天热闹，不然你就走吧。他就是一写杂书的，你们喜欢玩的那一套在我们这儿不合适。

原野粉丝里一小部分是因为他和方绍一的关系所以关注他，剩下的大多数都是他的读者。最开始跟着他的那批读者现在都大了，成家有孩子了，这次有很多老粉说，在电视上看见野叔觉得很惊讶，上网一搜竟然还真是。

原野微博底下有条评论被点赞到了第一，发出评论的是一个姑娘：前天刚当了妈妈，看见你还像从前那么开心就挺好的。第一次看你书的时候我高三，那时候希望自己能活得像你，又轴又勇敢。这几年你不怎么发微博，我就总在想，是不是当初那个满山打滚钻树坑没心没肺的淘小子不那么开心了。今天看你在节目里笑得还那么嚣张，这样真的挺好的。

但也正因为原野粉丝大部分都是看他书的读者，所以也有不少粉丝不愿意他去录综艺节目，对此感到失望，觉得这样太掉价，身上沾了铜臭味。

不管什么样的评论原野都没看过，因为他根本就没上过微博，那期节目也没看，甚至从日本回来之后，连网都没上过。节目虽然录了，但原野依然不喜欢从屏幕里看自己。那种感觉很陌生，像是在看别人，看别人和方绍一搭戏。

自己可能是方绍一搭过的演员里面演得最烂的。

好几天之后，原野才上网，等凑热闹的人热乎劲都过去了才上手机看了一眼，没用的消息都没回。冯雷子有天联系了原野，先发了张网友 PS（photoshop，对图片进行二次改动）的图，把原野蹲树上扔香蕉的图 PS 成了猴子。冯雷子说：图是不是 P 得不错？

原野没上过微博也就没看过这图，笑着发语音骂了一句，说："我现在也有硬照了？"

冯雷子直接发了个语音通话过来，原野接了起来，冯雷子说："我看完那节目都不知道得怎么跟你说话，以前感觉你是个深沉老大哥，现在我认为你就是个小可爱。"

"我以前不可爱吗？"原野点了根烟，"我一直觉得我很可爱。"

冯雷子也骂了一句，然后说："不跟你瞎扯，我找你有事儿。"

原野挑眉："看见我帮你打广告了？要给我分钱？"

"什么广告？"冯雷子没听明白。

原野说："没看见算了，估计没播。"

冯雷子说："正事儿。之前我跟你说的那个本子，你考虑了没有？"

原野回答倒是挺快的："我没什么印象了，前段时间脑子不好使。"

冯雷子停了两秒，然后低声骂了几句，说："我之前给你大概说过，哑巴那个剧本。我觉得这个你写挺有戏，你试试？这种东西你写得最有劲儿。"

原野弹了下烟灰，和他说："我想起来了，后来不是有人写了？"

冯雷子嗤了一声："他哪里会写这个。"

原野现在其实没什么写东西的心情，最近他很懒，而且已经懒一年多了。这事儿之前冯雷子就和他说过，是一个他还挺感兴趣的剧本，但他现在这个状态估计也写不出什么好东西来，所以上回没接。这次原野也没说定，只说："我琢磨琢磨吧，回头跟你说。"

"嗯。"冯雷子挂电话之前又换上玩笑的语气，和原野说，"老哥，我看你们关系还挺融洽？我前段时间听人说你们俩掰了，这么看，你们掰个屁了？你一句我一句的，你们俩累不累？"

原野笑了一声："还行。"

挂了语音电话之后，原野把烟在烟灰缸里按灭，皱着眉抻了抻胳膊。冯雷子这人脑子是最活的，哪句话都不白说。最后这么两句像是随口一说开个玩笑，其实就是告诉原野，你俩闹掰了的事连我都知道了，给你提个醒，但我话没说破，让你心里有个数就得了。

原野吐了口气，懒懒地往沙发上一坐，摸过遥控器开了电视。

刚才让这人一说，原野突然也想看看那个节目，看看他们俩演的效果怎么样，也再看看当时的方绍一。

开头两分钟差点就没把原野尴尬出毛病，一般人还真受不了这么从电视里看自己，太傻了，也做作。一到自己的镜头原野就浑身难受开始按快进，后来方绍一的镜头就多了，几组人的镜头都是来回穿插着播，看了一会儿，原野还觉得挺有意思的。

上山那段儿因为原野自己满山转了，所以很多内容他当时都不知道。方绍一那会儿笑着和摄影老师说："让他自己玩儿去吧，来，你们录我。"屏幕里的方绍一那么柔和，光也是暖调，整个画面看起来都是暖洋洋的。

第一期只剪到他们上山分房子，节目最后就定在原野和方绍一躺在帐篷边上看星星的画面。

虽然自己看这东西还是觉得自己挺傻的，但还是看得挺满足，原野一直到广告都播完也没关掉电视，坐在沙发上有点发呆。电视自动跳到下一个相关视频，是他们片尾那段采访的精简版，第一组就是方绍一和原野。

采访剪得挺有意思，是两边你一句我一句这么穿插着放的，原野一直把这段采访看到结束。当时他怎么说的他当然清楚，但他很想知道对有些问题方绍一的答案。

小导演问方绍一："您和原老师认识多久了？"

方绍一说："挺久了，已经有十五年了，再往后就第十六年。"

"真的挺久了，这么算起来你们二十岁左右就认识了？"

"对，"方绍一也收起了些平时惯有的严肃，在镜头面前柔和下来，点了点头，"那会儿我们还年轻。"

那些小问题方绍一答得和原野当时的答案几乎一致，他们俩默契是很足的。

后来导演笑着问："我能问您一下吗？当初您二位完全不是一个圈子，是怎么认识的呢？"

方绍一很快就回答："我先联系的他。"

小导演又和他确认一次："您先吗？确定吗？"

方绍一点头道："对，我先提的。"

原野说是自己凑上去的，方绍一说是他先联系的，剪辑把他们俩剪在一起，摆成脸对脸的一左一右，在最中间打了三个彩色的问号。

原野在电视前挑起眉，看着镜头里的方绍一，过了一会儿，笑着摇了摇头。

采访时间都差不多，最后小导演问了最后一个问题："方老师，您怎么评价你们之间的关系呢？你们的相识和这么多年的相处，对您来说意味着什么？"

这个问题原野当时没有回答，可能因为自己最后脾气有点急，导演也就没再往下问。原野立即坐直了听方绍一的回答。

这个问题让方绍一沉默了半晌，他半低着头，没有去看镜头。光打得很柔，即使方绍一脸上线条那么硬朗，这会儿看起来也柔和很多。他后来抿了抿唇，低声说："你一下子倒把我问住了。意味什么？这怎么说。"

片刻之后，他眨了眨眼睛，最后深深地看了一眼镜头，视线透过屏幕能穿透人的心，他开口道："就……感恩吧。谁能和谁相识一场可能都是注定好的，谢谢这些相遇。"

方绍一一句话让原野感慨万千。

这也太会说了，一哥。

原野这人抽起风来就不管不顾，立刻摸过了手机给方绍一发了条短信，说：一哥。

方绍一过了几分钟才回：怎么了？

原野在手机这边笑了笑，发送了一条：谢谢这些命中注定。

方绍一这次回得很快，不过只有一个字：嗯。

采访里原野和方绍一各执一词，他们俩的粉丝也在官博下面评论："请那位导演再帮我们确认一下这俩到底谁说谎了！谢谢！"

吉小涛把一些粉丝的猜测发给原野，他看得挺欢乐。吉小涛这几天有事没事就往原野这儿发截图，方绍一拍戏的时候他总找原野瞎聊天儿。有时候把原野烦得就问他：你没事儿干了？

吉小涛：野哥！我收粉丝钱了！你们俩到底谁说谎了？！

原野笑着给他发了一条语音，骂道："给我滚。"

吉小涛没完没了：野哥！我收了一百万！你快回答我！

原野懒得再理他，只跟他说：你去问方绍一。

吉小涛狂甩表情包不依不饶：他拍戏没空理我，不拍戏也不理我。

原野：你现在怎么这么磨叽？

原野锁上手机，不再理他。

吉小涛跟了方绍一好几年了，当初还是方绍一的小影迷，机缘巧合之下做了方绍一的助理，这么多年勤勤恳恳、兢兢业业，现在也已经能独当一面了，但是他这人没什么太大的志向，他就想一直给方绍一当助理。

好几次耿靳维都说要把他弄回公司带带新人，吉小涛哭哭唧唧不愿意走，方绍一最后都是说："他想在我这就在这儿吧，等他自己想走的时候再说，我也习惯小涛了。"

方绍一其实是个挺慢热的人，他接受一个人融入他生活是很慢的，吉小涛都照顾他这么多年了，方绍一早都习惯了。

吉小涛消停了没几分钟，方绍一歇一条戏的工夫，又开始骚扰原野：真相到底是什么？！

原野对他没法再忍了，对他设了消息免打扰把手机扔在了一边。

当年方绍一和原野熟悉起来之后，有一次他们俩加上简叙，三个人一起吃饭。

简叙当时正在拍一部青春校园剧，在里面演了一个校草级男生。这戏当时也找方绍一了，但方绍一不拍电视剧，就没接。简叙本来就是拍电视剧的，他们俩不是一条路线。简叙当时一脸烦躁，皱着眉说："我真是懒得回剧组，每次一回去我都硌硬得慌，吃东西都想吐。"

原野有话就问："怎么啊？"

简叙说："之前组里有人……"

"停。"方绍一打断他，看了一眼原野，示意简叙说，"还小呢，别什么都说。"

简叙收了要说的话，也看了看原野，笑了："我倒忘了这还是个小朋友。"

他们俩这么说，原野就不乐意了，眼珠转了转，问方绍一："谁小啊？我就低你们一级，你们大四我也大三了啊。"

方绍一点点头："嗯。"

他这人就这样，你说什么他都这样淡淡回你，但其实心里想法根本就没改。

原野追问简叙，方绍一皱着眉，看着他："该你打听吗？"

原野撇了撇嘴，说："我问问怎么了？"

简叙也没太当原野是小孩儿，简单说了下前因。

原野一点不客气，继续说道："你们也怪不容易的。"

简叙说："这圈子就这样……"

"停，停。"方绍一又一次叫停，简叙一句话说一半就又吞回去了，方绍一皱着眉，"别说了。"

他表情是有点严肃的，简叙也觉得这话说给原野一个圈外的小孩儿听可能有点不合适，也就没再接着往下说。原野眼睛一转，看看简叙，又看看方绍一，方绍一也看着他，说："吃饭吧。"

原野点头："好的，一哥。"

那天回宿舍，原野给方绍一发短信，问他：一哥，你们平时拍戏，都这么多事吗？

方绍一很快回原野：不都那样，也分什么剧组，别想这事了。

老式按键手机，屏幕小小一块，原野最近总给方绍一发短信，想和他聊聊天，什么话题都行，反正有话说就行。

原野说：那你遇到过难解决的事吗？

方绍一过了会儿才回：几点了你还不睡？

原野：我不困。

方绍一：我困了。手机没电了。

原野用虎牙啃了啃嘴唇，方绍一就是不想回答这问题在这儿扯别的。原野又发过去：困也不行，我想知道这个，一哥，你遇到过吗？

方绍一应该是拿原野也无奈了，最后还是回复了：遇没遇到过都无所谓，我不会为难人，也没人能逼我做什么事。

原野：因为你爸爸是方悍？

方绍一：对。

方绍一：现在你困了吗？

原野想了想，又问：如果哪天你改变想法了呢？

方绍一让他问得有点无奈，挺久没回话。

原野从床上坐起来，坐在那儿啪啪啪一直按键，短信发送就没停过。

——问你呢？

——说话？

——说话！

方绍一一直不回，原野最后也不发了，从床上一翻就蹦下了地。室友让他给吓了一跳，问道："你掉下来了？"

原野说："没，我跳下来的，你睡吧，没事儿。"

因为原野每天睡觉穿的短袖短裤，都是出门能穿的，所以他穿了鞋就跑出去了。

他就这性格，压不住，想一出是一出。平时方绍一不回短信原野就自己睡了，但今天方绍一不回原野不知道为什么就格外愤怒，想想方绍一可能出淤泥而被染就觉得很硌硬，脑子里翻江倒海折腾，他根本坐不住。

晚上九点半，方绍一还坐在椅子上看书，门哐哐哐被敲响他还有点意外。

方绍一走过去开了门，原野打车到大门口又跑着进的学校，一气儿跑到方绍一那里，这会儿还在喘。原野眼睛里有两团火，瞪着方绍一，一脸倔强的怒意。方绍一很意外，问道："怎么了？出什么事了？"

原野盯着他眼睛问："你怎么不回我短信？"

方绍一眨了眨眼："手机没电了啊，我不是跟你说了？你怎么了？"

原野嘴唇紧紧抿着，表情看着还是挺生气的。方绍一不知道原野怎么了，伸手扯着原野胳膊把对方拉了进来，关了门。关上门之后才低声问："你怎么了？"

原野从来不藏情绪，心里有一分说一分："我生气。"

"生什么气？"方绍一问。

原野脸看向一边："你不回我信息。"

方绍一失笑："不回信息就气成这样？"

原野盯着他问："你是不是被带坏了？"

方绍一皱眉："都什么乱七八糟的？"

他刚才发完最后一条信息手机就没电了，方绍一走过去把手机开了机，站在那里等没接收的短信再过来。过了一会儿手机响了几声，他低着头看完信息，之后看着原野，看了半天都不知道应该有什么表情。最后方绍一无奈地笑了笑，冲原野晃了晃手机："你看，我手机真的没电了。"

方绍一不说原野自己也看见了，他跟头小倔牛似的站在那儿，执着地问方绍一："那你回答我，是不是？"

"没被带坏。"方绍一一点犹豫都没有，又跟原野重复了一次，"真没有，过来。"

原野生气的原因这会儿都被消除了，也没什么气了，方绍一让他过去就过去了。原野走过去后，方绍一又问道："我如果说……我已经被带坏了呢？"

原野没抬头，只是低着头晃了晃："你刚说过没有。"

方绍一问："我说你就信？"

原野很肯定地点了点头："信，你说我就信。"

方绍一笑了笑，甚至有点无奈："你自己看看几点了，就因为这事从宿舍跑过来的？那你再跑回去？"

原野揉了揉鼻子，抬头看他一眼，笑成一副无赖的样子："我不跑了，今晚我就睡你宿舍了，反正床多。"

方绍一看着原野眼皮边上一笑就出来的那个小坑，点了点头。

原野三天两头跑他们学校那边，有时候甚至玩得晚了公交地铁都停运了。

他在关洲寝室打扑克，晚上关洲问他："都这点儿了，等会儿都没车了你怎么回去？"

原野一边出牌不太在意地说："我去一哥那儿住。"

一起玩的室友抬头，问原野："你又要去明星那里了？天哪，你现在都能跟明星住一个宿舍了？"

原野被他一脸夸张的表情给逗乐了，然后笑着说："行了，你们早点回去睡吧！我走了！"

原野说走站起来就走了，要不是刚才关洲提醒他一句都忘了现在几点了。关洲问道："他那儿有多的地方啊？"

原野没回头，抬起胳膊摆了摆："有，别操心了，赶紧收拾吧。"

从关洲寝室去方绍一住处的那条路线原野特别熟，跑着五分钟就到了。敲门之前原野抬头看了一眼方绍一的窗户，完球，关灯。原野敲门的声音很小，敲了几下，小声问："一哥你睡了吗？"

门里也没个声，原野又敲了几下，估计方绍一是睡了，原野转身要走，刚转头走了两步，身后的门就开了。

原野回头的时候脸上笑得极灿烂，嬉皮笑脸地讨好着叫了声："一哥。"

方绍一手把着门，挑眉问道："要上哪儿去？"

"我看你睡了，我回学校或者去关洲那儿挤挤。"原野挠了挠头，笑着说，"我在关洲那儿打扑克来着，忘了时间了。"

方绍一侧了侧身，原野低着头赶紧进去了。

方绍一的确睡了，看起来是特意下来给原野开的门。他床上的毯子是打开的，原野有点不好意思："你睡吧一哥，不用管我。"

方绍一穿着短裤和 T 恤，这会儿看着不像个明星，就是个普通的帅学生。屋里只有他桌子上那个小台灯亮着，微弱的光照着，感觉有点暖暖的。

方绍一从柜子里拿了准备好的睡衣，给原野的时候顺手弹了一下他的脑袋，笑了笑，问道："不用我管，还不是得我给你开门？"

原野嘿嘿一笑："那确实需要。"

"去洗漱吧。"方绍一说。

原野第二天上午还有一节课，早上醒得挺早的。原野一翻身就从床上跳下来。方绍一从外面刚回来，在门口就听见里面扑通一声，赶紧开了门，他开门进来的时候原野刚穿上拖鞋。

方绍一挺关心地上下扫了原野两眼："摔着了？"

"没，没，"原野摇头，刚起来笑得有点傻里傻气的，"我跳下来了。"

方绍一皱着眉说："你别淘，当心摔着你。"

"我习惯了，"原野还是笑，他那会儿总是特别爱笑，"摔不着，我小时候都从房梁上往下跳，这床才多高。"

方绍一对原野无奈，也不再说什么。

原野洗漱完就坐在方绍一桌子上吃早餐，方绍一早起跑完步去买的。原野没心没肺，那会儿整天往方绍一这边凑，也不觉得打扰别人，也没觉得自己和方绍一之间有什么距离。别人跟方绍一说句话都得小心翼翼，原野就大大咧咧蹭他的宿舍住和他一起吃饭。

那时候原野的确太小了，才十七岁呢，整天就只知道玩儿，什么事都只是有个情绪，不会多想，不会仔细琢磨为什么，要是脑子里再多想点东西，他可能就不会对方绍一那么"死皮赖脸"了。

方绍一那段时间算是已经毕业了，研究生开学还得好几个月，后来方绍一就不在学校出去拍戏了。方绍一走了，原野才觉出无聊来，连关洲也懒得去找了，平时就在宿舍看看电影，看看书，瞎写点乱七八糟的东西。

实在无聊了，原野还可以给方绍一打电话，或者发短信。不过方绍一很少主动联系原野，都是他先联系方绍一，但方绍一的回复都很快。原野知道方绍一就是这种性格，基本不会主动去联系谁或者跟谁亲近，他在人际交往间长期处于一个被动位置，这也就更显得这个人有距离，让人摸不着边儿。

但原野不在意这个，心里压根儿就不考虑这些。你不打电话那就我打，不过就因为方绍一主动打电话的次数很少，原野偶尔接到一次都格外开心。

这天原野正窝宿舍往纸上瞎划拉写东西，手机一响就摸过来接，夹在耳边："谁？"

方绍一的声音从电话里传过来："我。"

原野听出他声音了，语调立刻扬了好几度："一哥？我正准备等会儿给你打个电话来着。"

"嗯，你干什么呢？"方绍一问道。

原野现在也都没课了，同学们好多都去实习了，正是无聊的时候，和方绍一说自己在宿舍待得都快发霉了。方绍一听原野嘟嘟囔囔地吐槽，觉得很有意思，就笑了，问："要不要来剧组玩儿？"

原野想了想："玩儿什么啊？"

方绍一说："随你。"

那部戏的导演是方绍一极熟的一个叔叔，甚至可以说是他爸爸的兄弟。一个从小在剧组长大不拿这当回事的方绍一，一个不知天高地厚脑子里缺根神经的原野。于是原野还真的去了。

坐了六个多小时火车，原野当时收拾了几套衣服拎着箱子就去火车站买票，当天半夜就到了。

方绍一在出站口等着，原野一出来拖着箱子笑着跑过去，方绍一拍了拍他肩膀，然后笑了笑。这一瞬间原野觉得心里特别痛快，这么多天那种无聊憋闷攒出来的拧巴劲儿全没了。

方绍一接到原野，把原野的东西放到他房间，问道："跟我住行吗？"

原野都没脑子去想过这个问题，笑得一脸傻子样，问方绍一："那不然我睡哪儿？"

方绍一看着原野那傻子样没忍住笑，说："我看你睡仓库得了。"

　　"不行，我跟你住。"原野说。

　　原野就住在方绍一房间，天天和方绍一同进同出。虽然原野才十七岁，但方绍一已经二十一岁了，在这个圈子里二十一岁说大不大，说小可绝对不小了。方绍一天天带这么个小跟班在身边，剧组人都知道了。

　　方绍一去片场的时候原野也去，方绍一很担心他，怕他跑丢了。原野于是时常搬个小凳就坐一边看方绍一拍戏，他很喜欢看，这是第一次在现场看到方绍一拍戏，总觉得这样的方绍一看着有点陌生，但也很迷人。

　　方绍一有时候会和自己当时的那个助理说："你帮我看着原野点。"当时他的助理是个姑娘，不到三十岁。她从毕业开始就混迹在娱乐圈里，不免想的多一些，她当时有点误会方绍一的意思了。

　　时间长了，原野就有点感觉到了，晚上收工了他在房间里问方绍一："一哥，我感觉你助理好像想多了。"

　　方绍一一边看剧本一边问道："想什么了？"

　　原野说话从来都直来直去："她好像觉得你要带我。"

　　方绍一将眼睛从剧本上挪到原野身上，问："什么带你？"

　　"带我进这个圈子啊。"原野一屁股坐床上，说起这个来也没觉得难为情，"她今天跟我聊了半天，我感觉她那语气，好像觉得这事板上钉钉了。"

　　方绍一竟然没多说，只是"嗯"了一声。

　　"你'嗯'什么啊？哈哈哈，你不觉得离谱吗？"原野躺在床上，侧头看着方绍一，"搞得我还怪不好意思的。"

　　方绍一看看原野，没忍住也露出一个笑容，说："我看你倒没不好意思，我就看出你挺开心的。"

第三章

身在茫茫人间的
剧烈孤独感。

第二期节目播完，原野的"野妃"名号就彻底火了。原野当时侧躺在吊床上看书的那个姿态，还告诉人家在剪辑的时候给他着重标注一下。剪辑师确实照办了，满屏幕地飞这俩字，绕着原野转圈，有那么一段节目只要原野一说话就在身上转这俩字。

　　观众都笑死了，纷纷去原野微博底下打卡留言。

　　而当事人对这些一无所知。他最近心态非常平静，情绪都没什么波动，这种状态他自己挺满意的，自我感觉非常不错。

　　第四期节目他们去的是西南的一个寨子，山山水水和民族文化原野挺喜欢，而且他和方绍一之间也没再有什么冲撞，两个人默契十足，非常和谐。这是倒数第二期节目了，录一次少一次。

　　录最后一期节目隔的时间不短，因为节目组和澳方当地的合作商沟通起来不那么默契，道具和行程都没搞定，时间也一拖再拖。那边没搞定肯定不会让他们过去，但时间都是提前定好的，现在时间改来改去和几对嘉宾也不好沟通，得来回协调确定日期，节目组夹在中间焦头烂额。

　　总导演林未还在自己的账号上发了个微博，说了一大堆乱七八糟的，大概意思就是工作难做，哪个都不好伺候。"吃瓜群众"都在等着"吃瓜"，有合作过的二线综艺明星在底下评论安慰，林未还回复了对方：没有你们省心。

　　都知道《时光里》这档节目已经在录收尾期了，他这个时候出来说了这些，立时引起了讨论。方绍一和陈泇毕竟不是常年活跃在观众眼前的，他们这边的阵仗要小很多，这里面属林恬那组和程珣迟星两家最热闹，还有一小部分人出来指责林未瞎矫情。

节目组官方微博没出来说过话，后来才和林未一起和了几次稀泥，先说迟星和程珣两个小孩很谦逊，他们的粉丝自然底气足了，接着林未又回复评论说恬恬情商高合作愉快，林恬的粉丝也开始又腰了。

如此一来，两边粉丝倒是让节目组给利用了个彻底，不知道是官方在缓和矛盾还是从最开始就指错了人，或者说刚开始就目的不纯。

方绍一和原野在节目里很照顾程珣和迟星这俩小孩儿，他们俩也公开说过很欣赏这两位，所以程迟二人的粉丝都没什么话说，开始找别的事做。

却有人渐渐把矛头指向原野，说原野总自己玩自己的，做游戏也不参与，太不合群，又说方绍一话也不多，总而言之就是他们俩根本就不适合录综艺。

方绍一和原野的粉丝自然不干，一连串的事儿下来，竟然也在网络上热闹了好几天。

但节目还得录，几对嘉宾也并没有因为这事儿有什么变化，都跟完全不知道这些一样。最后一场终于开录了，大家都有说有笑的，还感慨这已经是最后一期了，不知道有没有下一季。

别人怎么样不好说，但原野是货真价实地不知道网上发生了什么。原野从来不上网看那些，吉小涛截图给他的都是好玩的东西，这种内容，吉小涛怎么可能给他看。

原野还沉浸在自己的思路里，不知道在想什么，眼睛看着小窗外面，一言不发。

方绍一也不打扰原野，拿着一本书在看，是他明年的一部戏改编前的原作，故事背景是二十世纪六七十年代。

他和原野之间有种宁静的安稳，两个人都在做各自的事情，他们之间是沉默的，但他们也并不是陌生人。

原野突然叫了他一声："一哥。"

方绍一应了："嗯。"

原野说："最后一期了，我们还能录一周。"

方绍一抬眼看过来，看着原野，问："所以？"

原野和他对视，然后一眨眼，笑了："所以我有点舍不得录。"

方绍一眼底的情绪让人摸不透，拍了多年戏，他不想让人看出的情绪谁都看不到，他看着原野的眼睛问："你还会有舍不得的东西吗？"

"有啊，"原野说，"很多。"

他们闹掰之后到录节目之前有一年多，两个人几乎就没再见过面。这次回去他们应该也会这样，甚至更久，几年都互相看不到。原野低着头笑了笑，刚要开口说话，被方绍一截断了。

方绍一问："后悔了？"

原野看着他，笑了下也问："那你后悔吗？"

方绍一先是没说话，过了一会儿，他扯了扯嘴角，沉声说："不后悔。"

原野眼神一晃，之后笑了笑，又把头转回去继续看窗户，点点头说："好呢。"

故意搞怪非要带这么个语气词，像个傻子。方绍一看着原野的侧脸，看了好一会儿。

原野是不爱坐飞机的，这么长时间飞过来，一下了飞机感觉腿都没什么劲儿。这次他们身边换了个小导演，不是之前那个小姑娘了，而是个牛高马大的男生。一路上原野都没和他说过几句话，不过原野这一路本来也没说过几句，要不就睡觉要不就沉思。

出机场的时间是下午三点多，方绍一和原野并肩往前走，原野凑近了方绍一问他："有没有不舒服？"

方绍一摇头。

原野说："不舒服告诉我。"

"嗯。"方绍一说，"这边没事儿，不记得了？"

原野一笑，回头看了一眼摄影机，之后转过来小声说："不记得我就不会签这边了。"

从飞机上下来大家也都没什么精神，这天就不打算录什么了，各自抽时间录几个镜头就算了，但是第二天得一大早就起来拍跳伞。

晚上睡前原野躺在床上，呈"大"字形摊着，方绍一从浴室出来，原野突然叫他："一哥。"

原野天天这么"一哥""一哥"的，有时候总会给人一种错觉，好像他们一直都还是原来那样，没有变过。方绍一看了原野一眼，等着对方说话。

原野的嘴角勾了勾，方绍一挑起眉。

原野眨了眨眼睛，笑得一副不怀好意的样子，笑够了坐起来，曲着一条腿，歪着点头看过来："最后一期了。"

方绍一知道原野又要闹，只是把白天的问题又问了一次："后悔了？"

原野没答他话，摇了摇头。

方绍一把毛巾随手扔回浴室，原野说："你记得抹脸。"

方绍一摇了摇头："不抹了。"

过了一会儿，原野从床上翻下来，去了趟浴室。出来之后把方绍一要用的那些瓶瓶罐罐都扔在床上，自己坐在床尾，冲方绍一使了个眼神，示意他过来。

方绍一站在原地停了两秒，之后走过来，沉默着上床，拿过那些瓶瓶罐罐。

原野自己平时从来不爱涂这些东西，不是重要的场合也用不着上妆，他也不是明星。但原野对这套程序倒非常熟悉，看着方绍一动作，笑了一声，说："方老师最近皮肤状态不行啊。"

方绍一闭着眼说："别学化妆师说话。"

原野淡淡笑着："我说真的。"

方绍一"嗯"了一声："老了，睡不好就这样。"

原野又仔细观察了他一会儿，然后轻笑了一声："你别懒了以后，你看简叙现在还演偶像剧呢，他那脸我看就不错。"

"化妆遮的吧，"方绍一道，"都一个样，谁比谁强了。"

两个人平平淡淡地聊着天，说着八竿子打不着边的奇奇怪怪的话，这种安宁的舒适很难得，他们默契地谁都不去打破。

后来脸上没什么能再涂的，方绍一躺了下去，呼吸逐渐平稳，像是睡了。

原野动作很轻地帮他收拾好那些东西，瞥了眼他眉心，在心里说，你不要再皱眉了，都有道纹了。

凌晨四点，原野和方绍一一起下楼。原野打着哈欠问："你难不难受？"

"没感觉，"方绍一看起来精神还挺足的，"倒是你，上车再睡一会儿吧。"

"嗯。"原野又打了个哈欠。

昨晚方绍一睡着后，原野却没睡，坐那儿坐到半夜，就跟有病一样。

节目录到现在，陈泇家里那个富商老公终于有了个任务是他的强项，之前不管玩什么他都是垫底的，不过他和陈泇的感情是真的好，眼神里那种亲密和默契不是能演出来的。陈泇经常笑他应该多运动，每次都垫底面子上也不好看。

今天他从酒店一出来就笑着跟大家说："今天这个我真的会。"

原野和他打了声招呼，笑着说："今天这个我真不会。"

陈泃扯了扯她老公，说他："你还好意思说，别炫耀了。"

今天他们要玩跳伞，之前节目组反复跟他们确认过身体情况，血压、心脏是否正常，恐不恐高，等等。只有林恬不敢玩，这个节目组也不会勉强，都是自愿的，毕竟如果真出了事这责任谁都负不起。但为了看点演也得演一下，飞机还是要上的，只不过到最后不会真的跳下去。

从酒店去跳伞基地还得两个多小时，前面一位司机一位摄影师，跟组的导演和其他工作人员都在最后一辆大巴上。路上原野头靠着后座椅背，眼睛睁睁闭闭，也不知道睡过没有。

跳伞原野之前两次都想玩来着，但都因为天气最终没能玩成。今天云层有些厚，但没有下雨，不影响飞行。他们这些人里只有陈泃老公可以自己单飞，人家是常玩这个的，还有证。一共八位教练和几位专业的飞行摄影，导演让他们自己挑，看哪个比较合眼缘。陈泃哈哈笑着直接挑了个最英俊的。

最后还剩俩，原野和方绍一都无所谓这个，过去和离自己近的那个教练握了握手。协议之前就签过了，简单培训过之后他们分别上了两架飞机，原野最后一个上去，等会儿得第一个跳，原野跟方绍一说："一哥，我竟然有点紧张。"

方绍一看过来，还跟他开玩笑："没什么，放松，野哥天下第一，不用紧张。"

方绍一飞过两回了，都是为了拍戏需要。当初第一次拍跳伞戏的时候，导演问他能不能行，可以的话尽量不用武替，方绍一说可以。他们今天这个基本什么都不用做，等教练开伞就行了，方绍一当时还得加上动作，也得控制表情。那场戏来来回回拍了好久，拍完方绍一耳朵都不怎么舒服，缓了挺多天。

飞机上除了他们俩还有迟星和程珣，这俩小孩儿看得出来是真的喜欢他们，做什么都愿意和他们一组，迟星就是个小迷弟，看着原野和方绍一时眼睛都是带着光的。飞机里各个角度都有摄影机，拍他们跳下去之前。迟星问原野："原野哥玩过这个吗？"

原野说："触到盲区了今天，这个真没有。"

"难得听你说不会。"迟星笑嘻嘻地说，"今天不是大侠了。"

"本来也不是大侠。"原野笑着说。

原野的那位教练是个花臂酷男，得比原野高一头，穿着黑色紧身短袖，一身肌肉看着极壮观，背带把他们俩严严实实地绑在一起。

他侧过头去看方绍一，笑着说："一哥，你之前拍戏也绑这么紧吗？"

方绍一笑了笑没理他。

四千五百多米的高度，原野和身上绑的那个教练一起跳了下去。那一瞬间原野其实有些遗憾，如果可以和方绍一双人跳伞就好了，他还挺想和方绍一这么飞一次的，挺刺激的，也能算是过命的交情了。

自由落体从云层降落，这种感觉很奇妙，整个人完全是放空的，空到连失重感都失去了。原野想回头看看方绍一跳下来了没有，但这动作根本做不到，身体不受控制。

耳边除了风声什么都听不到，整个人像是被空间隔了出来，把他独立分出，然后从时空夹缝中挤过去，有种身在茫茫人间的剧烈孤独感。

原野在眼罩后面闭了闭眼睛，这种时候脑子里突然闪过很多念头，也有很多冲动。

开伞之后失重感就渐渐回来了，也就没那么奇妙了。原野睁开眼看山海，感受着一点一点回人间的过程，他对着教练的手持摄影机笑了一下，这么飞一圈的确挺好玩的。

飞下来的后遗症就是耳朵听不清楚，像糊了一层膜。方绍一下来之后摘了身上的装备朝原野走过来，原野冲他笑了笑，脑袋挨过去跟他说了句话。

方绍一失笑，提高音量对原野说："知道我听不清楚你还这么小声？"

这句原野听到了，也喊着说："就是因为知道你听不清我才这么小声！"

方绍一挑起眉，问道："说的什么怕我听见？"

原野一笑，回身走了，喊了一声："秘密！"

从天上下来脚踩到地了觉得像回到人间，等录完这期节目回了家才是真的回了人间。

那天晚上他们住在一个庄园里，庄园占地几十亩，有一片小池塘，还有一大片苹果园。这边的地势很有意思，高高低低特别随意。原野跟那个男生导演说借一辆自行车，导演也不知道听见了还是没听见，转头人就没了。最后还是原野自己出去借的，借来了两辆赛车，他一看到这种不平的小街就很想骑车。

方绍一和他一起，还有俩摄影师前前后后地跟着。

原野和他们打着商量，问："歇会儿吧二位老师？我们就骑会儿车。"

摄影师笑着摇头,让他们骑他们的,他们开着车时快时慢地拍。

原野也被拍习惯了,现在很多时候就当镜头不存在。方绍一穿着一身运动装,看起来很放松,也显得挺年轻。他们俩好像没怎么骑过车,方绍一这身份摆在这儿,从他们认识开始他就没什么机会能骑这个。

方绍一问原野:“你白天说的什么?”

原野笑得很放肆,仰着头摇了摇不说:“其实我根本没说话,我就做了个嘴型。”

“胡扯。”一个下坡,方绍一没减速,直冲了下去,原野紧跟在他后面,方绍一也没再继续问,原野不想说的话问也问不出来。

他们今天要在这边住一晚,剩下两天要去墨尔本,然后从墨尔本直接飞回国。等飞回去,这档节目就算彻底录完了,后面还有些小事估计方绍一也不会再来。原野的手从车把上松开,很放肆地张着胳膊,方绍一问他:“白天没飞够?”

原野笑着点了点头:“嗯,挺好玩儿。”

方绍一眼中带了点笑意,说:“就知道你会喜欢。”

这个节目录到最后,原野和方绍一之间倒真的开始和谐起来。这两个人身上的刺都收了,有时候像是有着共同回忆的家人,有时候又像彼此熟悉的一对旧友。

可能白天飞了一次,神经有些兴奋,晚上原野有点睡不着。方绍一睡了之后原野穿了外套自己出来了,手里还拿了瓶这里的红酒。

夜晚星星很亮,原野坐在池塘边,看看星星,也看着水里的月亮。

察觉有人在身边坐下,原野转头看过去,竟然是程珣。原野笑着一挑眉,问道:“也睡不着?”

程珣也笑了笑,在原野身边坐下,很诚实地摇头说:“就是看见你在这儿我才出来的。”

原野问程珣:“有事儿?”

程珣说:“没有,就是想跟您坐一会儿,聊聊天。节目都录完了也没什么机会和您聊过。”

“行啊,聊聊。”原野喝了一口红酒,看了程珣一眼,示意他有话就说。

原野知道程珣和迟星很不一样,这两人一个是狐狸一个是兔子,程珣就是那只小狐狸。他很多时候心里想的和表现出来的不一样,心里想的会多一点,但原野不讨厌程珣,他不是什么坏孩子。

"你的书我都看过，原老师。"程珣开口说。

原野问道："你今年二十二吧？"

"嗯，那会儿我才初中，书是家里书柜上的，不知道我爸买的还是我姐买的。"程珣笑着说，"我学习不好，也不爱看书，但我特别喜欢那个名字。"

原野挑眉："《轴》？"

"不是，《月亮山》。"

"嗯，"原野点头，笑了一声，"那时候我跟你现在差不多大，会写点什么。"

程珣能把原野的书都叫出名字来，说明也是真的喜欢。说到后来程珣突然笑了下，左手轻轻扯了扯右边的耳朵，说："年轻的时候也真诚地崇拜过你，觉得你笔下的世界很酷，你也很快活，想活成你那个样子，也想像你从前那样去犀利地嘲讽人。"

原野失笑，程珣接着说："后来进了这个圈，就没什么可能活成那样，在这个圈子里……能像现在这样就不错了。"

原野问道："为什么进这个圈？喜欢唱歌拍戏？还是喜欢当明星？"

"不知道，稀里糊涂进来的，进来了也就进来了，我就没特别喜欢做过什么。"程珣低头停了一会儿，然后说，"有时候觉得有点没劲，压力很大，好像人生一眼都能看到头了,在这个圈子里浮浮沉沉许多年，老了就被淘汰出去。"

原野说："别这么悲观，你才二十出头，何况你还有小迟这样的朋友在一条路上，挺好。"

程珣摇了摇头，低声说："你和绍一哥关系那么好，不也闹掰了吗？"

程珣这话说得很直接，但也很坦诚，原野乍一愣，之后就笑了，拍了拍程珣的肩膀，摇头笑了笑，说："都哪儿来的消息……我和绍一哥不管什么样，在我们二十出头那会儿可从来不考虑这些。我像你这么大都和方绍一一起开工作室了，年轻的时候有年轻的活法，想做什么就去做，想要什么就去拿，不要想这么多压迫神经的东西。"

其实原野也能明白程珣心里那些情绪，这个圈子里每个人都不容易。他和程珣聊了一会儿，睡不着的晚上这么聊聊天也挺舒服的。程珣还说最开始接这个节目就是因为听说原野和方绍一要来，这两位自己和迟星都喜欢。没想到他们俩还真的来了。

程珣问原野为什么上这个节目。

原野聊了一会儿就不好好聊了，仰头一笑，捏着手里的酒瓶随意晃了晃，随口一说："闲的吧，哈哈。"

原野在外面待了好一会儿才回屋，回去轻轻关上门，去浴室又洗漱了一次。他尽量把声音放轻，不想影响方绍一休息。从浴室出来看了一眼手机，之前放房间充电了，没带出去。屏幕上一堆消息，原野大概看了眼就放下了。

手机放下刚一转身，突然听见方绍一问他："上哪儿去了？"

原野没想到他醒着，小声说："我是不是把你吵醒了？我刚才睡不着出去坐会儿，你睡吧。"

窗帘挡得很严，外面的光一点都透不进来。原野看不清方绍一，屋里温度刚好，挺暖的，原野还笑了笑，说："我都尽量不出声了还是吵着你了。"

方绍一说："没，刚才就醒了，发现你没在。"

原野换了衣服，摸到床上往里一钻，和方绍一说："行了，我不动了，睡吧一哥。"

他眼睛一闭刚要睡，就听到方绍一低声问道："上哪儿了，带回来一股凉气？"

原野一愣，答说："刚在水边坐了一会儿，挺凉快的，就是有蚊子，差点儿咬死我。"

方绍一又问了句："你自己？"

"没有啊，和小程。"原野回答得非常坦然，还笑呢，"聊了会儿天，聊聊理想，谈谈人生。"

方绍一"嗯"了一声，声音挺低沉，淡淡扔出一句："你们俩聊理想？"

原野转过脸，但是屋里太黑，他还是看不清方绍一。原野突然乐了，问他："那我聊什么？"

方绍一没接这话，反问道："想和人聊理想是吗？"

这要放白天，原野估计嘴又得开始贱，但是现在太晚了，方绍一平时拍戏就睡不好，录这个节目也得天天早起，原野不愿意用自己的睡觉时间聊天，于是笑了声服了软："没有，没想聊。你快睡吧，几点了。"

这话听着就稍微有点敷衍的意思了，方绍一之后就没再出声。原野不想惹他，俩人现在这种和谐的状态自己觉得挺好的，嘴里的尖牙都收了。

原野只感觉到方绍一那边掀了被子，随后都没反应过来怎么回事儿，自己身上的被子就已经被方绍一掀开。

原野到这时候心里都没起刺儿，声音低低的，语调也挺放松："你干吗啊……"

方绍一站在床边看着原野，沉声问了一句："缺人聊天了？"

原野在黑暗中皱了皱眉。

"你想聊什么？"方绍一抱着胸坐下，"我听听。"

原野皱着眉说："我没想跟你闹，咱俩好好把节目录完。"

方绍一冷笑了一声："那你想干什么？"

原野也不是什么好脾气的人，压了半天火也快到极限了，于是伸手一巴掌拍开床头灯，屋里骤然亮起了光，眼睛适应了黑暗乍一见光很不舒服，原野眯了眯眼，瞪着方绍一："你想干什么啊？"

两个人的情绪都被激起来了，心里都憋着一股劲儿，现在这股劲儿都被对方激起来了。

两人你来我往地打了一阵后，方绍一去浴室看自己的脸，原野瘫在床上看着天花板，脑子里也不知道应该有怎么个情绪才是对的。

方绍一从浴室出来，原野坐起来去外衣兜里掏出烟点了一根，看着方绍一，低低地笑了声，鼻音很重声音发哑，问了一句："你凭什么啊？"

其实这话问方绍一也不应该，原野要不想闹，他俩比划不起来，说到头都是两个人的糊涂账。

原野又笑了笑，摘了嘴里的烟说了句："一哥，咱俩挺混账的。"

最后这期节目，到底没能好好录完。

原野对自己从来不心软，照着被方绍一弄伤的地方又狠狠来了一下，彻底把口子豁开，让创伤面大一点儿。方绍一抬头看见原野的伤口，狠狠皱了眉，说："别瞎弄。"

原野一乐："那不然呢？怎么说？"

那天，当着镜头的面迟星一脸关心地问原野怎么了，原野指了指方绍一："他给我整的。"

迟星说："你俩打架了？打成这样我们不可能没听见动静吧，原野哥你是不是撞哪了？"

原野"嗯"了一声，没太在意地点点头："不知道是不是什么时候没注意，眼睛瞎了，撞狠了。"

也就是当着镜头的面原野还能绷住一张笑着的脸，但凡是没了镜头的地方原野脸都是拉下来的，视线冷漠地垂着，谁都看出他情绪差。

到了墨尔本，原野下车问跟他们的那个导演下午有什么任务。

那导演低头看着手机，像是没听见。

这一趟这人一直这样，比他还像个嘉宾，支也支使不动，问话也问不出来。

原野皱着眉，又问了一遍："我问你下午录什么？小弟，你是不是耳朵不好使？"

小导演抬头扫了原野一眼，说："该录什么到时候就通知您了，原老师。"

"原老师"仨字说得一板一眼的，故意带着某种情绪。

原野脸上没什么表情，问他："你对我有意见？看我不顺眼？"

"哪的话，"那导演说，"您什么身份我什么身份，我也得敢啊。"

原野也懒得跟他多说话，没那心情跟他掰扯，只跟他说："有意见要不你就说，要不你就好好憋着。在什么职位你就干什么活儿，现在你是个导演，专业点儿。"

对方抬头看看原野，没再吭声，原野转头就走了。

后面的两天这导演消停了不少，至少没有再表现得像个聋子。原野也没心情多看他，他爱什么样就什么样，自己哪有多余的闲心关注个不相干的人。

节目录制的最后一个晚上，所有人一起吃了一顿晚餐，还喝了点酒，搞得挺煽情的。有人问原野第一次录综艺感觉怎么样，原野当时笑着摆了摆手，没说。

这个节目已经录到最后了，今晚过完，明天的飞机飞回去，一落地原野和方绍一就得大路朝天各走一边。如果没有前两天晚上的那场争执和意外，他们俩现在或许还有些话说，至少得再好好告个别。

但那一晚莫名其妙发生的事情，之后乱七八糟的情绪都在脑子里挤，也就没法再好好说出什么话来。

两个早就分道扬镳的老朋友，演的这场戏——终于也该散场了。

原野接这个节目之前其实没想那么多，当个任务把事儿做完就得了，但录完才发现对生活还是有点影响。比如他现在经常会被人认出来，出去干点什么没有以前那么自由了。

以前原野就是个自由人，认识自己的人太少了，走在街上没几个知道这人是原野。现在节目播出后，年轻的小孩子们看得挺多的，自己在外面被人认出来总还是不太自在，不过这也有个时间限度，等节目都播完自己也不再露面，再过几个月也就消停了，所以原野也没太把这当回事。

老图有个清吧，原野坐吧台边跟他随便聊着天，没喝酒，弄了一小筐开心果在那儿咔咔咔咔地嗑。余光里头有俩小姑娘在旁边看原野半天了，互相嘀嘀咕咕，估计想过来确认一下但又不太敢。

老图用下巴往那边撇了一下，笑了笑："是不是你粉丝？"

"我哪有粉丝？"原野剥了一粒开心果扔进嘴里，说，"观众吧，我现在好歹也是上了电视的人。"

"可不，家里小丫头到了周五晚上都端着个平板电脑守着看。"老图让吧台里的小哥拿了两瓶酒，起开推给原野一瓶。

原野喝了一口，看着侧面小舞台上唱歌那个姑娘。小姑娘看着挺年轻的，歌唱得也不错，原野说："嗓子真好。"

"是不错，我也挺喜欢听她唱歌。"老图说。

原野看了他一眼，乐了声："你以前不是喜欢摇滚吗？震耳朵那种的。"

"老了，老了。"老图也笑，摇了摇头说，"现在也喜欢放点温柔的，听着心里舒服。"

节目录完半个多月了，这是原野头一回上老图这儿喝酒。之前去台里又补录了次采访，回来之后他也没出过几次门，原野打算在节目热度散下去之前都少出门。小姑娘们觉得喜欢你才过来跟你打招呼拍照，原野不会跟她们摆脸色拒绝她们，每次都挺配合。但他毕竟不适应，也不喜欢。

这种生活到什么时候都不适合他。

原野今天出来也没想喝酒，就是出来坐会儿，放放风。出门时他只随手扯了件衣服，墨绿色薄羽绒，也随便抽了条牛仔裤穿，胡子也没刮，留着薄薄一层胡楂，往这儿一坐就是个挺有味道的帅叔叔。

台上小姑娘唱了一晚上，这么连着唱四个小时能挣五百。老图不在的时候原野都听她唱歌了，很干净的声音，带一点点沙哑，听着挺享受的。

有人在原野旁边坐下，靠在吧台上看着他。原野挑眉看过来，这人手机往前一推，上面是个二维码。原野笑了笑，摇了摇头。

老图再回来的时候笑话原野："上个节目以后都不敢瞎胡闹了吧？"

原野垂着眼睛剥果壳，说："我什么时候胡闹过。"

上不上节目原野也没做过什么出格的事情，他不是那种人。表面上原野很无拘无束，看着像是随心所欲的，但其实从某种程度上来说，他骨子里是很讲规矩的，做什么都有自己的章法。

老图跟原野碰了碰瓶，喝了口啤酒，问道："你后面什么打算？"

原野笑了声："我能有什么打算，跟以前一样啊。"

老图点点头，不再多问，反正问了原野也不会说。

原野从老图那儿回家之后收到吉小涛的语音消息，他问道："野哥，谁惹你了？"

接着又跟了一条："哪里来的小垃圾这么多戏。"

原野被吉小涛问得一头雾水，给他回了个问号。

吉小涛说："就最后这期跟你们那个组的导演，他说你教育他了？在那儿道歉呢！"

原野：啊？

吉小涛又发来一条语音："咋回事啊？"

原野洗完澡出来也回了他一条语音："没怎么回事，他拉着个脸我懒得看。他告我状了？随他去。"

吉小涛顿时炸了："随他去？那可太有意思了，当我们家没人呢？"

原野干脆都不知道怎么回事，知道了他也解决不了，现在他连微博都给吉小涛去弄了。原野玩不来那东西，他总乱说话，他挨骂没什么，但毕竟他跟方绍一现在为了节目宣传可以说是"捆绑销售"，影响方绍一就不好了。

原野跟吉小涛说："我也不懂你们这个，你们看着弄吧，我就只会添乱。"

吉小涛说："不用你！你睡吧野哥！"

原野："行，辛苦，小涛。"

吉小涛说："你这是说什么呢。"

吉小涛拿着几片膏药坐方绍一房间等，方绍一去导演那儿研究剧本去了。这导演的习惯就是边拍边磨，很多时候都是提前一天改完第二天要拍的戏，有时候甚至临时在片场改，改完演员再马上背台词。这戏马上就要拍完了，方绍一还剩两场重头戏，拍完这两场戏基本也就杀青了。

方绍一回来的时候看见吉小涛还在，问他："你不回去睡在这坐着干什么？"

吉小涛晃晃手里的膏药贴："明天下雨，我怕你肩膀要疼。"

方绍一肩膀和膝盖都有旧伤，天一凉就要疼。干这行的人都有伤，难免的。方绍一又很少拍轻松的戏，多数时候都对动作要求极高。方绍一说："放着吧，等会儿我自己贴。"

"没事儿，不困。"方绍一洗澡的时候吉小涛站门口把那个小导演发微博的事跟他说了。

方绍一洗完澡出来，说："我看看。"

吉小涛调出微博来给他看，方绍一看完皱了皱眉，把手机扔回给他。

那条微博是那个男生发的一个道歉的长微博，大概意思就是说在最后一期录制的时候因为他临时被调过来跟组，对工作不熟悉，能力也有限，很多沟通不及时，给两位老师添了很多麻烦，原野老师对他的指导他也会一直铭记于心。

这人表面说得恭恭敬敬，其实就是在故意博取同情。小年轻临时被调过来顶个坑，什么都没接触过，还受了原野教训。本来一个小导演的微博就几千个粉丝，压根没谁看见，只不过后来总导演林未给他点了个赞，还评论他：加油。

原本这条微博底下的评论一半好一半坏，很多人顺着这条又联系了之前林未发过的那条微博，舆论又被引到了原野身上。不过刚刚情况已经好了一些，原野、方绍一这边的粉丝过去，加上其他的人，现在多数人都在讨论这位小导演。

另外一边有人又顶起原野做节目的时候帮人的细节分析帖子。原野什么任务都是玩得最明白的那个，每次都在镜头之外不动声色地帮别人。第一期分房子那次原野至少还有半书包的盒子没掏出来，有意把房子让给其他嘉宾住，光是剪进去的部分原野找到的盒子就不止那些。这样的时候很多，虽然都是镜头之外，但细枝末节还是会被细心的观众挖出来。

顶这边压那边，这事倒也没翻起什么浪。

吉小涛说："加什么油。这节目真是，烦。"

方绍一擦着头发，和他说："这是知道原野没靠山。这节目一共八个人，除了原野，他们哪个都惹不起。"

吉小涛抬头看他，问："野哥他们就能惹得起？"

方绍一说："不是方绍一好友的原野，没什么不能惹的。"

吉小涛低声骂了一句。

方绍一擦完头发，问他："让人过去了没有？"

"嗯，差不多了，"吉小涛抬眼去看方绍一的脸色，试探着问了句，"我是不是得管？"

方绍一没说话，只"嗯"了一声。

方绍一给耿靳维发消息，让他跟台里聊聊。

耿靳维回他：我也正打算。

耿靳维后来给他拨了个电话过来，问还有多久杀青，又说了点别的。最后挂电话之前方绍一说："让他们别再拿原野说事儿。"

耿靳维笑了，问他："怎么啊？"

方绍一没答，只说："你直接跟台长聊吧，让他去说。别再找原野的事。"

耿靳维还是笑，说："我当初就让你们俩想清楚，一个个都在我这儿装，非闹成那样。我看你们就是折腾我，要不和好算了。原野上这节目挨骂是必然的，我之前没跟你说过吗？"

方绍一沉默着不吭声。

耿靳维说："原野说要有天你们这事儿真爆出来，都往自己身上推，能把你摘干净就行。好好日子不好好过，穷折腾。"

察觉肩膀疼起来方绍一才站起来看看窗户外面，的确下雨了。

他站在窗前，看着雨点用力往地上砸，反手摸了摸肩膀的关节处。骨节里传出的酸痛，不剧烈，但是持久，很难受。可能是身上这些旧伤的酸疼让方绍一心里有些烦躁，也可能是因为刚才看了些微博上的动静。

他当时还是应该听耿靳维的，把这节目推了，就不应该接。

想到原野他也就想起了最后那次他们之间意外的情况。

原野后来问他："你凭什么啊？"

其实他们俩当时不该那么闹，但之后方绍一也没什么后悔的。

猴子野久了，欠收拾。

原野这些年就没靠颜值混过，也压根就没关注过这方面。其实他从骨子里来看就是那种标准的糙汉子，牛仔裤运动裤，T恤衫连帽衫，什么简单穿什么，不是正规场合连衬衫都不碰一下。没想到节目一播原野竟然靠脸收揽了一批颜值粉。

很多观众爱极了原野这文艺风的类型，短短一层青皮只有头型漂亮的人才能撑得住，薄薄的眼皮一扫，嘴角总是带点嘲讽的弧度不屑地一勾，一个坏小子样，或者说是坏叔叔。寸头野叔这类型的别人还真弄不出来这劲儿，别人从眼神上就弄不出他那副看透一切的感觉，不够犀利。

其实原野就是懒，他那发型这么多年没变过，不过不是为了耍酷或是什么，他从五六岁开始就这发型，就是习惯了。每天他洗脸的时候撩把水就把头也洗了，哪还用惯什么发型，吹风机也从来用不着，图的就是一个利索、舒服。

但做原野的颜粉也挺痛苦的，在节目之外根本抓不到本人人影，什么代言什么广告全都没有，微博上除了基础宣传就没其他东西。别的明星在这种节目正当红的时期肯定近照一堆，平时日常照明星本人也会发一点，好歹也有得看。

但原野的行踪根本就没人摸得着，新来的粉丝没处去，只好在微博底下评论：咱们有没有组织啊，老哥哥们求带！小弟什么都干过，专业性一百级呜呜呜。

老粉在下面回复：没组织，有也都是野生的，一小撮一小撮都是书粉。你们上这儿来就安静待着吧，习惯就好。

有的老粉甚至在底下聊天，说一口老湖进了活水了，还怪热闹的。

节目录完原野就彻底没影了，粉丝想看原野也就只能看看节目和网播的节目花絮。其实有挺多采访找来，但原野一个都没接。他有什么好采访的，多说多错，而且原野也不愿意跟别人说自己的事儿，想说的时候就都写书里了，他喜欢用笔讲东西，不喜欢用嘴说。

现在连吉小涛有时候都找不着原野，发条消息要等好久才有回复。

耿靳维跟台里聊过之后节目组那边暂时没什么新的幺蛾子了，其实本来也都是小打小闹，主要问题还是在导演林未身上，所以时不时搞点事。更多的事他们不会做，关于原野和方绍一闹掰的事他们是提都不敢提的，这事真爆出来对节目组没有丁点好处，而且一旦真这么干了，以后哪有人还能跟他们合作。

方绍一最后这场戏拍了快一周还没拍完，这也是电影里结尾的一场。这场戏导演和编剧意见始终没能统一，导演想让方绍一活着，编剧想让这个角色最终战死。于是前面几场戏都是按两条线拍的，有细微差别，最后这场也得分着拍几个镜头，等初步剪辑的时候再对比着看最后怎么定。

这部电影叫《风道客》，讲述的就是个江湖侠客的半生。年轻时，侠客云游四海、仗剑天涯，后因一碗茶卷入江湖纷争，瞎了一只眼。多年后，战乱起，江湖已经不是曾经的江湖，私仇国恨交织，生还是死，江湖还是天下？

最后一场也是整部电影的重头戏，几百个群演每天跟着拍，方绍一最后一身伤的化妆就得将近三个小时。群演人员多了场面调度不好控制，城墙爆破也失败了一回，恢复城墙至少需要三天时间。

辛导拿着扩音器亲自下场讲戏指挥，嗓子一直是哑的。人工降雨始终在头上浇，为了防水，方绍一一身伤妆都很黏腻结实，下了戏卸妆洗澡都得一个多小时。这场戏太难拍，道具组和爆破组压力大，一个时间点没控制好就又废掉一次机会。

导演问摄影指导："现在三点，天黑之前还能不能赶一次？"

摄影指导摇头："四点多光就不行了，机器全起来还得至少四十分钟，来不及。"

辛导皱着眉，眉心皱出两道很深的纹路。但也没办法，拍戏就是这么回事，有顺的有不顺的，都得挨着。导演说："今天收工了，大家回去都好好休息，咱们争取明天过。"

吉小涛抱着大衣在旁边等，导演这边一说收工马上过去要给方绍一披上。方绍一身上衣服完全是湿的，早就冻透了。

方绍一跟他摆了下手说不用。

吉小涛说："我看那城墙再炸一次又要完，等它又得三天。"

方绍一脱了身上的戏服，光着上身回到化妆棚，衣服上的道具血浆干了，明天也不能再用，每天都得用新的。这套衣服道具组赶了十几套出来，做套衣服磨旧得两天，不知道得拍到哪天，所以一直在做。

几个化妆助理得给方绍一把这身妆卸得差不多了他才能回去，脸上一层又一层假血浆，卸的时候像是沙子在脸上磨，很难受，这样也伤皮肤。助理不敢太用力，小心翼翼地搓他的脸。

方绍一坐得很正，一直挺身坐着，搓脸的搓脸，底下还有蹲着搓腿的，地上摆了好几个水盆。化妆加上卸妆一天就得五个小时，很磨人。方绍一声音也稍微有些哑，和她们说："使劲搓吧，没事，早卸完你们也早收工回去。"

搓脸的姑娘小声说："不敢搓，天天这么弄太伤脸了。方老师您回去也一定要注意。"

方绍一闭着眼"嗯"了一声，等着她们一遍遍把妆卸完。

吉小涛弄了个小太阳取暖器过来对着方绍一照，室外场没有化妆间，都是临时搭的棚，跟外面的温度一样，又潮又冷。方绍一身上只有半截短裤，剩下都是光着的，换了谁天天这么折腾也扛不住。

吉小涛最近话都很少，知道方绍一太累，怕影响他休息。他拍了一张方绍一闭着眼卸妆的照片，想了想还是发给了原野。

方绍一睁眼看了看他，低低地说："别发微博。"

吉小涛蹲那儿点头，说："我不发微博，我发给野哥了。"

方绍一皱眉看着他，说了一句："瞎弄。"

"没瞎弄，我憋不住。"吉小涛小声说。

最近原野和他联系挺多的，不像节目之前那一年，那会儿他们很少联系。吉小涛摸不清他们俩的想法，如果这俩人老死不相往来了，那他也不好在中间掺和。不过节目拍完他和原野的联系一直没断，原野态度也没冷淡，还能跟他开开玩笑什么的，吉小涛觉得情况好像有转机。

方绍一跟他说："撤回。"

吉小涛试了下，然后说："超时了。"

方绍一也没再说他，只是皱了皱眉，又闭上了眼睛。

原野回复他的时候已经过去了半个小时，方绍一的妆还没卸完，不过也快了，他闭眼坐那儿像是睡着了。

原野：拍的什么戏？

吉小涛回复：最后一场戏，一周了也没成。

原野：在哪儿化妆？

吉小涛：棚子。

原野过了几秒回了个骂人的字。

吉小涛给原野拍了个小太阳的照片发过去，说：我尽力了，但只有这个。

原野：嗯。

吉小涛不敢多说，怕方绍一不让，他没再回，不知道自己这样对不对，按理说他不应该掺和进来，但他还是挺熟悉这俩人的，才敢大着胆子试试。

过了一会儿，原野又发了一条消息：你们不能回去弄？让化妆助理跟你们回房间卸。

吉小涛赶紧回：一哥不让，不方便。那东西都是面粉和油弄出来的，我们回去得坐车，这么回不去。

方绍一不知道什么时候睁了眼，问他："说了什么？"

吉小涛说："野哥问为什么不回去卸。"

身边人多，方绍一没说什么，只跟他说："别乱说。"

"好的，我没再说什么了。"吉小涛说。

旁边的化妆助理抬头看了看方绍一，笑着低声说："我也看《时光里》来着，您和原野老师关系真好，原野老师是不是脾气不怎么好啊……"

方绍一说："没有，挺好的。"

晚上导演来方绍一房间转了转，和他聊了几句。其实方绍一合同上签的时间早就超了，但拍戏拖时间这事太正常了，导演也是熟悉的导演，这不算什么。更何况他前面还请假出去录综艺，虽然戏都加急赶了出来，但也还是给剧组添了不少麻烦。

导演和他说："辛苦了，这场戏难拍。"

"大家都辛苦，"方绍一笑了笑，"好事多磨。"

"后面时间上没问题吧？"辛导笑着问他，"老蒋难为你没有？叔给他打个电话？"

辛导和方绍一他爸爸的关系摆在这儿，在剧组叫导演，私下里都叫叔。方绍一摇头说："没有，您安心拍就是了，我这边不急，拍您的戏蒋导不催。"

"催了你就告诉我，我跟他说。"导演说。

方绍一笑着点头，又简单聊了几句，把导演送了出去。

导演一走吉小涛就从椅子上蹦了下来，拿着方绍一的手机塞他手里："哥！刚才来电话了！"

方绍一挑起眉，低头看了一眼手机，上面有个未接来电，的确是原野。

备注还是以前的备注，他存的"猴"，现在看来感觉有点滑稽。

方绍一把手机放一边没打算回，估计原野也不会再打了。不过没想到过了十分钟，手机竟然又响了。

——还是原野。

方绍一有点意外，抿了抿唇接了起来。

"嗯？"

原野的声音从电话里传过来，电话那边听着很安静，原野叫了声："一哥？"

方绍一又应了声，问："怎么？"

吉小涛特别有眼力见，掀起方绍一的衣服往他肩膀上贴了片膏药，又在他衣服外面贴了片暖宝焐着，都贴完之后冲方绍一比了比手势就回自己房间睡觉了。

原野清了清嗓子，说："没事儿，问问你最近怎么样。"

他们俩已经太久没打过电话了，像现在这样隔着电话说点简单的事，有种令人安心的熟悉。但又因为中间隔的这一年多，那种熟悉因而也带上了一些恍惚。灯是暖的，方绍一的声音从话筒里传过去依旧低沉平缓："我还好。"

他扯了个枕头倚在身后靠着床头，听见原野在电话里问他："你们那边现在挺冷吧？肩膀还行？"

"嗯，没事儿。"方绍一说。

原野打这个电话还真就没别的事，就是看了吉小涛发的照片，想着还是干脆打个电话问问。问完这个俩人就没什么话说，太久没打过电话了，都忘了打电话能说点什么，或者其实只是不知道他们现在应该聊点什么。

短暂的沉默之后，方绍一先开了口，问道："在干什么？"

他的语调很温和，原野在电话那头下意识用手指刮了刮手机，说："我写点东西。"

方绍一又问："写的什么？"

原野说："还是以前那个，我一直没怎么写，最近心里挺静的，我捡起来写写。"

方绍一"嗯"了一声，之后两个人都没说话，很长一段时间电话里都只有彼此的呼吸声，后来还有原野敲键盘的声音，竟然也没有人说要挂断。方绍一一直用手举着电话，原野那边是歪头用肩膀夹着，不知道放着要干什么，好像就是都忘了要提挂断的事。

过了挺久，原野放轻了声音问："睡了？"

方绍一回应："没有。"

原野一下子笑了，说："我还以为你睡着了，都几点了你还不睡，明天你不拍戏了？"

方绍一闭着眼睛，喉结轻微滚动一下，也笑了，说了一句："舍不得睡。"

原野敲键盘的声音骤然停了，听筒里又是一片沉闷的安静。后来原野清了清嗓子，叫了一声："哥。"

"嗯？"

一声打火机的轻响传来，原野点了根烟，吐出了第一口烟。他一只手伸过去拿手机，蹲在椅子上，突然说："对不起啊。"

方绍一原本闭着的眼睛睁开了，问道："为什么道歉？"

可能是今晚两人之间太友好了，方绍一太好说话了，原野突然就很想这么说一句。很莫名的冲动，他想说也就说了，没拦着那点冲动。原野又沉默了一会儿，之后说："为什么啊……我也不知道，为很多事儿吧。"

按方绍一的性格，原野这么说了，他就不会继续问了，但今天他却追问了一句："比如呢？"

原野蹲在那里，低低地笑了，说："比如那天的事儿吧，我嘴欠了。"

那事儿之后他们俩之间还是有点尴尬的，原野现在这么说出来了也就没什么了，方绍一说："不怨你，我的事。"

"唉，算了，"原野往前探身说，"已经过去了还说这干吗呢，咱俩都挺没数的。"

今天的原野实在太温和了，甚至都不像真实的原野，是软的，没有刺的，身上已没了那些坚硬的壳，软乎乎的。

原野说："你睡吧，早点休息。注意身体，你不年轻了，一哥。"

方绍一答道："好。"

原野笑了笑，轻声说："那我挂了？"

方绍一也笑了，笑声通过听筒传过去，有点暖："挂吧。"

今晚这个电话来得很意外，对双方来说都是意外。原野是看了照片之后脑子一抽打的电话，方绍一是因为原野的这个电话态度放软，原野又因为方绍一的态度而主动低了头。一个电话让两个人心平气和说了会儿话，没有针锋相对，也没有冷嘲热讽，电话结束之后，两人的心里也都是舒服的。

第二天一早，吉小涛推门进来，方绍一还在睡。吉小涛一巴掌拍开灯："起了哥。"

方绍一皱了皱眉，坐了起来，说："知道了。"

吉小涛去给他拿衣服，八卦之魂没忍住烧了起来，一边递衣服一边问："昨晚野哥给你打电话说什么了啊？"

方绍一看了他一眼，穿上裤子，去了洗手间："说你最近怎么这么欠。"

吉小涛心说你这心情看着是不错啊，一早上起来挺有活力呢。

戏还得慢慢磨，方绍一那一身妆一道都省不了，光着身子先把身上露出来的血肉贴上去，套上戏服还得接着弄。戏里他有一只眼睛是瞎的，那只眼睛的妆很难化，电影不像电视剧什么都可以糊弄，电影得处处雕琢处处仔细，要的就是那份细致。

最后一场戏是一场大悲戏，不管主角最后是生是死，这都是一个国破山河哀的结局。这场戏不拍完，方绍一的情绪就始终是沉的，得把自己浸在那种绝望里。到了剧组化妆的过程也是他沉淀的过程，基本上妆一上完方绍一就已经不是他自己了，上了妆就进了戏，出了化妆间他就是戏里那个半瞎浪子。

他的戏就不用再讲了，这场戏磨到现在问题不在于对手戏的两位演员，而在于每个环节之间各种可控的配合和不可控的突发状况。

耿靳维来的时候方绍一正在导演身边看监视器回放，刚才拍了一条，没能过。爆破效果不理想，城墙没炸开，方绍一指着镜头里他身后的一个年轻演员，说："小玮表情不对，我话没说完就在哭。"

那个年轻演员在后面说："眼睛进东西了，一个小石头崩进去了，我想着还是坚持一下。"

方绍一跟他说："下次这种情况可以喊卡，爆破还没动作就没什么，别硬挺，伤着眼睛。"

"好的绍一哥。"对方连连点头。

吉小涛在身后叫方绍一："哥，耿哥来了。"

方绍一回头，耿靳维带着一个小孩走过来，和导演握了握手，笑着称呼"辛导"，和他打招呼。

导演笑着指了指他："大忙人啊？"

"哪儿的话。"耿靳维把身边的男生往前带了一下，跟导演说："我刚签的小孩，欠磨炼。"

这新人演员看着条件很好，身材比例很像样，白白净净一张脸，很有质感。他一来就冲导演恭恭敬敬说了一声"导演好"，然后又冲着方绍一点了点头，说"绍一哥好"。导演笑了笑，夸了一句："不错，以后有机会扔我这儿磨一磨。"

小男生抿着唇礼貌地说："谢谢导演。"

耿靳维其实不是特意来剧组探班的，他是去了趟南方，回去顺便到剧组这儿停了一天。跟导演打过招呼之后耿靳维和方绍一说话，下巴指了指站在一边的新演员，说："我之前跟你说过的，叫过来给你看一眼。"

方绍一只有一只眼睛能用，另外一只还糊着，他往那边看了眼，点点头说："条件不错，别的我这么也看不出来，这些事你定就行了。"

耿靳维说："蒋导的戏我想让你带着，这孩子没演过戏，你带带吧。"

方绍一"嗯"了一声："你问问那边还有没有空角色吧，和他们商量一下。"

耿靳维现在四十多岁，常年白衬衫和西装裤子，现在天冷外面罩着大衣，冷硬的一张脸看着挺凶的，有距离。但他身份摆在这儿，这些年在圈里也挺有地位，身边来来往往的人见过面的也都得过来打声招呼。

说完新签的小孩，耿靳维点了一支烟，把方绍一往一边扯了一下，跟他说："还有你的事，我跟你说一声，你心里得有个数。"

方绍一看他："我什么事？"

耿靳维反问："你什么事儿还问我呢？"

方绍一挑眉："和原野的事？"

"嗯，有人找我。"耿靳维点了点头，"要钱。"

方绍一问："谁？"

"一个刚起的小公司，影响力不太大，估计想着要不就敲一笔，敲不出来就拿你这事儿烧一把。"耿靳维说。

方绍一问他："你怎么说？"

"我没搭理。"耿靳维叼着烟，看了一眼方绍一，说，"你那事儿瞒不住，消息从哪儿走出去的不知道，但现在人活着本来也没有隐私。大家全知道了也就没什么压不压，没有意义。这事说不准哪天就得炸，爆料都不止一家。"

方绍一没说话，低着头沉默，之后说："压不住，随他去吧。"

耿靳维皱着眉说："你那事儿就是悬我头上的一把刀，我不躲好了落下来咱们都被砍。公关那边我都打好招呼了，应急方案都备着，回头我发你看看。不过这事儿不急，都稳着呢，短期爆不出来，至少节目播完之前肯定不会，再说吧。"

方绍一点头："我们俩这事没什么负面新闻，掰就掰了，别人凑个热闹两天半就过去了，不会有大事。处理得差不多就行，影响不着什么，成年人的事别弄成谁对不起谁，你知道我的意思。"

耿靳维笑了，侧过头骂了一声，说："别坑原野？绕这么大个圈子。"

方绍一于是又重复一次，说："嗯，原野就一个圈外人，不懂那些。"

方绍一身上还是那副破败大侠的妆容，脸上没什么表情，一直是淡淡的，这事儿在他嘴里说得云淡风轻的，说来说去其实也就一个重点——正常公关，别坑原野。

耿靳维笑了笑，说他："还真是个大侠，玩什么侠肝义胆那一套，纯粹就是闲的。"

方绍一也笑了，没再多说。

耿靳维那天下午没走，他还有事儿得跟方绍一说，下午就带着新签的那个小孩儿在片场看方绍一演戏。小孩儿叫杨斯然，看着显小，其实都二十五岁了。耿靳维和他说："好好和他学演戏,他像你这么大的时候都是韦华绑定的男演员了。"

杨斯然点头，道："好的，耿总。"

吉小涛跑过来，笑嘻嘻地跟耿靳维说话："耿哥好啊。"

"我好什么好，我让你回来帮我带带人你就跟我装听不见。"耿靳维骂他两句。

"我带不了别人，我哥离不开我。"吉小涛说起这话来也不觉得难为情，"我哥岁数大了，换人他吃不消。"

吉小涛在这边和耿靳维说着话，那边化妆助理跑过来叫他："涛哥，有人送东西等你签收。"

"什么啊？"吉小涛回头跟耿靳维比了个手势，边问边往回走。

——那天下了戏之后,耿靳维就看着方绍一两边一左一右烤着两片电暖气，闭眼坐在椅子上等人卸妆，排场大得很。吉小涛说都是他野哥让人送来的。

耿靳维看了一会儿，扑哧一声笑了，转头出去抽了一支烟。

简直都有毛病。

第四章

那时候入目只有白色，一片白色世界里有个原野。

破败的城墙千疮百孔，方绍一负剑而立，他身后是大姚国最后的兵士。前方是敌国最年轻的将军，和勇猛的万千军马。暴雨狂泼而下，鲜血在地上混成血色泥浆。

　　"侠士！"对方将军一手勒着马缰，微扬着下巴，话音从丹田发声，带着武人的粗糙狂放，"你们整个江湖都归了大宥，你还守什么？"

　　曾经意气风发的侠客如今浑身是血，睁着未瞎的一只眼，狼狈之下仍然站得坚挺，从容道："守我的城。"

　　"你的城？"将军仰头大笑，笑声传数里，惊了城楼上的乌雀，"你的王弄瞎你的眼睛，如今你却仍在替他守城。江湖人说你痴傻，我未曾信过。而今看来……罢了！"

　　身下的马踏着步子，将军随着它的动作而轻微晃动，他手中的长刀指向侠客，暴雨中眼里染上嗜血的残光，道："我不想杀你。"

　　暴雨冲刷着侠客脸上的血浆，露出原本腐白溃烂的伤处。他突然勾起一边唇角，如此一副破烂的面容笑起来本该狰狞恐怖，他却生生笑出了一丝爽利天真，仅剩的那只眼里全然是十年前的那派自在无畏的光。他朗声道："将军不杀我，那就是我杀将军。要杀便杀，不必多言。"

　　四目相视，倒是只有将军眼里有哀戚。

　　破败城墙，面色灰白的兵，一个半瞎半残的旧侠士，兵马前行就能踏平。

　　将军却还是下了马，手握长刀走过去。他身上的盔甲随着他的步伐而发出

093

声响，雨浇在铁衣上，繁乱密集的噼啪声像是也在催促着最后一场战役。

将军身后的兵随着他而移动，将军行一步，兵马行一步，将军停，兵马停。

两人再动手时是不必说话的，该说的也都说尽了。一场无声的交战，你来我往，止于将军手里的刀横于侠客颈上。

血已经把另一只完好的眼睛遮住了，将军手握刀柄，尽管距离如此近仍然扬声道："侠士。"

方绍一被刀逼得仰着脸，隔着血雾去看他。

将军沉着眼，话音震耳，道："你们江湖人，正派，反派，全都投了我的王。国有主，江湖无主。天下还是这个天下，江湖也还是你的江湖，这样不好吗？"

侠客慢慢眨了眨血浸的眼睛，笑起来神色苍白，气息微弱，仅剩的气力不足以支撑一句完整的话，断续道："何为江湖……何为天下……乱世之中，江湖……不过是一场虚空。我守的不是谁的国……谁的天下，守我自己这……半世所依。"

他说完就闭上了眼，眼前是十年前那场江湖混战，正派反派皆杀红了眼。那时侠客身形灵动飞身斩马，抢过马蹄之下一个瘦小的男童。

彼时侠客把他藏于客栈的梁柱后，对他笑道："外面乱了，藏好，莫出去。"

男童面色唇色皆白，轻轻点了点头。

铠甲声响，手臂扬起，长刀落下——

身后城墙倾颓，轰隆巨响，灰烟四起。

将军握着刀柄的手指微动，垂眼看身前。眼前分明是当年飞身破窗而出的矫健身影，和回头时那一双张扬肆意的笑眼。

那时天光大亮，而今暴雨倾注，天如遮布。

山河破，万民哀。灰烟漫起，残兵如佣，未行未动。

"咔！"

导演在监视器前猛地站起身，眼底分明也是一片残红。摄影指导回头看着导演，点头，比了个拇指。片场的时间仿佛静止了片刻，所有人还沉在戏里，那股悲壮和哀痛的气息还在，工作人员都没动。

后来是方绍一从地上站了起来，道具指导这会儿才切了开关，关了演员头顶一直在洒的雨水。方绍一遥遥一喊："导演，这条过吗？"

导演拿着喇叭喊他："过了！过过过！"

方绍一笑了一下，走过去跟戏里的将军用单臂抱了一下，拍了拍他肩膀道："前途无量。"

演小将军的是个年轻演员，刚从电影学院毕业两年，之前一直拍的电视剧，这是他第一次接电影。方绍一这么一说，年轻演员还有点受宠若惊的意思，赶忙道："绍一哥带得好，跟您对戏学到了太多。"

长镜头是过了，但还得补几个镜头。那版不死的结局前几天已经拍好了，就停在侠客和将军两人动手交战之前。结局其实是不变的，但不说透，留那么点念想。但估计最后还是会用这版，留了一段毕竟就没有那么震撼了。

几个小镜头补完，导演过来亲自往方绍一手里塞了个红布细绳打的捆，然后回头跟剧组里的人说："来，恭喜你们方老师杀青。"

身边人纷纷笑着祝贺，方绍一开了个玩笑："心里都不知道怎么高兴呢，我走了重头戏就没了，剩下你们也都轻松了。"

导演要跟方绍一抱一下，方绍一往旁边撤一步，笑着拦他："别，别。导演，叔！"

"我这一身，"方绍一哭笑不得，又往边上躲了一步，"粘你身上不好洗。"

"来，拍主角杀青照。"旁边的美术总监说了句。

方绍一笑着问："我就这么拍吗？这副鬼样子？"

"没事儿，来吧！"吉小涛过来给方绍一披了个大衣，说，"反正杀青的时候本来就这样的，拍吧。"

辛导哈哈笑着，把人都叫过来，拍了方绍一的杀青照。这张照片放出去绝对丑到家了，但方绍一也不在意这个，大大方方站在最前面拍，笑得很坦然。

摄影师这段也一直在录，估计是之后要剪纪录片或花絮用。方绍一对着他的镜头笑了笑。

这场戏磨了半个多月，终于成功拍完。正常都要"保一条"，但这场太难拍了，城墙也炸没了，没那个条件再拍。导演、编剧、摄影、特效几位凑在监视器前反复看了两遍，确认没有问题之后，手一挥，终于能把方绍一放走。

那天卸妆的时候，化妆棚里就没断过人。同一个剧组待了几个月，不管是演员还是工作人员都处出了感情，都过来给方绍一送杀青礼。每天给方绍一化妆卸妆的几个助理小姑娘有的都哭了，方绍一这人虽然地位高，但是很好说话，也从来不难为人。

方绍一坐在椅子上边卸妆边和人说话，化妆棚就这么大，电暖气实在占了不少地方，后来方绍一让吉小涛收了。

　　几个年轻演员都过来跟方绍一道别，给他送了花。方绍一和他们说："你们也都快杀青了，剩下时间好好和导演学东西，辛导的戏很有力量。"

　　年轻演员纷纷说："跟您也吸收到了不少。"

　　"那就好。"方绍一笑着说，"我年轻的时候不如你们，加油。"

　　年轻演员都赶紧笑着摇头，不敢接他这话。有些人天生吃这碗饭的，比你有天分也比你敢拼命，他立在前头就是个标杆，你想达到什么高度，那你得做到什么程度，迷茫的时候抬头看看他。

　　正常方绍一拍完一部戏得歇一段时间，缓缓情绪，也休整一下，调一调形体。但他这两部戏时间本来离得就近，辛导这边又拖了时间，蒋导那边已经开机一段时间了，男主角还迟迟没到位。

　　时间上没给方绍一歇的条件，他得直接跨去另外一个剧组，迅速调整状态，从这部戏里跳出来，再把情绪浸入另外一部戏里。

　　下部戏方绍一演一个俊俏的小生，只是脑子不太好。他来到一个荒谬怪诞的小镇上，前期一直受人欺负和排挤，这是一部带点黑色幽默的电影，蒋导固有的风格。这戏前期筹备了快两年，主创换了又换，但方绍一这个角色早就定死了，蒋导指名要他接。

　　方绍一和蒋导合作过，不过已经是七八年前的事了。蒋临川一直喜欢拍有些荒诞的东西，跟他合作很吃力，不管是演员还是其他剧组人员，因为大家在思想上很难跟他达到一致，他的想法总是独特的，有些时候甚至是诡异的。

　　这次拍戏地点在南方的一个小镇，走之前吉小涛问方绍一："哥，咱这电暖气就不带了吧？不好拿啊。"

　　方绍一看他一眼，过了一会儿点了点头，"嗯"了一声。

　　吉小涛给导演送了过去，架在导演旁边。导演笑着说："拿走，我用不着。"

　　"您用着吧，我们拿不走，太不好带了。"吉小涛也笑嘻嘻地说。

　　方绍一走之前去跟导演他们打了声招呼，然后和吉小涛直奔机场。他每次去哪个地方拍戏就只带个吉小涛，不像有些大腕儿走到哪儿都得带着自己的团队。方绍一就带一个，剩下的听剧组安排。这一点跟他爸爸是一样的，方绍一在很多方面很像他爸，无论是长相还是性格。

方绍一到的时候蒋导正在拍戏，两个演员和副导开车去机场接的人。到了片场之后吉小涛去酒店放东西，方绍一直接去见导演。

　　眼下在拍的是小镇里打铁匠和他老婆的一场戏，两位演员方绍一都有合作过。蒋导看见他，扬了扬眉，冲他招手让他过来。直到这场戏拍完喊了"CUT（停止）"，蒋导才站起来拍了方绍一的肩膀，跟周围人说："来来来，咱们男主来了。"

　　蒋临川是个典型的北方人，嗓门很大，性格也粗犷直爽。方绍一依次握了手，最后跟导演说："抱歉导演，我这边耽误进度了。"

　　导演挥了挥手，说："拍辛老的戏，我敢说什么？"

　　方绍一笑道："您尽管说，现在辛导也没在这儿，我肯定不跟他告状。"

　　蒋临川哈哈一乐，笑得有点坏，看着方绍一说了句："后边等你的多着呢，你扛住了就行。"

　　戏里演铁匠的演员走过来，笑着说："导演憋着劲儿搞你呢，憋好几天了。"

　　方绍一跟他握了下手，叫了声："林哥。"

　　"让你们说得我心里有点毛，"方绍一笑着问，"导演要怎么整我？"

　　"回头你就知道了。"旁边的摄影老师说。

　　这天是方绍一第一天来，晚上所有演员和各组的负责人开了个会。导演说先不急着拍男主的戏，方绍一刚拍完上部戏，还没完全从上个角色中抽出来，马上拍接不上戏。所以他们还是先走着副场，让方绍一先在剧组待一个月，沉下来进入角色，而且身材上也得做些调整——现在他跟戏里角色比还是稍微单薄了点，上部戏演的侠客最后破败狼狈，方绍一也因此瘦了不少。

　　导演说："你有没有用惯的健身指导，没有的话我给你安排一个。"

　　方绍一点头说："有。"

　　"叫过来，让他跟组。你还得学剪头，这个不用特意安排人了，组里造型指导刘老师等着你呢。"导演手里拿着剧本卷成的筒，往造型指导刘桉那边抬了下，刘桉歪在椅子上抬了下手，笑眯眯的。

　　刘桉是圈里顶级的造型指导，很多有质感有韵味的年代戏造型都是他操刀。方绍一见过很多次了，两人是老熟人，他笑了笑说："好，麻烦桉哥。"

　　今天这场会导演特意说让方绍一助理也得来，吉小涛坐在方绍一身后的小板凳上，听热闹。过了一会儿导演的剧本朝他指过来，吉小涛一下绷紧了神经，导演跟他说："小孩儿，从今天开始你就不是他助理了。"

吉小涛内心闪过无数问号，有点蒙。

"不光是你，"导演眼睛扫了一圈，说，"你们所有人，从今天开始就别供着他。他不是什么方老师，不是什么什么影帝，也不是谁谁谁的儿子。"

他话还没说完方绍一就笑了，蒋导很爱开玩笑，平时说话也很有意思，方绍一听着他继续说："他就是一个剪头的傻子，别哄着捧着的。我不是说笑话，谁要是供着他谁就犯纪律了，别惹我不高兴啊。蒋导生气很吓人，这你们知道。"

方绍一在戏里就是一个时常被人戏弄欺辱的傻小子，蒋导想让他迅速入戏，跟戏里角色找到连通点，灵魂互通。

导演表情很严肃，跟周围人说："我定的规矩就得好好守，别在片场跟演小品似的吆喝他两声，过后再卑躬屈膝，'方老师我这也是没办法，方老师别记仇'，谁私下里敢这样别怪我发火。"

他说完大家都笑了，导演又说："他肯定不记仇，这都是帮他拍戏呢，回头还得谢谢你们。"

方绍一点头，笑道："是，不记仇，都按导演说的来就行了。"

那天开完会往外走的时候，导演又特意说了吉小涛几句，跟他强调："你给我绷住喽，谁欺负他了你别给他扛着。你去欺负他！他平时没少使唤你吧？趁这次好好使唤他，让他给你当助理。"

吉小涛缩着脖子，这个任务实在是很难完成，他问："导演……要不我们俩一起受欺负？难兄难弟这样的？你看行吗？"

方绍一笑了声，推了他后脑勺一把，说："能不能有点出息。"

导演也拍了他两下："说的是，能不能有出息？"

"不能……"吉小涛头上还戴着鸭舌帽，手扣在帽檐上小声说，"这个实在办不到，我从心里就完不成！导演你让别人连着我一起欺负吧！"

导演恨铁不成钢，后来气得踢了他屁股一脚，笑着骂了句："瞅这崽子实诚的！"

蒋临川脾气不好，每次拍戏都得在片场发几次火，剧组都是他团队的人，他说的话自然都得听。接下来几天都没人跟方绍一说话，见了点头叫声"方老师"这事儿更是不存在了。受导演指示，他们不但不能打招呼，还得找活让他干。

方绍一在剧组的日常就是健身和打杂，刚开始别人还有点放不开，后来都这么使唤他也就适应了，拿他当个小工使。方绍一没脾气，谁让他干什么就去干，适应性很强。

"手，手太紧。"刘桉手指动了动，剪子在他手里转了个圈，又合上挂在手指上，"灵活点，这几天没事你就拿个剪子在手里，闲着时候就转转，拿东西尽量也挂着。梳子也不是这么拿的。"

"好。"方绍一应道。

有人在身后叫他："森察，帮我叫一下林哥助理。"

"森察"是方绍一戏里角色的名字，方绍一这边正跟刘桉学剪头，他回头说："别人去行吗？我这儿走不开。"

对方摇头："不行。"

方绍一有时候都很佩服片场这些工作人员，他们入戏太快了。方绍一回过头看刘桉："桉哥，等我十分钟？"

刘桉笑了笑，摇头："等十分钟我就走了。"

方绍一两边看了看，之后跟场务小哥说："你再换个人，我现在走不开。"

小哥眨了眨眼，估计也不知道这种时候应该再说点什么，想了半天，最后方绍一和刘桉那边都接着说话了，小哥才随手捡了个东西往化妆台上一摔，嘟囔了一句："装什么啊……一个剪头的……"

摔东西的声音有点大，方绍一和刘桉都一愣。过后刘桉摇头笑了，低声说："难为孩子了。"

吉小涛自己选了要跟方绍一在统一战线，这些天也累得滴溜乱转，晚上回去跟方绍一念叨着："搞这个有用吗？我看蒋导是不是因为咱来晚了有意折腾咱们？"

方绍一把衣服脱下来扔进洗衣机，吉小涛过来要接，方绍一说："我来吧。"

他还把吉小涛脱下来的脏衣服也一起洗了。

吉小涛还是不太适应，手机在兜里振动，他于是缩在一边的椅子上看手机。

剧组就是一个隔离于现实之外的世界，一进了剧组就总像和外界隔着一层。拍上部戏的时候方绍一得经常出去录综艺，隔离感就没这么重，这次也没综艺要拍，吉小涛和他一起在剧组里受排挤，就感觉时间过得很快，每天拿起手机看看的时候才觉得又回到现实了。

方绍一把明天要穿的衣服拿出来放一边，刚要坐下，就听见吉小涛的一声惊呼。

"怎么了？"方绍一看他一眼。

吉小涛狠狠皱着眉，抬头看着他说："这都是什么东西？！"

方绍一挑眉："什么？"

吉小涛从椅子上蹦下来把手机给他，方绍一看了眼，那个tag（标签）上面写的是"方绍一原野决裂"。

方绍一去外套兜里拿出了自己手机，才看见十分钟之前耿靳维给他打了两个电话。他一边把电话拨了回去，一边点开那个tag。

"来个猛的吧，你们最近总是讨论的那俩人，早就脸不对心了。"热搜广场上第一条就是这么一条微博，博主在底下配了几张图，方绍一皱了皱眉，那张照片看着是去年他们去办工作室股份分割手续那天被人拍的。因为距离很远，看着不是特别清晰，但车是方绍一的车，俩人看轮廓也跟方绍一和原野差不多。

底下的评论才半个小时就三万多条了，方绍一大致扫了眼热评前几条，有信的也有不信的，他俩的粉丝还分别在帮他们辟谣。

耿靳维电话打不通，占线。

这事儿来得有点突然，包括方绍一都没想到，按理说这事暴露给公众不应该是现在。不过想想其实也差不多是时候了，节目还有最后两期播完，他们正是关注度高的时候。等节目播完各家都按不住地要抢这个热度，所以肯定得有忍不住往前抢的。这效果的确不错，才半个小时出头，这个博主迅速就涨了二十万粉。

方绍一给耿靳维打电话，把吉小涛的手机扔回给他："跟你野哥聊个天，问他在干什么。"

"好的！"吉小涛给原野发了个消息，问原野忙不忙。

原野很快就回复他：不忙，说。

吉小涛不敢直接说，想了半天发了一条：野哥你想来探班吗？

原野：暂时没这个想法。

耿靳维的电话打通了，他接起来直接就问："看见了？"

方绍一应了一声。

耿靳维说："刚才没联系上你，我这边还没动。不着急，现在的热度都是假的，各方面我打过招呼了，凭他自己蹦不出花来，现在的数据水分很大，要是后面再没别的东西了，凭这么一条微博他也翻不起来。我想问问你到底怎么打算的？我看你跟原野也没掰得那么彻底，你们俩要是还有和好的可能呢，咱们就说没这回事儿，出个否认声明就得了，这种事儿拿出股份分割协议的照片也说明不了什么，完全可以解释成公司结构正常变动。但你们要是不想再和好了，就趁这次一刀切断联系，正好省心了。或者你要是还没想好，这次可以接着公关。你怎么想？"

耿靳维一口气把话都说完了，该问的都问了。方绍一沉默了几秒，之后说："今晚先放着吧。"

"明天呢？"耿靳维问了句。

方绍一站了起来，站在窗户旁边，一只手按在窗台上，看着窗外，这个问题他答不上来。

耿靳维没等着他说话，那边忙得闹心，说："你慢慢想吧，明天再说。"

电话挂了之后吉小涛抬头看了眼方绍一，小声说："野哥好像不知道，提都没提这事。"

方绍一还是站得很直，一直看着窗外，他"嗯"了一声，没再说别的。

有人敲门，吉小涛去开了，有个小哥站在门口说："绍一哥，导演叫你。"

"好，谢谢。"方绍一说。

估计这是剧组其他人也看到消息了，不然会叫他"森察"，不会像这样叫。

导演叫他过去，说话很直接："我听说了，都是小事儿，别受影响，需要帮忙你就说。"

蒋临川向来不忌惮媒体，这事在他看来不值一提。他跟方绍一说："不管你怎么处理，这点小事没几天也就过了。不要影响情绪，稳着。"

方绍一点头，笑着回道："谢谢导演，我知道，能处理好。"

导演叫他其实就是看看他的情绪，见方绍一平平静静的也没太当回事，就让他回去了。

方绍一回房间的时候吉小涛一边手机一边平板电脑，来回看着，听见他回来，回头看了一眼，说："今晚《时光里》的收视率肯定要爆了。"

方绍一问他："原野打电话了没有？"

"没……"吉小涛摇头，"我估计他这是又断网了。"

方绍一点了点头，去洗手间洗了把脸。他看着太淡定了，搞得吉小涛也不像最开始那么紧张了。

方绍一倒真的没有多紧张，这事儿早晚要爆出来的，早几天晚几天的事儿。他从来就不怕这事被人抖出来，但他确实不知道怎么回应这也是真的。不知道怎么回不是怕负面影响，是因为他自己做不了这决定。

　　他单方面出个否认声明，原野就被捆着无限期跟他继续演好兄弟，这不公平。但是做另一种公关，方绍一还不愿意。

　　这也是这事儿他一直瞒到现在不想说的原因。

　　从上次打过电话之后，他和原野就没再联系过，也挺久了。这次的事方绍一不想压了，要不这样，要不那样，他总得选一条。

　　晚上方绍一照常看剧本，琢磨台词和人物，把他觉得有问题的地方圈出来。吉小涛也没回自己房间，在方绍一这儿蹲着刷手机。网上都在等后续，边等边看最新一期的《时光里》。这已经是他们去澳洲录的最后一场，这周的播完，下周播的就是整季节目的最后一期。

　　今天之前好多观众是很舍不得的，尤其方绍一和原野这边的粉丝。他们俩平时就没什么一起出镜的机会，下了节目就看不到人影，这节目播完以后再想看他们俩相处就难了。结果今天这八卦一出，搞得粉丝心里也七上八下的。已经有"侦探党"顺着整期节目开始抠细节，挑出那些不和谐的地方总结成长图，用来佐证他们俩的确闹掰了的事实。好多人去节目官方微博那边闹，让他们给个说法，问如果他们俩真的闹掰了，这节目算不算欺骗观众。

　　总导演林未这时候也不出来了，老老实实的，除了节目播放宣传之外一个字也不多说。

　　吉小涛也用平板电脑看《时光里》，边看边说："我野哥确实酷，也不是单纯的酷吧，他身上的劲儿反正别人没有。"

　　方绍一没搭理他，眼睛都没抬一下。

　　"我的天！这个跳伞我要吓死了，"吉小涛还在嘟嘟囔囔的，"哥你当时害怕吗？我光看着这个都感觉心跳要停止了，要是我的话可能在空中就心脏骤停。"

　　网上，网友们因为原野的一句话又讨论了一波，纷纷截图后问这是不是说明他们俩的确闹掰了，原因就是原野太狂。什么事儿都是这样，你带着结果去推过程的时候，看什么都觉得这就是证据。

　　网友现在都恨不得拿放大镜去看节目，去研究蛛丝马迹，有的是为了推翻他们俩闹掰的事，证明这就是在瞎扯。还有一部分就是看个热闹，看得特别走心，看热闹不嫌事大。

节目里把跳伞这段剪得特别美，人从高空直坠，穿越云层。风把头发吹得很乱，几乎是竖直的，脸也吹得变了形。这里面原野被拍得最好看，因为原野下坠的时候还笑滋滋的，一脸满足，感觉别人都是在做节目，就只有他在用心享受跳伞的过程，好像玩儿得特别开心。

"我野哥跳伞跳得还怪好看的。"吉小涛说。

方绍一"嗯"了一声，也想起当时的画面。他在原野后面跳，距离隔得不算远，他下落的时候一直在看原野。当时方绍一心里想原野肯定玩儿得挺开心，他就喜欢玩各种各样的新鲜东西。

节目里，原野一落地就立刻抬头，他安静伸手往那边指了指，咧嘴一笑，很简单畅快的一个笑，之后就一直在看着方绍一，等对方下来。

吉小涛看得没了声，过了一会儿跟方绍一说："哥……要不你看看这节目吧。"

不知道为什么原野刚才那一笑让他有点鼻酸，那个笑太简单了，什么都没有，干干净净的。

网上也都在说，就凭原老师这个抬手往上指的一个动作，我不信他们闹掰了。

吉小涛往方绍一这边凑了凑，扯过他手里的剧本，把平板电脑放他们俩中间，把视频后退了一小块，正好掐到原野落地。

方绍一看着视频里的原野，那一笑恍惚间很像他十七八岁的时候，笑得很痛快。

镜头里原野跟教练分开之后，扯了扯耳朵，说："听不见了。"

原野的嗓音有点大，因为听不到自己的声音所以控制不好音量。教练示意原野放心，说需要一个小时，看口型也能看懂。

镜头切给了其他组在空中下坠的过程，好几分钟才又播到方绍一落地，他落地之后解了身上装备，朝原野走过去，现在的视角是方绍一身后的摄影师录的，原野是正面对着镜头。

那时候原野估计也忘了，自己说话方绍一听不见，自己也听不见，但话筒听得见。

镜头把一切都摊开播放给众人，原野那一句小秘密也被摆在屏幕上。

画面里，原野笑着凑到方绍一身边，轻声说了一句——

“一哥，我想跟你和好。”

吉小涛立刻抬头去看方绍一，眼睛都瞪圆了。方绍一的视线始终放在屏幕上，没抬过眼。

网上也炸了锅，一半在夸这是什么神仙友情，另一半掐着这句话说这更证明他们俩闹掰了啊，不然为什么要说“再”好一次，这就是掰了啊！

如果没有前面的事，这句话放出去估计没有人会往这边想，但前面既然有两人决裂的说法了，原野这句话就被抓了话柄，不太好解释。

“天哪……”吉小涛说话声都挺小的，被原野给刺激到了，小心翼翼去看方绍一，“哥，我野哥说想跟你再好一次……”

方绍一没说话，一直把这节目看到结束。

白天原野刚对他说了那样一句话，晚上方绍一不知道哪条神经搭错了，就跟人闹了一场。

太错乱了。

节目刚播完五分钟，耿靳维的电话就过来了。方绍一接起来，耿靳维直接开口：“我要让你们俩玩死，原野这是在节目上说了一句什么啊？”

方绍一想想当天原野和他说的，笑了笑，和他说：“废话吧。”

“那你们俩这是怎么着啊？要和好啊？”耿靳维听起来十分暴躁，估计烦得要死了。

方绍一还是笑：“我不知道啊，这是原野先说的，我等等吧。”

“那明天我怎么弄？”耿靳维嗓子听着都有点哑，“你头十多年都挺消停的，这怎么岁数大了还折腾上了。”

方绍一还是轻声笑着，说：“耿哥辛苦。”

“我是挺辛苦。”耿靳维说。

方绍一和他说：“明天发公告。”

“说什么？”

“说没闹掰。”方绍一说。

耿靳维骂了一句，然后说：“行。”

方绍一挂了电话之后，吉小涛凑过来，仰着脸问：“哥，你跟我野哥要和好了吗？”

方绍一说：“不知道。”

"我就觉得你们俩还得和好，你们俩当时本来也有病，这不是闲的吗……"刚才原野那句话给吉小涛壮了胆，这会儿什么都敢说了。

方绍一不说话，一脸平静，但眼角眉梢分明都是软的。

"那咱们对外就说没闹掰是吧？"吉小涛又问。

方绍一点头："嗯。"

吉小涛有点兴奋，不想回去睡觉，就在方绍一旁边磨磨唧唧。方绍一嫌他烦，让他赶紧回去，吉小涛赖着不走。

结果过了没一会儿，耿靳维的电话又拨了过来。

方绍一问他："怎么了？"

耿靳维开口就骂了句："我真是服了。"

方绍一挑眉。

耿靳维说："公告发不了了，你自己上网看看。这幸亏不是我手里的艺人，这要是我手里的艺人，我得剥原野一层皮，太能给我搞事了。"

方绍一摸过手机，一开微博，好几条热门都是原野的相关内容。

"这么的，你们俩研究好，给我个最终方案，亏了是我公告没发出去，真要发出去可热闹了，过年了。"耿靳维在电话里说。

方绍一点开其中一个，第一条就是原野的微博。

——听说有人想爆我料，不好使，我自己来。的确掰了，赖我，我闹的。这点事儿用不着当个料来爆，算个什么。录节目的时候，我以为我聋了就全世界都聋了，但看来还是只我自己聋。既然话都说了，@方绍一你看怎么着，我能不能再跟你好一回？你说行我就当真，你说不行那我就明年再问一次。

吉小涛看见那条微博之后也跟着炸了，在方绍一耳朵边上絮絮叨叨没完没了，被方绍一给推出去了，方绍一让他回自己房间，别烦自己。

迟星转发了原野那微博，带上两个"大笑"的表情并配文："原野哥就是刚，哈哈哈！"

程珣接着他的转发也转了，说："挺原野哥。"

冯雷子他们那些写东西的凑热闹凑得也积极，转发的时候连嘲带讽："野叔年过三十也初心不改。"

"来，瞧把你们野叔激动的。"

"野哥稳。"

这个时候，明白人是不会转原野这条的，也不会跟原野互动。因为目前为止方绍一那边还没动作，原野这条微博不一定能是什么结果，可能过去了，也可能彻底翻车。万一这俩人早闹掰了，方绍一不回应这事，或者直接打原野的脸，原野就直接被摁进泥里了。再往深了说，如果之后真的又翻出其他负面的东西，今天跟着转发的这些人也都惹一身腥。别人至少得等方绍一这边回应了之后才敢出声。

冯雷子他们转没什么，他们和原野才是一个圈子的，说到底其实他们也不怎么在意娱乐圈那些舆论。但迟星和程珣这么快就说话真挺让人意外，他们俩不懂这之间的弯弯绕绕吗？那不可能，他们不懂他们的公司也懂。他们俩一直很喜欢原野和方绍一，在节目里就是，这时候没顾那么多，很快出声帮原野缓和一下那些尖锐的质问和嘲讽，就是挺重情义的两个小孩儿。

方绍一不会让原野一个人在风口浪尖上待太久，很快就回复了，他直接转了原野那条微博，只说了一个字："行。"

他一回复，微博上更热闹了，娱乐圈这些艺人纷纷来转发。方绍一发完微博，就给原野打电话，但是没打通，对方关机了。

想想也是，原野那边现在肯定炸了，各种消息和电话都得往那边打，按原野的性格肯定烦，直接关机拉倒。

耿靳维那边已经开始动作了，尽量让大家不要再发散别的，把影响降到最低。

但也不是所有言论都能如他们所愿，还是有些其他方面的负面评论会被顶起来。

方绍一烦躁地关了微博，说得更难听的也有很多，他看不了这些，看着心烦。之后他又打了一次原野电话，还是关机，估计今晚是不会开了。原野想让人找不着的时候那就谁都找不着，不知道得失联到什么时候。

结果没想到原野过了没几分钟就把电话打了过来。方绍一看着来电显示，一时间都不知道应该用什么情绪来接他的电话。

"一哥。"电话一通原野就叫了他一声。

方绍一声音沉沉的："说。"

"哈哈哈，怎么这么横啊，你刚不是说行了吗？"原野笑得没皮没脸，"翻脸不认人，说话不算数。"

方绍一本来其实是有些怒意的，但是听见原野这笑起来的声音也气不起来，只觉得无奈。他皱眉道："谁让你这么说的？找骂呢？"

"实话嘛。"原野又笑了两声，之后说，"骂呗，看不着。"

"实话？"方绍一冷笑了声。

"哎，都一样，"原野说，"不管谁先提的，最后不都成了吗？谁提的散伙，最后不也都……散了吗？所以无所谓这个，的确赖我，我矫情了。"

方绍一听着原野说话，听着听着渐渐也就眉头舒展了。这就是原野会说的话。方绍一看见那条微博的确是愤怒的，愤怒来自原野这条微博把所有事儿都自己背上了，那条微博把方绍一摘了个干干净净，不管最终是什么定论都跟他无关。和好了那就是原野主动求和，如果最后他们俩掰了那也是原野自作自受，方绍一在人心里还是那个高高在上有风度又温和的影帝。

原野那条微博看着是冲动之下发的，其实他把这些打算得比谁都明白。方绍一怎么可能同意他这么做，但原野先行一步，把方绍一架在了一个被动的位置上。

但这条微博带给方绍一的冲击又哪是一个愤怒就能说完的。

"一哥，我最近想了挺多的。"原野说，"我吧，我说那个你不用太当回事儿，我没逼你。我就是不想让咱俩闹掰这事儿弄得跟个丑闻似的让谁讨论来讨论去，没劲。"

方绍一没打断，听着原野继续说。

"我那么说就是想给咱俩留条路，"原野低低地笑了声，"我怕你直接盖个咱俩彻底掰了的章。我留了个心眼，不想让咱俩直接就这么散了。"

方绍一"嗯"了一声，然后问道："不想散，那你想怎么？"

原野又笑，笑声有点哑，但是听着很透很舒服："你就非得让我说到底儿啊？"

方绍一坦然回道："对。"

原野还是笑，笑完了说："我想跟你和好。"

方绍一闭了闭眼，手指刮了刮手机背面，听见原野继续说："哥，我跟你交底儿。上这个节目之前我以为咱们已经形同陌路了，我就想着最后帮你个忙。我这个人……你知道我，撞了南墙我都不会回头。这是我人生第一次想回头，这段时间，我只想回头。"

这话不管是说的人还是听的人，都有些不得劲，因为"回头"这两个字本身，就带着那么股遗憾。

"但是我发那个微博也是情急之下无可奈何，你别觉得我架着你非得再跟我和好。人都得为自己的选择承担后果，当初我有的时候没用最好的方法解决，选了一条最偏激的路。所以今天这么尴尬难受也是我的结果。"

"就交给时间吧。"原野说。

方绍一让原野气得眼前发黑，张了张嘴，没说出话来，原野这话说完他都没法接，噎得慌。

行，你就交给时间吧。

"你这小半辈子我也没看你听过谁的。"方绍一低声继续说道，"之后不管你要再说什么，你提前问问我。别再往自己身上揽骂，我不用你帮我扛什么，你消停点，让我省点心。"

"好嘞。"原野笑着说。

第二天方绍一又正式发了条微博，说了一下这个事："私事之后就不拿出来讲了，一点小事不劳大家费心。没那么复杂，让时间去解决吧。"

一条微博一共就两句话，但内容不少。"私事"听着就很耐人寻味，"时间"解决也留了足够的悬念。

吉小涛也弄了几个小号，也凑热闹去下面评论："我看你们俩就是闲的，赶紧给我和好！"

他发完评论还给原野发语音消息，问道："你打算怎么跟我哥和好？要来找他吗？时间表要吗？房间号要吗？"

原野语音回复道："你能不能不给我发消息了，怎么这么烦呢？"

吉小涛："你怎么和我讲话呢？你用着我的地方多着呢，你再好好考虑考虑！"

原野淡淡回了他一句："我谁都用不着。"

吉小涛心想：这还怪狂妄的。

吉小涛：野哥，你什么时候开始行动？

原野：你管我呢？

吉小涛问：野哥，你真不来探班吗？我们俩现在很惨的，我们俩给整个剧组打杂，有时候都没有饭吃。

原野回复他俩字，非常冷酷：不探。

方绍一耍剪子已经耍得挺溜了，往那儿一站也挺有剪头小哥的模样，就是有点高，椅子得升到最高才能顺手。刘桉说他现在这样就可以了，剪子、梳子和吹风，这三样都弄好了就够。他随手扯了个小孩儿过来，说："来，头发长了，让你绍一哥给你剪个头。"

　　男生眼神里透出惊恐，但还是没反抗，视死如归地往椅子上一坐，说："好的。"

　　方绍一从镜子里看他，对他笑了笑，说："别紧张。"

　　"那不可能啊……"男生一脸苦兮兮的，"不过我头发长得快，没事儿。"

　　刘桉拍了拍他肩膀，笑着靠在一边喝奶茶，说："剪不好让人给你修。"

　　男生点点头，坐那儿让方绍一摆弄他。

　　其实他还是赚了，这何止是剪头，还附带着头部按摩的。戏里背景是模糊处理的，但基本类似上个世纪九十年代，所以没有现在理发店洗头那种躺椅，干洗的话还是只能坐在椅子上，用手搓出沫来，边洗头边按摩。这可是影帝的手，男生坐那儿被揉着揉着就笑了，说："我现在应该拍个照发给我女朋友，她特别喜欢方老师……"

　　方绍一也跟他开了个玩笑，从镜子里看他一眼，然后说："昨天你吆喝我的时候应该给你女朋友开个直播。"

　　"我的天，"男生眨巴眨巴眼睛，看了眼一边笑眯眯看着的刘桉，小声说，"导演说好的方老……他！说他不记仇的。"

　　边上看热闹的也都笑了，方绍一现在干着活呢，周围气氛才轻松一些，如果他闲着，那些人就得给他找活干，得"排挤"他。反正大家现在也都习惯了，甚至有时候在心里也就忘了他是方绍一，自己都把自己给洗脑了。

　　方绍一的戏还有一周才开拍，这将近一个月的时间不太好过，各种有意刁难和针对有时候是有些过分的。也就是方绍一，换个其他这级别的演员估计早就会有忍不住发火的时候。

　　原野那边说是那么说了，但是放个话之后就没动静了。网上没有再就他们俩的事继续发酵，就停在方绍一那条微博，之后的都是小打小闹，多数都是看客瞎猜测，各种推理分析。正主再没动静了，他们俩本来也没什么能深入讨论的东西，也就这样了。不过这里面也有耿靳维和公关公司那边一直在努力的原因，方绍一这些年就没怎么用过公关，这是头一回需要这个规格的。

耿靳维让这俩人折腾得够呛，这几天都没怎么打过电话。

过了一会儿，吉小涛领了个人来化妆间，跟方绍一说："哥，公司新人来了。"

方绍一转头看了他们一眼，之前耿靳维带来的那个男生对他笑了笑，点头打招呼："绍一哥。"

方绍一对小孩儿点了点头，问："去见过导演了？"

杨斯然说："还没，刚来。"

方绍一"嗯"了一声，又问道："公司给你配人了没有？有人跟着你吗？"

"有，耿总给我安排了一个助理。"杨斯然点了点头。

"行。"方绍一说，"有什么事也可以跟小涛说。"

"好的，绍一哥。"

这小孩儿看着挺听话，话也不是很多，挺会看眼色的，来了剧组之后也不怎么用助理跟，没事的时候都跟在吉小涛旁边帮他忙，干干活什么的。看得出来耿靳维是真的有心要捧杨斯然，给配的助理都不是新人，是在公司好几年了的老员工，跟过好几个艺人，也有一些自己的人脉和资源。

吉小涛私下里跟方绍一说："感觉小孩儿还行，挺听话的，也没什么硬伤。条件也不错，捧好了应该能火。"

方绍一没怎么接触过，既然耿靳维要捧那自己就带一带，他没什么想法。

新人毕竟是方绍一工作室签的人，何况方绍一本人也在剧组，所以大家对这小孩儿都挺照顾的。杨斯然对谁也都很恭敬，哪怕是对剧组的工作人员都很客气，也从来不拿什么架子。不过不少新人没有名气的时候都是这样，之后如果红了就好像换了个人。

方绍一的第一场戏就是和杨斯然拍，也是导演有意安排，这组里完全没拍过戏的新人就杨斯然一个，导演把这小孩儿的第一场戏给方绍一带，也是想让杨斯然快点进节奏。而且人是方绍一的人，他带来的他领戏，杨斯然跟着磨。

开拍之前，杨斯然对方绍一说："绍一哥，我没拍过电影，我要是哪儿不行您就直接跟我说，不用给我留面子什么的。"

方绍一看他一眼，说："没事，不用紧张。耿总既然签你了就还是看好你，慢慢来。"

"嗯，我就是怕给您惹麻烦拖后腿，"杨斯然不太好意思地笑了笑，"所以我哪儿做得不好您就说。"

但是让人意外的是，这小孩儿戏感还真不错。头一场戏是方绍一饰演的森察刚到小镇租了间房，杨斯然演的角色是森察的房东。房东是一个很胆小的大学生，戴着眼镜，大学毕业之后分配到药厂上班，后来因为身体不行就辞了工作。森察来小镇的时候这位大学生正闲在家，靠收租生活。

新人的第一场戏有时候要磨几天都过不了，但他们拍了四次就过了。有些人的镜头感是天生的，虽然没拍过戏，但镜头感很强，这样的人导演会更喜欢。导演最喜欢没怎么拍过戏的天赋派，因为他们身上是很干净的，没学到那么多技巧，又因为天生的能力，因此更好打磨，磨好了说不定还有意外的惊喜。

蒋导过后跟方绍一说："小演员还不错。"

方绍一点了点头说："还行，第一部就拍您的戏也是他有运气。"

"什么运气，"蒋导冷笑一声，"你们耿总特地塞过来的。"

方绍一笑了笑，跟蒋临川说话不用太多拐弯抹角，他说："耿哥想让我带他。"

蒋临川也没多说，总之不是什么大角色，而且杨斯然这个小孩儿也还不错。

这种现代背景的电影不像古装戏那么难拍，方绍一没那么遭罪，吉小涛也省心很多。他省心了就又开始操那些没用的心，问方绍一："哥，我野哥行动了没有呢？"

方绍一说："你看呢？"

"我没看你们俩有什么动静，"吉小涛试探着问了一句，"野哥什么时候开始行动？"

方绍一头都没抬："你去问他。"

"野哥不回我消息，让我烦的。"吉小涛说。

原野现在是真不回吉小涛消息了，让吉小涛给烦的，就差没把吉小涛拉黑了。

方绍一说他："我跟你说了别总烦他。"

"我怕我不跟他联系你们俩又好久不说话，我这不是着急啊？"吉小涛把副导送过来的明天的戏拿过来给方绍一，说，"咱们这儿一直到明年五月都是戏，你就在剧组待着不出去，我不把野哥叫过来，你们什么时候能和好？"

方绍一也烦他，下巴冲门那边指了指，示意他："回去睡觉，别在这儿念经。"

吉小涛本来也要回去了，跟他说："那你也早睡啊哥，明天六点起，我过来叫你。"

方绍一摆了下手，让他走。吉小涛带上门出去了。

原野这人也是不太靠谱，话说出去了，自己也说行了，结果打了个电话这人就又没影儿了。网上有人整天追问这事的进度，但原野又搞失踪，把别人的心思都吊起来，然后自己销声匿迹了。

方绍一拿过手机，给原野发了一条消息。

他们俩的聊天界面还停留在上回原野给方绍一发的一条，之后就再没互相发过消息。方绍一抿唇，给原野发过去一条：在等 bug（程序错误）自动修复？

他也没指望原野能回，原野都不一定什么时候能看手机。

原野回消息的时候方绍一已经睡了，半夜回了一条：哈哈哈哈哈哈哈。

方绍一的手机就在床头，摸过来看了一眼，皱了皱眉直接回了条语音："傻笑什么？"

原野先是发了一个省略号过来，隔了好几秒才又发了个两秒的语音，边笑边说了一声："你这人……"

这两人也够有病的，一个应该是还没睡，一个睡一半醒了，然后就你一句我一句地聊，互相说些没营养的话。

原野问方绍一："小涛最近怎么回事？磨磨叽叽的。"

"不知道，"方绍一不太关注这些，一无所知，"他再烦你你就拉黑。"

"那也不行，有时候也有正事儿。"

他们有太久太久没这样聊过了，像这样互相发消息单纯为了聊天已经是很多年前的事了，那时候心大得很，想怎么就怎么。

原野后来直接发了语音通话过来，方绍一接了。原野笑着叫他："一哥。"

方绍一用鼻音回应道："嗯。"

原野说："你觉不觉得咱俩现在特别像两个大叔在演小年轻？"

方绍一挑眉："不是小年轻就不能聊天？他们申请专利了？"

原野又是一阵笑，笑得咳了两声。

等他笑完，方绍一叫道："原野。"

原野应了一声："哎。"

方绍一说："把烟戒了吧。"

原野顿了下，之后笑着说："就知道你要说我抽烟的事。"

原野以前抽过一段时间的烟，写东西的时候顺手就把烟摸过来，习惯了。他总咳嗽，后来方绍一盯着他给戒了烟。

他现在烟瘾挺重的，估计不好戒，于是说："我少抽点吧。"

方绍一也没多说，"嗯"了声回道："好。"

他们就这么通着电话，都把手机贴着耳朵，挺舒服的。后来时间太晚了，方绍一第二天还得拍戏，原野说："你睡吧，不然明天化妆不好弄了。"

方绍一应了，说："你也早点睡吧，别熬夜，三十多了。"

原野说："好嘞。"

俩人都等着对方先挂，挂电话之前方绍一又叫了原野一声。原野问：怎么？

方绍一闭上眼睛，轻声问道："你打算什么时候行动？"

吉小涛不知道俩人已经通过话了，还继续操他那份没用的心，心里犯愁，嘴上也不敢多说。

方绍一太淡定了，他这人永远都这样，你看着他，根本不知道他心里在想什么，也根本猜不到。

"涛哥，忙呢？"杨斯然的助理叫陈同，也是公司的老人了，吉小涛和他还算熟。

方绍一和杨斯然在对戏，陈同过来吉小涛这边，蹲下和他打了声招呼。

吉小涛招呼了一声，屁股挪了下坐在方绍一椅子上，指了指旁边刚才他坐的那把，说："坐。"

陈同笑了笑，坐了。

吉小涛抱着方绍一装衣服的大袋子，和陈同聊天："你就长期带杨斯然了？"

"不知道呢，听安排吧。"陈同叹了一口气说，"其实我带人有点带不动了，最近两年感觉扛不住这么熬。"

吉小涛乐了，看他一眼："你才多大啊就扛不住？"

陈同说："我身体素质不行，比涛哥你可差远了，我熬不了夜，熬夜头疼。"

吉小涛手机来了两条消息，是简叙的助理发来的，没什么事，就发了两张傻傻的表情包过来。吉小涛一边回表情包，一边说："那你跟领导申请一下，让你转岗去做经纪人，能轻松点，但新人的话估计也得跟着跑个一年半载的。"

"嗯，我上次和林哥提了一回。"陈同说，"拍戏这么跟真有点吃不消。"

吉小涛有一句没一句地和他聊，顺便在手机上和简叙助理互发表情包。简叙到现在还是稳稳的视帝，有他就能有收视率，只要剧本不烂，制作也过得去，收视率就不会太低。方绍一和他关系一直挺好，他们那届同学里出了不少明星，里面也就数他们俩位置高。简叙的助理刚二十四岁，去年才开始干这行，总当自己还是个新人。但人有点憨，总喜欢发表情包。

吉小涛发短信问他：还在那儿呢？

简叙的助理叫东临，回：没有呀，在 × 市呀，我们很近呀。

吉小涛：你好好说话。

东临：哈哈哈，你以为我干吗找你聊，我简哥说离这么近，咱们可以约着见见。

吉小涛：真在？过来拍戏？

东临：真的。

吉小涛：好好说话。

其实这小孩儿平时不这样，他就是故意犯神经。吉小涛和他聊了一会儿，等方绍一下了戏，吉小涛和他说："简哥在 × 市呢，约咱们吃饭。"

方绍一问："他过来干什么了？来拍戏？"

吉小涛说："是，我听东临说预计在这边拍四十天。"

方绍一点点头说："那你看时间吧，哪天有空就过去找他吃个饭。"

杨斯然和陈同离他们俩旁边不远，吉小涛听见杨斯然低声说："你以后可以不看我手机吗？有消息放着就行。"

陈同怎么回的没听到，他声音太小了，估计也是离方绍一近，声音不敢太大。吉小涛往那边看了一眼，回过头接着和方绍一说话。

刚才拍的那场戏没过，等下得重拍。这种拍戏间隔方绍一通常都不怎么说话，得保持情绪，不相关的话说多了情绪就不对了。

杨斯然往另外一边又挪了几步，陈同也跟着挪几步，他们这边就听不见他们俩说话了。杨斯然微微皱着眉，好像对陈同的话不太同意，一直压着嗓子在说什么。

吉小涛把水杯递过去给方绍一，方绍一沉默着接过来喝了一口水润了润嗓子。

简叙这次是来影视基地拍一部电影，离方绍一这边不到两小时的车程。方绍一抽空去他那边探了个班。

导演是个年轻的新锐导演，方绍一没合作过，但是在电影节上见过几次，也聊过。他们这边在拍一部轻松向的都市恋爱戏，简叙演一位体育老师。这是部典型的情人节档电影，搭着爆米花和可乐，轻轻松松看完。导演没什么野心，这种电影在拍的时候也不累。

方绍一到的时候简叙正露着上半身晒肌肉，皮肤上抹了薄薄一层油，在阳光底下还是很打眼的。

导演喝着吉小涛带的凉茶，笑眯眯地和方绍一说着话。导演比方绍一还年轻一岁，在导演圈里是个实打实的小年轻，他说："绍一哥，等一会儿拍个探班照，我们发个微博。"

方绍一笑着说："好。"

简叙披了件衣服走过来，导演让旁边人给他们仨拍了张照片，然后自己看了看说："照片发之前给我 PS 一下，在他们俩边上拍照压力太大了，又矮又丑的。"

边上人都笑了，简叙问："那不然咱们坐着拍？"

"算了，在哪儿都一样，发的时候给我的腿 PS 长点。"导演说。

那天方绍一和简叙一起吃了一顿饭，还有吉小涛和东临。他们都是老熟人了，助理跟着一起坐也没什么，不用顾忌那么多。其实这两年方绍一和简叙见面的时候不多，但这种关系也没什么生不生疏的，每次见面都还挺有得聊。大家都知道他们俩关系好，也的确是好。

包间里，简叙脱了上衣，只穿着一件背心，吉小涛笑了一声，说："简哥最近这肌肉不错啊。"

简叙嗤了一声，睨了他一眼："挖苦我呢？你哥在前面摆着，我还有脸提肌肉？"

"跟我哥比是还差点，"吉小涛嘿嘿一乐，"但是不看我哥，单看你的话，也很棒了。"

"这话也不知道是夸我还是夸你哥。"简叙给自己开了瓶冰啤酒，问方绍一，"要吗？"

方绍一不怎么喝酒，倒了杯茶。

简叙拿酒瓶往他杯子上磕了下，说："来碰一个吧，兄弟，半年多没见了。"

方绍一问他："后面还有别的戏吗？"

"有，拍完这个还有一个古装剧，之后先不接别的，想歇歇。"简叙说。

吃饭的时候简叙也没吃什么，他吃得很少，后来点了个蔬菜沙拉在那慢慢嚼，边吃边叹气说："教练不让吃，还让我吃鸡蛋呢，我都没吃，我最讨厌吃鸡蛋。"

方绍一说："吃别的替一下，一样。"

简叙和方绍一是同年的，不过方绍一这些年就没怎么拍过爱情轻喜剧，简叙倒是这种类型的拍了很多。但是他也三十七岁了，这口饭吃不了几年就到头了，他得考虑转型了。

方绍一和他是自己人，没什么不能说的，当年上学的时候整天待在一处，俩人这些年也没有过什么矛盾，是这个圈里的真兄弟。方绍一和他说："你想转型，这种戏就少接。一部两部下来观众买你账，你的粉丝能给你撑撑票房，时间长了你的风格又定在这儿了，没什么好处。"

简叙给他的茶杯添满，苦笑出声，道："没人找我啊哥，现在来找我的都是男三号往下，连个男二号都没有，有也都是烂片儿，这次这个都算不错了，至少剧本还能看。客串个角色什么的还行，男三号男四号让我怎么拍？"

简叙在电视剧圈是实打实的一线演员，这么多年没掉下来过。但是偶像剧他现在已经不接了，这个行业现在能拍能播的剧就那几个类型，再去掉不适合他的类型，能拍的太有限。他去年刚拍了部婚后伦理剧，反响还不错，但那种拍多了他自己都觉得烦，大制作的权谋剧一年也出不来一部，他等不起。

他现在处在很尴尬的处境，工作室和公司的资源都是电视剧方向的，电影方面说不上话。大导演的大制作他也接不到，对方很多都有固定合作的几位演员，可烂片他又不想接，所以一年拖一年，拖到现在也还是在拍电视剧。

方绍一说："有些戏男三号男四号也不差，去年韦导那戏我听说你给推了。我帮你留意着，之后有适合你的我给你递个话，具体成不成再让你公司去谈。"

方绍一每年因为档期推掉的戏不少，但他和简叙完全不是一个类型，一般来邀请他的戏未必会适合简叙。而且简旭不像公司里的小演员什么的，跟导演商量就能塞个小角色进来，他得要重要角色，大导演的戏里这种角色不是打声招呼就能定下来的。

"谢了兄弟。韦导那戏……女主是我前女友！"简叙甩了甩头一笑，看着方绍一说，"就别说我了啊，说说你。你最近也挺热闹啊？"

东临憋了半天，终于能插个话："哈哈哈，原野哥行动起来了吗，绍一哥？"

一般人见了方绍一不敢贸然拿这个开玩笑，但简叙就没什么不能说的，别说方绍一了，他连和原野都那么熟。当年原野那么点儿小的时候他们就认识了，他们仁还经常一起吃饭，当时看原野就跟看个小孩儿似的。

吉小涛用胳膊捅了东临一下说："瞎打听什么啊？"

简叙说他："别捅我助理，来东临，问，问问你绍一哥，跟原野和好了没有？"

方绍一当时没搭理他们，吃了口东西，没吭声。

简叙说："你们是好日子过久了不折腾难受吗？去年我就说你们闲的慌。"

饭桌上方绍一不喜欢拿这事儿出来说，也不怎么想提，就算是简叙他也不想说。

而且方绍一也张不了嘴啊，他怎么说？能说原野微博发完后其实根本没下一步动作了吗？人那边一点要表示表示的意思都没有，但是现在偶尔晚上能打个电话，互相聊一会儿天。

实话实说未免太没有排面。原野不靠谱。

原野最近忙啥了这么不靠谱？

原野耳朵夹着电话，一边泡茶一边"嗯嗯"地答应着。

"所以你说了一堆，这依然是个烂本子。"原野把茶端回去放桌子上，然后抻了抻胳膊，说，"你早干什么去了？买之前干什么了？你不早问我。"

"没敷衍你，一个字一个字看的，都看完了，不行就是不行。"

"还六千万，买本子的钱赔了就认栽了吧，这六千万再扔出去的话你以后就得哭，再不然你就雇几个人，重新给你写，改头换面。"

"别惦记故事了，根本没有故事。"

"我？我不写，我写不了这个，不是钱的事儿。一千万也不写，八千万也不写，整死我也不会写。"

"以后花钱之前长点脑子，拜拜，小可爱。"

原野挂了电话把手机随手往桌上一扔，手伸到后面去捏了捏脖子。最近他赶稿赶狠了，感觉浑身骨头都发僵，一动都咔咔响。

刚才是宁陆打过来的电话，上个月他从顶级编剧手里重金买了个剧本，感觉这下赚大了，发来跟原野说，打算投资六千万拍个电影，要碾压去年那部《荒野童话》。

原野最近事儿多，这东西放在手里一直没看。昨天宁陆又催自己看，原野翻着看了几眼，感觉不太妙。后来他认真看了看，还真是不行，再往后翻了下结局，感觉这要真拍出来，尾巴都得赔掉。

这就是个忽悠傻大款投资人的东西，宁陆就是那个傻大款。

这事也是凑巧，宁陆在买之前想找原野帮他看来着，但是那时候原野发完微博就关机失联了好多天，他就没能联系上原野。当时他让编剧忽悠得也没顾上太多，说买就买了，还等着原野夸呢，眼下让原野这一打击心都凉了半截，但几百万就这么扔了他还不太服气。

宁陆真是个好投资商，人傻钱多，哪个项目摊上他也是挺幸福的。原野一脸无奈，跟这傻大款做朋友真是有操不完的心。

原野过了一会儿还是没忍心，调出宁陆那破烂剧本，给他写了个一千多字的故事梗概，重点人物也给提炼出来，写了个简短的小结。

——信我的你就别拍，看看能不能低价卖了。你要非得拍呢，这是我能想到的可行的思路，你再看看吧。

原野把文件发到宁陆邮箱，然后发了一条短信告诉了他一声。

原野之前闲了一年多，欠的债有点多，这段时间把该还的都还得差不多了。他自己那本书写了两年了，还差最后一个尾巴，估计还得有个几天。

原野看了看时间，晚上十点，于是给方绍一拨了电话过去，响了半天，最后那边接起来，不过不是方绍一。

"野哥？野哥你找我哥？我哥上导演那儿开会去了！"吉小涛喊着说。

"行，那没事儿了。"原野说完就要挂电话。

吉小涛叫住原野："野哥！"

原野无奈地说："你别这么撕心裂肺喊我，感觉我好像怎么了似的。"

"野哥你终于有动静了！"吉小涛听起来十分激动，"我以为你消失了！"

原野挑眉，看来自己和方绍一的联系他都不知道。原野笑了："啊。"

吉小涛说："野哥你忙啥呢？"

原野哪有时间和他闲扯，和他说："的确忙，涛啊，我一堆事儿，先不聊了。"

吉小涛倒是挺利索，说了句"好的好的拜拜"就挂了，一会儿让他哥再打回去。其实也就是吉小涛没看方绍一手机，要看见就知道了，这俩人通话记录和聊天记录都有，还有不少呢。

过了一会儿，方绍一电话打过来，原野接起来开了免提放桌子上："一哥。"

"刚出去了一下。"方绍一说。

"知道，"原野一笑，"小涛说了。"

方绍一去洗澡的时候手机就放外面放着，原野反正手机都是放桌上的，也没挂，就那么放着了。方绍一出来的时候原野听见了，问他："洗完了？"

方绍一"嗯"了一声，原野又说："那抹个脸？"

他们俩现在有时候就这么打电话，其实可能没说什么，但通话时间倒挺久的。这种感觉也挺新鲜的，有意思。

方绍一和原野说："今天去简叙那边探了个班。"

"他也在那边拍戏？影视城？"原野挑眉问。

"嗯，他拍个电影。"

"他接电影了？"原野问了句，"什么戏？"

"轻松戏，讲谈恋爱的。"方绍一说。

"啊，"原野说，"叙哥还不转型？"

"不好转。"方绍一拿过刚从导演那儿拿来的新剧本，边看边和原野说话，"好戏接不着，烂戏不想接。"

和方绍一聊了好半天，原野很喜欢和方绍一这么聊，虽然看起来这种行为不是很成熟。

俩人聊完都快十二点了，原野其实挺累的，但不太想睡。既然不想睡他就接着干活吧，赶紧把该弄的弄完。

后面几天方绍一有夜场戏，原野和他发了几条消息，但是没打过电话。方绍一拍戏的时候原野不太给他打电话，怕影响他工作。而且他们俩本来也没什么重要的事说，拍戏的时候再打电话就过分了。

周五，原野把一个文档通过邮箱发走，然后用手机发了条语音："张总，文件发你邮箱了啊。其他事儿我就不管了，你审完再发我邮箱，这本不放图，其他的你看着办吧。"

对方说："好的野哥，回头我看看。"

原野笑着跟他说："辛苦了，我总失联，你要电话找不着我就给我留言，我看见就给你回。"

对方又说："好的。"

原野站起来伸了伸腰，以前如果方绍一在旁边，连着坐时间久了方绍一就过来强制拉他起来了。方老师定的规矩一般都挺严厉，不执行就得挨收拾，不过他现在没人管，就无法无天了。

原野笑了一声，弯下身想关了邮箱界面。

电脑桌面上有自动弹出的新闻页面，原野没注意就要直接点关闭。这些弹出的窗口总是很烦，屏蔽都屏蔽不了。正要关的时候，界面滚动到娱乐板块，原野的手下意识一停。

人对自己的名字总是本能敏感，何况还有方绍一的。

原野视线往下扫了一圈，看完沉默着叹了一口气。

原野把微博卸载了，手机也从来不看新闻，一般不发消息的话都不怎么看。但是现代社会你想彻底切断网络也不可能，就像现在这样，躲都躲不开。

原野摇了摇头，直接关了电脑。

刚才那板块上连图带文字，一个八卦新闻快占满页面了。

"绍一哥，非常对不起，给你惹麻烦了。"杨斯然一本正经地给方绍一鞠了个躬，脸色看着也不好看，"需要我说什么吗？我可以发微博解释一下，或者公司怎么安排都行，我都可以。"

方绍一手背后倚在窗台上，没跟杨斯然发火，只说了一句："跟你没关系，不是你的事，去吧。"

杨斯然看了看他，又看了看耿靳维，点了点头说："那如果有我能做的您就说。"

耿靳维就点了下头，杨斯然就走了，走前把门带上了。

这新闻是昨晚突然冒出来的，那个××娱乐之前和他们关系还过得去，能说上话，这次连招呼都没打一个直接发了这样的新闻，也是挺意外的事。

耿靳维说："被盯上了。"

方绍一皱着眉，刚要说话，手机响了。

他看了眼屏幕，是他爸。

"爸。"方绍一接了起来，叫了声。

方悍在电话里问他："最近怎么这么多事？能处理吗？"

方绍一"嗯"了一声，低声说："没事儿，我能处理。"

老爷子现在人在欧洲拍戏，这个年纪了拍戏依然很拼，说话底气也很足："真没惹事？"

"没有，哪敢？"方绍一笑了笑，和他爸开了个玩笑，"怕你打我。"

方悍也笑了一声，说："没乱来就行了，随他们去吧，身正不怕影歪，有事就说。"

方绍一说："好，你注意身体，不用担心我，都是小事。"

挂了电话之后，耿靳维问方绍一："老爷子最近好着呢？"

"挺好的，还是喜欢拍戏啊。"方绍一叹了一口气，"拍了一辈子戏。"

方悍这些年之所以地位那么高，除了在电影上的贡献之外，和他那一身正气也有关系。他是实打实的老艺术家，从来没弄过什么乱七八糟突破底线的事。方绍一从小家风就极严，虽然是个瞩目的星二代，但出格的事一律不能做，完全得按照普通人的标准严格要求自己。

方绍一骨子里还是像他爸，所以平时公司里的事都是耿靳维在负责，他就只管拍戏。

耿靳维说："你拍你的戏，别的事儿不用你管。这事你就不用回应了，掉价，回头让他们用工作室号放个声明就得了。"

这种新闻让人看见就觉得反感，不管内容是什么。方绍一皱着眉问："照片哪来的？"

"老手段，你知道的。"

方绍一的眉头皱得更狠："什么时候拍的？"

"前天。"耿靳维从兜里摸出个小东西，放手指间捏了捏，"监控我看过了，目的很明显。"

耿靳维嘲讽地笑了一声，之后和方绍一说："我处理，你拍你的戏。"

方绍一问他："你今天走？"

耿靳维："本来定的今天走，先不走了吧，下午再说。"

这么个新闻一出，剧组里的气氛多多少少会有点变化。本来杨斯然就是方绍一手里的新人，剧组对这孩子就挺照顾，这新闻一弄出来更是没人敢给他小鞋穿。杨斯然没拍过戏也没混过剧组，不了解太多，但这孩子知道少说话总是对的，多说多错。拍完戏他要么去导演旁边听导演讲戏，要么就坐那儿自己琢

121

磨，连跟方绍一都不怎么说话。

吉小涛看杨斯然怪可怜的，过去递了杯水，说："不用太紧张，小事儿。"

"谢谢小涛哥，"杨斯然接过放手里拿着，对他笑了下说，"总感觉好像给大家惹麻烦了。"

吉小涛摇了摇头，说："不是你的事儿，放宽心。"

杨斯然点点头："好的。"

吉小涛问："你陈哥呢？没跟着你？"

杨斯然说："陈哥今天不太舒服，我让他歇着了，反正来这边拍戏什么的我也都熟了。"

"啊，"吉小涛问道，"那你手机呢？谁给你拿了？"

杨斯然说："我关机让华哥帮我拿了。"

吉小涛说："那给我吧，我帮你拿着。"

杨斯然赶紧道谢："那谢谢小涛哥。"

不知道杨斯然性格是真这么消停还是装的，反正吉小涛到现在为止还挺喜欢杨斯然的。正常来讲那个新闻发出去杨斯然不管怎么说也还是有点可疑，但吉小涛总觉得不像。不过这个圈本来也没什么像不像的，要不就是真本分，要不就是真能演。

但刚签到公司就往方绍一身上演，那他也太敢冒险了，还没开始混就把老板得罪了？

方绍一给原野打了两个电话都没打通，这人又关机了。于是他给原野留了个言：开机回个电话。

耿靳维当天没走，留这边请剧组主创吃了个饭。制片人和他是老熟人，跟蒋导也合作过，耿靳维和他们一直都说得上话。二十多人的包厢里，耿靳维和导演、制片们还有戏里几个主要演员喝着酒。蒋临川是粗犷的北方人，说话做事带着股爽利劲儿，饭既然都过来吃了，酒就也别闷着喝，喝就喝透。

这种场合就没助理什么事了，吉小涛在外面车里坐着，等会儿看看谁喝多了好给送回去。其他几个助理也都在各自车里等，偶尔还下来聊聊天。

正常这种场合也没有杨斯然什么事儿，但他那天也去了，小孩儿很有眼力见儿，过去给导演倒酒的时候，耿靳维说："蒋导，当时卖我个面我还没来得及谢您。"

蒋临川摆了摆手说："小孩儿不错，演戏很有灵气。"

"导演教得好。"耿靳维说，他看了杨斯然一眼，杨斯然于是给导演酒杯添满，低声说了一句："谢谢导演，我挺笨的，但是脸皮厚，我哪儿不好您尽管说我，我尽量改。"

蒋临川抿了一口杨斯然倒的酒，说："和你们老板好好学吧，都是人精。"

不知道他说的是耿靳维还是方绍一，反正俩人都笑了。

方绍一表面上吃饭说话都没耽误，但是手机一直在手里攥着，时不时要看两眼。

他又给原野打了个电话，还是关机。

按理说每天这个时候原野不会关机，即使不打电话怎么着也得发个消息什么的，估计他是看着新闻了，看着了也没问，不知道原野怎么想的。

没这么求着人和好的。

方绍一想发消息问原野一句：这就你说的想跟我和好？

"绍一这是等电话呢？"制片主任在对面问了一句，开他玩笑，"我看你这手机就没放下过。"

方绍一抬头，笑了笑没说话。

蒋临川冷笑了声，故意刺了他一句。

听导演这么一说大家就都笑了，只有杨斯然有点尴尬。方绍一讨饶说："老大们，别说我了，你们接着聊。"

包间里一直挺热闹，有耿靳维在的场合就不会冷场。有人敲门刚开始都没人听见，后来还是杨斯然先听见的，都以为是服务生，有人喊了声"进吧"。

"这么热闹？"

方绍一听见这声音就立即抬头看过去。

门推开一条缝，原野探了个头进来，正笑嘻嘻地往里看，问："我可进来了啊，领导们？"

蒋临川笑声很大，招呼道："赶紧进来，跟个耗子似的趴在那儿干什么？！"

原野于是站直了，推开门就进来了。

方绍一一直看着原野，原野跟他对视上，冲他挑了挑眉毛，使了个眼神。本来坐方绍一旁边的也是戏里的一个演员，这会儿立刻站起来，跟原野说："来坐这儿。"

原野笑着道了声谢，然后直接坐下了。

桌上人都在看着，原野拿过杯子给自己倒了杯酒，笑着举了举杯，仰头喝了。

其实这桌上的人原野有认识的，但多数都不认识，也没见过，但也不至于完全陌生到没法坐一桌吃饭喝酒。

这里面除了方绍一，原野最熟悉的就是耿靳维了。耿靳维问他："这是探班来了？"

原野跟他点了点头，叫了声"耿哥"，然后说："不探班。"

原野说话的时候视线随意一扫，扫到杨斯然身上，杨斯然对原野点了点头，带着一点笑意，恭恭敬敬的。

原野说不探班别人当开玩笑，耿靳维挑眉问道："不探班？那你赶了几千公里的路过来是为了吃一顿饭？"

原野一笑，先是侧头看了一眼方绍一，然后又看了看导演，之后说："就探个班我敢往这屋里进吗？"

方绍一看着原野的侧脸，觉得原野瘦了不少，但是看起来很精神，让别人看着都觉得有活力。原野坐在椅子上，笑着说："这屋里缺谁啊？我看缺个跟组编剧吧？"

第五章

他眼里有光，也有久远前的样子。

跟组编剧。

方绍一看着原野的眼神是很惊讶的，这个是真没想到。不过很快他就摇着头笑了，也对，都能让你想到那就不是原野。

原野冲着方绍一挑了挑眉毛："多多指教了，方老师。"

方绍一失笑，说道："听您安排，原老师。"

杨斯然安静走出去让门口的服务生加套餐具，然后自己拿过去放了原野手边。原野抬头对杨斯然笑了笑，说了一声："谢了，小弟。"

"您客气了原野哥。"杨斯然抿了抿唇，也笑了笑。

其实原野是一早就跟蒋导打过招呼的，也早就说定了要来。蒋临川拍戏永远都缺编剧，跟组编剧有多少都不嫌多。这电影在筹备期间就有八个编剧，各自写各自的，然后蒋导挑挑拣拣，挑他喜欢的再加上他自己的东西，最终合成一个。组里其实也是有编剧的，只不过都是徒弟级。因为蒋临川在开拍之后其实具体怎么拍都不太和人商量，他脑子里有自己那套东西，组里现在的编剧基本就是听他的意思赶着改出来。

原野过来跟组，其实就是自降身价，给自己找罪受。没人愿意干跟组编剧的活，碰上特别能改戏的导演恨不得天天熬夜改剧本，也拿不了几个钱。

饭桌上方绍一没和原野说太多，也不方便。

等散了场，俩人坐进车里，方绍一才说："胡来，你不嫌累？"

"能累到哪儿啊，没事儿。"原野一笑，转过头对他说，"再说累我也得来啊，还得办正事呢。"

吉小涛在前面从后视镜里看了他们俩一眼，努力降低存在感，一声都没出。

方绍一淡淡地说："还以为你放弃了。"

原野赶紧晃了晃头："那哪能呢，我得来罩着你，听说你们俩在剧组受气？来，野哥罩你们。"

吉小涛就时不时往后瞅一眼，一直不出声。原野来的事儿他刚刚已经激动过了，原野从酒店办好入住才给他打的电话问他在哪儿，也是他告诉原野的包厢号。

方绍一问原野："住哪儿？"

原野斜着看过来问："老样子，行吗？"

方绍一摇头，嘴角轻轻勾起一些，说："不行。"

"哟，"原野一挑眉，"怕又上新闻啊？"

方绍一只笑不说话，看着车窗外面。

原野嗤了一声，摇了摇头。

原野和方绍一认识这么多年了，也有其他朋友在这个圈子里，要是什么都信这十多年也就白混了。他明白方绍一就不是那样的人，这点基本的了解和信任他还是有的。

这一路吉小涛装哑巴也挺辛苦，回了酒店说了声就赶紧回了自己房间。原野跟方绍一笑嘻嘻地说："咱俩聊聊。"

方绍一边走边回头问了原野一句："不怕上新闻？"

"我都这样了，还怕多上一次？"原野又笑了声说，"随意吧。"

原野来剧组为的什么自然不用多说，但他和方绍一现在也的确没到直接就能恢复到关系最好时的那地步，闹掰的这一年多就代表很多事情和以前都不一样了，想重新修复关系，好多事情也要重新整理和解决。稀里糊涂就又勾肩搭背说哥俩好，那太不稳重，也显得之前对这份情谊很不尊重。

原野坐在方绍一房间的沙发里，和他说："一哥，我差不多快把自己掰扯清楚了，等我弄清我自己了再来掰扯你。咱俩重新论。"

方绍一从原野旁边走过去，笑了笑，原野就看着他笑。方绍一说："我说要跟你和好了？"

"啊，你说了。"原野看着他的眼睛，歪头笑着，"没说你也是那么想的，别装，坦诚点。"

方绍一让原野说得忍不住笑了一声。

原野房间在方绍一楼上两层，也没坐多一会儿就溜回去了。剧组就是剧组，工作拍戏的地方，别让人以为他们俩来这边瞎胡闹，原野也不可能就在方绍一房间里睡，毕竟没到那程度，原野也不想那么胡来。

电影的剧本原野早就看过，是自己主动要来的，故而准备工作也没少做。原本组里的编剧把已经修改过的部分拿给原野看，原野问他："现在拍到哪儿了？"

原先的小编剧也挺年轻的，对原野也挺尊重："就拍了这些。"

原野挺惊讶："拍这么点儿？"

"是，可能是还没找到节奏，导演过戏很难，每一场都是反反复复地拍。"

"嗯，"原野笑了声说，"多少投资啊，够这么折腾？"

"大投资拍小成本电影，导演任性着呢。"小高编剧小声说。

说来的确是，这部戏除了方绍一就没有值钱的演员，虽然都是演技在线的实力派，也有不少老戏骨，但主演就方绍一一个，也就这么一个片酬偏高的——但也没高得那么离谱。整部电影都没什么特别大的场面，也不用砸重金做特效，搭了个小影棚之外也没什么了。

头一天拍戏的时候，原野一直在片场，始终坐导演旁边，跟着一起看监视器，想琢磨一下导演的思维，看看他的思路。蒋导没少和原野聊天，还问："看出什么门道了？"

原野笑了笑说："什么也没看出来。"

蒋导和原野说："看不出来就对喽，我自己都没个门道，正在找呢。"

原野手里拿着份剧本，问："导演，咱们什么时候开会？"

导演说："你要是想说剧本的话随时来找我就行了。"

原野点点头，说："行。"

之前原野没进组，剧本看过也琢磨过，的确有挺多想法，但人没过来也没法聊。蒋临川的想法是很难懂的，电影里很多幕戏原野一直会不了意，往深了想往浅了想也还是没法想通导演想表达的到底是什么。

这种电影的台词里是不能有一句废话的，每一个字都得有它的作用。今天拍的这场原野之所以什么都没看出来，就是因为这场戏在他看来完全是一场废戏。

方绍一拍完一条过来，原野站起来挪了个地方，把导演旁边的小板凳让给他看回放。方绍一看原野一眼，没什么表情也没说话，但是眼睛里是带着点亲近的，原野冲他笑了笑，站他们身后听。

方绍一问导演："这条怎么样？"

导演半天都没说话，不知道在想什么，过了一会儿说："再来一条，程度再深一些。"

"嗯。"方绍一点头，也没多说。

这场戏是森察和铁匠的戏，他们俩在剪头的时候说了一段云里雾里的对话。这场戏不过，铁匠的头发就得反复重贴，然后戏里再让方绍一剪。他们俩的戏蒋临川很少给他们讲，就让他们自己去碰，像杨斯然他们那些没太入行没有经验的他才会给讲得比较细。

杨斯然要拍的是下一场戏，但不知道今天能不能拍到。没轮到他的时候杨斯然也得带着妆在片场等，一直坐在一边看着方绍一他们的戏，手里攥着手机，时不时看两眼。

原野回来的时候从杨斯然身边路过，杨斯然突然叫道："原野哥。"

"哎，怎么了？"原野站住看他。

杨斯然站起来，低声说："之前那个新闻……您看到了吧？我，我没……"

原野抬了抬手，笑着打断了杨斯然："不是什么大事，你也不用当回事儿。你刚进这个圈才把这些当个事，退一万步说，你也不用这么紧张跟我解释，跟我解释不着啊。"

"不是，怎么着我都得解释，绍一哥是我老板呢。"杨斯然说。

原野乐了："行，那我知道了。"

杨斯然点了点头，说："那您忙着。"

原野于是又回导演旁边蹲着去了。

娱记公司为了热度什么新闻都放，只要能溅起个水花就行。这种剪完再拼的图他们自己也知道成不了气候，只要这边把监控视频放出来就连解释都用不着，可尽管这样，他们发这么个爆料出来热度也还是能涨不少。

原野蹲那儿不知道在想点什么，有人从身后走过来，把他身后的帽子扯了起来扣在他头上。原野其实不用回头都知道是谁，费力地仰着头也还是被挡着没看见人。

原野低下头笑着说："您多大了，幼不幼稚？"

方绍一说："三十七，也还行。"

原野脑袋往后一挺，使了个劲，看见了方绍一。但他劲儿使猛了没蹲住，胳膊往后拄了一下才没坐地上。原野笑起来肩膀跟着一耸一耸，过了一会儿，笑完还是直接往地上一坐。

方绍一挑眉："干什么这是？"

原野一笑："让你扣晕了。"

剧组时常得开会，大会小会总要开，一开会原野和方绍一下意识就凑一堆儿，总要往一起坐。

这天开会的时候导演一把抓住原野，说："你坐我这儿。"

"啊，"原野摸了摸鼻子，"好的。"

方绍一也过来坐，让导演往对面一指："你坐那儿，我让你们俩再闹耗子？"

"哈哈，我们俩没闹过，"原野坐那儿低头手摸着脑袋，"我们俩遵守会议纪律了。"

"当谁没看见呢？"蒋导又推了方绍一一把，"去，上对面坐着！"

让导演点名说，原野也是有点不好意思，嘿嘿乐着也没抬头。方绍一嘴里含着喉糖，点了点头，按导演说的坐对面去了。

开会还是得正经开，说正经事的时候原野还是很专业的。刚来的那段时间原野不怎么说自己的看法，因为剧本原本不是他创作的，没研究透导演之前他没法多说，说了也没用。现在他也观察导演这么多天了，该说话的时候也要说。

蒋临川把调定得挺高，他的东西总是不贴近观众，不去迎合他们，得观众去贴他。之前原野看剧本的时候虽然也能看出来这点，但实际拍的时候蒋临川改动还是很大的，按照他改完的拍出来，观众估计快看不懂了。

原野说话直来直去，直接和导演说："不能再拔高了，这电影本质还是个小故事。森察就是一个来找人然后做掉对方的杀手，故事容量就这么大，东西填太多就立不住了。导演，你觉得呢？"

蒋临川想了想，然后说："现在还没有超过它的容量，人性还是要讲。"

原野说："现在是够，但您一直在加。几乎每一个人物身上都加东西了，五金店、油店原本都是没有故事的，现在也都有了。我觉得要收一收，您再考虑考虑。"

蒋临川的戏，最大的问题不是东西多，而是每一句话都得观众去琢磨，每一幕都在考验观众。导演太较劲，剧组里其他人就得帮他勒着，原野一点都不怕得罪人，在其位谋其职，虽然自己来这儿是另有目的，但来都来了，该干的事还是得干。

原野这么一说话，自然影响到了部分人的利益。向来只有演员嫌自己戏少，没有嫌多的，导演愿意加戏加台词再好不过了。原野不让加，不让把角色拔高，旁观者或许会觉得这是编剧在给导演画线，但放到自己身上会觉得原野这是压配角的戏，把重点始终放在主演身上，突出主角。

这在剧组太常见了，像方绍一这个地位的有不少人甚至是带着自己专属的导演、编剧跟组，拍戏的过程一直加台词加戏。

蒋临川看向方绍一，问他："绍一呢？你怎么想？"

方绍一想了想，道："目前为止还可以。"他看了原野一眼，然后说，"说的不是我的戏，还是演员本身对自己的人物琢磨得透，问问他们的意思。"

原野也看了看他，之后也没再多说。

晚上方绍一给原野打电话，原野接通，方绍一说："下来吃夜宵。"

原野答应着："好嘞，就来。"

现在拍戏的地方不是村里，周边餐馆不少，吉小涛订了外卖过来吃。原野穿着拖鞋和睡衣就下来了，吉小涛开门，原野一闻就说："这么晚还吃辣，你看你那脸都什么样了，我看你是不想找对象了啊。"

"反正也没有对象，不 care（在意）了。"吉小涛耸了耸肩膀，说。

方绍一晚上没有吃东西的习惯，他坐沙发上还在含着喉糖。原野问他："嗓子不舒服？"

"还好。"方绍一刚做过运动，洗了澡身上还没干透。

原野看了看他身上的水珠，笑了声问："刚洗完啊？"

"嗯。"方绍一往旁边让了让，给原野挪了个地方坐着。

原野坐下往他身边凑了凑，抬眼看他，说："你这身材真是保持得可以。"

吉小涛早就没有刚开始看着他们俩的激动了，现在完全就是冷漠脸："别忘了这儿还有个人呢，我现在不能出去，我还得吃饭呢。"

原野乐了，跟方绍一说："把他辞了。"

"准奏。"方绍一点点头。

夜宵铺了一茶几，吉小涛和原野吃，方绍一就看他们吃。原野吃东西的时候方绍一说道："都不是小孩儿了，怎么还直来直去的？"

这句话说得原野动作一顿，抬头看方绍一，问："你是说剧本的事儿？"

方绍一"嗯"了一声，看着原野说："你当着演员的面说他们的戏份多了，不合适。他们表面都没说话，心里肯定还是有想法。"

原野摇了摇头，只说："这话是得罪人，但我宁愿当着大家面说。我不能表面和和气气，私下再去和导演说这些，这太小人了，我来不了这个，得罪人也得当着面得罪。"

原野一直就是这样的，方绍一也欣赏他这样。原野有自己的活法，方绍一不想去限制原野，告诉对方得怎么活，但人情社会，尤其在这个圈子里，人没办法永远都这么坦荡。这些他不说原野也知道，但原野还是坚持做自己，这没什么对错，也挺好。

方绍一看着原野，眼里有光，也有久远前的样子。十七八岁时原野就这样，转眼年纪快翻番了，他却还是这么拗。

方绍一伸手过去拍了拍原野的肩膀，说："导演拍的时候心里的故事线可能不清晰，但是戏拍完，整体一剪辑，他是能看出来的，东西多了他会扔掉不用。你看他这么多部戏，度是把控得很好的。"

原野皱了皱眉，还是摇头："导演已经是个够孤独的活儿了，总不能把整部电影都让他自己琢磨，你明知道这是错的，难道你就看着他错，然后等他自己看出来了再掰回来？他要是掰不回来呢？电影拍毁了锅都是导演背，这太冷漠了，哥。"

"你说了导演也未必会听，你看为什么组里原来就两个小编剧，蒋导拍戏跟自己较劲，他认准的东西轻易不会改。"方绍一说。

原野看着他说："他听不听是他的事儿，我该说还是得说。也就是这剧本不是我写的，不是我'亲儿子'，不然我说得更多。"

方绍一不再跟原野争，浅浅笑了笑，说："行，那就按你的想法做。吃饭吧。"

原野这么多年也就只听过方绍一的。方绍一大原野几岁，从小就在娱乐圈里摔摔打打，处事很成熟。原野年轻的时候心里其实很依赖他，或者说是崇拜。谁不欣赏温和绅士的人，但原野活不成方绍一那样，他注定就是个尖锐矫情的人，很不讨喜。

但方绍一说过之后原野多多少少还是改变了一些，有些可说可不说的时候就不张嘴了，剧组里也不是只有自己一个人能说话，制片、艺术总监，包括摄影指导也全都在限制蒋临川，不让他把自己那套东西都加进电影里。

编剧小高和原野说："野哥，怎么改你跟我说就行，我来弄。"

原野扔给他一瓶水，笑了笑："谢了啊。"

"本来也应该是这样的，是你太照顾我们了。"小高接过水说。

底层编剧就是干活的，活玩命干了，最后可能连个名字都加不上去，更有的连钱都拿不着。原野早些年也干过这活，拖了他一半的钱，基本要拖黄了，后来知道自己和方绍一的关系又巴巴地把钱给打了过来。原野拍了拍他，说："慢慢来。"

"嗯，有师父带着好了不少。"小高说。

原野在片场站着，躲了下搬东西的场工，给对方让个路。身后突然有人拍了他一把，原野回头一看，竟然是迟星和程珣，身后还跟着两个助理。

"探班啦！"迟星一笑眼睛是弯的，很招人待见的长相，"好久不见，原野哥！"

迟星旁边的程珣也打了个招呼，叫道："原野哥。"

原野看见他们俩挺意外，把人往边上扯了扯，让开通道，问他们："你们俩过来这边干什么了？"

"我们俩有个客串的行程，在影视城那边。"迟星说。

原野问他们俩："简叙那个戏？"

"嗯，是。"

助理把带的东西拿去给大家分了分，原野和他们俩说："那晚上吃个饭再走吧。"

没想到原野上了个综艺，竟然还交了俩小年轻当朋友，还不是面上那种假来假去的关系。现在综艺也录完了，俩小孩儿说话更实在了，有什么说什么。原野也是到现在才发现迟星原来是个嘴碎的，把他身边合作过的那些明星吐槽了个遍，包括一起录节目的林恬和她老公。

迟星说话太逗了，连方绍一都笑了，和他说："这些别再和别人说了。"

"我不说，我在别人面前不一直都是小可爱吗？"迟星一脸无辜。

原野笑了："我当你是个傻兔子，搞半天你才是小狐狸？"

"嗯呢，我都是装的。"迟星倒十分坦诚，"我根本不傻，我就是个心机

boy（男孩）。"

程珣在一边都笑了，说："大家都被他的外表骗了。以前在我面前都装得特别可怜，我看他在团里总受欺负才帮他，结果他都是故意演的。"

迟星点点头："对，都是演的，就你实诚。"

小年轻身上那种活力真是挺感染人的，跟他们俩吃一顿饭，原野感觉自己年轻了好几岁。一晚上都在听迟星吐槽，有时候说得太过分了，程珣就在旁边提醒他让他收一收。原野笑着说："让他说吧，不然我怕他憋着，这是憋了多长时间。"

其实也是知道原野和方绍一是可以相信的人，而且他们本身就不是同一级别，他们俩跟方绍一都快隔代了。

他们俩本来是晚上五点的飞机，为了吃饭改签到半夜那班。原野开着商务车送他们俩和他们的助理去机场，回来的路上就剩他和方绍一两个人。

刚才聊天的时候迟星说也想像他们俩当初那样，独立出去一起开个工作室。原野当时开个玩笑说："现在这样不好吗？牵扯到利益就会有分歧。"

迟星说："那你当时怎么还非得和绍一哥合伙？"

原野开着车，眼睛看着前面，说："当时觉得和他天下第一好，永远不会有分歧。"

"我也这么想。"迟星看着程珣说。

回酒店的路上还是原野开车，方绍一坐在副驾驶座上，突然开口问原野："后悔当时跟我合伙？"

原野想都没想就摇了摇头："不后悔。"

方绍一看着原野："刚才你那么说，我以为你后悔。"

原野笑了笑，眼角有向下的柔和弧度："当初咱俩那时候就没觉得自己小，反而觉得自己很成熟了。但是现在看着他们，总觉得还是小孩儿呢，这么小想这些不是胡闹吗？俩孩子在这个圈子里能有这样好的关系就不错了，干吗闲得找事儿。"

方绍一从他的位置看原野，眉梢，鼻梁，薄薄的嘴唇，侧脸的线条，袖子外露出来的胳膊纤长，有种说不出来的气质，透露着这个年纪所独有的魅力。

经历过，也看透了，原野此时眼神里的光都是悠远宁静的。

原野突然转过头跟他对视一眼，然后说："他们的关系多珍贵啊，但是人太年轻，好像就不知道应该珍惜。没了才知道后悔，知道后悔了也就晚了。"

原野这两句话实在是让人触动，一下子就戳着人心上最软的那么点地方。方绍一闭了闭眼睛，问："现在呢？"

"现在？哈，那句怎么说来着，人类的本质就是'真香'。"原野眼角晕出笑的模样，说了句。

方绍一也笑了，又听见原野说："最重视的东西没了……谁难受了谁知道吧。"

自从原野来了剧组之后和之前还是很不一样的，心里想什么都能敞开了说，可能是因为已经在心里确定了方绍一对他还是看重的，对他们俩之间这点情况都掌握了，也就没什么必要再深深浅浅地试探。

他话都说到这份上了……尽人事，听天命吧。

方绍一在剧组还是"森察"，蒋导没说不用再排挤他，那就还得接着让他体验这种被欺负的滋味——为了让他在剧里被人排挤捉弄的时候那种眼神和状态都更自然，像是每天都在发生一样。

原野心说我们靠演就能演出来，不用再体验了。

中午吃饭的时候吉小涛去晚了，饭都领没了。吉小涛惊讶："什么年代了还有这种事？！"

原野的饭是别人给送到手上的，于是跟吉小涛说："你再订点东西吃吧，这可怜的。"

"我的天哪，"吉小涛简直不可思议，"原老师你说剧组这些人，是不是角色扮演玩上瘾了？饭都不给我们送了，这是第几回了？"

原野跟方绍一一起吃一份，跟他说："给我订一份比萨，一会儿我们俩还能吃两块。"

吉小涛嘟嘟囔囔在那儿点外卖，心说下次再有蒋导的戏就得撺掇耿哥给推了，不能接。这导演太会玩了，能折腾死人。

同样这么惨的除了他们俩还有一个人，吉小涛订餐的时候给杨斯然也订了一份。杨斯然的助理被叫回去了，现在就他一个人在剧组，耿靳维还跟吉小涛说过，有事的时候让他照应一下，没事就不用管了，反正杨斯然的戏再拍几天就杀青了。

吉小涛平时能照应的地方都会照应一把，但多数时候都不管杨斯然。说实话，这种小艺人在公司地位还没有吉小涛高，吉小涛可是方绍一的助理，要不

135

是他人还不错，不然像杨斯然这种小新人，换作其他人可能管都不带管的。

　　他们下午的戏也不好拍，杨斯然穿着外套坐在片场，下午拍戏的时候外套就得脱掉。今天拍的这场戏就是森察的店被撬了锁，抽屉里那点钱被偷了个干净，森察便横冲直撞地来找房东。房东当时正在家里午睡，被森察突然推开门吓了一跳，从沙发上蹦起来抓起一个抱枕挡住自己。

　　一个懦弱又窘迫的小年轻扭扭捏捏的惨样，还不知道杨斯然能不能演出来。

　　吉小涛把比萨给杨斯然的时候还跟他说："不用紧张，也不用害臊，放轻松点。"

　　杨斯然有点不好意思，点头说："我知道，谢谢小涛哥。"

　　这场戏不算难演，这种外放的需要表现力的戏对于有天赋的新人来说是比较简单的，内敛的需要收着演的戏对他们来说才更难表现。这场戏方绍一和导演都没怎么给杨斯然讲，打算先看看他演出来会是什么样。

　　原野拿着一块比萨，到导演那边去。导演说道："你别站我这儿吃，懂不懂点事！不给导演送还站导演旁边吃？"

　　原野赶紧跑回去把盒子端了过来，里边还剩两块，都让蒋导吃了。原野说："我哪知道您也吃这些啊，早知道我早给您送来了！"

　　"我真不爱吃，但是盒饭也忒难吃了。"导演咬了一口，边吃边说。

　　原野凑到导演旁边看监视器，镜头里杨斯然正在脱裤子，方绍一在一旁说着话，导演另一只手上掐着对讲机，准备等一会儿喊开始。杨斯然穿着短裤坐在沙发上还没躺下去，咬了咬嘴唇，看着有点放不开。导演皱了下眉，原野说："小孩儿脸皮薄，慢慢就好了。"

　　方绍一站在杨斯然前面，背对着摄影机，他突然回头比了个手势，说："等一下。"

　　导演在对讲机里问："什么问题？"

　　"什么问题，绍一哥？"场记问。

　　方绍一和他说："等我一下，不好意思。"然后弯下点腰，和杨斯然说了句话，杨斯然就穿上裤子和他走了。

　　方绍一把杨斯然领化妆间去了，吉小涛过来跟原野说："野哥，我哥这是要干吗？"

　　原野吃完比萨拍了拍手："你哥发善心了，要亲自带新人了呗。"

方绍一领着杨斯然去了大概有二十分钟，再回来的时候杨斯然就放开了不少，冲大家鞠了个躬，抱歉地说："不好意思，耽误大家时间了。"

不知道方绍一把人带走是指导什么了，总之杨斯然和之前就是两个状态，让怎么就怎么，也不扭扭捏捏了。

这场戏说是好拍，但也还是反反复复磨了挺久，原野看着镜头里的杨斯然，心说耿靳维挑人的眼光的确厉害，以后这说不准就是一棵摇钱树。不过方绍一他们这边不是主推流量级小明星，不然杨斯然肯定红得更快。

戏过了之后，杨斯然穿好衣服，又低声和方绍一道了声谢。

方绍一冲杨斯然摇了摇头，没说什么。

晚上还有一场戏，方绍一得换身衣服，妆也得调整。原野笑嘻嘻地在片场和人聊天，方绍一回来的时候在原野头上拍了一下，原野抬头看他，方绍一冲原野招了招手，然后先走了。

原野跟旁边人说："我家头儿有指示了。"

接着他便跳起来去找方绍一，方绍一把原野带到小理发店，就是戏里他的那间小店。方绍一拉着原野去里头小水池那边洗头，头发都淋湿了原野才想起来问："干什么，哥？"

方绍一一只手举着花洒，另一只手在原野头上轻轻掠过，轻声说："头发太长了，给你剪剪。"

"啊。"原野十分配合，弯着腰让方绍一给自己洗头，然后随便扯了一条毛巾擦了擦，坐在椅子上。

俩人从镜子里看对方，下场戏不在这边拍，外头人来人往，但小店里这会儿除了他们俩没有人了。方绍一手里拿着推子，在镜子里冲原野笑了笑，问："剪多长？"

原野扯过一边放的围布，让方绍一给自己围上，之后说："随意。"

原野对头发就没在意过，给他一把剪子他自己都敢剪。方绍一因为看习惯了原野以前的发型，所以还是按照他以前的样子，剪得比较短。

头刚剪了一半，原野先笑了，看着镜子说："你干脆给我剪短得了。"

方绍一还挺满意自己的作品，还说："这样好看。"

原野本来也不当回事，随他去了。

小屋里是安静的，只有理发店里的嗡嗡声。原野一直从镜子里看着方绍一，方绍一始终低着头，很认真地给原野剪头发。

那天原野没提前回去，一直在片场等方绍一拍完戏，拍完已经快九点了。天气很不错，有一点点风，吹在身上很舒服。俩人没跟车回酒店，而是慢慢地走着。

原野看了方绍一一眼，然后叫了他一声："哥。"

"嗯。"方绍一应了声。

原野突然问他："你觉得年轻好还是老了好？"

方绍一先是愣了一会儿，然后没忍住笑了，他又看了眼今天刚给原野剪的头发，说："你想问什么？"

原野说："就是今天突然觉得我老了。"

方绍一眼里还是带着温度，开口说："年轻的时候觉得年轻好，老的时候觉得老了也不错。"

这话说得一点毛病都没有，不愧是方绍一，总是滴水不漏的。原野笑了笑，然后指着他说："你太狡猾了。"

那天他们俩悠闲地溜着街，沿着马路慢慢往回走，有时候碰上个椅子还能坐一会儿，随便说点什么，感觉也挺好。方绍一跟原野说，白天拍戏的时候是看到杨斯然腿上磕青了，拍出来不好看，所以带出去遮了一下。

原野蹲在旁边的石墩子上，看着他，摇头："我一点都不好奇这个。"

方绍一笑着问道："是吗？我以为原老师很好奇。"

原野半眯着眼，抬起头看方绍一，两条胳膊搭在膝盖上，很随意的一个姿势，也不在意形象。原野说："我说不好奇，你信吗？"

方绍一挑了挑眉毛，带着点笑意："你猜我信不信。"

原野从石墩上跳下来，离方绍一只有一步距离，嗤的一声笑了，再说话的时候还是属于原野的那种不可一世的样子。

曾经原野还小的时候，整天跟着方绍一混剧组，有天两人在片场溜达，低着头往前走，没留意撞上个人。原野往后仰了仰，道歉："不好意思啊。"

对方是个四十多岁的中年男性，在片场经常能看到，方绍一应该跟他说过这是谁，但是他对这些没怎么走心去记。对方两只手扶了原野胳膊一下，笑得很温和，说："走路要当心。"

原野往后退了一步，挣开他的手，又点了点头，低着头走了。

有两个人搬反光板从原野身后过去，喊着："借过，让一下！"

原野赶紧跳到旁边去给人让路，然后四处找方绍一。方绍一正在和导演说话，原野低着头走过去站在他身后，都不出声，等着方绍一说完话，挺乖的样儿。方绍一和导演说着话，回头看了原野一眼，之后又转回去接着和导演说话，只是手伸过去拍了原野手臂一下算是招呼了一下。

方绍一说完话拉着原野上一边去，十七岁的原野冲着方绍一笑，笑得露出一口白牙："一哥，我想追一个人！"

方绍一听了，轻皱起眉问道："谁？"

原野又开始没心没肺地哈哈笑，然后说："月亮！"

"什么月亮？"方绍一沉声说，"你还小呢，别搞那些。"

"哈哈，我马上十八了！我都快成年了还不能搞对象？"原野看着他说，"我不会追，你教我。"

方绍一也不搭理原野，转头拍戏去了。原野就单只胳膊拄着头，看方绍一拍戏。方绍一穿着白衬衫，清清爽爽的短发，真是天生的明星料子。

方绍一最近不怎么理原野，因为原野老让他教怎么追人，他心里不耐烦又不好拉下脸，只能少跟原野说话。

有天晚上他在里头洗澡，原野敲了敲门，倚在门边说："一哥，我要送你个东西。"

水声哗啦啦的，方绍一也没听清原野说什么，以为又是让他教追人，只说："等一会儿我出去说。"

原野就一直站那儿等，方绍一出来的时候已经穿好了衣服，原野从身后掏出个东西往方绍一手里一塞："送你。"

方绍一有点惊讶，低头去看，手里是个木头雕的……奖杯？应该是奖杯，他挑眉："这什么？"

原野嘿嘿笑了两声，挠了挠头说："奖杯啊，影帝都有嘛，我先送给你，希望我一哥早日当影帝。丑是丑了点，但是我没有工具，有工具能稍微好看一点。"

方绍一翻来覆去地看手里的东西，问："什么时候做的？"

"就这些天，"原野眨眨眼，"你没看我最近都没守在片场看你们拍戏？"

方绍一手指摸了摸奖杯顶头那只猴，笑着轻声说："我以为你看腻了。"

"那没有，我就是忙这个呢。"原野说。

方绍一嘴角露出个漂亮的弧度，问："这是什么奖？"

原野笑着说道："金……猴吧，金猴奖。"

"行，"方绍一点点头，开玩笑说了一句，"感谢评委组，感谢颁奖嘉宾。"

原野哈哈笑了半天，之后说："不用客气，你要再接再厉！"

原野其实很会做这些东西，他毕竟从小在山里长大的，那里没什么高级玩意儿，所以他打小玩儿的都是这些原生态产品。原野爷爷就很会刻东西，原野在他身边有模有样地学，到现在只要给个样子原野都能做得很好看，不过要是没东西照着做全靠他发挥的话就不太行，而且得有工具。原野在剧组哪有什么趁手能用的东西，再说太多年没做，他已经手生了。两把刀握在手里磨了这些天，他手上的泡都是磨出来了就直接撕掉，还有不当心割出来的小口子，原野连创可贴都懒得用，也不把这些小伤小痛的放眼里。

但是原野不放在眼里，有些人可不能当没看见。

原野洗完澡在洗手间洗内裤，方绍一从门口走过去，听见原野"嗞"了一声。方绍一站那儿问道："怎么了？"

原野摇头说："没事儿，水凉。"

"有热水。"方绍一走过去开了水龙头给原野调水温。

原野催他出去："不用，我自己弄吧，我洗内裤呢，你站我这儿干吗？"

方绍一忍不住笑了，说："从前我怎么没见你脸皮这么薄过？"

他说话的时候低头看了眼原野的手，然后皱起了眉。方绍一按掉水龙头，一把抓住原野的手，去看原野的手指，越看眉皱得越狠。

原野手上其实旧伤挺多的，都是小时候在山里太淘了留下的，大拇指上有几个圆点状的疤是让兔子咬的。本来手上磨出来的泡撕掉了皮两天就能好利索，但是一挨水也是真蛰得慌。这会儿让方绍一这么盯着看他有点心虚，说："一哥你干啥？"

方绍一眉头拧着个结，沉声说："这两天别碰水，手都这样了你还洗东西？沾上了肥皂水，你再弄感染了，不疼啊？"

"哈哈，几个小泡还不至于这么小心翼翼的，"原野缩回手，和他说，"你看我天天洗澡洗脸洗衣服也没感染啊，不算什么，我从小就这样，不像你们小明星那么金贵。"

"闭嘴。"方绍一说道，"以后别再做了。"

"那可不行，"原野脑袋直晃，"我这手艺可不能丢。"

房间里只有创可贴，但是被创可贴那东西一包，小伤口反而容易变得严重了。方绍一不放心原野，他要出门找他助理要药箱，原野也就跟着他去。

助理的房间在他们楼下一层，方绍一扯着原野从楼梯走下去，要穿过挺长的半条走廊。

几个人和他们迎面走过来，其中有个人原野认出来了，就是之前在片场见着的那个，像是受了伤。

方绍一突然放开了搋着原野的手，很快转过身，挡住原野的视线，低声说："不关你的事……别看。"

原野虽然大大咧咧，但成长环境说到底还是单纯干净的。山里的年月给他的是大山和河流，出了山以后是文学教授对他刻板又宽容的教育，原野从来没个机会接触到其他的，把一些他没见过的场面一下子直观地摆在他眼前，一时还真难以消化。

那伙人越走越远，方绍一还挡在原野身前，他转过身去轻敲了一下原野的头，原野也不把头抬起来。

原野半天才开口，声音听起来有点闷："哥，这个圈子……我不喜欢。"

方绍一用力闭了闭眼，除了安抚地拍拍原野的肩膀之外无话可说。

那天方绍一一直在告诉原野别乱想，其实原野没有乱想，但是看到的东西一直在原野的脑子里。

方绍一拿药箱回来给原野弄手上那些小伤口，都弄完之后他轻声说："别想了，睡吧？"

"嗯。"原野点点头，"好。"

方绍一收拾完站起来，又摸了摸原野的头。

因为这件事，方绍一还是决定让原野回学校去。那天见的那几个人难保以后见不到，如果再看到肯定会让原野不舒服。之前他是觉得导演很熟才让原野来，觉得不会有什么问题，但没想到还是有意外。

原野听说要让自己走，先是点头，之后才又摇头说："我不走，我陪你。"

方绍一说："我不用陪。"

原野当时摇摇头，不想走。原野知道方绍一的背景让自己无论在哪里都是

141

安全的，但还是觉得心里没底，总感觉让他一个人在剧组很不放心，虽然自己在这里也根本做不了什么。

这件事让原野冷静了一些，他的情绪还是很满，但对这个圈子的紧张和忌惮分走了他一半的注意力。这种紧张和忌惮渐渐会让人抵触抗拒，如果后面再见多了"世面"，这种抵触又会演变成一种厌恶。

之前原野总缠着方绍一让他教追人，后来也没动静了。每天跟在方绍一旁边又变成个小跟班，眼睛盯着他，安静又警惕地蹲守。原野不愿意走方绍一就还继续让人待在身边，反正他的戏也没剩多少了。

方绍一在闲暇时候问原野："不追人了？"

原野点头说："追啊，得追。"

"那怎么没听你说了？"方绍一问道。

原野舔了舔嘴唇，低声说："我先攒攒力气，回去再追。"

方绍一点了点头说："好。"

这个地方让原野不像之前那么开心了，虽然之后原野看起来还是和之前一样，但是方绍一能感觉出不同，他在这里没办法完全放松。

方绍一化妆的时候原野就坐在旁边的椅子上，化妆要半个多小时，原野后来趴在旁边的化妆台上睡着了。方绍一化完妆之后找了件衣服披在原野身上，然后坐在旁边看原野。

原野的脸和脖子都不算很白，因为夏天总在外面瞎跑，被阳光晒成小麦色，很健康的肤色。原野的眼皮很薄，睫毛很长，眼尾附近有一道很小的疤。这道疤不难看，方绍一总觉得挺好玩的，很有意思。

方绍一捡起台上的一把小刷子，沾了点粉，恶作剧般轻轻点在那个小小的坑里。

他动作太轻了，这样有点痒，原野的睫毛颤了两下，睁开眼看他，眼前就是那刷子和方绍一的手。

原野动都不动，趴在那儿问："一哥，干什么啊？"

方绍一对原野笑了笑，轻声问："给你装一点光，好不好？"

"好啊。"原野趴在那儿笑了，笑得简简单单又很坦然，"那可太好了。"

后来原野就习惯经常去摸自己眼睛，摸摸眼皮上那个坑。

原野到底是原野，没心没肺的一个人。剧组里一个小插曲影响他一些天，但不至于之后始终沉闷。

他们回去的时候暑假还没完，俩人都各自回了趟家。原野家里知道方绍一，也知道原野暑假去剧组了。原野回家也不怎么提剧组的事儿，但是会提方绍一。家里对原野交什么朋友从来都是不管的，只要原野开心就行了，何况管也管不了，管了也不听。

原野也会往方绍一手机上发他随手写的东西，写得都很文艺。写这些东西原野闭眼一晚上都能写出几十篇，时不时就给方绍一发一篇过去。

这种东西方绍一根本不知道怎么回，多数时候都只回一句：收到了。

原野就问：一哥，你为什么只回收到啊，你都看了没有？

方绍一过了一会儿回道：都看了。

原野：看了就是只回"收到了"这样的？

方绍一：嗯，就这样。

原野：啊……

方绍一偶尔还给原野发一条短信，说：想要听读后感，你该主动打电话。

原野看见了就立刻打过去，电话一通了就说："一哥晚上好！"

方绍一的声音从电话里传来尤其好听："晚上好啊。"

"我想回学校了。"原野跟方绍一说，"你什么时候回啊哥？"

方绍一说："你什么时候要回去跟我说一声就行了。"

"我回你就回吗？"原野蹲在楼下院子里，扯了根儿砖缝里的草。

方绍一回答道："嗯。"

于是第二天原野就发短信给方绍一：一哥，我回了。

关洲也回学校了，原野去找了关洲，关洲问道："怎么样，剧组有意思吗？看着明星了？"

原野摇头："没意思。"

关洲笑着说："那你还去？"

原野心说我也后悔呢，以后我都不想去了。但是方绍一以后还得去无数个剧组，他去的话，原野估计也还是想去。

方绍一快晚上的时候给原野打了个电话，说他一个小时之后能到，晚上可以一起吃饭。原野挂了电话就跟关洲说："晚上我不跟你一起吃了。"

关洲一脸不解，说好晚上一起去吃肉，你说变卦就变卦了？

原野说："你再找个人吃肉吧，我给你提供餐费。"

关洲很迷茫："什么情况啊？谁的电话这么好使，让你毫不犹豫就扔了我？"

原野倒是很坦诚："一哥。"

"你这一哥，"关洲皱着眉，有点无语，"你这一哥都快成你亲哥了。"

"那可太好了，"手机里来了一条短信，原野一边低头看一边说，"我做梦都想他是我亲哥。"

关洲又重复了一遍原野的话，问他："你这话什么意思啊？"

"字面意思呗。"原野揣起手机，推门就走了。

原野蹲在方绍一租住的房子外面等方绍一，直到看见方绍一推着行李箱走过来。原野跳起来跑过去，笑嘻嘻地打招呼。

方绍一说："怎么不去宿舍等，外面热。钥匙呢？"

原野摸摸脑袋，说："忘带了。"

方绍一看着原野额头上一层汗，问："你不都是跳窗进去的？"

原野一般没带钥匙就跳门上面那个小窗户进去，所以那块小窗户方绍一从来不锁。他摇了摇头，笑着含糊过去，没说话。

方绍一得先把东西送回去他们俩才能出去吃饭，他领着原野回去，然后说等会儿先洗个澡。

原野心不在焉地应着声，那晚他没在方绍一那儿住，吃完饭就回了。

晚上，方绍一发短信给原野：到了？

原野立刻回：到啦，都躺下了。

方绍一也没多说，只是说：那你早点睡，晚安。

原野也回：晚安一哥！

原野抽空往家里打了个电话，问老妈："女士，我马上就十八岁，成年了，有些事我可以自己做主了吧？我都快大学毕业了。"

"你要做什么主啊？"老妈林女士十分警惕，"你才多大？你别乱来。"

那时候家里哪知道原野想什么，他说："做什么主我就不告诉你们了，反正我不乱惹事！"

老妈其实也没想多管原野，一个是这个年纪的小孩子哪能管得住，再一个也觉得他不能翻出多大的浪。

原野挂了电话又给方绍一打过去，现在他给方绍一打电话特别积极，电话一接通就喊："一哥！看电影吗？"

方绍一问道："什么电影？"

原野说："随便看个片子吧！"

方绍一温温润润的声音从那头传过来："好。"

原野最喜欢听方绍一每次的这声"好"，听了就知道这是个特别好说话的人。

电影不太好看，也可能是原野眼光太刁，总觉得男主角长得不够帅气，而且故事也不够精彩。其实一个小成本剧情片能精彩到哪里去，原野看了一半就没专注在电影上了。方绍一是个明星，这么大摇大摆出来看电影还是要被认出来的，所以平时如果去人多的地方他都会戴个鸭舌帽，尽量将帽檐压得低低的。原野侧过头去看方绍一，看他帽檐底下的侧脸。

方绍一感受到原野的眼神，转头看过来，用口型问道：怎么了？

原野摇摇头，冲他一笑，笑得很傻。

原野十七岁这年的夏天，像一杯青柠檬泡的甜茶。后来有一次原野在自己的书里写过这么一句话："那个夏天我可能过完这一生都还在惦记，它太美了。有它之前，我的世界是一片混沌的大陆，从它之后，我有了一片永恒安宁的月光。"

晚上俩人沿着学校的小湖边慢慢绕圈，原野看着湖面，突然说："一哥，我要是哪天说什么话吓着你了，你能不能别跟我绝交啊？"

方绍一看向原野，之后笑着摇头说："你吓不着我，想说的时候说就行了。"

原野抿了下嘴唇，想了想说："如果让你不开心了我也会说的，我说过就行了。我能说就很勇敢，我还挺骄傲的。"

过了阵子，方绍一突然闹出个花边新闻。

那时候最大的媒介还是报纸和电视，原野看着室友拿回来的那张报纸，上面挺大个版面，说方绍一和陈嫒戈疑似恋爱。原野瞪着眼愣了半天，方绍一这几天没在学校，去参加了个什么晚会。报纸上的图片就是陈嫒戈披着方绍一的外套，两个人看起来很亲近。

这个陈嫒戈原野是知道的，比方绍一大三岁，两家也算是世交了，陈嫒戈的爸爸陈伟林和方悍是老友，所以方绍一和陈嫒戈也从小就认识。

原野其实不太信这个，但心里还是会疑问。这些新闻就是这样的，真真假假怎好去分辨？但原野不是能憋在心里来回琢磨的性格，心里有什么都想第一时间问问方绍一。

于是原野发了一条短信过去：一哥，你恋爱了吗？

方绍一过了挺久才回了一条消息：我和谁恋爱？

原野说：陈媛戈。

方绍一过了一会儿回复问道：你觉得呢？

原野蹲在椅子上挠了挠头，发了一条：我不知道。

之后两天这俩人互相都没联系，也没打过电话发过短信。最后还是方绍一先发的，回去之前给原野发了一条信息。

原野以极快的速度就回复了，看这速度得是手机一直攥在手里了：一哥你什么时候回来？！

方绍一问原野：干什么？

原野：我等着你呢！

方绍一就什么脾气都没了，他跟原野说：今晚回。

原野说在湖边等他，方绍一放完东西去湖边找，找了两圈都没找着人，刚拿出手机想要打个电话，突然听见头顶不远处有声音："一哥，这儿呢。"

方绍一循声看过去，顿时眉头一跳。原野坐在一棵树上，手里还拿了一根柳条。方绍一走过去，仰头说："下来。"

原野冲他笑了笑，低着头四处看了看，周围没人。原野于是说："那你可要看好了。"

方绍一有点慌，忙说："你好好下来，当心摔着你。"

原野都没听他说话，没等方绍一说完就已经冲着他跳下来了。方绍一下意识伸手去接原野，但是这个动作难度太高了，而且原野没给方绍一准备时间，他压根儿就接不住。

原野以一个很狼狈的姿势摔了下来。

方绍一皱着眉，蹲下去看原野，着实拿他没办法，有点生气但脸上更多的还是无奈："你怎么这么淘？受伤了吗？"

原野玩心大起，趁机敏捷地跳到了方绍一背上。

方绍一本来是蹲着的姿势，被原野这么一扑，用手在前面撑了下地才站起来，有些哭笑不得："你今天怎么回事儿？"

原野把手里还攥着的那根柳条递到前面去，还甩了甩说："这个送你了。"

方绍一低头看着那柳条，手伸过来接过，失笑："我可真谢谢你。"

146

如今的原野早已经不是当初十七八岁的小孩儿了，人际上的事儿他早看透了，如今已是三十四岁的人了。原野指着方绍一，抖着肩膀笑，说他："你就是个大尾巴狼！你就看着我傻了吧唧地跟着你，把我这只老虎当小猴儿！"

"你是老虎？"方绍一摇头，往前慢慢走着，说，"还老虎，你那时候最多也就是个小猫崽。"

原野从后面跟上去，在这样舒适的夜里散散步，就着月光想一段往事，让人挺感慨的。

他快步走到方绍一身边，笑了笑，抬头去看方绍一，四目相对的时候，原野对他说了一声"谢谢"。

为什么谢，谢什么，这些原野没说，方绍一也不用他说。

那天俩人回来得挺晚的，导致吉小涛来回打量他们俩，恨不得从他们俩身上挖掘出什么来。原野路过他身边的时候推开他的脸，在沙发上坐下，说："你天天这么盯着我看让我直发毛，你再这么不正常我就让你老板开了你，再换个消停的助理。"

吉小涛完全不在意，一边给他们俩倒水一边说："不是我说，现在给你们换个助理，你们俩生活都无法自理。"

原野接过水，吹了半天，喝了一口，说："你这脸大得都能横盖太平洋。"

吉小涛嬉皮笑脸的，凑过去跟原野瞎聊天，方绍一去浴室洗澡，原野等他出来打了声招呼就上楼了。他天天在剧组跟着也挺累的，回去洗个澡打算早点睡了。

原野走了之后，方绍一才和吉小涛说："有空你去和杨斯然聊聊。"

"聊什么？"吉小涛挑眉，"他怎么了？"

方绍一没什么表情，说了一句："看看他有没有什么为难的。"

吉小涛毕竟跟了方绍一这么久，有些话一点就通，他看着方绍一，有点不可思议地问："不至于吧？咱们还在这儿呢，谁能欺负到他头上？蒋导的剧组挺规矩的啊……"

方绍一没再多说，就只是让吉小涛有空去问问，毕竟那是他们公司的人，在他眼皮底下真有什么事儿的话说不过去。

吉小涛点头说："行，我找机会问问，杨斯然的脸皮看着也挺薄的，我怕那孩子挂不住脸。"

白天镜头前方绍一和杨斯然说了句话，然后领着他去了化妆间。这事大家嘴上不说，但是互相你看我看你，也有点好奇。方绍一没和原野过多去解释，这也是性格使然，方绍一不是那种会主动去说别人事儿的性格。不管对方是什么身份，也不论听的人是不是原野。

其实不管杨斯然是不是他们公司的人，就算只是个普通的年轻演员，方绍一该照顾的时候也会照顾。他当时皱了皱眉，回头对周围工作人员说："等一下。"

吉小涛也挺纳闷的，按理说真没人能欺负杨斯然，他们这儿在圈里口碑是很不错的，耿靳维有手段，但是不坑人，而且签在方绍一的工作室底下就不会缺资源。再者，蒋导本人刚正得很，他的那套班子也就不敢太胡闹。

所以除非杨斯然主动惹事，不然没人能真把他怎么样。

原野早上有时候起不来那么早，吃完东西都上午了再溜达着去片场。有方绍一戏的时候原野就搬着小板凳坐旁边看，没他的戏原野就到处瞎溜达。

手机上老图发消息给原野，问原野什么时候回来，茶楼新来了批好茶，让他回来后一起过去尝尝。

原野说：不知道过年放不放假，放假我就回去，不放假就待在剧组了。

老图又发来一条消息：小妹儿让我给你加个油。

原野边低头边笑着回他：那帮我谢谢小妹儿吧。

走路还这么低头看手机，没当心撞上个人，原野迅速往旁边一闪，头都不回地说了句"抱歉"。对方是个剧组的小工，看见是他，也赶紧道歉："对不起，原野老师。"

原野摆了摆手，笑着说："没事儿。"

到了片场，原野习惯性去找方绍一，找着了，发现他脸色有点难看，正闭着眼在休息，身上盖了个薄毯子。原野过去小声问吉小涛："怎么了？"

吉小涛说："哥不太舒服，昨晚那屋墙上新刷了漆，味儿太大，还拍了一上午。"

原野皱了皱眉，问："为什么刷漆？"

"昨晚导演他们一研究，说拍下来看那颜色看着太亮了，熬夜赶着调的漆。"吉小涛也烦，方绍一不太能扛住特别刺激的气味，闻了会头疼。可他们这几天要拍的景都是小镇里的裁缝铺子，演员拍完就得走，所以这味儿还得闻好几天。原野低头看了看方绍一，他估计睡着了，身上的毯子滑掉了也没见他动。

原野示意吉小涛帮他弄好毯子，继续道："清凉油带了吗？"

"带了，"吉小涛从兜里掏出来给原野，"我刚要给他弄弄他没让。"

原野接过来，正要弯下身，方绍一睁开眼看了原野一下，原野小声跟他说："没事儿，你睡吧。"

方绍一闭上眼接着睡了，吉小涛去搬了个凳子过来让原野坐，原野摇了摇头，没坐。

方绍一一直不怎么能闻特殊味道，这原野知道，有时候刺激的味儿闻多了他得缓好几天。每次看他难受原野都想和他说，让他别拍戏了。

方绍一从小开始拍戏，今年都三十七岁了。他工作起来太拼了，这几年还好些，从前他接了不少打戏，哪部拍下来都得受点伤。那时候原野就经常觉得这样不行，很想劝他别继续干这个，到了现在他反倒看开了。年纪到了就能看明白很多事情，人都有自己坚守和热爱的东西，得到的多也自然要付出相应多的代价。

午饭方绍一都没吃，没有胃口。他脑袋里昏昏沉沉的，感觉头要炸了。原野就一直揣着清凉油，方绍一下了戏就马上过去帮他缓解不适。吉小涛偷着拍了几张照片，发给简叙的助理东临，说了些看似吐槽实则炫耀的话。

东临给他发了个"尴尬又不失礼貌的微笑"表情包，之后问：绍一哥怎么了？看着不舒服呀？

吉小涛：啊，没事，让油漆熏着了。

东临：呀，严不严重呀？

吉小涛：你再"呀"我就拉黑你。

东临又发了两个表情包，之后说：哈哈哈——行了，我不发了。

吉小涛又和东临说：其实我哥吧，要平时熏着了，虽然难受，但不至于黛玉附体。哎，现在不一样了。

东临可能不知道回什么了，回了一大串"哈"之后又开始发表情包。

晚上原野让吉小涛订了两份粥和小菜，就在方绍一房间里吃。吉小涛订完就走了，回自己屋里边看电视边吃肉。那屋里方"黛玉"还是没胃口，估计等会儿还不定得怎么劝着才能吃两口，他这个时候就别添乱了。

那屋里原野开了粥碗，回头叫方绍一："来，一哥，吃粥。"

方绍一皱着眉，低声说："不吃，头疼。"

"那怎么着能不疼啊？"原野笑着问了一句。

方绍一看原野一眼，然后面无表情地说了一句："清凉油。"

那一小罐清凉油原野在身上揣了好几天。方绍一也实打实遭了几天罪，戏虽然不多，但是都不太顺，每一场戏都要拍很多遍。扮演裁缝的是演员何寒，比方绍一小两岁，之前一直不瘟不火，今年才突然有点起势，但是他的台词有硬伤，地方腔太重了，蒋导又不让后期配音，所以每场戏都经常听到导演的"CUT"。

方绍一头疼得厉害，拍戏休息时间基本不说话，导演还过来问过有没有困难，方绍一摇头说没事儿。

拍戏的时候原野一直坐在方绍一椅子上看剧本，拿了一支笔，在上面写写画画。后来原野去找导演研究剧本，想把方绍一和裁缝的戏减一减，把戏分给其他演员一些。导演跟原野研究了半天，倒也没直接拒绝这个建议。原野改剧本的确有他的目的，但改了之后的剧本也绝对讲得通，甚至让其他人物多了亮点。当天晚上休息之后导演还叫了原野过去，俩人琢磨了半宿，几乎要敲定另一个方案。

但最后还是没成。

何寒过来找方绍一，很谦逊地跟他请教，问是不是他戏感不行。

方绍一摆手笑着说："哪儿的话？"

"那我就放心了，绍一哥，"何寒说，"我还担心是不是我戏太烂了，你不想跟我对戏了。"

原野当时在一边看了他一眼，没出声。

何寒出去之后原野说："给他加戏都不干，想什么呢？"

方绍一闭着眼："虽然加戏了，但是减了他和主角的对手戏，还是不愿意。"

改戏的事儿就因为何寒那边不乐意，没能改成。导演私下里和原野说："算了，反正也没几天戏，还是按原本的拍完。"

原野当时问："咱们不是都商量好了？导演，改过的更好。"

这话不是假话，他们减了男主的戏份，给铁匠和裁缝都多加了闪光点，让这俩人物更丰满了一些。导演也认可了这个，不过最后导演还是跟原野说："算了。"

何寒之前就是个没什么地位的小演员，能拍蒋临川的戏都是天大的好事儿砸头上了，但现在不一样了。他们这部电影是大投资拍小戏，蒋临川再霸道也不能不在意投资人的意见。说到底还是戏份上改动不大也不算特别重要，不是主线上必须动的部分，不是大事，犯不上因为这个小改动在剧组内起什么争执。

原野其实不太能理解何寒他们那头的想法，从编剧的角度看，改过的裁缝要比原来的更活了，尽管减了跟主角的戏，但换回来的也绝对不亏。方绍一后几天甚至得吃头疼药顶着，他对气味太敏感了，这么从早到晚泡在里面，连原野有时候都受不了，更别说他了。而何寒的戏又怎么拍都过不了，作为演员其实很怕这么磨戏，谁的情绪都不是随时都能酝酿好的，一次接一次重来，把先前调动起来的情绪都搞僵化了。

原野看着何寒一开口又是那口地方腔，眉心一皱，知道要完。

果然，导演那边喊了停。

何寒说："不好意思不好意思，我又忘了。导演抱歉，绍一哥抱歉。"

方绍一摇头，说："没事，难免的。"

原野看得心烦，坐那儿低声念叨了一句："滚刀肉。"

吉小涛听见了，也凑过来咬牙切齿地嘟囔："什么脑子，这脑子还拍什么戏？一句台词说八百遍了都记不住，他是不是故意的……"

原野皱着眉没说话。

下一条，拍到一半导演就喊了停，在对讲机里面说："情绪没出来。"

方绍一比了个手势，说："抱歉，再来。"

"还有个啥的情绪……"吉小涛蹲那儿低声说，"这戏拍得都不如小杨，小杨都没他这么磨人。"

一天戏拍下来，方绍一卸了妆脸都是白的，眼里还有血丝。其实那屋里的味道如果能放几天晾一晾也不至于这么大，但是就没有时间晾了，演员的行程赶，这边戏一杀青直接就得飞下个剧组，说是已经签了约的。

原野听吉小涛说他们马上飞下个剧组的时候都笑了，说了句："哪个剧组这么厉害，春节前开机。"

这部戏拍完基本也就春节前了，剧组通常都得放假，什么剧组都不可能让演员这个当口进组，去了也是放假，一般都是节后再说。所以这话听起来就挺不实在，但也没法较真，人这么说了你就得这么听。等戏拍完那味儿也就吸得差不多了，但方绍一拍到那时候估计就得油漆中毒了。

方绍一吃完药睡得早，睡着了呼吸声都很重，他睡了原野基本也就回自己房间了。原野最近心情也不怎么样，心里有火不知道应该冲哪儿发。

难道怪主创？漆色不对怎么早不调？这他怪不上，临拍之前调整道具太正常了，道具组也没那个时间去给你找环保漆，这些都不算个事。怪何寒？改戏他不同意，拍戏又拖拖拉拉过不了，时间也不愿意调。可这说到底这也不是人家的义务，哪条都不过分。

归根结底还是自己的事儿。

小年这天，方绍一给剧组加餐，订了几十份年夜饭规格的晚餐送到剧组，铺了整个餐厅，请全剧组的工作人员吃饭。方绍一在哪个剧组赶上节庆日都这样，该过什么节过什么节，一个不落。但他自己简单吃了几口就没再动过，最近几天他瘦了些。

晚上原野跟他走回去，吸了一鼻子甲醛，让风这么吹一吹感觉还挺清爽的。原野问方绍一："感觉还行？你要累了就让小涛过来给咱俩带回去。"

"没事儿，"方绍一说话的声音有点哑，说完了清嗓子，之后淡淡笑了一下，说，"老了。"

"推轨那小孩儿才二十四岁，我看他都起不来了。"原野说，"他比你严重多了，你还能拍戏，那小孩儿导演给他放假了，直接到年后回来。"

方绍一没说话，和原野慢慢地走着，原野接着说："要换了别人还会管那么多，直接不拍了，什么时候没味儿了什么时候拍。"

方绍一只是笑了笑，说："没必要。"

何寒那边时间紧，签合约也的确就签到年前，他这边说不拍了那就是让导演为难。其实杨斯然的合约也是签到年前，但是年前估计都得一直赶何寒的戏，赶紧拍完好赶紧走人，所以杨斯然这边就没提时间的事，反正他现在完全没有知名度，工作安排上也没什么急不急的。导演跟方绍一说过杨斯然的时间可能要延后，方绍一让导演放心拍。

方绍一这就是轻度中毒，扛着把最后几天拍完，他们这边也终于松了一口气，估计再拖着拍几天他想拍都拍不下去了。春节剧组放五天假，最后一场戏拍完就算放假了。原野压根没打算走，给吉小涛放了十天的假，让他年后不用太急着回来，剧组反正没什么事儿。每年吉小涛回家之前方绍一都会给他转笔钱，算是年终奖了。吉小涛的工资很高，他们的关系处到现在已经不单纯是雇佣关系，方绍一处处对他都很照顾。他也将近一年没回过家，家里父母也都惦记着，机票是提前就订好的，也没什么理由不回去。

剧组一下子少了一半的人，还有一半不想折腾，不想赶这波春运。走了的基本都是小工和助理级，主要职位上的都不会走。原野偶尔用餐厅的厨房给方绍一做点东西吃，方绍一挺乐意吃原野煮的东西，不管是什么。

生活好像一下就按了暂停键，快节奏的工作突然没了，周围的嘈杂也少了不少。他们俩其实有很久没有过这样的生活，但也没觉得不适应。

除夕那天原野和方绍一都往家里打了电话，不过也没跟对方父母多说，只是在手机上发消息拜了年。剧组剩下的人都在一起过的，后来主创人员又去导演房间里喝了顿酒。蒋临川太能喝了，方绍一现在这状态肯定喝不了什么，原野喝了两杯也不行了，两人加一块没喝过导演，导演笑他们俩："就这点酒量，亏了你们用不着出去拉投资拉赞助，不然你们俩拿什么拉投资？"

原野笑着讨饶："老师们给留口气儿，我等会儿还得出去放鞭呢，再喝我点火都点不着了。"

现在气氛已经喝开了，现场副导演说了句："我看不是出去放鞭儿，你喝个酒扭扭捏捏的，谁知道你憋着准备使什么坏去？"

屋里人都笑了，原野晃了晃胳膊把话挡了，他转头看了眼方绍一，凑近了低声问："还行吗？头还疼不疼？"

方绍一摇了摇头，眼里也不算十分清明，头晕加上酒精，让他眼里看着多多少少带了些迷蒙。他看着原野，说："不疼。"

原野又问他："那晕不晕？"

方绍一眨了下眼，慢慢道："有点吧。"

原野笑了笑，说："晕点就晕点吧，走啊？"

原野问完也没等方绍一回话，站起来跟别人说："那个什么，你们喝着，我们俩出去转转。"

副导演刚开过玩笑，原野就说要走，大家自然都笑了，原野也没多解释，随他们去了。原野把杯子里的酒一口喝完，一边拉着方绍一一边说："各位领导新年快乐！身体健康！平安顺意！"

原野说完扯着方绍一就跑了。

方绍一胳膊上搭着外套，跟着原野跑出去，也不问去哪儿。

到外面冷风一吹，两人酒立时就醒了一半。方绍一穿上外套，跟着原野一直走，原野看过来，冲他笑了一下。

原野拉着他一气儿跑到郊区，原野跟方绍一说："你站在这儿等我。"

由于之前就把车停过来了，原野从车里拿出东西来，在前面摆了一地。方绍一失笑，看着原野来来回回折腾那些烟花，走过去帮忙一起搬。方绍一问他："你多大了？"

原野说："我都三十四岁了，也没人规定三十四岁的人不能放烟花吧？"

方绍一说："不环保。"

原野眨了眨眼睛说："我特意查了这里可以放的，而且我每年都特环保，今年就破例一回吧。"

方绍一笑了，原野和他说："你往后站。"

方绍一按原野说的退到车旁边倚着，然后原野跑着过来站在方绍一旁边。头顶砰砰砰地亮起一簇又一簇明亮的光，方绍一抬头去看，脑子里的景象和原野二十几岁的时候缓缓重叠，那时候原野一到了过年就特别能闹，鞭炮烟花每次都装一车，后来就不放了。也不只是这些，原野身上那些孩子气一点一点都褪了，方绍一现在回头去想，倒想不出原野是从什么时候开始变成现在这般成熟的，成长的蜕变摆在眼前又不着痕迹。

"一哥。"原野在他旁边叫了他一声。

方绍一转过头看原野，眼前是原野被光晃得明明灭灭的脸，但眼睛却始终是亮的。方绍一应了声，回道："在。"

原野冲他笑了笑，喊了这么一声之后却什么都不说了，只是看着方绍一。方绍一也看过去，视线却是落在原野眼皮上。

那是原野眼皮上那道疤的位置。

原野伸手摸了摸，拇指在那道疤上刮了刮，然后眼睛盯着方绍一，嘴角斜斜勾起一抹笑。

方绍一一下子笑出来，原野就没可能一直都是正经模样，逮着机会就来这么一下。

原野轻挑着眉看方绍一，方绍一笑着摇头，从兜里摸出个红包，塞进原野手里。

原野举起来看了一眼，问他："这什么？"

方绍一看着原野说："压岁钱。"

原野问他："祝福语呢？"

方绍一又抬头看了眼天上的烟花，低声说——

"祝小猴子健康平安，洒脱快乐，自由自在。"

原野从十七岁到现在，只有去年没拿着红包，没听见方绍一每年那些简单的祝福语。去年除夕，原野前半宿在家跟原教授和老妈一起过的，后半宿去老图那儿喝了个通宵。老图喝酒的时候不愿意让外人在旁边，所以那天就只有他们俩。

原野那天话很少，只想让酒精麻痹神经，但那天原野的脑子始终都格外清醒，这些年都得到了什么，失去了什么，到底什么才让自己更后悔，始终都挤在原野的脑子里。

当初录节目的时候，两人乱七八糟地干了一架，那会儿是因为每个人心里都憋着一股劲儿，各种情绪拧成一股，找不到发泄的通道，而且已经到了最后一期，再不发泄就好像以后都没机会了。

但现在不是，现在人就在眼前，昔日裂缝也在渐渐填补，就不适合再用冲动的行为来催动什么。

……

原野现在像一只被驯化了的小猴，嘴不扎人了，处事也考虑很多，在剧组和导演他们关系也处得很好。原野会适时自动收好身上的刺，让自己尽量平和。

原野还给了剧组里另外两个小年轻编剧新年红包，两人一副受宠若惊的样儿："原野哥您太客气了，谢谢您，一直都挺照顾我们的。"

原野笑着说："新年快乐，来年开工顺利。"

杨斯然也是在剧组过的春节，因为也是方绍一公司里的人，原野也给杨斯然准备了红包。吃饭的时候，原野叫住杨斯然，他停住，问道："怎么了原野哥？"

原野从兜里摸出个挺厚的红包扔给他，说："接着，加油！"

杨斯然接住红包，有点惊讶，眨眨眼竟然没说出个话来，憋了半天最后憋出个"谢谢"，称呼也不记得加了，看起来慌里慌张的。

原野被他的反应给逗笑了，说："不用这么紧张。"

杨斯然拿着红包，给原野鞠了个躬。

方绍一之前闻油漆头疼的劲儿到现在都没彻底缓过来，头一直有点晕。原野一想起这事心里就有气，拍那个叫何寒的演员最后几天戏时原野的脸色都有些不好了。他很烦这种心里不敞亮不坦荡的，明明也三十好几的人了，处事儿太不利落。可能因为原野和方绍一都不是这种人，他们身边也没有，反正性格合不来本来就做不成朋友。

还有两天才开工，方绍一窝在原野房间里睡觉，原野算是消停了，只是在旁边干点这个干点那个，也不弄出声音来。过了一会儿，方绍一睡熟了，原野调了调空调的温度，再给方绍一盖了一床薄被，然后自己出门透透气。

外面稍微有点冷，原野呼了一口气，手揣在兜里随便走着，大脑放空，这样人会很轻松。

杨斯然扣着帽子，耳朵上戴着耳机，跑着步迎面过来。原野抬了抬手跟他打了个招呼，杨斯然停下叫了一声："原老师。"

原野问道："跑步？"

杨斯然点了点头："是，在房间里总觉得困。"

刚开始是因为原野和他说话，所以杨斯然就跟着原野的方向也慢慢走，后来话说完了也不好再调头跑回去，所以俩人也就一起走着了，他俩这组合看着不太协调，但其实也还好。

原野问道："听的什么？"

耳机早摘下来了，原野这么一问杨斯然把耳机递过去，问："就是曲子，没有词，原老师你听吗？"

他都递过来了原野也就接着，接过来塞耳朵里，里面就是一首钢琴曲，很舒缓，但是还挺好听的。原野问："谁作的曲？"

杨斯然又放了下一首，不太好意思地笑了笑，说："我写的，不太成熟，您别笑话我就行了。"

原野对音乐是完全外行，听不出什么，但是旋律听着很舒服，每首都不错。原野挺惊讶的，问道："都是你写的？"

"嗯，是。"杨斯然点点头，又浅浅地笑了笑，说，"其实我是学音乐的。"

这原野倒是真没想到，看了看杨斯然，之后说道："学音乐的你往他们这儿签什么啊？他们这儿都是拍戏的，你喜欢拍戏？"

杨斯然把衣服拉链拉到头，一直挨到下巴。杨斯然看了原野一眼，然后摇了摇头，说："其实刚开始我不是很喜欢拍戏，很不自在，但后来适应了就好多了，和绍一哥搭戏让我们这种新人容易很多。"

"嗯，他带戏。跟他好好学。"原野回了一句。

这么个奇奇怪怪的组合，竟然也一边走一边聊了好一会儿。原野回去的时候方绍一已经醒了，他问："干什么去了？"

原野想了想，说："和小年轻出去散步遛弯儿。"

方绍一挑眉问道："又聊理想？谈人生？"

原野嬉皮笑脸的："啊，和小杨聊聊理想。问问我一哥旗下新摇钱树的理想，未来畅想什么的。"

方绍一失笑，不跟原野扯，抬起胳膊要掀被子，原野顺势就往旁边一倒。方绍一笑着问："碰瓷呢？"

原野就是碰瓷，这会儿趴那儿笑了半天。

假期一晃而过，到了开工那会儿，却感觉人都待懒了。开工前晚，大家在会议室开了个大会，开了三个多小时。方绍一的健身是不能落的，每天都有任务，之前头疼那几天瘦了点，健身指导后来还给调整了方案。原野开完会回来整理着第二天的剧本，明天现场肯定不会改戏攒词，开工第一天都要个好彩头，导演特意挑了方绍一和一位老戏骨的戏，头一天得顺顺当当地过。

这天拍戏，耿靳维还来了一趟，他春节回了趟老家，回公司之前先来他们这边看一眼。

方绍一下了戏天都黑了，卸完妆换了衣服和耿靳维吃了顿饭。原野去导演那儿改剧本了，也就没跟着。

吃饭的时候耿靳维说："你们这电影投资方要改戏，导演说了没有？"

方绍一挑眉："大改？改什么？"

耿靳维说："想加个人加条线。你还是男一号，再加个男二号。不过我估计蒋导和制片能压住，不然他不能不说，这炮仗脾气摆在那儿呢，把他惹急了撂挑子不干了谁都傻了。"

不闹事的投资方太少了，方绍一不怎么当回事，蒋临川的剧组还是很压得住他们的。方绍一说："领东新换的这套人不太稳，但是也不会太闹，随他去吧。"

不是谁的电影都能让投资人瞎胡闹的，蒋临川的脾气容不下这个。所以他提都没提过这事，在他这儿就过不了。

吉小涛初八那天提着个大行李箱回来了，里面带了挺多吃的，都是家里给

157

带的。他先给熟悉的导演制片们分了一圈，然后去敲原野的门："编剧老师！开门送温暖了！"

编剧老师的门是影帝给开的。

吉小涛这些天给谁发消息这两人都不回他，嫌他烦。回剧组了，他没在方绍一房间里看见方绍一，倒是在原野屋看着了。

原野在里头喊："送啥温暖了？拿来我看看。"

吉小涛钻进去，把一兜子肉干放原野旁边，低声问："编剧老师……战况如何？"

编剧老师拿了一块肉干放嘴里，说："温暖送完就走吧，把你哥也带走，给我留一片净土。"

吉小涛一点怨言没有转头就走，边走边说："我可没那个能耐，我只能管得了我自己的腿！"

他出去之后原野和方绍一对视一眼，都笑了。方绍一跟原野说："你早点睡吧，我回去了。"

原野点头："好的。"

不过方绍一还没走，吉小涛又在外头敲门。方绍一去给他开了，吉小涛钻进来，皱着眉问："何寒那戏年前不是拍完杀青了？我怎么又看见他经纪人了？"

原野本来是趴桌上很不端正的姿势，这会儿一下子坐直了，眉毛高高挑起："又来？"

"啊，我看着他了啊，在走廊上。"吉小涛说。

原野说："估计戏不行吧，之前拍的那条不过关，可能是让导演叫回来再补几场。"

"别闹了，还让我们回去闻油漆味儿？"吉小涛冷笑一声，"时间那么紧还有工夫回来补戏？"

"应该散没了，"原野皱着眉，"但是也不好说，明天我去看看。"

结果还没等原野第二天去看看，当天晚上原野就已经跟何寒的经纪人打了个照面。

方绍一和吉小涛下楼回去之后，原野捋了下第二天的剧本，想到个点子，穿上鞋就下楼找导演去了。原野经常上导演房间，都已经不当回事儿了。敲了门之后是现场副导演给开的门，原野问："忙着呢领导？"

副导和原野说："说点事儿。有事儿啊小原？"

"啊，我没……"原野本来想走来着，但话说一半，抬头看见何寒那经纪人竟然也在里头，正盯着自己看。他那眼神可让人太不舒服了，原野一笑，"我找导演聊聊明天的戏，有点想法。"

原野又抬高点音量说了句："我进了啊导演？"说完他就直接进去了，还跟那经纪人打了个招呼，"来了啊？"

原野在剧组这么长时间了，而且过年这几天也天天和他们泡一块儿吃饭，导演副导们也不拿原野当外人。蒋临川指了指旁边沙发，示意他坐。原野坐过去，笑着说："你们聊，聊完我再说我的。"

原野往这儿一坐，经纪人就不说了，对导演笑了笑，说："那就先先这样，导演您忙着，然后刚才咱们说的事您再好好考虑考虑，我等您的答复。"

导演没点头没摇头，经纪人站起来，又跟了一句："希望导演能给个机会。"

原野看着他，心里一动。原野脑子从来都是很活的，反应也快，这话一听就是不对劲，他问了一句："您想要什么机会？"

"原老师，"对方脸上挂着笑，和原野说，"我跟导演之间的事，不劳您费心。"

原野坐在沙发里，手拄着膝盖，过了一会儿，低了头，突然笑了声，问："你们可别是杀个回马枪……戏没拍够吧？"

原野话说完，一看对方眼神就知道自己这句踩准了。原野在心里骂了一句，慢慢道："还真是啊？那怎么能说和我没关系，你想改剧本好歹也得通过我。"

原野放下手，盯着他问："你想怎么改？"

导演始终都没出声，坐一边喝茶，现场副导也没出声，原野就又问他："你们档期那么金贵，这会儿有时间回来了？那不能够啊。"

原野心里那股火憋了这段时间一直没机会散出去，现在一看他们竟然还想回来改戏都有点气笑了，这脸怎么这么不值钱。他这话说得有点直接了，互相脸上挂着的假笑都快绷不住了，蒋临川出声叫了他一声："小原。"

"哎，在呢。"原野应了，但是完全没收，还是直盯着那人，问他："想怎么改？加戏？加几分钟？"

何寒跟他们不是一路的，但他这个经纪人倒是个熟悉门道的老油条，原野说到底在圈里排不上号，也没地位，和方绍一关系到底好不好还两说，再说，

159

既然经纪人这次来了，就是不怕得罪方绍一。原野一句一句冲着他来，经纪人也就不抻着那层虚伪的客套，轻轻一声冷笑，之后拿腔拿调道："这得问投资人的意思了，上头让改成双男主线，我们档期再忙也得把时间挪出来啊。"

他看着原野，眼角挂着那点笑，继续说："戏怎么加，加多久，这还真的跟您说不着。剧本不是您写的，大改您还真做不了主。刘总已经和编剧冷老师聊过了，怎么改要不您问问上头意思？"

蒋临川清了清嗓子，和经纪人说："你先回去，等信儿吧。"

"别，"原野现在是彻底笑了，看看这个看看那个，问，"谁给我个话？双男主线是怎么个意思？什么叫双男主线？俩男主角？"

"小原，没定的事呢，咱们再研究。"副导给了原野个眼神，怕他说话太冲。

"想怎么研究？"原野挑了眉，手指在自己裤子上轻轻刮了刮，敲门声响，副导去开门，他看着经纪人接着说，"就凭你们演员那半吊子演技，扛这么大担子？"

"聊什么呢？"原野听见声音抬头看了一眼，进来的是方绍一，方绍一进门已经听见了后半句，看了原野一眼，走过来站在原野坐的沙发旁边。

副导说："绍一，你跟原野先回去，明儿咱再说。"

"不用，"原野这会儿也沉了脸，摇头说，"我想听听什么叫双男主线。"

这事儿可真是戳着原野神经了，经纪人那一声"双男主线"直接把原野给点炸了。之前憋的火现在看都不算什么，原野历来烦这种事，何寒那演技烂成那德行，有了个靠山，戏都杀青走人了，现在说要跟方绍一担双男主，真是滑稽极了。

导演始终没表过态，一般来讲这基本就是默认了。

原野脾气上来，眼皮都跳了两下，指着茶几上刚才自己拿过来的几张剧本："怎么签的约我们怎么拍，改成双男主线那不可能。吃肉之前得看看能不能消化得了，话我就直说了，你们演员那演技就回去拍拍偶像剧算了，言情剧男主角他都排不上号，男三男四号这么往后排吧。"

"原野，"方绍一开口，在他旁边低声说，"别闹脾气。"

"没闹，说实话嘛。"原野看着经纪人，"你们家演员三十几了？靠山能靠几年？今天仗人势，等到靠不住的时候那就是丧家之犬。"

这话说得就难听了，方绍一皱了皱眉，沉声叫道："原野。"

160

原野站了起来，说："我哥脾气好，但我不行，我是俗人，没素质。"

他说完转头看向导演，估计还有话说，但方绍一没再给他说话的机会，直接把他扯走了。走之前方绍一跟导演和副导点头示意了一下，之后看了一眼旁边站着的经纪人，淡淡扔了一句："有话回头说，跟我说。"

方绍一把原野带回他房间，原野皱着眉，脸色很难看："你拉我干什么？我话还没说完。"

"你还想说什么？"方绍一把原野推到沙发上坐着，说，"再说就冲着导演去了。"

"导演这事儿做得不仗义，"原野那股劲儿还没下去，说话很冲，"我说话你总拦着我干什么？"

方绍一给原野倒了杯水，其实他脸色也不好看，但是没在原野气头上说什么，只说："下次有事叫我，别自己去和谁碰。"

"我正好赶上了，总不能再特意来叫你一声，再说，我叫你了你也不让我说话。"原野没喝那杯水，继续说道，"我看他们不顺眼挺久了，再不让我说话我怕憋着。"

方绍一叹了一口气，坐在原野旁边，说："憋着了你就冲我说。"

原野和他说不来，而且也没用。方绍一是温和派的，或者也不能说温和，其实就是不在意。方绍一不缺角色不缺戏，也根本不在意哪部戏里谁多几场戏谁少几场戏，估计这事他知道了也不会很强烈地去反对，和这种级别的小演员争戏未免太掉价。但原野不行，他不在意的事情闹翻天也懒得看一眼，但在他在意的事上就是眼里绝对不能揉沙子。他知道的、见过的这种人太多了，平时脸上恭恭敬敬叫哥，背地里不知道多不服气，逮着个机会恨不得能骑到别人头上跳个舞。

上回方绍一头疼难受的时候他们不知道在心里怎么痛快呢，他们就是原野最看不上的那种摆不上台面的人。

其实这天方绍一去导演房间的时候真不知道原野在，之前在原野房间的时候他没说这事，怕原野听了要炸，他就是过来问导演这事的，但没想到原野已经在里面炸上了。原野生起气来不管不顾，谁都不怕得罪。

后来原野要上楼回去的时候，方绍一拍了下原野的肩膀，低声说："不生气了，和他们生什么气。"

"嗯，"原野答应了一声，之后回头看他一眼，问，"我让你为难了？"

"没有，不为难。"方绍一的眼神是很认真的，和原野说，"我只是不想让你和谁硬碰硬，不是所有人都像你一样有话当面说，你在明，他们在暗。有什么事让我处理就行了，或者让公司去处理。"

原野哪能不知道这个，接着便笑了下，摇头说："我不怕这个，随意。"

"我不随意，"方绍一有点无奈，"收收你的脾气。"

原野当时张了张嘴，但最后还是闭上了，点了点头没说别的。

其实原野的脾气已经收了不少了，之前何寒他们拿着劲儿折腾那么多天，原野一声都没吭。跟方绍一一起出现的时候，原野会让自己尽量和方绍一像一点，不去做那些会给方绍一添麻烦的事儿。但有时候，就像今天，他也实在是控制不住。

不管过多少年，原野都一样融不进这个圈子，这里的规则、社交原野向来不喜欢，也参不透。他喜欢有话直说，什么事儿都摆在面上说透了。

原野是那种当时发过火之后也不会后悔的人，当时的情绪表达完了，过后也不会再去多想，过去了就过去了，他从来不往回看。

所以当时原野说"我现在只想回头"的时候方绍一是十足十相信的，因为这句话从原野嘴里说出来才格外有分量。

这事儿原野觉得蒋临川不仗义就是不仗义，以蒋临川的脾气和说话风格，当时他的那个态度就是默认了。这种事不能说对错，投资人连编剧都找过了，那就是一定要把何寒的戏加上。蒋临川没想跟他们闹得太难看，这也能理解。

方绍一后来和导演单独聊过两个多小时，聊过之后这事儿就算成了。

双男主线这说法其实是夸张了，但何寒的戏份也的确有大改动，戏份仅次于方绍一。原野可以说是厌恶透了这事，心里犯恶心。可方绍一都同意了的事，原野就没法再张嘴，不然俩人说出两种话也让人看笑话。

所以原野的火冒了那么一次头就又得收回去，哑炮。原野再接受不了何寒回来加戏，也不能再像上次一样和对方经纪人针锋相对那么说话。

"野哥，咱不跟傻子置气。"吉小涛和原野说。

原野点点头，没说话，低头摆弄相机。他最近挺闲的，何寒自己带了编剧过来负责新加的戏份，他不参与，而且也不会参与，让他给何寒改戏那是做梦。

原野在导演房间里撒了通火，这事做得挺大胆了，不管是谁在导演面前也不敢太过分，虽然当时原野不是冲着导演去的，但态度也挺明显。不过蒋临川倒是没对原野有什么情绪，还跟之前一样。蒋临川是很喜欢原野的，因为他自己其实也是直脾气，但干这行的，注定了没法一直顺着心，没那个条件。原野身上有别人都没有的一股劲儿，大概是文人的傲骨狂放，但他也有细腻的时候，本身就是个矛盾体。

在这个圈里待久了，人心都是冷漠自私的，但原野不是。他还是真诚的，每次和导演聊剧本的时候都绝对认真，是走了心去琢磨的，说到激烈的时候俩人恨不得吵起来。蒋临川的戏难拍也难写，他人也固执，很少有人像原野那么架着股劲儿去和他争辩。这些导演心里都有数，不会因为这事儿对原野有什么想法。

原野在房间里摆弄相机，吉小涛去剧组餐厅厨房借了个灶，弄了几个菜，去片场给方绍一送一份，剩下的给原野拿回去。俩人正吃着饭，蒋导竟然来敲门了。

吉小涛赶紧招呼："哟，导演您怎么来了？"

蒋导直接走进来，笑着说："我刚才看见你炒菜去了，有我的份儿没有？"

吉小涛说："有有有，您坐！"

原野叫了导演一声，导演过来坐到旁边。他问："您今天不盯着了？"

导演摇头："不盯了，今天老刘盯着。"

吉小涛收了自己的碗筷，给导演递了双筷子，又给倒了杯茶放一边晾着，蒋临川吃了口东西，然后笑着指了下吉小涛："这么会做你不早做！"

吉小涛嘿嘿笑了两声，搬了个小皮墩儿坐挺远看手机。

现在整个剧组分了 AB 组，两边同时拍，把何寒的戏份单拿出去在另外一边拍。原野和导演聊了会儿，之后问他："就他那演技，您不怕戏垮了？"

导演看了原野一眼，笑了："心里有气吧？"

"您不仗义，"原野话说得直接，"您这是看我一哥脾气好，挑个脾气好的欺负。"

蒋临川哈哈笑了两声，指了指原野："真是啥都敢说。"

"我说得不对？"原野挑起眉，看着导演，"脾气再好也不能这么玩儿的，跟玩儿人一样。我本来觉得您跟别的导演不一样，您就这么答应了我心都凉半截儿。"

蒋临川叹了一口气，放下筷子，和原野说了句："里面那些事儿说了你也听不懂，我和领东合作太多回了。"

　　原野点头，用手背蹭了蹭鼻尖，说："理智上能理解，但情绪上不能。如果最开始就按这么定，这戏我哥可能不会接。方绍一挑戏挑得多狠您知道，这戏改了故事线之后重点都模糊了，想玩双内核，但是一个都不出彩。这点我不说您也知道，但您还是同意改。"

　　原野说话的时候始终没笑，倒是导演一直都是笑着的。蒋临川看着原野，之后说道："觉得我尿吧？"

　　"尿谈不上，"原野摇了摇头，淡淡说了句，"就是觉得您作为一个电影人最本质的东西没有了。"

　　吉小涛在一边听得心都哆嗦了，您可收着点吧，行不？

　　原野这就差直接和蒋临川说，你不配做电影，不配做个电影人。谈情怀谈初心，这话说出来很滑稽，像个笑话一样，毕竟这俩词早就被用烂了。但是电影人要有电影人始终坚守的东西，如果一部戏可以因为投资人的关系，就给一个演技不够用的演员随意安排角色和剧情，这电影注定是失败的。苟且战胜了精神追求，这种东西没有灵魂。

　　原野这么说，导演也不生气，反而笑了。那天，导演走之前和原野说："每个人在他的位置上都有难处，我年轻的时候也天真，我也较真过，最后拍了一年半的电影就那么废了。有时候妥协是为了更好的平衡，站在平衡线上才能谈条件，偏了歪了都要吃苦头。"

　　原野"嗯"了一声，非常平和地说了一句："但我希望这条平衡线不要因为职业惯性和人类的惰性就钉死在地上，它应该是始终在动的，为了这条线能再往前去试探和摸索。这条线是人能做到的最大限度，它不应该是被当成借口的舒适区。"

　　这两句话说完，导演沉默了片刻，之后深深地看了原野一眼，在他肩膀上拍了拍。

　　原野现在去片场去得都不勤，不像之前那样天天去。说到底他就是对这件事感到厌恶，导致对整个剧组都很失望，这里面也包括方绍一。

　　方绍一不太在意这些，他从来都是这样的，这些破事激不起他情绪上的不满和愤怒，说到底还是看不上。这部电影他其实当时接了就是为了全了和蒋导的一份情谊，一部电影里面其他人的戏份多一点少一点，实在是装不进他眼里。原野不是不知道他这点，甚至可以说很欣赏，觉得他是个温润的君子绅士，但这种态度放在有些事上就还是觉得心里憋得慌。

可是原野不行。前几年原野也吃过亏，虽然他吃过的亏也不计其数，但他也是摆摆手就过了，没在意。当时冯雷子问原野，你这人还有没有底线了？软瓜。

原野当时想了好半天，最后点了点头。

方绍一毕竟地位摆在这，何寒在片场看到他必须得谦卑地低头叫人。方绍一眼睛都没看他，"嗯"了一声就过去了。

何寒的经纪人趁着方绍一歇戏的时间过来和他说话，挂着笑脸，叫了声："方老师？"

方绍一看了他一眼，经纪人笑着说："之前和原老师有点小误会，闹得怪不愉快的，也没个机会和原老师道个歉什么的，原老师也不给我说话的机会。上次那事错在我，您回去让原老师别和我一般见识，还是看原老师哪天有空，我再正式给他道个歉？"

"不用。"方绍一转了转手里的保温杯，头都没抬，"不用道歉了，也不用单独和原野说什么。原野脾气直，说了什么不好听的你多担待着点。"

经纪人说："您这是说哪儿的话，原老师就是那性子，其实我一直都很欣赏原老师。"

方绍一喝了口水，之后道："欣赏就不用了，你别往原野眼前去就行了，原野不会想很多七拐八绕的主意，我也不希望有人把主意往他身上打。"

方绍一抬眼扫了扫他，继续道："我这个人，大部分时候是好说话的，你们想要什么想拿什么就凭自己本事去拿，我看不上的，我也不拦着，但是这事上没得商量。我二十五岁势力还单薄的时候就敢带着他做事，现在我三十七岁了。"

方绍一很少和人把话说得这么直接，这都不像他了。这些天他就等着这经纪人过来找他，该说的话还是要说。

"我懂，我懂。"经纪人连连点头，又说了一句，"我明白。"

方绍一又喝了一口水，"嗯"了一声。

原野其实来了一会儿了，但是看方绍一在和何寒经纪人说话就没过去。他去了估计压不了情绪，几句话说不来又要生气，就算压着火什么都不说也够

165

堵心了，所以干脆不过去。

直到经纪人说完话走了原野才走过去站在他椅子后头，方绍一仰头看原野，笑了笑。

"小涛呢？"原野问。

"不知道，谁知道跑哪儿去了。"方绍一说。

"大胆啊，把明星往这儿一扔自己跑走玩儿去了，"原野笑了声说，"这助理我看得开了。"

方绍一点了点头，又笑了："都行，等他回来就跟他说。开心点了吗？"

原野眨了眨眼，从身后绕到他前面来蹲着，从斜下方的角度去看方绍一，表情酷酷的。方绍一和原野对视，眼角挂着笑意。

吉小涛从厨房回来远远看见他们俩又在闹，赶紧摸出手机给拍了一张照片，拍完直接发给东临。

吉小涛：啧啧。

东临秒回：最近别给我发这些，我哥最近和女友分了，我正愁着呢。

吉小涛：你哥分手不是常态吗？

东临甩了几张愤怒的表情包，之后说：就你长了嘴，就你会说。

吉小涛非常坦然：对啊，我跟着我哥呢，能不会说吗？

东临冷漠地回：但是听说你哥要开了你。

吉小涛耸耸肩回复他：我哥那是附和我野哥，他才给我发了大红包。

东临过了好半天才又回复他：我拉黑你了。

166

第六章

就算有一天我真的放弃了，
那也只是为了我自己。

给何寒加出来的线是监制和艺术总监在负责。何寒加戏这事其实很麻烦，整个剧组都头大，因为很多演员为了配合他加出来的线也要加拍额外的戏，时间上又要延后。有的演员后面有别的戏要拍，这么一弄只能先离组，之后再回来补拍。各方面协调起来很麻烦，最头疼的应该就是导演。

但是蒋临川看着也挺淡定的，在片场也没给何寒他们小鞋穿，让监制好好拍他。

方绍一这边还是按原定的合同来，戏一场都没动，何寒的那条线是在剧本上硬加出来的。有他没他都完全不影响主线，演员可能在拍的时候体会不到，但是原野一眼就看明白。

蒋临川根本舍不得动他的电影，何寒要加戏就给他加，但导演甚至没费心去考虑过他那部分的戏。平时争论剧本可能要争到后半夜，而何寒的剧本都是他们自己的编剧在弄，弄完给导演看，蒋导再稍作改动，几乎没有什么争议。

谁都有难处，都有不得不做的妥协，但原野依然觉得这一切都很过分。

原野在片场坐着，看着剧组人来人往，看着每个人的脸，人间百态尽显其间。吉小涛去B组溜了一圈，然后慢悠悠走了回来，走的时候脸上还一本正经的，但是往原野旁边一蹲就绷不住内心想笑的欲望，贱兮兮叫了声："野哥。"

原野斜睨他一眼："说吧。"

吉小涛蹲那儿捂着半边脸，偷着说："我建议你去B组溜达溜达，可让人快乐了。"

原野想都没想就摇头："不去。傻子又展示演技的下限了？你的快乐这么容易满足吗，小朋友？"

"不是！那破演技能有什么快乐，今天的快乐是小杨给的。"吉小涛蹲着咯咯笑，乐完了说，"小杨有潜力，回头我得让耿哥好好捧一下。"

原野挑眉："怎么？"

吉小涛站起来拉着原野去看，原野也就跟着他去了，结果刚到他们那头，听见杨斯然一张嘴，原野也笑了。

"你……你怎么可以这样呢？森察是我房客……"

"CUT——"监制喊了停，片场无声。

"非常抱歉，对不起各位老师。"杨斯然冲监制他们这边远远鞠躬，然后冲身边的摄影组和眼前的何寒也鞠躬，"我太笨了，给大家添麻烦了。"

吉小涛在这边闷着声笑，原野也跟着笑了两声。

杨斯然本来台词是可以的，但是今天跟何寒一搭戏就被带出了口音，倒没有多严重，就一点点，不过这么拍进去还是挺明显的。这样的台词听起来有点滑稽，这绝对是过不了的。

"怎么回事儿啊斯然？"监制老师也很无奈，"就这么两场，咱们拍小半天儿了。"

"实在抱歉，"杨斯然一脸歉意，"我今天状态不太好，感觉一直入不了戏，对不起啊，我太不专业了，拖了大家的进度。"

杨斯然说完又鞠了个躬，旁边的何寒脸色很难看，一言不发地去一边休息了。杨斯然那话是说自己的，但是旁边人一听就都往何寒那儿偷着瞟了一眼。新人跟方绍一对戏都很顺就过了，到了何寒这儿就感觉不入戏，说话口音还被带跑了，这跟往何寒脸上抽没区别。

杨斯然本来就是新人，没经验，对戏演员带得好杨斯然就发挥好，碰上不带戏的杨斯然就演不出来，这太正常了。

原野和吉小涛回他们自己那边，原野嗤的一声笑了，说了一句："也是一只小狐狸。"

"嗯，装的。"吉小涛笑得挺解气，说，"杨斯然故意那么说话。"

杨斯然是不是故意的谁都不知道，但是后来何寒和他经纪人看杨斯然眼神都不对了，估计烦透了。杨斯然可以说初生牛犊不怕虎，无所畏惧，你怎么瞪他他就当看不见，看见了也装看不懂。

何寒的经纪人过来压低了声音跟杨斯然说了一句："小孩，这么拍戏可不行啊。"

杨斯然恭敬道："实在对不起啊，我没学过演戏，耽误大家时间了。"

一拳砸在棉花上，何寒转头去跟监制说话去了，杨斯然毕竟是方绍一公司的人，也不好真的太甩脸子说什么。别人老板都在剧组里待着，你说他那就是隔山打牛，冲着方绍一去的。

晚上下了戏回酒店，吉小涛拎着出去买的小饼干小糕点什么的，在酒店楼下正好碰上杨斯然。

吉小涛喊杨斯然一声："杨斯然！"

杨斯然正在打电话，看见吉小涛笑着摆了摆手算是打了招呼。吉小涛摸出盒饼干扔过去，还冲他竖了竖拇指："你今天戏演得不错。"

杨斯然抿了抿唇笑了，接住饼干，说了声："谢谢小涛哥。"

杨斯然就是头两天跟何寒对戏是那样，后面虽然没像之前和其他演员搭戏时表现那么好，也不太顺，但也还算过得去。他们俩的戏份拍完杨斯然就杀青了，他在电影里所有戏份都拍完了。

第一部电影就拍蒋临川的作品，这个起点很高，但是这新人毕竟太新了，身边甚至没个助理，没人给他送花。杀青的时候吉小涛订了束花送上去，杨斯然笑着接过，有点没想到："我还有花收啊？"

"怎么没有？"吉小涛说，"恭喜你第一部戏顺利拍完！"

杨斯然还是笑着说了声"谢谢"。

戏拍完杨斯然第二天就可以乘飞机回公司了，是吉小涛送他去的机场。路上杨斯然看着挺放松的，吉小涛问道："看你挺开心的？"

杨斯然点了点头，摸了摸鼻子说："嗯，终于拍完了。"

"感觉怎么样？"吉小涛问。

杨斯然想了想，之后很浅地笑了笑，慢慢道："挺好的，接触一件本来自己不是很懂的事儿，再慢慢把它做好，这很好。绍一哥教了我很多，导演人也很好，原野哥过年还给了我红包，小涛哥你也一直很照顾我。慢慢接近的过程很美好，我会珍惜的。"

吉小涛好像头一次一口气听杨斯然说这么多话，有点惊讶地侧过头看了看他，笑了一声，说："加油。"

那天把杨斯然送到机场，吉小涛突然想起件事儿，当时没找着机会问，后来也就忘了。这会儿他想了起来，问杨斯然："对了，我之前一直也没问你，剧组里有人欺负你吗？"

杨斯然愣了一下，然后摇头，还有点迷茫："没有啊，绍一哥在呢，没人给我脸色看。"

吉小涛点点头，送杨斯然去登机，说："那就好，去吧。"

剧组生活是兵荒马乱的，每天都像打仗，但跳出来回头看，其实也是千篇一律，就那些事一直在重复。这戏估计得拍到五六月份，或许还要更久。到后来拍久了就没人再叫方绍一"森察"了，也不用再有意排挤他。但方绍一还是总拿这事儿去故意逗原野，一把年纪了装幼稚。

原野嘴上不说，其实心里对这个剧组是抵触的。每次看见何寒和他经纪人，原野都沉默着走过，垂着头，何寒他们的存在在原野看来其实就是人的妥协。虽然被迫接受，表面看不出来什么，但他的情绪方绍一是能感知到的。

晚上九点，原野在导演那边就着剧本吵个没完，屋里还有其他主创。方绍一的消息发过来，手机在兜里振动，原野拿出来看了一眼，是方绍一的消息：原野老师，来。

原野迅速回他：没空。

发完消息，他继续和导演针锋相对地吵。何寒那事儿之前原野也跟导演争，但是在那之后每次聊剧本都更尖锐了，逢聊必吵。剧组里本来就是这样的，这没什么。原野的犀利不是心里有气故意撒火，是他打从心里就觉得这剧本不行，废了，因此怎么聊都没个好结果。

谁也说服不了谁，就只能先搁置，原野带着气去了方绍一的房间。

原野一敲门，方绍一开了之后看见他的表情，笑了笑，问："又和导演吵架？"

"这破戏，我看要完，"原野进了房间，说，"怎么拍都废了。"

方绍一安慰他："蒋导还是值得相信的。"

原野听完这句眨了眨眼睛，看了他一眼，没说话。过了一会儿，原野问方绍一："你刚叫我来干什么啊？"

方绍一笑得坦然："没什么事，你最近都不怎么惦记着跟我和好这事儿了。"

原野有点无语，不过最近的确是没什么心思管这个。何寒那事儿把原野的情绪都弄散了，眼前这一摊太混账了，说到底他就是一个较真儿的人，从心底里觉得厌烦，对这个环境不喜欢，旁的事也就先搁置了。

　　原野变了很多，但又像从来没变过。

　　方绍一坐在那儿，刚运动完也洗过澡了，他抻了抻胳膊，说："你得接着努力。"

　　原野这会儿也笑了："行，努力，我努力。"

　　方绍一半靠在床头，后背垫了个枕头。床头的小黄灯把他衬得特别好看，原野问他："抹脸了没有？"

　　方绍一不说话，看着原野摇头。

　　"来敷个面膜？"原野挑着眉问。

　　方绍一不置可否。

　　原野笑了，去拿了一个罐面膜，回来扔给方绍一。

　　方绍一开口叫了一声："原野。"

　　"嗯。"原野轻声应他。

　　方绍一和原野对视，他慢慢和原野说："你不能因为不喜欢什么事，就让我连坐。就像你不能因为讨厌剧组里某些人，就连我都不怎么搭理了。"

　　原野突然笑了，问他："你在抱怨吗？因为我这段时间没好好搭理你？"

　　"不是。"方绍一还是看着原野，声音安稳低沉，"我是在告诉你，你心里想什么，你的情绪，我都感受得到。我可能让你失望，这里可能让你不喜欢，你要和我说，如果你什么都不说，什么情绪都不表达，仅仅是疏远了，那我会想你是不是又后悔了。"

　　原野先是没说话，过会儿才说："我没有，有些事经历一次足够了。"

　　方绍一叹了一口气说："老了，有些话说不出口了。"

　　原野一笑："你想说什么？"

　　方绍一闭上眼睛，低声道："有些时候，当我感觉到了，我也会慌。"

　　原野好半天都没能说出话来，内心很震动。方绍一很少和原野说这些，他从年轻到现在永远都像是四平八稳的定海神针，今天他说他心里也会慌，原野觉得很意外。

　　这种感觉很奇妙，原野知道方绍一其实是希望自己可以把人和环境分开，可他确实有这个毛病，当对一个环境失望的时候，会对这里的一切都失望，包括里面所有人。

后来原野点点头，轻声说："我知道了。"

方绍一在某些方面来讲像个引导者，他总是在引导原野学会感受，学着感知。

这一晚过去，俩人的关系又往好的方向走了一步，吉小涛总觉得他们俩瞒着自己什么，但他们明明什么都没做。他的视线在俩人身上来回扫了几圈，没看出个什么，倒是被他们瞪了一眼。

吉小涛转回视线，安心看手机。手机上他问杨斯然回公司后怎么样了，公司下一步的安排是什么，杨斯然回复还在等，暂时还没有什么安排。

吉小涛问：给你配助理了没有？

杨斯然：还没。

吉小涛又问：谁带你？你经纪人是谁啊？

杨斯然：也还没有。

吉小涛：啊，那就先等着吧……

杨斯然和他聊完，放下手机揣回兜里，身上穿着简单的休闲装，看着跟邻家男孩似的，干干净净的模样。公司里甚至没什么人认识他，杨斯然坐在办公室安分地等，眼睛都不敢四处乱看，不看手机的话就翻看着茶几上的一本杂志。

他在办公室已经坐了两个小时了。

后来耿靳维终于回来了，身后还跟着俩人。耿靳维看见杨斯然，淡淡地问了一句："回来了？"

"嗯。"杨斯然点头，继续坐在沙发上等。

等耿靳维和别人说完话，杨斯然才走过去站在办公桌前，耿靳维点了一支烟，问："拍戏累不累？"

"不累。"杨斯然说，"大家都挺照顾我的。"

"下个月再给你接一个，先在剧组演些小角色磨着吧。"耿靳维说。

杨斯然没有任何意见，点头说："好。"

工作上的事儿说了一堆，该说的都说完了，耿靳维说："回去吧。"

杨斯然这会儿才看出有些不自在来，先是看了看耿靳维，耿靳维已经低头看别的了，根本没看他。杨斯然想了想，再次开口，他的声音放得很轻，连呼吸都是轻轻的，小心翼翼说了一句："……谢谢您。"

耿靳维抬头看去，杨斯然和他对视，眼里都是感激与崇拜。

耿靳维没说话，只是看着杨斯然，脸上看不出情绪。杨斯然眨了眨眼，认真地问："他们都说我做得不错，您也可以夸夸我吗？"

……

原野在四月初离开了剧组几天，他们文人那个小圈子也总要聚聚——冯雷子是某位大导演的文学策划，他们那剧本张罗到一定阶段就得聚一拨人，给挑毛病、提意见，吸收其他作家的意见，听听大家的想法，看看能不能激出新的火花来。

原野是一定要到场的，他的眼光有自己独到的地方，嘴也犀利，很敢说。所以即使原野三推四推，他们还是把他弄了出来。原野跟剧组请了个假跑出来，就为了给人看看剧本。蒋临川听说原野要出去给别人看剧本，还唠叨着自己这一摊事没弄完呢，还管别人的那一摊。

但原野这段时间看他们那剧本已经看恶心了，自己现在手里就一个破本子，天天磨来磨去也磨不出个好东西。原野无法说服导演改戏，也没法说服自己这东西没问题，所以每天都烦躁。

戏快到收尾阶段了，方绍一再有一个月估计就能杀青。

原野出来见人，被人看见自然是一顿打趣，当时他在微博上闹出那么大动静，这几个人早就等着嘲讽原野，眼下终于见了人，嘴上绝对饶不了他。

原野浑不在意，回答道："别闹。"

"哟呵，"有人问，"野叔还有让人别闹的时候呢？"

原野懒得搭理他们，见导演还没来，于是去阳台坐着休息。

吉小涛发消息给原野，是方绍一拍戏的小视频。

原野：别我一出来你就烦我。

吉小偷：我这不是怕你无聊？

原野：没那么度日如年，歇了吧。

推剧本是很折磨人的一个过程，可能要持续好几天，剧本被不停推翻，再重建，然后继续推翻。推来推去最后的成品可能和最初的样本大相径庭。文人给人的印象总是内敛的，但推剧本的现场其实就是打仗，每个人到后来嗓子都是哑的。

原野在这样的时候是犀利又灵动的，别人的观点他总是第一个推翻，但这些玩弄笔杆子的人又不得不觉得他说得有道理，这非常可恨。文人都带着那么点傲骨，互相瞧不上，但又不得不承认是对的。当然，原野的想法也同样要被否定，最后出来个什么东西完全得靠天意——或者谁灵光一闪讲出来个绝妙点子，被多数人认同。

脑子一直在转，这很累，但这才是原野的生活圈，才是他熟悉的模式。这比在剧组偷偷摸摸聊剧本痛快得多，不用管得罪了哪位演员，也不用顾及改动太大道具跟不上的情况。剧本初期才是一部电影最纯粹的阶段，他们所做的一切都只有同一个目标，就是让剧本从石头变成金子，后来的每一个阶段都在消耗这点纯粹。

原野出来推了次剧本，再回去的时候整个人状态都好了点儿，好像出来充了波电，回了次血。原野一回剧组就去片场找方绍一，方绍一刚好收工，换了衣服卸了妆正要回去。原野喊了他一声："一哥。"

方绍一回头看原野，脸上带了抹笑意："回来了？"

"啊，"原野点头，"充完电了。"

"聊得怎么样？"方绍一问道。

原野耸耸肩："就那么回事儿，定不下来，估计还得写二稿三稿五稿的，说不定到时候还要去。冯雷子最会搞这一套，点子都是别人给想的，他这文学策划就等于白拿钱的，心眼儿都让他长了。"

方绍一笑了笑，要和原野走着回去，结果半路让人叫走说事儿去了。原野蹲在道边一张长椅上，本来想抽烟，但想了想就又默默把烟揣起来了。

方绍一回来的时候原野正和一个小姑娘聊天，小姑娘看着也就四五岁，原野摸了摸她的小辫，不知道在说点什么。

俩人回去的路上，方绍一和原野说："晚上可以去看看导演粗剪的片子。"

原野问："这几天剪的？"

"嗯，剪得不多。"方绍一看原野一眼说道。

原野没多想，都没当回事儿。这破戏到时候不会往主创字幕上加自己名字，挂在编剧栏末尾他都嫌丢人。他是用了全力的，但是不行就是不行，刚在外面头脑风暴推了一次剧本，再回头看看这个敷衍着加了一条线的剧本，对比之下显得更是垃圾。

原野早就和导演表达过自己的意思，这部戏原野就意思意思收了一点编剧的钱，因为自己本来也不是冲着这个来的，所以之后也不用往编剧栏打他名字，这不仅仅是戏好戏不好的事儿，就算是多好的戏，原野也没想往上加自己这名。

原野之前推了很多邀约，里面不乏一些熟人和之前的合作方，他都给婉拒了，如果之后说在这儿当了个跟组编剧，听起来挺滑稽的，也不太好解释。

原野回来去跟导演打了个招呼，也算销个假。导演等他好几天了，原野在剧组的时候俩人天天吵，原野走了没人吵了还怪不自在的，跟别人商量总觉得不对味。

导演门没关，原野直接推门进来，导演看见他，哟了声："原老师回来了？"

原野摸摸脑袋，笑着说："别寒碜我了，领导。"

蒋临川冷笑一声："谁是你领导？哪有给领导扔下自己跑了的？"

"哎哎哎，饶了我，"原野双手合十，还是笑嘻嘻的，"你是我领导，大领导。"

有场戏蒋临川一直等着要跟原野研究，所以他刚回来就被导演扣下四个多小时。后来原野都困了，导演还没有放人的意思，他支着眼皮强挺着又说了一会儿，实在撑不住了才回去。

回去之前，原野还先去方绍一房间转了一圈，方绍一刚运动完，快速洗了个澡，推开浴室门就看见了原野，被他吓了一跳。

方绍一问他："你这是干什么呢？"

原野说话都快张不开嘴了，含糊着说了一句："我回去睡了啊，太困了。"

"那你就回去睡，干吗多跑这一趟。"方绍一说。

原野扯了扯嘴角笑了一下，笑着说："这不是想着过来报个到。"

方绍一看着他困成那样，刚要再说点什么，原野已经转头走了，他实在是困得不行了，走路的时候都恨不得闭着眼。方绍一失笑，原野走了好几天，他们俩联系也不多，原野出去了得忙自己的事儿，方绍一这边也要拍戏，所以两人不是每天都能通上电话。

原野这就是过来给方绍一展示一下，虽然我出去了一趟，但我好胳膊好腿地回来了。

方绍一的生日在四月，他生日的前一天要从天黑就开始拍夜戏。这一场拍的是森察夜潜铁匠铺找线索，但这其实是铁匠设计的一环，两人在黑暗里交手，最后森察胳膊受了伤，逃了。

这种黑暗里交锋的戏不好拍，光度很不好控制。太深了屏幕上也看不清楚，但如果光太亮又显得假，谁都知道这两人是看得到对方的，但又要演出他们彼此看不到的感觉，中间这个度不好把控。

来来回回试了多次，总是差点意思，导演一直不太满意。原野看了一眼手机上的时间，都凌晨三点了。方绍一中间歇戏的时候已经过来和他说过好几次，让他赶紧回去休息，别跟着他们在这儿熬。原野没多说，嘴上答应着，但一直没走。

这场戏拍完的时候四点刚过，所有人都有些疲惫了。片场的灯还没开，还处在一种半黑暗的状态。导演用扩音器说着："先别开灯啊，大家今天都辛苦了，等会儿回去好好休息，明天白天好好补个觉。"

导演话还没说完，方绍一他们那边突然有人从身后推过来个蛋糕，三层的蛋糕上面插着蜡烛。方绍一还跟着看热闹，脸上带着一点点笑，甚至转头去看原野，这傻子也跟着熬了一宿，他想赶紧让原野回去睡觉。

他和原野对上视线的时候，原野脸上是笑着的，也拿了一个扩音喇叭，喊了一声："生日快乐，一哥！"

方绍一有点惊讶，过了一会儿才反应过来，然后摇着头失笑，他是真的忘了，脑子里根本没这回事儿。

片场的灯都开了，方绍一笑着对大家说谢谢，导演过来说："来，给你们方老师唱个生日歌。"

这个场面方绍一已经很熟悉了，在剧组经常会赶上过生日，一般情况下剧组都会给过。别人唱歌的时候方绍一转头去找原野，原野在他身后拍了拍他的肩膀。

方绍一早已习惯在剧组过生日，去年他的生日也是在剧组过的。那会儿吉小涛还愁云惨雾的，因为方绍一和原野闹掰的事儿。方绍一和导演他们出去吃饭，吉小涛眼巴巴地等原野的电话。但那天直到最后都没等着。

原野那天只发了一条仅自己可见的微博：三十六快乐。

今年就不一样了，原野也混在剧组里，就在方绍一身边，俩人的关系也渐渐在恢复，一切都很好。

原野还给方绍一准备了礼物，是自己亲手雕的小东西，也是偷偷弄了好些天，雕废了好多个。就是原野送的东西不太有创意，年年都送猴。

原野今年送的这个是一只猴甩着尾巴在抱着树亲，甚至能看到它噘起来的嘴唇。

方绍一放在手里，和他说："去年的补一下。"

原野点头，笑着说："回去给你。"

根本不用补，该有的都有，只不过去年他没有立场送出去。

吉小涛和东临在手机上聊了小半天儿，都聊了什么东西就不得而知了。

剧组里谁还看不出来方绍一和原野到底是咋回事，早就看明白了——这俩人戏足着呢，其实早就和好了。

生日这天是一定得发微博的，吉小涛挑了一张方绍一切蛋糕时候的照片发了出去，配文："在剧组过生日，请大家吃个蛋糕。会继续努力。"

尽管照片里光线不算太亮，但眼尖的网友还是一眼就看到了方绍一旁边的原野。本来今天方绍一生日就不少人去原野微博下面问，不少人还惦记着他之前说的话，但从那条微博之后就没有动静了，等着看八卦的早就着急了。

这么一张照片一放，他们纷纷喊着终于等到续集了。

很多明星转发了方绍一的微博并祝他生日快乐，方绍一一条都没看见，这人忙着睡觉，哪有闲心看微博。

这里面就属迟星画风不太一致，转发的时候不仅带了一串"哈哈哈"，还顺带炫耀自己早就一线看过热闹了。

程珣转发他的微博："绍一哥生日快乐。"

何寒也转了方绍一这条微博："老大生日快乐，太遗憾啦，昨晚没有我的戏，没吃着蛋糕，等下我去补一块。"

这么一条微博差点没把吉小涛硌硬死，谁是你老大？！这个词用得很微妙，听着实在亲近，你谁啊？我才能这么叫，你哪位？还补蛋糕，蛋糕没吃完的等会儿我都拿去喂狗。

天天在剧组低头不见抬头见的，吉小涛和对方经纪人硬是没怎么说过话。道不同不相为谋，俩演员身份不在一条线，处事风格也差了十万里，咱们就拍完戏赶紧拜拜，惹不起还躲不起吗？

楼下有一个吉小涛在那儿骂，楼上还有一个睡醒的也没少骂。

原野太久没上过微博了，之前那阵喧嚣都快过去了，但一打开还是无数骂人的，这些他都不去看，打开微博主要就是想发个祝福，睡前方绍一嘟嘟囔囔地说去年原野没发祝福，这么多年的惯例说断就断。他那会儿都快睡着了还皱着眉，原野赶紧说："发了发了。"

所以原野醒了之后，心里还惦记这个事儿，赶紧趁方绍一没醒，把微博发了，又看到吉小涛用方绍一账号发的微博，点开看了看，一眼就看到了何寒。

原野当时就皱了眉，在心里骂了一声。

他们整个团队原野都不待见，这句话也真够恶心人了。

吉小涛一边和人聊天一边刷着微博，过了一会儿特别关注里有了消息提示。吉小涛点开看，是原野发了一条微博。

图片是原野昨晚送的那只猴，文字只有几个字："三十七快乐，老大。"

"厉害！"吉小涛没忍住低声喊了一句。

原野这一声老大叫的，实在是让人舒服。他们俩什么关系啊？原野这一声老大叫出来，何寒那个又算怎么回事儿？

果然，过十分钟再看的时候，何寒就已经删掉了那条转发。

吉小涛给原野发消息过去：野哥你好勇！

吉小涛：太勇了！

吉小涛：我看那玩意儿得气死！谢野哥救命之恩！

吉小涛：野哥天下第一！

原野对这通称赞十分冷漠：你不知道送点饭过来？

方绍一在电影圈混了这么多年，起点的确高，背景也摆在这儿，这些年明着面交恶的人其实不多。他性格如此，不是容易和人结仇的性格，而且也没什么眼高于顶的架子，基本没有理由和人对立。

这次和何寒他们团队算是摆在明面的矛盾，互相甚至没什么交流，不交流主要因为方绍一他们这边，何寒他们想沟通也沟通不着。但这算不上两个团队的交锋，没有可比性，就是一个太低端，实在让人看不上，另外一边懒得搭理。

原野那条微博有些粉丝竟然看出来是什么意思了，本来她们看何寒那个"老大"就够不爽的，因为之前没有过合作和互动，很多都是看了那声"老大"才知道何寒也在拍蒋导这部戏。后来原野这么一叫，何寒不删也得删，不然算怎么回事？

吉小涛送饭进去的时候原野在等吃的，方绍一还在睡。吉小涛看见原野难掩内心的激动，无声地嗷嗷叫唤。原野冲他比了个"嘘"，让他别出声。吉小涛不敢久留，坐了一会儿就回去了。

　　方绍一后来翻了个身，像是醒了。原野回头去看他，他也睁了眼看了过来。原野歪着头对他笑了笑，问："起来吃点东西再睡？"

　　方绍一摇头，声音还哑哑的："不饿。"

　　原野也不是非得叫他起来，便说："那你接着睡。"

　　方绍一闭着眼，含糊着问了一句："你什么时候吃完？"

　　原野说："马上。"

　　方绍一"嗯"了一声，没几秒就又睡了。

　　原野吃完靠在一边看手机，他发了一条朋友圈，写了三个字：方七岁，配图是前几天在片场抓拍的一张照片。当时，方绍一坐在理发店门口的台阶上，朝原野看过来，他本来是在想事情的，发现原野在拍他之后，突然就笑了。笑起来的方绍一自然是英俊的，再配上那天的半截日光，还有一种岁月静好的安然和暖之感。

　　方绍一四月底杀青，原野要比他还晚几天，虽然方绍一杀青了，但还有点散戏没拍完，所以原野的活还不算全忙利索了。方绍一杀青那天是个阴天，拍的戏不是电影开头，也不是电影结尾，就是普普通通一场戏——方绍一给别人剪头。这是蒋临川的拍摄习惯，他喜欢把特殊的戏份都放在中间拍，前头后头拍常规戏。其实演员在戏拍到最后的时候情感总是最浓郁的，但他偏要用这种带着离别的情感去拍不动声色的东西，出来的效果反倒有种收敛的意境。润物无声，山高水长。

　　那天原野就蹲在片场，看着方绍一像往常一样，剪完头发之后用刷子扫了扫那人脸上耳朵上的发茬，又扫了扫脖子，之后机械地摘了那人身上的围布，面无表情地说："三块。"

　　那人抬头看了他一眼，最后只给了两块钱。

　　方绍一把钱放进抽屉，没有多问一句。

　　森察在这个小镇上总是这样的，总要被克扣，挨欺负，他偶尔知道，偶尔不知。他是一个杀手，来这里的目的是想找到一个人，然后杀了他。原本电影演到最后，镇上每一个人都像他要找的人，可每一个又都像杀手，想要杀了他。

每个人的身份究竟是什么样的，森察的身份又到底是什么样的，虚虚实实，云里雾里。

电影加了副线之后，把除了主角之外的侧重点大部分都给了何寒，镇里那个文静温和的裁缝占了多数的配角戏。原本每个人都像那个目标，又都不像。改过之后倒像是裁缝和主角的交锋，变成了他们俩之间互为杀手，又互为目标，而镇上其他人的存在只是为了掩护裁缝所设置的一个个迷障。

后来补了几场方绍一和何寒的戏，何寒不敢再像之前那样拖，也是拼尽了全力去接方绍一的戏。但他还是有些接不住，气场上弱了太多，演技被吊打不是说着玩的。虽然何寒年龄不小，但演技太嫩了。方绍一原本就是个天赋派，又从十几岁拍电影拍到现在，那些拍偶像剧出身又没经过电影导演打磨的演员和他的差距可以说是千里万里。

导演每次喊了"停"之后，何寒都会跟方绍一说点什么，有时候是"谢谢绍一哥"，有时候是"抱歉绍一哥"，方绍一通常都是点头摇头，不会和他多说什么，但也没有更多地难为他——用不着，他不至于那么没品。

因为改戏，整部电影味道都变了，这也是为什么每一场戏原野都要和导演吵。这个本子在原野这是行不通的，剧情设定互相矛盾，齿轮没有嵌进缝里，每转一下都要卡。

杀青之后方绍一就得走了，公司有一堆事儿等着他，耿靳维早就在催了。方绍一玩儿命拍了一年多的戏，几乎两年都浸在剧组里，没歇过。原野要晚几天，方绍一先回去等他。

按惯例庆祝杀青之后，方绍一没急着走，他冲原野招了招手，让原野过去。剧组已经去接着拍其他戏了，身边没有几个人，方绍一让原野坐在椅子上，又给原野剪了个头发。这段时间原野头发都是方绍一给剪的，俩人已经很熟练。原野从镜子里看他，方绍一拿了梳子和剪刀认真地在修剪自己的头发。

原野问他："你下月是不是得去法国？"

方绍一点头："要去。"

原野说："我跟你去。"

方绍一看原野一眼，之后摇头说："不用，你忙你的。"

原野也摇了摇头，没说别的，只是又重复了一次："我也去，我签证都让小涛一起办了。"

方绍一手在原野头上抓了一下，和原野对视一眼，之后浅浅笑了笑，说："好。"

　　原野看着镜子里的方绍一，笑着说："刚才大家都挤，我还没来得及说，恭喜方老师杀青。"

　　方绍一手稳稳地给原野剪头发，说了一声："多谢原老师关照。"

　　"客气了，"原野看着他说，"以后日子还长。"

　　方绍一走之前非把吉小涛留给原野，原野哭笑不得地往外推，说用不着。方绍一怕原野自己在剧组要吃亏，原野脑袋直晃："吃不着亏，导演罩我，再说了，我又不是年轻小孩儿，还能总吃亏？"

　　方绍一还是放不下心，但原野说什么也没让吉小涛留下。吉小涛在中间被两头推，谁也不要。其实别人哪知道，在公司里风风光光的小涛哥，在方绍一和原野这儿却整天不受待见，动不动还要辞了他。

　　原野也真吃不着什么亏，戏都快拍完了，最后这么点戏总共也用不了几天，也就是原野做事儿喜欢有头有尾，不然他跟方绍一一起走了也完全可以。何寒他们再傻也不敢真跟原野再杠，现在谁还不知道他和方绍一真的和好了？

　　方绍一回去之后连着几天都得去公司，之后再没有几天就得去戛城。辛导带着《风逍客》去参加电影节，方绍一当然也得跟着。他挺长时间没出剧组，这几天得把出去的造型定下来，还得稍微练一下形体，皮肤也要弄一下。这两年方绍一把自己祸害得快没个人样了，很少注意脸。

　　耿靳维和他说："剧本我挑着好的留了两个，一个九月份开拍，一个年底。你要不想拍就放着，回头我想办法推了，这俩剧本一个是韦导的，一个是庄导的，我估计他们也和你说了，我怎么也得等你回来看看，不然看都没看我也没法推。"

　　方绍一点头："嗯，他们都和我说过。我倒真的想歇歇了。"

　　耿靳维挑眉："我早让你歇了，你听吗？"

　　方绍一笑了笑，没接他的话，问："韦导的几月开拍？"

　　"年底。"耿靳维说，"时间还早，六月底之前你定下来接不接，不接早点和那边说，他们好往下找人。"

　　方绍一捏了捏眉心，说："好。"

　　本来方绍一回来，耿靳维想开个会，有些新人签进公司到现在连方绍一人都没见过。但方绍一不太想开，说以后再说吧。公司的事他向来不上心，都是耿靳维在弄。耿靳维早就不带艺人了，他现在手里就一个方绍一，还有一个分不出去的杨斯然。

吉小涛回来听说杨斯然还没有经纪人都挺意外，在公司里见着他还问："怎么呢？没人带你？"

杨斯然见了吉小涛笑着问了一声好，先叫了一声"小涛哥"，然后点头说："对，没有人。"

"之前我听说不是想让你跟老严吗？严哥可以的。"吉小涛挺待见杨斯然的，小杨在剧组把自己归在方绍一阵营，跟何寒搭戏的时候有意寒碜他，让吉小涛待这个小孩儿挺亲近的，私下里和杨斯然说，"严哥人不错，资源也多，你跟着他挺好的。"

杨斯然没说什么，只是摇头："不是严哥带我。"

"那你现在怎么个情况？"吉小涛问道，"谁管你工作上的事？助理有吗？"

杨斯然说："助理有的。工作就……还是耿总直接指派给我。"

吉小涛笑得没心没肺，还开玩笑说："你要能一直分不出去跟着耿哥还妥了，黄金待遇，耿哥早就不带人了。"

杨斯然低着头抿了抿嘴唇，低声说："耿总也不想带我。"

吉小涛拍了拍杨斯然的肩膀，安慰道："没事儿，早晚能给你分出去，我帮你说说，挑个好经纪人给你。"

在公司里吉小涛当然说得上话，杨斯然很诚恳地道谢："谢谢小涛哥，你一直都照顾我。但是我先不用经纪人，我感觉现在这样……也挺好的。"

吉小涛笑道："你傻啊？耿哥这不算是你经纪人，你现在这样没人带容易走空，耿哥哪可能管你接这接那的小事儿，他顾不上。从剧组回来到现在你有其他安排吗？"

"没，"杨斯然慢慢道，"耿总说让我别接乱七八糟的，就还是好好拍戏。"

"那你就听他的，好好拍戏，这样走得稳。"吉小涛说。

杨斯然点头，说："嗯，我都听耿总的。"

吉小涛后来还和方绍一提了一嘴这事儿，说杨斯然现在还空着，没人管。这毕竟是个潜力股，带好了很有发展，就算不是因为对杨斯然的私心吉小涛应该也会提。

可方绍一不管这些，他连公司的经纪人都认不全，再说了，他也不敢管这个小年轻的事儿，毕竟当初闹过一个笑话一样的新闻，所以他不会提太多杨斯然的事儿。

方绍一出去拍了一年多的戏就没怎么回来过，回来也没住这儿，家里草都荒了。他当时把档期排得这么紧也有原因，至于因为什么，即便他不说，他身边亲近的人也知道。简叙还因为这事笑话过他："这么多年演戏还没演够啊，不给自己放个假休息休息，还上剧组泡着？"

方绍一还真一泡就泡了一年多。

小楼和走之前的状态一样，这一年多没人打扫过，泳池里都是土，门口小院物业进来给除了草，其他的没敢动。方绍一走的时候特意交代过，这里不用人过来收拾，放着就行了。

房子里也都没变，当时什么样现在也什么样。他回来之后，吉小涛找人过来彻底清扫了一下，主要也就是擦擦灰。房子空了一年多，虽然没人住，但灰尘也还是有，清扫过后，床上用品通通换了新的。

都收拾完之后，方绍一随手拍了一张照片发给原野，说：来看看？

原野后来回复他：不去。

方绍一发了个问号给原野。

原野回了个微笑的表情包。

方绍一打了电话过去，原野低声说："开会呢。"

方绍一也压低了声音："开会都敢打电话了？"

"导演没看我，和别人说话呢，"原野声音更低了。

电话里突然传来蒋临川洪亮的大嗓门："你跟谁说话呢？来你开免提，开着会呢，我听听你跟谁打电话？"

方绍一笑着说："那你开会吧。"

原野叹着气说："开完打给你。"

原野开完会已经是三个小时以后，给方绍一回电话的时候嗓子都哑了："睡了没有？"

方绍一说："没呢。"

"我后天的机票，"原野笑了一声，"后天我就飞回去。"

方绍一也笑了："那我去接你。"

　　"你别来了，让小涛来，你该干什么干什么吧。"原野说道。

　　方绍一说："你嗓子都哑了，多喝水。"

　　"好，好，"原野笑着答应着，"好的哥。"

　　之后两天他们俩基本没怎么联系，第二天方绍一弄了一整天造型，换来换去最终定了两套。原野回来的那天吉小涛说去接，方绍一让吉小涛去公司了，他自己开车去接的。

　　方绍一没敢放肆到下车去里头接，他坐在车里给原野发消息，告诉对方在哪儿等。

　　等了快一个小时原野才出来，他把东西放在后备厢，人钻进副驾驶座，对方绍一笑了笑，叫了一声："一哥。"

　　方绍一挑起眉看了看他，应了一声。

　　路上原野话不多，他不主动开口，方绍一就也没说太多，只问他累不累，想不想吃东西。

　　原野说："不饿，但是有点累，我回去睡一会儿？"

　　"嗯。"方绍一问了原野一句，"回那边？"

　　方绍一说的是刚收拾好的那套房子，原野却摇了摇头，想了想，说："我回我那儿吧，你知道在哪儿吗？"

　　方绍一看向原野，点了点头："知道。"

　　原野笑了，挑眉问他："你知道？"

　　"我知道。"方绍一也笑了声，"我一直都知道。"

　　方绍一的车停到楼下，原野笑着歪了歪头："上楼坐一会儿？"

　　"不坐了，你上去早点休息。"方绍一说。

　　原野也没多说，点头"嗯"了一声，之后说："回头打给你。"

　　"好。"方绍一笑着应了。

　　原野上楼之后方绍一才收了脸上的笑意，轻微蹙眉。正巧这时候有电话切进来，方绍一开了免提接，启车离开。

　　原野回来第一件事儿就是回家，回他爸妈那儿，他走了小半年都没回来过。原野拿了钥匙开门进来，给老太太吓了一跳，原野赶紧说："别慌，是我。"

"你什么时候回来的啊？"老太太脸上挂了明显的惊喜，抽了一张纸擦了擦手，走过来接了原野手里的东西。

　　原野伸手搂了她一下，说："今天回的，下午在家睡了一觉，醒了就过来了。教授呢？"

　　"教授画画去了，"老妈拍拍原野后背，笑得眼睛都弯了，"瘦了啊，这回真瘦了。"

　　"我也知道瘦了，"原野笑了笑，说，"剧组的饭不好吃。"

　　原野给老爸打了个电话，问："教授，在哪儿画画呢？画完我去接你？"

　　"你回来了？"原教授在电话里问原野，"在家呢？"

　　"啊。"原野应了一声。

　　原教授说："不用你接，我溜达五分钟就到了，你在家待着吧。"

　　晚上吃饭的时候老妈说绍一这几天来过两回了。原野挑眉："他来过了？"

　　"是啊，"老太太瞄了瞄原野的脸色，试探着问，"你们这是和好了？"

　　原野问："他怎么说啊？"

　　"我没问这个。"老妈说，"绍一每次来都送好多东西，我还总担心他让人认出来，小区里人看见再给他惹麻烦。"

　　"不麻烦，"原野笑着摇了摇头，"他习惯了。"

　　老妈于是又问："那你们是真和好了？"

　　原野想了想说："算是吧。"

　　原野和方绍一拆伙之前没和家里说过，现在两人又和好了也不多说。三十多岁了的人，他们什么都用不着替自己操心，原野早就到了需要自己对自己人生负责的年纪了，任何选择的结果都得自己去担。

　　那天原教授只是跟原野说："你怎么开心怎么过吧，自己舒坦就行了。"

　　原野点点头，"嗯"了一声说："我知道。"

　　原野和方绍一虽然关系好，但两人身份差距太大了，两边的家庭状况可以说完全没有任何相同点，所以即便他俩好得穿一条裤子，家长们却基本没有交集。

　　方绍一比原野年长，人情世故上比原野高了不止几个台阶，这些年他不拍戏的时候经常会和原野一起回原野家这边，来这儿的时候看不出他是个明星，就是个有涵养的普通年轻人。

原野在家里住了一宿，第二天从家出来的时候给方绍一打了个电话，叫了声"一哥"。

"嗯。"方绍一问原野，"在哪儿？"

"回我妈这儿了，"原野问他，"你来过了啊？你以什么身份来啊哥？"

方绍一低声笑着说："干儿子吧。"

俩人打了个电话之后这天也没能见面，原野去老图那儿喝酒吃肉了，方绍一在公司看几个合同，下午还有个采访。方绍一这些年没怎么在公益方面露过脸，常见的那些做公益的项目里都没有他。但他和原野其实在很多公益项目和基金里都持续在投钱，且数额都不小。原野前些年还偶尔会跟着跑跑山区，每次去会拍很多照片。后来他就不怎么去了，除去固定不变的安排，剩下的一些时间他得留着做自己的事儿。

这天的采访是某个基金项目想要做一期方绍一的专题，他们等了几个月了，终于把方绍一等回来了。本来他们还想连原野也一起采访，但被方绍一给推了，他明白原野不会喜欢录这个——做公益是按着心走的，为什么总要放在台面上说？有些明星是为了吸收更多能量，吸引更多社会人士加入，这无可厚非。但有些人在原野看来就是在作秀，做了点什么事儿都得摊开来让大家都看看，虚伪极了。

原野在老图那边聊天，和老图半年多没见，这人还是老样子，没丁点变化。

老图问原野现在什么情况，关于方绍一的事儿原野从来都是闭口不言。但这天竟然罕见地开了口，说："现在就那样，我先拾掇我自己吧。"

"怎么拾掇？"老图看着原野，永远都是带着三分笑的模样，问原野，"刮了鳞的鱼？"

原野嗤的一声笑了，之后摇了摇头说："那不至于。"

没有那么痛苦，也没那么夸张，但的确还是要有些改变的。每个人心里都有尺，失去的和得到的需要自己去衡量。这些原野早就想通了，他想要什么心里很清楚，想通了之后就没再犹豫过，但还是有些时候会觉得情绪有些散，要丢弃一些坚持了多年的东西，会让他有些无所适从，甚至孤独。

原野离开剧组之前，导演才算和原野说了实话，话里话外透出来的意思是他压根儿就没想加何寒的戏，那条故事线他剪辑的时候不会往里剪。这也是在喝多了之后导演才透露的，原野之前一直没往这边想过，乍一听见这个竟然不知道该做个什么反应。

情感上原野觉得痛快，爽着了，只看结果的话还觉得是让他满意的。但往回看过程，何寒和他的团队做的努力就不说了，但这么长时间以来整个剧组的工作，包括但不仅限于 B 组的那些人，大量的人力物力搭进去，所有演员后补的戏，有些甚至离组了又要回来，这些都是依附在那条副线上的，一旦导演剪没了这些就都白费。拍戏干白工本没什么，可导演全都知道，也全都在导演和少数人的掌控下进行这一切，这感觉很不对。

不知情的每一个人都是在花全部心思对待新加的那条线，包括原野自己。尽管原野不管何寒的戏，可是除了何寒的戏外，每一场原野都要考虑两条故事线，这两条线之间怎么搭怎么融合，在整个剧本已经偏离轨道的情况下尽量让每一场戏发挥最大的效用，甚至每天都要为此和导演吵。道具组为了赶个道具要连夜不能休息地赶——结果，这些却是根本不会出现在电影里的。

这和原野的处事方式说到底有很大偏差。原野尽管厌恶何寒和他的团队，但他是那种事儿都摆在明面上做的人。这戏原野从最开始就不会答应加，困难不管怎么往头上砸或许他都不会松口。但那种方法有时候是错的，这可能导致全剧组的成果都白费，因为自己的不退让而失去更多。

原野必须得承认导演这么做是最迂回也最聪明的，等电影上映一切尘埃落定，随他们去闹，得罪投资人也不怕了，无所谓。

原野当时问导演："那为什么还要那么认真拍？工作都白做了。"

"不白做。"蒋临川看原野一眼，摇了摇头，自嘲一笑，"电影的变数太多，最后如果我剪不掉，那就得真往里加。"

原野问："剪不掉的可能性有多少？"

蒋临川说："很小。"

为了这点很小的可能性，剧组两百多人整体多工作一个多月，所有的人力物力付之东流。

方绍一应该是始终都知道的，但他没说。原野后来想到方绍一几次让他去看导演粗剪的片，但原野自己不感兴趣所以没看，后来有一次说想看，导演把话岔过去了，没带他去，所以直到整部戏都拍完，原野都不知道自己操的心都是多余的，在他看来完全是废了的剧本，其实导演根本就没想过要废了它。

这说不出对错，甚至非要强行回答的话，还得说导演是对的，他尽他所能在保护他的戏。之前原野说他作为一个电影人最本质的东西没有了，这句话原野得收回。导演的电影人本质还在，对电影的狂热追求还在，他对得起他自己的电影了。

但这跟原野自身的原则相差甚远，这甚至让他觉得有些荒唐和疯狂。

方绍一之前就说过，原野的情绪是瞒不过他眼睛的，之后的这些天他们俩虽然没怎么见过面，但消息和电话都没断，看着也都挺正常的。

可方绍一从把原野从机场接出来就知道他不太对劲，这些天都是这样。原因后来方绍一猜到了。

原野和他说话的时候态度都没变，像是任何事儿都没发生，方绍一也就没去问原野。

去法国的前一天，原野打了电话过来，问方绍一这几天都准备好了没有。

方绍一说都准备好了。

原野的声音听起来很平静，但也有点温柔，在电话里对方绍一说："没事儿，有我呢。"

《风逍客》剧组一共要去四个人，加上各自的助理以及方绍一和另外一位年轻演员的造型师，最后加上原野，整个团队一共超过十个人。

方绍一他们没和其他人一起走，提前三天就要先飞过去。小城早就被记者包围了，世界各地几千名记者早就蹲守在那里，哪位明星到了都不是秘密。所以为了接下来几天的安宁，他们不会直接去，会先在别处停三天，等导演他们都到了再整个团队一起过去。

吉小涛提前一个月就订好了酒店，他跟了方绍一这么多年，每次来欧洲参加电影节都是个挺有挑战的事儿，也不只是电影节，其他活动也一样，只不过除了电影节之外的活动方绍一能推就推，很少出席。有时候有国外场景的戏，吉小涛也要提前协调好时间。对他来说，出国的行程安排是件很头痛的事，也很棘手。

去机场之前，吉小涛先去原野那儿把原野接上，他一上车就打招呼叫了声"一哥"。

方绍一笑着问："吃过东西了没有？"

原野笑着说："吃过了。"

方绍一点了点头，原野又问他："你吃东西了吗？药吃了吗？"

"吃了，"方绍一看看原野，随后笑了，低声说，"你别紧张。"

"嗯，我身经百战了，"原野冲他眨了眨眼，"看我的。"

上了飞机，原野把飞机枕往方绍一脖子上一架，又拿了个眼罩递过去。方绍一失笑，接过来说："我不困，我们说一会儿话吧。"

"好啊，"原野回头看了一眼吉小涛和造型师，俩人也在小声聊天，吉小涛和原野对视上之后，还傻了吧唧冲原野笑了笑。

原野回过身来，跟方绍一说："小涛也不小了。"

"嗯，我跟他聊过，想把他留在公司，他不想。"方绍一在两个人的小范围间低声说着话，"小涛太重感情，他放不下我，也不想换工作。"

原野说："既然他想跟就让他跟着吧，不急。等他自己想稳定着不想来回跑了再让他做别的，要不再怎么说为了他好也显得你心冷，怪让人伤心的。"

方绍一点了点头，又和原野聊工作，问："最近有事情要忙吗？要写什么？"

原野摇头说："欠的活儿去年去剧组前我都赶出来了，现在手里就一个要写的剧本，雷子念叨太久了，回来之后我试试吧。但说实话我脑子里没太多东西，光有骨头没有肉，只有大概一点思路，连骨头都不全。不过仅有的这点东西我还挺喜欢的。"

"那你还是想写。"方绍一笑了，看着原野说了一句。

原野顿了一下，随后笑着点头："应该是。"

两个人就这样平平淡淡地聊着天，很舒适，也很自在。原野没有表现出其他情绪，甚至比平时更主动，更温和。他主动去和方绍一说自己工作上的事，说说他们圈儿里那些趣事和八卦，比如冯雷子有多惧内，比如韩三儿的口音上回在酒桌上让谁谁给挤对了半宿。这些话平时他们可能不会多聊，原野也不会主动去说，他们凑在一起的时候，原野更习惯去聊方绍一的事，聊聊他的电影，或者两个人什么都不聊，就只是安安静静地待着。

原野笑的时候方绍一也会跟着笑笑，原野说："桃力你知道吗？你好像不认识他。"

方绍一说："没关系，你说。"

原野就继续说下去，如果是平时他可能就不说了，总觉得方绍一对这些不会感兴趣。方绍一那么忙，他不工作的时候原野总想让他多休息，但是这会儿是在飞机上，很闲，原野也怕他无聊想要分散他的注意力，所以不停地说。

"桃力老没个正经，总跟我打听那什么的事儿，烦人得很。"原野想起桃力喷了一声，摇头说，"他写东西也这样，之前有个团队买了他的作品，想拍电影，他还非自己干编剧，要不就不卖。他自己编的剧本恨不得有一半场景都按他想的来，就差自己个儿去拍了。"

方绍一问："然后呢？换编剧了？"

原野摇头："没，这事儿黄了。他说他写的就是这东西，不会做任何妥协，他不卖了，玩儿文人傲骨那一套。"

方绍一失笑着摇了摇头，原野说："韩三儿说我们有时候其实就是傻子，还总觉得自己是离经叛道的风流侠士，钢筋铁骨。"

这句话方绍一就不能赞同，他低声说原野："你是真的风流侠士，也是真的钢筋铁骨。"

原野看了看他，说："我会改的，会让自己软一些。"

"不需要。"方绍一皱了皱眉，想也不想就说了，然后眼睛盯着原野，又重复了一次，"不需要。"

原野笑了笑，没再多说，只是点了点头。

飞机上十几个小时，方绍一只喝了一杯牛奶和两杯咖啡，没吃过别的东西，原野也不让他吃，好在方绍一本来也不饿。后来方绍一还想再聊一些，但原野也不让了，只让方绍一闭上眼睛睡觉。其实方绍一身体不太舒服，没睡熟过，但为了让原野安心，他始终闭着眼，像是睡着了。

其间，原野几次伸手过来试他的体温，确认他的状况。

方绍一闭着眼的时候，原野就拿书出来看，空乘人员过来想要给方绍一盖一床毯子，原野轻声阻止了她："谢谢，不用了，他热。"

前面还好，最后几个小时，方绍一的脸色渐渐变得难看。下飞机的时候，他唇色苍白，整张脸毫无血色。

造型师是与方绍一多年合作的一位，早就知根知底，什么都不用多问。

酒店有车来机场接，全程原野都没和方绍一说话，只是一直跟在他左右。恍惚间，原野好像看到了他第一次陪方绍一来欧洲的时候，那时候他的心里也很慌。

那是原野第一次发现原来方绍一也有弱点，原来闪光灯下，那么完美的脸背后有那么辛苦。

方绍一完全吃不了东西，一口也吃不了，甚至水都不能喝。七个小时的逆时差让方绍一的神经系统全部紊乱，每一条神经都像是失去了效用。方绍一脱了外套之后低着头坐在床边，胳膊分别搭在两边膝盖上，手虚虚地交握着垂下去，身上的白衬衫和裤子都还穿得很规整。

他难受原野知道，他头疼恶心，胸闷心悸，这些原野都清楚。

原野从箱子里拿了套舒服的薄睡衣，轻轻走过去，声音低沉："换件衣服吧。"

方绍一呼吸的声音有些粗重，说："没事，等一会儿再换。"

原野很少费心费力地照顾方绍一，因为不管是年龄还是身份定来看，原野才是被照顾的那一方。尽管不至于被这样照顾，但的的确确方绍一始终是更强势的一个。

所以第一次方绍一突然晕了，脸色苍白地倒在原野身上的时候，十八岁的原野脸色也没有比方绍一好看到哪去，因为原野太慌了，也害怕，但又不知道能做什么。

那会儿方绍一的助理和原野说不用送医院，回酒店睡一觉就行，原野就盘腿坐在一边，眼睛盯着他一直到他四个小时以后睡醒。方绍一醒了，原野眼睛都已经瞪红了。他轻声问道："你咋了，哥？"

一个故作镇定的小孩儿，声音装得平静，脸上惨兮兮的。

方绍一笑了笑，笑起来胸腔振动，问："怕了？"

原野狠狠点头，没出声。

方绍一和原野说："不慌，没事儿。"

"咋不慌呢？"原野的声音听起来很闷，"你一句话没说就倒了，我心脏都要吓得吐出来了。"

方绍一笑着说："那你吐一个我看看。"

原野张嘴作势要吐，结果没坐稳摔到床边，叼住床单一角泄愤似的咬着磨牙。方绍一略一犹豫，像是要说什么，最后也只是笑了笑，什么都没说，随原野去了。

那会儿原野还是一个孩子，没遇过什么事儿，没这么慌过，情绪来得猛烈又突然，不知道应该怎么解决。

那次留给原野的印象太深刻了，以至于从那时候起每次方绍一去任何有时差的地方他都很紧张。哪怕后来他也经历过很多事儿了，也得被小孩子们叫一声"叔"，也依然紧张。

方绍一睡一觉醒来，静静地看着原野，后来突然笑了笑，开口问："还咬不咬了？"

五个字像是来自十五年前，带了阵穿越多年的恍惚。

原野坐在旁边的沙发上，眼里有着温和久远的光。原野冲着方绍一上下牙轻轻一磕，作势要咬，然后走过来，弯下身，只替他整理了下睡乱的被子。

方绍一的时差症是天生的，一种奇奇怪怪不知道算不算是病的病。时差会让他的神经系统错乱，时差越大影响就越重。原野是从方绍一身上才第一次知道这种毛病，时差的偏离能让他体内的生物机制出现偏差，别人倒一次时差可能睡一觉就行了，方绍一可能要三四天或者更多，而且这几天也几乎什么都做不了，非常难受。

然而方绍一的职业摆在这里，就他这个职业来说，出国是常态，遭遇时差更是家常便饭。但时差对他来说实在是个限制，所以每次出国之前吉小涛都要把档期安排妥当，出国前后几天的时间也都要空出来，时间紧的话国外的活动能推就要推。

这事只有他身边亲近的人知道，别人只当方绍一是太高冷了，一般的活动请不动他，其实他是倒不了时差。

这几天方绍一没怎么出过门，偶尔天气实在舒服的时候他会叫上原野出去走走，吹吹风。造型师天天早出晚归，时尚界的人来了法国怎么可能安心待在酒店，早在没来之前这几天的时间就都计划满了。吉小涛有时候跟在那两人后面跟着转转，不过多数时间都是在酒店或者自己出去玩儿，找点好吃的东西再给俩人带回来点。

原野从剧组回来到现在，俩人都没聊过那部电影，原野没说过自己的看法，方绍一也没主动提。原野没表现出来过他对这件事不喜欢，他的情绪都遮在表皮之下，内心不管是抗拒还是矛盾都自己在消化。方绍一倒时差直接把自己倒成了弱势群体，需要被悉心关照，这几天原野和他说话都是轻声细语的。

最后一晚，方绍一借着可怜，博了个同情。

暖黄色的灯下，原野在看手机上宁陆发给他的剧本，越看越皱眉，后来啧了一声，手指快速地翻来翻去。

方绍一问他："怎么了？"

原野和他说："宁陆，傻儿子，三十多岁了脑子里灌了水，让人忽悠了。"

方绍一挑了挑眉表示疑问，原野接着说："在石松那儿花大价钱买了个本子，根本没法拍，自己还当个宝似的揣着怕人抢呢。我让他重写，他攒了个编剧团，结果写出来东西都没法看。"

"石松？"方绍一想了想，"写《十步红尘》那个？那应该没问题吧，当年拍《十步红尘》的时候我记得你和他挺聊得来的。"

"嗯，是他。"原野冷笑了一声，说，"石老师没得说，老编剧了。但那本子估计也就是他手底下的小编剧们按套路拼出来的，你写一块儿我写一块儿，这是常事儿，用来忽悠投资人的东西。"

"他买之前没找你看看？"方绍一问。

原野看了他一眼，半笑不笑地说："当时刚播完综艺，我不是消失了一段时间吗。"

那会儿原野自己吸引了大半的注意力，扬言要和方绍一重修旧好，之后就断了外界联系，寻个清静。方绍一笑了笑，原野拿起手机给宁陆发了一条语音："我看了，不太行。我让你把这个本子让点价卖了你不听，等我回去你上我家来吧，我跟你细说。"

宁陆回得很快，估计就等着信儿呢："还不成？大师……我这个也没想拿奖，不赔本少挣点就行，你把标准适量放低点再看看呢？把它做成爆米花电影，再请两个能扛票房的主演？"

他这句说完连方绍一都笑了，原野一脸无奈地回他："还没想拿奖……你想啥呢？就你这破烂玩意儿……你不是打算投六千万吗？想靠明星赚票房，六千万你光请人都不够，别在我这儿表演天真了，等我回去再说吧，小可爱。"

原野说完把手机一扔，摇头说了一句："关洲总说宁陆越老越糊涂，我以前还没当回事儿，现在我也有点犯愁。"

方绍一晚上吃了点东西，有点反胃，一直慢慢喝着茶在缓解。原野把手机放下了，方绍一于是叫了他一声："原野。"

"哎，"原野应了一声，笑吟吟的，"怎么了？"

方绍一眨了眨眼睛，看着原野说："聊聊。"

原野从他的眼神里看出点什么，顿了一下，之后笑着说："好，聊聊。"

其实聊什么呢？两个人对对方的了解可以说是极深的，完全明白对方在想什么，甚至不需要对方开口。他们在价值观方向是没有很大偏差的，两个人还是有像的地方，他们大体上是契合的。但在这种契合里又还是掺着些个体差异，这是由他们的成长环境、各自性格和处事方式决定的。

这些差异不是第一天有，也不是以后就没有了。

方绍一当时没有直接跟原野说导演的打算，一个是怕原野心里没法接受，像现在这样，原野也是一直被蒙在鼓里，心里觉得荒唐，觉得难以置信，虽然能理解，但是内心深处觉得这种做法不够坦荡，可不会指责自己。原野不是他所谓的那"少数人"，不需要强迫自己做自我和妥协的权衡。另外一个也是没法开口，他很难直接和原野去说，也不愿意说这些圈子里复杂的内幕。他自己就是这环境里的一个，原野在心里抗拒和怀疑这些的时候，他是摘不出去的。

这些原野都明白，所以他很认真地说："我知道，我能理解。我也没有觉得有什么，哥，我知道所有人都有难处，你不用说。"

方绍一手里拿着杯子，杯底在另外一只手的手掌上轻轻转了转。原野的眼神很清澈，这样的眼神很少在三十几岁的成年人眼睛里看到，很透彻。方绍一说："我尽量不让你觉得矛盾。"

他的时差反应还没过，现在脸色都还没恢复正常，这样的状态说了句这样的话，原野听了赶紧摇头："不用，真不用。哥，我不是第一天认识你，我的情绪我能自己消化。"

本来是一段平常的聊天，他们聊聊那些说不出口的外界隔阂，聊聊各自心里想法，都是诚恳的，坦诚的。

后来方绍一喝了口茶，之后慢慢道出了一句："我从去年开始在考虑，之后可能会少接戏，更多地去投入生活……我不年轻了，该歇歇了。"

这句话却让原野反应很大，他本来是单腿盘着坐在一边的，这会儿甚至都站了起来，瞪着方绍一说："别闹了哥。"

"没闹，"方绍一笑了笑，"我拍戏拍了有二十年，很久了。人生总不能一直做同一件事情，是不是？"

原野狠狠皱着眉，只是摇头："不可能，别说这个了。"

原野太了解方绍一了，他说出口的话都不只是随便说说。

因为方绍一这句话，两个人之间的气氛突然就变得有些不一样了。吉小涛敏感地感觉到这俩人像是怎么了，但估计也没大事儿，反正他们俩本来也总这样。

辛导他们到了之后，方绍一他们跟上团队一起去了戛城。去了那儿就和在这儿的状态不一样了，没有这么松弛，每天从早到晚都是紧绷的，现在这里是个社交的小城。全世界的电影人聚集在此，为什么那么多艺人没有作品受邀也要强行来，这么一场盛会，并不是只有名声在外光鲜荣耀的红毯，除此之外的价值对这里的很多人来讲也是难以估计的。

原野虽然跟着他们一起来了，但没去现场，那种场合简直让他窒息。还有几个原野熟悉的文人圈朋友，有的是自己主动要来的，有的是导演带过来凑数的。众星云集星光璀璨的时候，原野他们几个人找了个地儿吃饭。其中有个人在网上看直播，图片一直在刷新。原野指了指他，说："真是闲得。要不你去现场看？"

"现场哪有这热闹？"那人嗤笑一声，"谁看图呢，看的是网友怎么吹。"

"你管人吹什么呢，"原野理解不了他，"人爱说什么说什么。"

原野不爱凑这热闹，也没兴趣去看。过了一会儿，对面那人把手机推过来，使了个眼神示意道："给，看看你一哥。"

原野笑了一声，倒没把手机推回去，拿过来用手指在上面滑动着。方绍一穿着西装礼服，单手插在裤袋里，正和韦华导演站在一边说着话，低头轻笑。照片不是从近处拍的，就远远几张，方绍一的气质没得说，无论是身材还是脸都很优秀。网友说这是教科书般的男神笑，给吹上天了。

但是毕竟他和原野之前明明闹掰了，却瞒着观众上综艺演兄弟情深，之后又上了次新闻，这些还是很影响观众对他的评价的。方绍一从前不说是零差评，毕竟这个世界上就没有零差评的人，但方绍一这几年靠实力说话，人也低调不闹事，观众缘是很不错的。去年这一通闹之后，评论里很多人对他的言论就不是很友好。

这没办法，事儿你的确做了，综艺也确实上了，没得说。如果是以前原野可能会觉得这些很扎眼，他看不了别人这么说方绍一，但现在也都看开了很多，没那么在意了。

原野把手机推回去，笑着说了一句："网友说的也不都是虚的，我看就夸得挺好。"

原野一说几个人都笑了，连连打趣他。原野耸了耸肩，喝了口酒。

方绍一天生就是这种人，他从来都是极耀眼的，他处在这样的环境里也能谈笑风生。韦导是国内数一数二的顶尖导演，档次和影响力一直在，方绍一和他合作多次，有人说方绍一是韦导绑定的男演员，这话也不虚，韦导的确是经常在电影里给他留个位置。

这样的方绍一说他想歇了，拍戏拍了二十年，够久了。

想到这儿，原野的手指不自觉抽动了一下，他拿起酒杯又抿了一口，微微皱着眉。

那绝对不可以，没可能。

每个人在自己的人生里都有重要的引导者，是伯乐，是灵魂长者。韦导对于方绍一来说，绝对算得上很重要的一个引导者。方绍一十六岁的第一部戏就是韦华导演的，那拍了两百次的笑直接将方绍一的表演人生从起点就被拔高了很多，让他从一开始就已经踩得比别人头顶还高。这是天赋使然，跟他灵气足有关，但当年韦导的打磨和指引也绝非不重要。之后的几部戏韦导也都带着他，从少年时期到现在，韦导想要拍戏，但凡有合适的角色，总还是先想到方绍一。

这个圈子虽浮躁了些，但总还是有单纯的情感，惺惺相惜的尊重，不计回报的教导和扶持。这些出发点可能是对电影狂热的爱，为了电影而不掺任何其他杂质，也可能仅仅是纯粹的欣赏。这是人情，往重了说这也是恩。

"你身体还行？撑得住？"韦华问方绍一。

方绍一身高比他要高很多，所以低头说："没事儿，我提前了几天过来。"

"我看你脸色也还行，"韦导和方绍一说话有种长辈和晚辈之间那种亲近感，快一年没见了也不觉得生疏，"回头去我那儿聊聊。"

"嗯，"方绍一和他说，"回去了去您家吃个饭，想吃史老师的烙饼了，馋了。"

韦导哈哈一笑："成，让她给你烙几张。"

方绍一之前戏没拍完导这边的剧本就已经发过来了，方绍一看过，是一部文艺片，剧本还没成型，他只看了个雏形。很有韦导的风格，又是一部情感浓烈深郁的电影，不难想得到。

韦导说："你那角色太重要了，你给我托住。女演员我还没找出来，很可能是个新人，你得给我带起来。"

方绍一当时没出声，看着韦导，之后沉吟道："领导，有没有备选？"

韦导看他一眼，想都没想就说："没有，剧本人设照着你做的。"

方绍一没说话，韦导问他："怎么？档期调不开？你档期排到什么时候了，我听听。"

方绍一是不可能撒谎的，只说："没，跟档期没关系。是我想整理一下自己，歇歇，沉淀一下。"

"你不用沉淀，"韦华摆了摆手，说他，"我盯着你呢，你没浮。《风逍客》我看过了，不错。"

话说到这儿，他没法再说，场合不对，不合适。方绍一收了口，低着头轻声笑了笑，说："您一直盯着我，我这压力太大了。"

韦华撩起眼皮看他，深邃的目光像是能洞悉一切。韦导当时说他："电影是艺术，你做的就是这个。你入了这一行，你就要有准备，你得死在这一行。电影不是职业，你说它有实体它就有，你说它没有那就没有。它既是实实在在存在的物件，也可以说它是虚妄的构想。人生百态都是想出来的，想法凑成电影，只要你还有思想，你就不能退。"

方绍一没有插话，于是韦导继续说："电影人哪有退路，你看我都六十岁了，我歇了？"

这不是能久聊的场合，方绍一没有继续深入，他点点头，道："好的，领导。"

吉小涛绕了个大圈缩着身子跑到方绍一这儿，先冲韦导点头打招呼："导演好！"

都是熟人，韦导对他也和蔼地笑了笑。吉小涛小声和方绍一说："老大你不能老跟这儿和韦导聊啊！辛导那儿没排面了！辛导让我抓你过去呢，问你到底是哪个剧组的？！"

方绍一点头说："我知道了。"

吉小涛说完又看了看韦导，低声说："导演，您剧组的演员也不高兴呢，找不着您了，你们俩跑这儿聊什么天哪！"

韦华摆了摆手，笑着说："好，知道了，知道了。"

韦导把方绍一称为"电影人"，不是"艺人"，方绍一在电影里沉浮打磨二十年，他身上有电影气息，他有电影魂，他是属于电影的。

方绍一当时没有多说，就只是那么提了两句，以后有机会再慢慢聊。

很多人在开幕式之后就要走了，最后闭幕的时候再回来。但是方绍一折腾不动，他们就一直在那边留到全部结束才回来。

正时差比逆时差更要命，回来又是艰难的几天，原野这次直接和他们回了方绍一那儿。小楼和原野上次过来拿东西的时候完全不一样了，那股破败荒凉的感觉没了，倒像是他们没闹掰之前那时候，处处都是生机。

原野说："我上回过来的时候跟鬼屋似的。"

方绍一闭着眼，轻轻地"嗯"了一声，他说话有点吃力，呼吸有些重："我没让人过来收拾。"

原野曾经在这儿住了很久，在这儿，是比其他地方都更熟悉和适应的。

宁陆盼星星盼月亮把原野盼了回来，一刻都等不了。原野也就让他过来这儿了，宁陆来过很多次，熟门熟路。原野在后院小草地上和宁陆聊了一下午，茶都喝了两壶。

宁陆很喜欢他买的那个故事，还是坚持要拍。原野不明白，但也不再劝，毕竟他没有必要非得剥夺别人对一项事物的喜欢，虽然有时候这种喜欢在外人看来莫名其妙。可人生偶尔需要有这些喜欢的冲动，不问来由。

他喜欢原野就得帮，有一起长大的情分在，嘴上再怎么说不管也不可能真撒手让他去撒钱。

原野给他联系了几个熟悉的编剧朋友，问了档期，其实也就是碰碰运气，但没想到还真有个现在有空闲的，很难得。成熟编剧竟然能碰上个闲着的，这是宁陆捡着宝了，人家原本这个时间有部戏，但那边出了点情况，所以就搁置了。原野跟对方说："帮个忙，见哥。我朋友想做这个，他想拍。他这人没得说，肯定仗义，但他不懂这个，你多照应。"

等电话里聊完，这事儿基本就成了一半，原野和宁陆说："给钱的时候痛快点儿，到哪步就给哪步的钱，别一起都给了，但也别拖。"

宁陆点头，原野又和他说："你要是真想钻电影这行，你就找个靠谱的文学策划，花钱请有经验的，眼睛好使的。你自己以后别再拿主意买本子，你不会看这东西。"

宁陆看着原野，一点没客气，说："我不请，你就是我的策划，你开价吧。"

原野皱眉踢了踢他椅子，斜着眼睨他："滚开。"

宁陆哧哧地乐，往原野这边靠了靠："我请谁啊？我谁也信不过，我只信你。"

原野和他说："你用不着请我，我不可能不管你。但像这次，你总有找不着我的时候，你得有个时刻跟着你干的，去给你搜罗剧本，拿主意。"

宁陆摇头："再说吧，你还不知道我吗？我干什么都图新鲜，电影这玩意我还不一定能做几年。"

那天宁陆就在原野这儿吃的，方绍一请了个做饭的大姐，蒸了牛肉包子，又煮了汤，还做了几道菜。方绍一没有胃口，但也下来和他们俩一起吃，吃了个包子，喝了碗汤。宁陆和方绍一很久没见了，但也不至于多生分，这么多年，两人已经很熟了。吃饭的时候，两人聊了一会儿，宁陆问了挺多电影圈的事儿，方绍一给他讲了一些。

宁陆这两年投过两部电影，都挣着钱了。他做电影最开始就是玩票性质的，但这人也的确有财运，干什么挣什么。

方绍一和他说："尽量别自己全资投项目，像你之前那样投一小部分就可以了。电影挣不挣钱，挣多少，这些都有偶然性，你又不懂这个，全资投进去风险太大。"

"我没打算多投，"宁陆说，"多了我也不拿。"

方绍一笑着摇头："如果预算五千万，你就得差不多照着一个亿花。电影真拍起来就是个无底洞，最后可能血本无归，没有必要冒这个险。"

"我一哥说话你得听，"原野在旁边说，"为你好才劝你，别冲着南墙去。"

"成，"宁陆大口喝汤，笑着说，"谢两位大师。"

方绍一之前不间断拍戏，行程排得很满，现在该拍的戏都拍完了，也没有宣传要跑，突然像是放了假。他的生活节奏一下子放得很慢，除了隔天去健身指导那里练练身材，偶尔去公司转一圈，基本就没什么事了。他每天看看话剧，看看书，早起练练拳，剩下的时间和原野一起消磨掉。

原野有时候在方绍一这儿待着，有时候回自己那儿。方绍一闲，原野的事儿倒开始多了。他也有很多自己的活，之前把时间都空出来去跟组，现在人回来了，该做的事也都得做。

方绍一有时候会给原野当个司机，有接有送，很称职。原野不干活的时候时常和方绍一待在一起，可能什么都不做，仅仅是这么待着也觉得挺融洽。

这天原野没什么事儿，方绍一要去公司开个会，原野也就和他一起去了。其实就是月初常规开个会，方绍一太久没参加过，所以耿靳维让他来露个脸。原野坐在一边旁听，也看了看公司里几个新人，的确都不错。

这里面原野只见过杨斯然，但这小孩儿今天看起来情绪不高。杨斯然的经纪人是公司里一位老人了，姓齐，快四十岁了，挺不错的一个人。开完会之后，杨斯然和原野打招呼，原野拍了拍杨斯然肩膀，说："慢慢来。"

杨斯然的脸色看起来有点颓丧，他点点头，抿唇道："谢谢原野哥。"

原野挑了挑眉，问杨斯然："有事儿？看你不太开心。"

杨斯然摇了摇头，笑了一下，低声说："没有，可能这几天训练有点累了，不太舒服。"

"训练什么？"原野问。

杨斯然说："形体，声乐，表演。"

"啊，"他不想说原野也不多问，只是说，"那好好练。"

"嗯好，谢谢原野哥。"杨斯然冲原野点头，依然是很有礼貌。

吉小涛回来了自然要被耿靳维扣在公司，想像方绍一那么度假是不可能的。杨斯然下楼之前也冲吉小涛点了点头，叫了声"小涛哥"。

吉小涛对杨斯然笑了一下，他走了之后，吉小涛和原野说："这孩子看着挺好脾气的，其实也难弄。"

原野挑眉："怎么？"

吉小涛说："经纪人都换三个了，哪个都不行。"

这还真挺让人意外，原野问："原因呢？"

"不配合，"吉小涛边和原野一起下楼边说，"说和经纪人合不来，安排什么都不听话。"

杨斯然看起来始终是任人搓圆搓扁的可怜样儿，他不配合工作这让人想象不出来，原野说："耿总呢？他现在脾气这么好了？新人这么翻了天他不收拾？"

"不知道，看不出来怎么想的，"吉小涛说，"但是这次耿哥也说了，齐哥是杨斯然最后一个经纪人。"

原野对这些就是随便一听，也没多上心，听完点了点头，说："现在这些小年轻的心思我都摸不着，不知道他们在想什么，有代沟。"

"你算了吧，"吉小涛笑着说，"你年轻时和他们也不在一条线上，别人跟你也有代沟。"

原野让他说得乐了出来，摊了摊手，表示无辜。

杨斯然下楼之后去了经纪人的办公室，叫了声"齐哥"。

经纪人跟杨斯然说："坐。"

杨斯然说："我站一会儿吧，不坐了。"

经纪人跟杨斯然说了一下后面的工作："咱们公司有部戏快开拍了，到时候我给你安个角色进去，里面有几个咱们公司的人，你们搞好关系，大家都是一个公司的，别闹矛盾。"

杨斯然不说话，有点犹豫地皱着眉，没答应也没拒绝。

经纪人抬头看杨斯然，叫了一声，然后问："没听见我说什么？"

杨斯然半晌之后说："我不想拍电影。"

"那你想干什么？"经纪人的笑没带温度，"别在我这闹事，我让你干什么你就得听，这不是在征求你意见，你只能服从不能拒绝，咱们这儿没有那么好说话。"

这话说得其实还是客气了，经纪人和这种新签约没背景的小艺人之间的关系是绝对命令和服从，新人没有说不的权利。经纪人就是你在这个圈里的领路者，你得罪了他还怎么混？他还能把你往哪儿领？

但是他们公司没有太出格的经纪人，他们各有各的手段，厉害的有，不过没有太出格的。经纪人跟杨斯然说："你是走运签到这儿，但不能因为没怎么遇过事儿就一直这么天真。我让你干什么你只能干什么，从现在开始，你说一个'不'字儿，你就歇一个月，你可以无限制地歇着，我无所谓，我不缺你一个。"

他两句话说得杨斯然脸都白了，一直紧闭着嘴唇没开过口，到最后也没能说出一个字。

夏天的时候，原野跟着方绍一上门拜访了方绍一爸妈，顺便计划在那边度个假。老爷子上部戏拍完歇了两个月，现在正在筹备下一部电影。他们一去，老爷子就抓着原野聊了好些天剧本，原野天天得榨干脑子去琢磨，这毕竟是方绍一他爸，跟外面的导演还有点区别。

外头的意见不统一原野想什么说什么，话有时候说得直接又犀利，但是对着方悍，原野说得就很收敛委婉，也不敢太嚣张。

"行了，他是来度假的，"方绍一站在书房门口曲起指节敲了敲门，带着淡淡的笑意，"原野，出去转转。"

"没说完呢，转什么？"方悍瞥了方绍一一眼，没搭理他，"和你妈去转。"

方绍一走进来，坐在原野旁边的沙发扶手上，说："你总扣着原野给你干活，给编剧费了？要不你现在给钱，要不我们就得出去遛弯儿。"

"你别闹了，"原野笑着用胳膊肘顶他一下，"别拿我名义要钱，别整事儿。"

"给不给吧？"方绍一看着他爸问。

方悍点头倒是痛快，笑着说："我给钱。"

"不多收你的，给十万得了。"方绍一手指在沙发靠背上一下下轻敲，很放松的状态。

方悍哼笑一声，站起来去他抽屉里就要拿支票，原野赶紧拦着，拽住胳膊："哎哎，别啊。"

"怎么着？"方悍挑眉看原野。

原野笑着说："我也得敢收啊，别玩儿我了。"

"我敢收，"方绍一把原野往回扯了扯，说，"我要的，不算你的。"

这钱最后方绍一还真要了，真从他爸那儿拿了十万。原野非常无语，私下里跟他说："你疯了，朝你爸要钱？"

"怕什么？"方绍一正在看一本书，没抬头，只是笑了笑，"他扣着你给他干活，不收点钱怎么对得起你付出的劳动？"

"黑心商。"原野说他。

方绍一点头点得坦然："一点儿没错。"

去之前计划好的度假，结果方绍一的确是度假了，海边小城风景温度都舒适，看看花看看鸟，还跟着渔船出了一次海，但原野结结实实加了多天的班。

回来之后，方绍一拿这十万给原野买了一块表。

原野戴上之后说："谢谢哥。"

方绍一说："客气了。"

原野失笑："你拿着我挣的辛苦钱给我买礼物，我还得谢谢你。"

方绍一竟然还有点无辜："我也没让你谢啊，原老师。"

"是，"原野笑着摇了摇头，"是。"

原野的生日在八月底，本来都定好要去某个小岛上庆祝，但赶上他手里一堆事要忙，实在是抽不开身。而且，人年纪大了，对生日也并不看重，所以最终没能去成。

虽然原野不看重，但方绍一还是很看重的，尽管行程都取消了，方绍一还是挺用心地给原野过生日——准备了礼物，送了车，做了蛋糕，还发了一条微博，特别提到了原野说生日快乐。

两人那天在一个朋友新开的山庄里，都喝了点酒。

原野嫌他折腾，一把年纪了还搞这么大阵仗。饭后，俩人出来遛弯，原野坐在树上，方绍一坐在树底下的椅子上。原野说："臊得慌。"

"臊什么？"方绍一问。

"脸嫩，"原野笑了笑，说，"脸皮儿薄。"

方绍一笑了笑没说话。两个人都看着水面，一个在下面看，一个坐在树上看。过了一会儿，方绍一突然开口问："你多大了？"

原野虽然不知道他什么意思，但还是说："三十四。"

方绍一点了点头，慢慢道："那时候你十七。"

这年龄竟然都翻倍了，这么一想，有些恍惚，也有些惊人。

方绍一站起来往这边走了几步，抬头看着原野说："下来。"

原野看着他，笑着问了一句，方绍一点了点头。

他们平平淡淡地一同散步一同说话，和从前一样，但也有点不一样。从前少有像现在这么闲适的时候，他们经常要各个剧组飞，歇着不拍戏的时候也总有别的事得忙，还要为下部戏做准备，要跑宣传，就连出去放松度假都得按照档期严格执行，倒像是一项工作。

现在方绍一要占用大块时间的工作一项都没排，除了《风逍客》要开始宣传之外，他几乎就没什么事情了。快节奏戛然而止，原野倒变成了更忙的那个。

韦导那部戏方绍一也没接，在这件事上原野和他的意见一直都不统一。

原野跟他说："人设就是照着你写的，从剧本就看出来了。这是部好戏，不论从人情看还是从戏本身看，你都应该接。"

方绍一对着镜子在刮胡子，摸了摸胡楂，继续刮着："大尺度戏太多了。"

"为艺术献身啊。"原野开了个玩笑。

方绍一挑着眉，转头看原野："你怎么不献？"

原野赶紧笑着摇头："那不可能，我这条件不够格去献呢。"

方绍一路过的时候在原野脑袋上弹了一下，之后说："不接了，到时候万一要靠替身，那不是给导演添麻烦。"

其实这就是随手扯过来的理由，这根本不算个事。方绍一就是没想接戏。

原野收了脸上的笑，认真和他说："一哥，你都歇了四个月了，你想歇到什么时候？"

"我还没想好，"方绍一换了套衣服，肩膀轻振，把睡衣从头上摘下去，"现在不是挺好吗？"

"哪儿好？"原野皱着眉，"是你喜欢的戏，也有推不掉的人情，你为什么不接？你想什么呢？"

方绍一换好衣服，过来和原野一起下楼，边走边说："我累了，总得让我歇歇。"

"你累什么。"原野有点烦躁，"这戏一月才开机，你那时候还累？"

方绍一手在原野肩上拍了几下，之后说："那时候不累了再接别的。"

原野往旁边侧了侧，两人下了楼，方绍一去厨房弄早饭，原野跟在他后面。粥昨晚就定时煮着了，原野盛粥的时候掉了一滴在手上，有点烫，干脆把手指放嘴边嘬了一口，然后突然开口和方绍一说："一哥，不会是我想的那样吧？"

这句话说完方绍一动作都没停顿过，看起来很没当回事："你想的哪样？"

原野只是皱着眉看他，没说话。

方绍一笑了一声，说："你快收收思路吧，就是不接戏而已，我没那么多弯弯绕绕的心思。"

他们太了解对方了，知道对方的痛点和弱点，原野说："咱们都这把年纪了，别说成年人了，我看都快老年人了。成熟点，你可别糊涂。"

方绍一就着他的话接了下去："那就过点老年人的生活不正好吗？"

"好什么。"这是原野一早上第二次这么说话了，这事儿一直在心里吊着，方绍一始终不接戏不排工作，他心里没底。今天既然已经说到这儿了，那就接着说吧，直接说透。

原野看着方绍一，和他说："我最担心什么你知道。如果你的事业最后被

205

之前的事影响，因为这个，你失去这些，那我……"

"那你什么？"原野话没说完就被方绍一打断了，方绍一死死盯着他，眼神突然变得很有压迫性，"说。"

原野闭了嘴，没出声。

方绍一声音低沉，继续问："你想说什么？"

原野抿着唇，皱着眉把头转向一边。之后整个空间就都静了下来，没人吃饭，也没人说话。原野坐在这边，偏着头不吭声，方绍一在对面看着他，维持着这个状态很久。

后来是原野先转回了头，叹了一口气，说："我一直觉得，你该拥有最好的。"

这句话很直接，是原野发自内心的话，可这句话在现在说出来反倒不合适，起了反效果。

方绍一冷笑了一声，盯着原野问道："我该拥有最好的，所以呢？你刚才到底想说什么？"

原野用手撸了把脑袋，之后说："我说错话了……对不起哥。"

"你想说你碍着我了是吧？"方绍一声音很冷，脸上也冷冷淡淡的，"所以准备再跟我决裂一次？"

原野眼睛有点红了，低声说："我瞎说的，没过脑子，哥你别生气。"

方绍一看着原野，也红着眼睛，盯着他问："你是觉得之前掰的时间还不够长，是吗？"

原野的确说错了话，刚刚那句话方绍一没给自己说完的机会，及时截断了。虽然之后句句逼问，问他没说完的是什么，但其实也并不是真的要听他说。每一句逼问都是提醒，是警告。

他每问一次，原野就更认识到自己又犯了错，差点就说错了话。之后道歉、服软和求和，都是认真的。

但方绍一尽管平时温和，像是没脾气，可他较真起来原野是扛不住的。方绍一因为原野没说完的那半句话彻底冷了脸，也不再有之前的好脾气，甚至话都不怎么和原野说。

方绍一那天最后和原野说的两句话是："是不是在你这儿说出这些话总能这么容易？两年了，你是不是还没长大？"

但话都说出去了，收是收不回来，原野只能哑着嗓子又说了一次："我错了，哥。"

方绍一没再和原野说话，深深地看了原野一眼。方绍一留下那么一个眼神之后就走了，头都没回。他是真的生气了。

其实这么多年来，方绍一生气都是有次数的，他很少真的和原野生什么气，因为他的性格就是如此，对身边人总是没脾气，原野基本触碰不到能让他愤怒的点。但一旦他真的生气了，事态就很严重。

之后《风道客》开始宣传，方绍一得配合着和导演去跑路演，无论哪个剧组方绍一在这方面都很配合，除非档期实在排不开。而且这些当初在合同里也都签过了的，必要的宣传都会有。所以方绍一在之后一段时间经常不在，要跟着导演到处飞。

原野抓不着他人影，但是打电话方绍一是会接的，不过语气上还是听得出来和之前的不同。

当初谁都嫌吉小涛烦，动不动还不搭理人家，现在吉小涛终于有了翻身的机会。原野主动给他发消息：涛啊。

吉小涛：啊。

原野问：你们现在在哪儿呢？

吉小涛回得挺快：在 G 市呢。

原野挠挠头，又问：什么时候回来？

吉小涛说：还不知道呢，后天去 N 市。

原野又接着问：那你哥……还生我气啊？

吉小涛在手机这边瞄了一眼方绍一，他们在车上呢，方绍一正闭着眼也不知道睡着了没有，吉小涛回复原野：我也看不出来啊野哥，但我哥这几天的确情绪不怎么样，你咋惹着他了？不应该啊……

这就不知道怎么和他说了，原野蹲在自己那儿的沙发上，想了想给方绍一发了一条消息：一哥？

方绍一没回复，原野又发：你还生气吗？

两条消息发出去，却都没人搭理。

这几天方绍一回原野的消息都是有数的，发三次能回一次就不错了。即使回了也不说几句话，冷冷淡淡的。但是原野一点脾气也没有，自己点的火，怎么都得受着。

本来好不容易修复的关系突然就冷了下来，这看起来可能有些滑稽，仅仅因为原野的半句话。

但哪有什么事情是绝对偶然的，其实他们早晚要闹这一场，不是这次也总会有一次。这大半年的和谐平静之下是不是真的那么风平浪静，其实俩人心里都有数。

方绍一飞来飞去，原野抓不着他人影儿，原野自己事儿也多，冯雷子那边哑巴的剧本他给了第一稿，后面可能得一直改到四稿、五稿，但也可能在二稿完成后就不合作了，他不继续跟了。老师那边还一直催着原野去学校来次谈话会，请的几个嘉宾都是现在小有成就的，这个活动原野是一定要去的。

俩人各忙各的，之前的小争吵也没解决干净，所以他们现在不尴不尬的情况，好像一下子就把距离拉开到很远，回到了好几个月以前。

这么看来，这半年多的和谐倒像是泡沫，脆弱，虚幻，只要有一方松了两人都始终紧绷的那根筋，他们之间粉饰出的太平就成了幻影。

但总还是有些不一样的。

原野虽然说错了话，但不是真的想过要再重演一次旧事，他说那句话的重点在前半句，后面跟的半句只是为了加重情绪用的。方绍一很在意那句话，之后冷脸生气了，这都应该，原野知道说错了，方绍一怎么生气他也是活该。

去年他们关系尴尬的时候原野还没确定自己的想法，他们互相都在等着对方出招。但自从原野决定要跟方绍一和好起，就没想过要再抛下这个朋友。有些东西，有些人，丢了一次就够了，这句话原野也跟方绍一说过。

所以这次原野的心态始终摆得都挺正的，生气了我就道歉，有矛盾咱们就解决，没理清的就慢慢理，但是不会再想着最坏的打算。

方绍一私下里都要叫辛导一声叔，此时没外人，他们聊天说的都是亲近话。

辛导问他："怎么着？我听说你时间一直空着，后面没接戏？"

方绍一没否认，点头说："嗯，我想整理一下自己。"

辛导看他一眼："我听韦华说了，他那电影你都没接。什么意思？你想转型？转幕后？"

"还没想那么多，"方绍一说，"以后再考虑吧。"

其实方绍一没考虑过四十岁之前要转幕后，人生每个阶段都有对应的规划，他对电影的热爱首先是通过表演来呈现，转了幕后就和现在的传输方式有了本质上的改变。虽然表演和幕后其实也可以不冲突，同时担着的也很多，但对于方绍一来说，在年轻的时候还是想让表演能更纯粹一些，要是身上背着其他的压力，到底不能做到百分百的沉浸和融合。

而且幕后和台前，往根上说，又有多大区别？

"是不急……"辛导点点头，沉吟道，"我明年想拍部灾难片，你来不来？"

方绍一失笑，摇头说："叔，我没想那么远呢，不用特意给我做什么角色，我明年是什么状态还说不准。"

辛导摆摆手，也笑了："算了，我就这么一问，其实我想让你爸来。"

"那您回头问他，可能得费点劲，"方绍一笑着说，"他琢磨他自己那戏呢，明年可能没空。"

辛导叹了一口气，道："年轻时候攒的那点儿情分全没了，这老家伙，一点情面都不讲！"

方绍一倒是不能跟着一起编派他爸，没接话，过了一会儿提了一句："叔，有合适角色的话，你考虑一下简叙？"

辛导挑眉："你那个朋友？我看过他的戏，拍电视出来的，演戏多多少少都有点浮，情绪都放在外头。"

"嗯，他拍剧的年头长。"方绍一也承认这点，"但他演技是过关的，调一调应该能找到节奏。"

"行，回头我看看吧。"辛导说了一句。

方绍一点头，也没多说，俩人又聊了别的。

《风逍客》在国庆期间上映，今年国庆档竞争不算特别大，除了一部美国科幻大片，剩下都是国内的。他们本来也没指望着这部电影的票房飙到多高，这种题材和它的结局，就注定它票房不会多高。但毕竟是辛导和方绍一的电影，加上宣传打出的武侠情怀，观众的心里预期还是挺高的，首映当天票房也到了六千万，还不错。

首映那天原野去看了，还是半夜自己一个人去看的首映场。电影时长两个小时，原野一幕一幕看完。

辛导第一次接触这个题材，故事不功不过，但是镜头和颜色的运用的确漂亮，打斗场面也很加分，动作设计流畅里透着华丽，很多幕出来的效果让人惊艳也震撼。方绍一的演技不用说，电影后半部分他有一只眼睛是瞎的，情感传递全靠独眼，但是效果丝毫不减。少年侠客的风流自在，中年侠客的沉郁凄苦。最后一场戏是刀尖抵在喉咙时，他似悲似笑的一句"守我自己这半世所依"。

整部电影看完，观众心里还是压抑更多，可能因为最后结局是凄惨的。

原野从电影院出来开车回家的路上，心里始终是震撼的。电影从头到尾基调都是沉重的，谁看完估计心里也不会多轻松。但原野心里的情感不全来自电影，可能更多的是因为方绍一的演技。戏里方绍一每一个眼神每一个动作原野都死死盯着看的，没错过一个。

这些年，方绍一的电影少有原野没跟着没参与过的，这部算是一个。不管是剧本还是拍戏的过程，原野都不清楚，不知道。除了录综艺的时候原野提前过去一天在剧组住了一夜之外，他对这部戏完全没有任何接触。

现在回头想想总还是有些遗憾的，所以原野看电影看得格外认真，像是想透过屏幕，去看看那一年的方绍一。

原野回家之后给方绍一打了个电话，但他没接，原野洗完澡出来又打了一个，这次接了。

方绍一在电话里的声音听来还是有些冷淡，原野问他："一哥，在哪儿啊？"

"家。"方绍一只扔了一个字给原野。

"你回来了？"原野有点惊讶，因为吉小涛说他们得大后天才能回。

方绍一"嗯"了一声，之后没别的话了。

原野和他说："我刚才去看电影了，很好。"

方绍一还是没话说。

原野试探着问了句："我能过去吗？我去找你行吗？"

"不行，"方绍一淡淡地说，"别折腾。"

原野叹了一口气，笑着说："怎么才能原谅我啊……还得生多久的气。"

"到你长记性的时候，"方绍一的声音始终那样，没什么起伏，但原野还是能听出他其实是有情绪的，他说，"你说一次，我就让你感受一次。我让你长长记性，想想是不是什么话都能那么轻易说出口的。"

原野本来以为自己挺平静了，但还是能让方绍一的话刺得不舒服，他诚恳地说："真知道错了。"

方绍一不说话，原野就自己说，他靠在床头，慢慢和方绍一说："我刚才去看电影了，真好看。你的每一个角色我都喜欢，其实我觉得单看电影本身的话只有六分，但因为是你演，你能把它演到八分九分，甚至十分。"

"电影成就了你，但你也能成就电影。"原野脸上挂了点笑，眼角眉梢都是骄傲的，"你天生就属于电影。"

方绍一知道原野要说什么，安静地听他说完，然后问道："所以？"

原野轻轻叹了一口气，低声说："所以我怎么可能看着你就这样放弃它。"

方绍一的声音多多少少还是有些软了，这些话原野不说他也清楚，但是原野说了，这总还是不一样的。方绍一说："我没有说要放弃，就算有一天我真的放弃了，那也只是为了我自己。"

方绍一声音软了点，原野当然得抓紧机会，于是态度又放低了一些，说的都是掏心的话："咱们之间的确存在一些历史遗留问题，但是当初既然都走岔路了一次，我就没想再走错第二次。我就是说话说错了，嘴瓢了，哥你别放在心上。"

"我能再跟你和好，我觉得这就很好了。我去年不知道你还愿不愿意跟我和好，去那个综艺之前我真的就想着跟你和好，哪怕是假装的，演给别人看看，我自己也算没白去。"

原野说到这儿的时候笑了，接着说："丢人了。"

方绍一听原野说完，沉默了一会儿。

场面一时之间有点尴尬，原野为了缓和一下，刚要再说点什么，方绍一终于开了口。

"去年在剧组你跟我说，有些东西失去了才知道后悔。"方绍一问原野，"还记不记得？"

"记得，当然记得，"原野说。

方绍一声音低沉，慢慢道："你失去了才知道后悔，但我在更早的时候……就已经后悔过了。"

原野狠狠地闭上眼睛，侧脸贴在膝盖上，眼眶和鼻子猛地发酸。

第七章

他的赤诚热烈，是方绍一眼里的一团火。

原野二十二岁和方绍一合伙创业，那时候身边没有一个人支持原野，包括原野的父母和朋友，全都不同意，就连关洲都不看好他们。关洲大三开始就进台里实习，机缘之下到了台前，做了娱乐主持人。那时候关洲已经有了名气，也早见过了圈里那些明里暗里的事，很不愿意原野真和方绍一有太深的利益纠葛。他们距离太远了，两个世界的人为什么非得绑在一块儿，像场闹剧一样。

但原野谁的话都没听，一条道往黑了走，没动摇过。那时候原野是真的信任方绍一，其实何止是信任，他把方绍一当信仰。

方绍一也没辜负原野这份信任，没让他失望过。后来那场大张旗鼓的成立典礼，方绍一的牺牲比原野大得多。原野是个玩笔的，方绍一才是娱乐圈的人，他这样一来等于扔了个把柄给所有对手，让自己处于随时被舆论裹挟的境地，但他从来没在意过这个。

十年过去，方绍一成了一位让人敬重的影帝，原野是文人小圈子里一个快言快语的自由人。两个人都在各自熟悉的领域里过得很明白，但得失从来都是均衡的，一方面圆满，其他方面总得拿点东西来换。

这十年，原野的时间表都是跟着方绍一走的，方绍一拍戏一走就是几个月甚至半年多，原野多数时候会跟着他。两个人的事业方向就奠定了这个基调，多年过来也没怎么变过。毕竟原野的时间的确比较自由，主职就是写东西，不拘着在哪儿写，也没有时间限制。

因为工作室的关系，他也就等于一只脚踩进了娱乐圈，他从来就没喜欢过这片名利场，但又总是活在这里。早年原野喜欢什么不喜欢什么张嘴就敢说，嘴巴犀利毒辣，看不惯什么就说几句，很痛快。后来知道他不仅仅是他自己，他的态度很可能会被认为是方绍一的态度，毕竟他俩是一伙的，他说的话都会影响到方绍一，渐渐也就闭嘴什么都不说了。

可不说不代表他就能接受，厌恶的还是厌恶。

原野三十岁生日是在剧组过的，知道他不喜欢声张，方绍一没和任何人说，在房间里私下给他过的生日。方绍一那天对他说："我们小猴子年纪也三开头了，翻三张了。"

原野笑着点头："中年人了。"

方绍一让原野许个愿。

原野说了一句"希望大家都好吧"，之后就想不到还能说点什么。他想要的已经有了，剩下的许了愿也没用。

三十岁的原野其实已经变了很多，有时候原野会觉得自己身上很多东西已经没有了。他一直是他，但又不太像了。

那年年底，方绍一进了个剧组，大导演大制作，那其实是他两年前接的戏了，只是最近才要开拍。当初方绍一是冲着导演和剧本接的戏，进组之后发现最初说的投资人已经换了。戏刚开始拍时没有任何问题，剧组运行也很顺畅，拍了两个多月，他才渐渐觉出稍微有点不对。

戏还没个大概模样呢，话都放出去了，说投资已经花了两亿多。晚上回房间原野和方绍一说起这事儿，方绍一才说，剧组对外一直说请方绍一花了六千万。

六千万太没边了，实际上他的片酬远没到这么高。

原野皱眉："玩儿什么呢？"

方绍一没想说太多，他不愿意让原野听这些。

方绍一虽然没和原野说，但是原野心眼儿从来都不少，一直很机灵，就看他想不想琢磨。原野一直知道这电影怎么筹的资，不用想就明白怎么回事儿了。

电影筹资的骗局太多了，处处是陷阱。但也的确有正经赚着钱的，就看眼睛毒不毒，能不能分清真假。

戏里三位男主，方绍一是其中一个。单看电影的话的确是部好戏，但知道投资人玩什么猫腻之后这剧组原野实在是待不下去。原野这么多年对圈里很多事儿已经麻木了，从认识方绍一开始到现在十三年，他不可能还像从前那么天真。

投资人的事儿，不至于迁怒导演和演员，但原野也实实在在没法接受方绍一拍这部戏。想明白了之后，他是真的烧心，无论如何没法接受。

方绍一心里是很明白投资人在干什么的，但他接受了，默认了。这没法说方绍一不对，剧组没问题，他也没问题，他是堂堂正正的。但原野无法说服自己，他要是连这件事也能做到面无表情地接受，那也真的不是他了。

原野转头就走了，方绍一能留组继续拍戏，但原野不能。走的时候原野心里是愤怒的，对这个混账的剧组，也针对方绍一，他的愤怒来自失望。

原野带着气走了，方绍一打来电话，问他怎么了。

可他说了顶什么用啊，价值观上的分歧说出来也就是争执。而且方绍一就算心里有想法，但他没法做什么，戏已经拍一半了，他也可以说身不由己了。这些原野都清楚，说出来也就是给方绍一添堵，所以他闭了嘴，什么都没说。

闷着不能解决问题，之后的好几天他们俩在电话里连说话都尴尬。

方绍一接受了这一切，但原野想明白之后不能把这事放过，他想什么还是要说，毕竟他们俩的关系摆在那里。如果他也真的接受了这种模式，那以后他们还怎么相处？

于是原野在电话里认认真真和方绍一说："一哥，这电影有猫腻呢，你知道的。"

方绍一也承认道："嗯，我知道。"

"咱不拍这个，行吗？"原野低声说，"我接受不了这个。这个行业里很多事我们管不了，我能做到当看不见，但我没法接受你参与进去。"

原野说话的语气是很坦诚的，他愿意把心里想的都和方绍一说："我知道你为难，我现在是站在道德制高点上指挥你，为难的不是我，我知道。其实我也想了好几天，我还是有点太天真了，但我不想之后咱俩中间有个疙瘩。所以我怎么想的我都和你说说，怎么决定你自己考虑，我都支持。"

方绍一在电话对面说："你说。"

原野说："这事儿我恶心透了，我做不到帮谁做什么，我也没那么大能量，也不可能再犯傻坑你。"

原野当时叹了一口气,说:"我能接受我们在这个行业里变得越来越冷漠,但我还是希望那些事咱别沾吧,希望冷漠别让我们也变了。"

原野说完之后方绍一挺久都没说话,最后说了声:"好。"

方绍一的话从来都是有力量的,他说了"好",之后一周之内离了组,交了高额违约金。戏已经拍了一半,这么一来前面拍的全都白费,主演得重新请,钱得重新花。方绍一把整个剧组都得罪了,这还不算完。

方绍一离组当天还发了一条微博,先是给导演和剧组所有人致歉,因为个人身体原因导致后面的戏无法继续进行拍摄,并且按照合同注明的,将多少金额的片酬悉数退还,并已缴齐多少金额的违约金。

这条微博一发,先前别人说的六千万片酬的谣言不攻自破。

原野说他无法帮谁做什么,方绍一也做不了太多。但他把片酬这样直接说出来,虽然不太守规矩,不过总还算是做了点什么,说完倒觉得配得上原野那片侠义正义道义的心了。

人活在世,总有些东西是打从心里瞻仰瞭望的,就算有天够着了,也始终捧在手里悉心守护妥善留存,如光之明耀,火之热烈。

原野跟着方绍一辗转剧组打磨十年,不知道从什么时候开始已经不再坚持说那些他觉得对的东西。他看不惯的那些,他厌恶的那些,原野很久都不说了。这一直是方绍一的一个痛点,现实的条条框框圈死了原野,让原野变得越来越沉默,这种沉默是伴随着妥协一起来的。爱恨分明,嫉恶如仇,原野最初是这样的。后来因为这样那样,他的这一特性越来越不明显了。

很长一段时间里,方绍一以为原野的这团火已经灭了。他骨子里那些东西,方绍一只有从他的书里还看得到。

所以原野这次开口,他的坦诚,电话里那些剥开内心诚恳的话,在方绍一那里是极其珍贵的。原野说话的那片刻时间,方绍一一直没出声,脑子里迅速闪过很多念头,很多话想说,最后只汇成了那一个"好"。

原野说出口的话,以及没说出口的话,方绍一和原野认识这么久了,怎么可能不明白。

说出口的是我看不惯,你考虑考虑我的感受,别拍了吧。没说出口的那些警示,在他耳边敲的警钟,他哪能听不懂?娱乐圈沉浮这么多年,心里那条线还清晰吗？要坚守的正义和打破舒适圈的代价，你准备怎么办？

不是相识多年实打实的关系，不是对对方性格和三观的完全了解，是不会开口说这些的。

方绍一感念这些，感激这些。他一句话没多说，做了那些事，原野的那团火方绍一无论如何都要维护。但他维护的又仅仅是原野自己吗？

方绍一的动作还是得罪了很多人，投资人、制片方、导演、其他演员，一个不落地全得罪了。这就是坚守本心的代价，你拔高了，你脱离了这个剧组，还在里面的演员怎么办？剧组前期投进去的工作怎么处理？伤害到的投资人的利益，无论如何弥补不了。也就是方绍一敢这么弄，他的地位、他的背景，这些让他做这种事不用担心后面的刀扛不住，投资人再急也不敢真对他做什么。

偶尔来这么一次沉默的反抗，这点代价对方绍一来说还扛得住。所以原野才敢和他说这些，提醒他不要在这个圈子里变得麻木。身不由己在有些时候仅仅是对自己甘于舒适的借口，作为一个不是坏人的人，保持警醒保持正直，做不到阻止一些事的发生，那至少也别成为其中的一分子。

方绍一回去的时候先去做了交代，这事他怎么说也是没守规矩，算是捅了个娄子，后面麻烦肯定不少。把该说的话都说完，方绍一回去见到原野，和原野说的第一句话就是"谢谢"。

谢什么就不用说那么清楚了，他们之间这点默契还是有的。

这十年原野跟着方绍一混，他舍弃掉的东西其实很多。他们俩的重心主要还是偏在方绍一身上，以他为轴心。原野愿意把他的时间表根据方绍一的行程来调整，愿意和他一个剧组一个剧组地跟。当然，这也是成立工作室的初衷。

但是当意识到这种追随反而是种负担和捆绑的时候，这会让追随的一方产生怀疑，怀疑这十年来是不是做错了。

方绍一退了那个剧组三个多月后，这事还闹到方悍那里，有人让他管管儿子。方悍问都没问一句，只说："这种戏你非得找他拍，那不是活该？以后别找了。"

老爷子没跟方绍一说什么，没说他做得不对，老爷子拍了一辈子戏都没散了这身意气，他哪可能因为这事说方绍一错了。

方绍一这事错了？那不可能，肯定是对的。但是他这事做得太尖锐了，不够妥帖，不够圆滑。在这个行当里，还是不能这么处事，没遵守这个行业里的规则，不论什么时候，树敌太多都不是好事。

原野是后来从耿靳维嘴里才知道方绍一最初的打算，那时事都过了，两人也就是闲聊才说到这事。耿靳维说方绍一和原野待久了，做事也开始冲动了。他说这话的时候是笑着说的，但是原野怎么着也笑不出来。

原野听着耿靳维给他说他们原本的打算，挺久都没说出话来，几次张嘴都没找到合适的词，也说不出到底是怎么个心情，太复杂了。最后原野掏出烟来点了一根，也给了耿靳维一根。两人抽着烟互相看了一眼，最后原野只是笑了一声，摇了摇头，说了一声"抱歉"。

原野没问方绍一为什么没把最初的打算和自己说，方绍一既然到最后都没说，那自己也就没必要问。方绍一原本可以在一个月之后以一个正当合适的理由离开那个剧组，不用得罪所有人，也不会真的参与到这场纷争里，他有他自己的考量，他有他自己的方式。但是因为原野和他说的话，他最后以那样一个方式退了组，站在了整个剧组的对立面。

这时候再回头想想原野说的那些话，简直就是笑话。

方绍一怎么可能失去正义，那是他骨子里的东西，从他爸那遗传过来的正气，就算原野不说，他也不会丢。

方绍一后来知道耿靳维和原野说了这个之后甚至发了一次火，他很少发什么脾气，跟耿靳维更是少有。但这次他的确是发了脾气，摔了门走的——他根本就不想让原野知道他们的打算。

他们俩因为这事儿其实聊了一回，原野说自己还是天真，都过了三十岁也没学会圆滑。方绍一说原野六十了也学不来这个，用不着学，那是他看不上的东西，说圆滑是圆滑，说坏也是坏，像现在这样就很好。

方绍一从来就不希望原野变，原野的那片赤诚热烈，就是方绍一所羡慕的那团火。

从这次开始原野跟着方绍一的时候就少了，他本来也有自己的事儿，这么多年一直帮着方绍一出人出力，但回头想想好像也没给方绍一带来什么。方绍一什么时候都有自己的想法和方式，而且他的那些都是对的，也更合适，所以原野不打算参与太多了。他帮不上什么，就也别跟着添乱了。

方绍一自然很敏感地感受到原野心理上的变化，他几次想和原野聊聊，但有些事儿总是这样的，两个人都想往好的方向发展，也都真的在使劲儿，但你就是不知道到底哪儿出的问题，怎么使劲儿都扳不过来。

原野这十年来把自己几乎变成了方绍一的小尾巴，他身上属于自己的东西越来越少了，接受和妥协的东西渐渐占了上风，偶尔坚持了一下本心和自我特性，却还是场笑话。两个人明明时常都待在一起，但是十年都没能把他们之间的距离缩短减少，该在的还都在。

于是后来原野和方绍一说："一哥，我感觉咱俩总这么绑在一起好像是负担，哪方面都是。"

方绍一从来都是温和沉静的，听他说完之后问："所以呢？"

"我感觉有点迷失，"原野看着他的眼睛认真和他说，"好像找不着自我了，看不清自己。我应该找找自我，也找找自己的轨道。"

有什么说什么是原野身上很吸引人的特性，方绍一从来不用去猜他在想什么，他想什么琢磨什么都会坦诚地说出来。只要原野说，方绍一都会认真听，然后尽可能去尊重。

两个人最近本来也有点别着劲儿，哪怕上次的事已经说清楚了，也都过去了，但他们俩之间的确是需要沉下来好好思考一下，两个人都是。

方绍一当时声音沉沉地问原野："是不再来往了吗？"

原野马上说："没有没有，那肯定不会的。"

方绍一坐在原野对面，原野笑着说："说什么呢啊？怎么可能。"

他从来都没想过这点，为什么不再来往？怎么可能不再来往？

身边的朋友中不乏闹掰或是撕破脸的，娱乐圈里王不见王的情况更是普遍，但方绍一和原野从来都是一个整体。最初没人相信他们俩能一直这么好，后来身边熟悉的人就没人担心过他们俩的关系。

但俩人之间也的确出了问题，而且持续了很长一段时间。

表面上是从那次剧组的事儿开始有了偏差，两个人怎么用力也没能把相处模式掰回跟原来一样。明明都说开了，也明明心里没再记挂那次的事儿，但不管怎么样，他们就是没能回到之前的相处状态。

原野说要找找自我，可"自我"究竟是个什么东西，又该上哪儿找？近几年，很多时候原野都不记得自己是"原野"了，很多想法很多话，他从脱口而出到考虑能不能说、该不该说，到最后干脆就不说了。

原野心里脑子里的东西都注进了笔里，写的东西越来越尖锐，但又不像从前那么直来直往，不像刀一样指哪打哪，反而总隔着一层。以前原野的东西是扎在土里的，有人说他是山野灵气集成的浪漫，后来他浪漫的气息就越来越少了。这可能跟年龄有关，过了三十岁，人的每个阶段思想也都是不同的吧。

　　冯雷子隔三岔五要给原野打个电话，电影圈里编剧缺得紧，熟手编剧从来都不够用，底层编剧又泛滥，断层断得畸形了。原野就是一块摆在那里冒油的肉，文学策划们盯原野盯得很紧。冯雷子靠着和原野的私交，总想把他挖到自己的项目里来。

　　"野弟，救个急。"冯雷子又在电话里念叨，"我老板让我给找个人，他说的那些要求，我一听，那不就是我野弟吗？"

　　原野笑着骂他，然后说："你老板的故事我写不了，他太能磨。"

　　"不磨怎么出好东西？"冯雷子有点着急，低声喊着说，"《炉火》啊弟弟，我们从三个导演手里抢的版权，故事在这儿呢，这肯定能拿奖。"

　　"那你自己不写？"原野嗤地笑了一声，戳穿他那点心思，"故事越好后面拿不着奖越得编剧背锅。"

　　"我写不来啊！"冯雷子开始耍赖，"野弟，野哥，野叔！你帮我个忙行不行？你帮不帮？我再找不着人我看我也不用混了。"

　　冯雷子的老板是林峰，是个文艺片导演，在国外拿奖无数，国内却知名度一般，也不怎么卖座。但人志不在此，追求的是故事，也用不着太在意国内市场。原野如果接了这个活，就等于绑在这个故事上了，林峰是出了名的磨人，原野一时半会儿肯定走不了，少说要磨一年半年，多的话两三年也有可能。

　　原野第一反应就是不接，磨不起。尤其方绍一后面有一部要去英国拍的戏，出国的戏原野还没让方绍一自己拍过。

　　原野后来还是推了这事，接了冯雷子手里另外一个项目，一个推理类的商业电影，不那么磨人，时间上也宽松很多。

　　之后那段时间方绍一人在欧洲，原野没一直跟着，只在最开始待了一周，然后就回来了。

　　隔着时差，隔着工作和休息时间，两人有时候好几天都通不上一次电话。

通上话的时候说说各自的事，聊几分钟的天，依然是熟稔的。原野有空的时候会飞去探班，待几天再回来，有点折腾，时间也填得很满，但是他也觉得挺好。

可这依然没能让两个人的关系回到之前的状态，总像是缺了点什么。

其间，方绍一发给原野一档综艺的策划书，问原野想不想去。原野看了两天，这种东西他们俩从来都是不参加的，原野讨厌这些，方绍一也不喜欢。但这次方绍一发给自己了，是档慢节奏的旅行节目，要去几个地方，借着节目公费度假。

两个人莫名其妙地都签了。

双方刻意表现出的自然和伪饰出的和谐说到底只是虚假繁荣，一点小事就足以打破这种默契的平静。

方绍一的戏中间因为其他演员的关系，有大概十天的断档。原野有两个会要参加，之后如果没意外状况的话会飞过去几天，这是之前他们就定好的，在这之前他们有快两个月的时间没见过了。

原野给方绍一发消息：等我啊一哥，去看你。

方绍一没回这条，原野发完就收起手机，换了衣服出去和人吃了个饭，饭桌上要商量点事，一顿饭吃完已经是晚上九点多了。方绍一也是刚回来，先前一直在另外一个城市，没注意好温差，衣服穿少了。

原野回到别墅，一开门就感觉出不对，眼尖地看见方绍一的鞋，立刻抬头去看，一眼就看到沙发上搭着的外套。

原野眼里瞬间就有了笑意，但是随后他就皱了眉。

原野上了楼，卧室门没关，灯也开着，方绍一正闭眼躺在那儿睡觉，他脸色白得像纸。原野轻着脚步走过去，探着身，去试他的体温。

有点热，原野在心里叹了一口气，正要转身离开，方绍一突然睁开了眼睛。

原野低声问他："没睡着？"

"嗯，"方绍一鼻音有点重的，"没呢。"

他的呼吸那么重，说话声音那么哑，原野很担心。

方绍一这次回来也是临时起意，提前没吃药，从那边飞回来又是正时差，这几乎要了人命。原野问他："怎么不等我过去啊……"

"没事，"方绍一笑了笑，轻声说了一句，"我先回来也一样。"

221

原野那么了解方绍一，知道这不是真话。

方绍一飞回来，把倒时差的时间都扣掉，十天掐头去尾也就没剩几天了。

原野看着方绍一遭罪难受，他空有一张嘴，但几次想开口都不知道怎么说。如果是之前原野可能要发通火，埋怨方绍一就是闲的，你就十天时间瞎折腾什么啊，你等我过去就得了，你倒不了时差自己不知道啊？

但是现在原野什么都说不出来，心里的情绪太杂太乱了，都挤在一处。他一个玩笔写东西的，竟然找不到合适的语言来描述了。

到底是从哪天开始他们俩需要这样了？这怎么看都有点失败，越努力越挫败。

一个上午，原野弄完早饭，方绍一从楼上下来，倒了杯水喝了一口，原野冲他笑了一下。

方绍一其实吃不下什么东西，但为了让人安心，还是吃了点粥。他的脸色还是不太好看，没缓过来。原野看着他干燥的嘴唇泛着不自然的颜色，突然开口说出了一句："一哥，你累不累？"

方绍一看着原野，问："什么累不累？"

"现在这样。"原野低着头，过了一会儿又说了一句，"我觉得你现在特别累。"

方绍一放下手里的东西，问原野："你累了？"

原野没说话，只是摇了摇头。

方绍一脸上没有表情，但是目光是深沉的，他一直盯着原野，后来问道："你想说什么？"

原野抬头看着他，没继续说话，能说的都说过了。

"你在想什么？"方绍一又问原野，声音低低沉沉，"想到什么你就说。"

原野叹了口气，摸了摸头，甚至都有点想笑了，然后无辜地说着："我什么也没想啊，我有啥想的。"

说完这句倒是真笑了出来，原野摇了摇头说："算了，不说了，我就想着你能身体健康事业顺利，别不高兴。"

方绍一看着原野，原野冲他笑了一下。

他们最终还是走上了方向不同的两条路。

尽管原野说了好几次他们不会闹掰的话，尽管他每一次说的时候都是真的那么笃定。

可最后不还是走散了。

这可能是早就能预料到的结果，他们从灵魂上就是不同的两个人，这些年的相处，本该有的这些矛盾和摩擦被"可他是方绍一"和"可他是原野"所掩盖，但这是总有一天要面对的。他们的分道扬镳甚至没有任何事情去催化，说来也用不着，或者说还没等到发生什么，平平静静的状态下就那么发生了。有时候玻璃的碎裂只要一个指头那么点的弹孔，就能让整片玻璃稀里哗啦彻底垮下来。年久日深，裂纹早就在了。

说来多可笑呢，十几年的好朋友，闹掰仅仅是因为一件外套。

方绍一那部戏拍完有几天了，他从英国飞回来没到一周，时差留下的反应还没彻底散干净。原野的时间挺紧的，这也是他们俩的常态了，方绍一歇着的时候原野一般都挺忙的。方绍一后面什么工作都没接，想要留下一个长假期，等原野忙完俩人一起出去走走。

原野要经常两个城市来回跑，确实很忙。

有一天原野开车回来，去接方绍一，俩人一起吃了晚饭。原野说话有点鼻音，瓮声瓮气的，听着像感冒了。

车停得有点远，吃完饭出来得走一会儿，原野只穿了一件短袖，刚下过雨，天有点凉。方绍一皱眉说了原野一句："穿这么少？"

原野都没怎么当回事儿，他大大咧咧惯了，从来不注意这些，倒是方绍一还有点低烧。原野笑了笑说："没事儿，不冷。"

"你感冒了自己都不知道？"方绍一脱了外套，递过去，"穿上。"

原野没接，晃了下脑袋："没感冒，你穿着，我真不冷。"

方绍一没再多说什么，动作才做了一半，原野就往旁边跳了一下躲开了，之后还嬉皮笑脸地说："在外头呢哥，你穿着吧。"

原野跳到一边的动作有点夸张了，方绍一顿了一下，接下来的动作落空了，胳膊还僵着。

之后方绍一什么都没说，沉默着把外套穿回了身上。原野神经粗，低头看着手机上的消息，头都没抬。

所以方绍一突然开口的时候原野还有点蒙，思路没接上。方绍一问原野：

"你怎么这么犟？"

"嗯？"原野抬头看他，"什么？"

方绍一没看原野，只是又问了一句："你到底别扭什么？"

原野眨了眨眼睛，隔了几秒脑子才转明白。方绍一脸色有些沉，原野手机上的消息回了一半，于是抿了抿嘴唇，把消息回完，然后手机揣回去，笑着问他："生气了啊？"

方绍一说："没有，就是不知道你到底在想什么。"

原野都不知道他生气的点是什么，反正他们俩最近经常这样，很多小事上莫名其妙就会心烦意乱地有摩擦。原野不知道他为什么生气，就更不知道怎么回他这话。

上了车之后就是长久的沉默，方绍一的眼里黑沉沉的，原野看了一眼之后就转过头不再看。

后来是原野先打破了沉默，问方绍一："一哥，你得让我知道你生什么气我才能知道怎么解释啊。"

方绍一脸上的表情都没变过，他一直看着前面，过了一会儿沉声说："你也得让我知道你都在想什么，我也很想知道。"

他说这句话的时候语气里带了疲惫，原野一下就听出来了。他们不是只有这一件事，他们不知道从什么时候开始相处都很刻意，但刻意也没个好结果，都挺累的，谁也不轻松。

方绍一语气里的无奈和无力感，让原野脑子里有什么念头一闪而过，他想了什么嘴就直接传达了："既然这么累那就……"

方绍一侧头看过来，眼睛死死地盯着他。原野后面的话到底还是没能说出口，他也说不出。

原野没说完，方绍一转回头去，问都不问。

两人沉默了一路，车里的空气像是都凝住了，有种让人窒息的沉闷。

车开回到别墅，停进地库，方绍一一脚刹车点下去，同时也开了口："把话说完吧。"

原野解了安全带，一时不知道该说什么。

现实都摆在眼前，这么长时间的状态两人都清楚，捋不清了。

再说不出口的话最后也得说，那晚，原野在黑暗中轻声说了一句："我想我们一直'年轻鲜活'，别变成'老弱病残'吧。"

方绍一始终没开过口，他沉默得像是不存在，连呼吸的声音都那么轻。

原野用了多大力气说了那句话，应该是把十几年的力气全用了。

他的确是感冒了，之前没觉得，这天早上全身连骨带肉都在疼。嗓子说不出话，喉咙的烧灼感也让他不想再说话。方绍一从始至终没看过原野，早上起来他就下楼了，上午还办了点事，中午回来的时候给原野带了粥。

原野没有什么胃口，但还是全吃了，一粒米都没剩。

方绍一始终平静，若无其事。原野把粥吃完，俩人坐在餐桌边都没动。方绍一突然说了一句："是你发烧还是我发烧？"

其实两人都没发烧，都挺清醒的。

方绍一看着原野的眼睛，问："想好了？"

原野力气都抽没了才说出昨晚那句话，无论如何这个问题自己答不出。

方绍一等了原野很久，后来方绍一站了起来，声音有些低沉，但很平静，又问了原野一次："是不是想好了？"

原野头疼得快炸了，哪儿都疼。原野还坐在那儿，看着方绍一，四目相对，他眨了眨眼睛，嘴闭得很紧。方绍一长长地叹了一口气。

方绍一扯下手腕上戴的银质手环朝原野扔过来的时候，原野伸了手去接。他们平时这么扔东西原野就没接不住的，原野手很快，但这天不知道是因为病了还是怎么，这个金属圆环原野就没接到。

金属圆环掉在地上，发出一声轻响。

方绍一出门之后就再没回来，原野给他打了几个电话，他都没接。后来原野给吉小涛打了一个电话，吉小涛也看出他们俩又遇上问题了，说话都小心翼翼，说方绍一没什么事儿，让原野不用担心。

原野说出口的话几乎就没后悔过，决定做的事儿也从来不犹豫。

但是这事原野一点不洒脱，也很快就后悔了。

原野三十二岁，和方绍一认识熟悉十几年了，不跟着方绍一混的那一半时间，他都快想不起来是什么样了，以后怎么过？

原野是真的后悔了，尽管没人比他更清楚对现在的他们来说，只有这一条路走了，可他还是后悔了。

方绍一再回来的时候拿了股权分割协议，放到原野手边，说："签吧。"

225

原野的声音哑得快说不出话，问他："我给你发消息你看见了吗？"

方绍一不答这话，又重复了一次："签。"

原野看了看那几张纸，大致扫了几眼，然后笑了一声，方绍一还真是大方。

原野摇了摇头，清了清嗓子才说："哥，咱俩再聊聊。"

方绍一把笔塞进他手里，声音越来越冷，皱着眉说："不聊了，签字。"

原野鼻子发酸，放下笔伸手揉了揉，之后低低地说了一句："这么分不对劲，重分吧。"

方绍一拽过椅子，坐下了，点头道："行，你说怎么分。"

原野两只手都放在头上，脸埋在胳膊里说："都给你……"

方绍一闭了闭眼，缓了片刻才说："你还想提什么要求你就说，没想提的你就签字。"

原野保持这样的姿势没动，几次清了嗓子想说话，一直没抬头。最后原野开口的时候声线都不稳了，加上哑了的破嗓子，话都快听不清。他很少让自己这么狼狈，说："哥我不想签，我不想这样。"

方绍一沉默着看他，原野胳膊放下，趴了下去，他把脸埋在桌子上，额头在手腕来回蹭了两下，声音破碎："我把话收回行吗？我跟你道歉……成不成啊？我怎么签……"

外面还在下雨，窗户上噼噼啪啪的雨滴给房间里也染上了一丝清冷。方绍一看着原野趴在那儿的后脑勺，眼里一片墨色，深不见底。

"哥你说句话吧，"原野趴着又继续说，"我好好道歉行不行啊……咱把它撕了吧。"

原野很少用这样的姿态和这样的语气说话，是真的服了软。他始终没抬头，话都闷在里面，鼻音重重的。

原野从来没这么跟方绍一求过什么，他想要什么也不用这么费力去说，用不着。

原野把那几张纸推回到方绍一手边，坐直了身子，看着他说："咱当一切没发生行吗，哥？"

耍赖原野是会的，方绍一也不介意原野耍赖。但这会儿原野耍赖不签字，方绍一却没买账，他抓着那几张纸，纸上攥出道道折痕。方绍一站了起来，椅子跟地面摩擦出刺耳的声音，那几张纸被方绍一摔在原野手边，啪的一声。

方绍一走过去，站在原野背后，笔塞进对方手里，之后攥着他的手，狠狠捏着，真用了力。

"你想了多久了？"方绍一的声音恨不得都是带着冰碴的，两人的手一个挣一个握，互相用力，笔在两人手中。

"这句话你想说很久了，说了就别收回去。"方绍一继续说，"十五年了吧，你说什么我没同意过？"

方绍一捏着原野的手，狠狠砸在那张纸上，笔尖戳在纸上，留下个小小的黑点。方绍一说："你不是想这样？那你还犹豫什么？"

原野的力气怎么可能比方绍一大，方绍一打戏拍过多少，就正正经经练过多年的拳。原野骨节都快被捏碎了，被方绍一带着，力透纸背地签下了"原野"两个字。

原野向来说一不二，难道方绍一就不是？方绍一决定的事也没轻易改过，他很少情绪强烈地表达什么，像是没脾气。但他像现在这样执意要做什么，原野很清楚那就拦不住。

方绍一要分割他们俩的关系，那这段关系就肯定要断。

原野甩了甩手，指头张开又合上，之后用这只麻木的手捂上了眼。

方绍一二十岁，原野十七岁，那年他们内心炽热，来往，碰撞，之后自然而然视对方为挚友。

认识了五年，两个疯狂的年轻人不顾一切向天下宣战，怕什么，年轻就是要敢闯敢试啊。

又过十年，一纸协议，换了两条岔路。

原野从别墅小楼里搬走的时候，只拿了点衣服和常用的物品。他的东西太多了，大部分一时也先用不着，就没全搬走。

之后很多次原野在脑子不清楚的时候都会想想，如果当时他接了那件衣服，会不会就不是这样的结果？但谁能比原野还明白，他们决裂怎么可能就是因为一件衣服，别闹了。

方绍一说"你说一次我就让你感受一次"，原野是真体会到了。脑子里又开始过电影，他们闹掰之前那些纷纷乱乱的事，还有最后那几张股权分割协议。方绍一捏着原野的手两笔就签完了原野的名字，又残忍又决绝。

但原野自己说错了话，方绍一怎么对他都是应该。有些话就不该说不能说，说了无论被怎么对待他都是活该。

原野服软和方绍一说："我长记性了，别生气了哥。"

方绍一没说别的话，仅仅是"嗯"了一声。

可之后他们还是不冷不热的相处模式，比之前改善了点，但也就是半斤和八两的事。方绍一偶尔不太理原野，原野就老老实实干自己的事，时不时去他眼前露个面，打个卡。

吉小涛有经验了，折腾这么长时间了，他一点也不操心这两人的事。之前盼着他们俩赶紧和好，可现在他们俩既然都已经和好了，那这点小矛盾都是小问题，用不着操心。而且他以前还怕他们俩对对方的根本态度变了，这一年看过来也不担心这个了，所以就随他们俩闹腾。

"嗨，涛老师。"原野去公司找方绍一，正好在大厅看见吉小涛，和他打了声招呼。

"哈哈哈！什么涛老师！"吉小涛看见原野立刻走过来，便打招呼道，"中午好啊，野老师！"

"我那么野吗？"原野挑了下眉，"叫原老师就行。"

吉小涛在方绍一身边的时候是个小助理，回了公司绝对是挺有地位的，不过因为他始终还是方绍一的助理，所以尽管他在公司没有其他职位关系，但说话是很有分量的，公司里其他人看见他有的客客气气叫"小涛哥"。有回一个小演员叫他"涛老师"正好让原野听见了，之后原野总拿这个称呼跟他开玩笑。

吉小涛看着原野手里拎的东西，贱兮兮地问："给我哥送饭啊？"

"啊，"原野边走边说，"他在楼上呢？"

"应该在办公室吧，没在的话你就上耿哥那儿看看。"吉小涛跟原野一起上去的，但没跟原野一起过去，到饭点儿了，他把东西放下也要下楼吃饭了。

原野叩了叩方绍一办公室的门，方绍一应了声原野才进，推开门探了个脑袋。方绍一抬头看过来，原野和他对视，眯眼笑着问："我能进来吗，方老师？"

方绍一看见原野，便招了招手："赶紧进来，小心谁从身后碰你一下再

228

夹着你脖子。"

"那不能，"原野推门进来，随手把门又带上了，把手里拿的东西放在茶几上，笑着朝方绍一招手，"来，一哥，独家午餐。"

方绍一走过去，问："哪儿来的独家午餐？"

"还哪儿能有这么多独家，那肯定是我做的。"原野将饭盒往他那边推了一下，"费尽心思了。"

方绍一看了原野一眼，摇头浅浅笑了笑，一层一层去拆包装。原野这几天闲，花一上午工夫蒸了小烧卖，还炖了汤。为了道歉，原野啥事儿都做，嘴上犯的错就得用行动去获取原谅。

方绍一打开其中一个保温盒，里面端端正正放了两片煎蛋，都是奇形怪状的。方绍一也没想到能看见这么个东西，一时间没管理好表情，眼角都带了笑意："什么东西？"

"创意嘛，"原野往沙发上一靠，"要不咋叫独家午餐。"

方绍一只笑了一会儿，就开始一本正经吃东西，最后把汤都喝干净了，烧卖更是一个没剩。原野指了指那两个无辜的煎蛋，叹了一口气，说："方老师，你别这么排挤我的创意。"

方绍一无动于衷，一直到最后都没吃。

原野打量着他的表情，收饭盒的时候把装煎蛋那饭盒留下了，说："搁你这儿吧。"

方绍一没搭理原野，靠在沙发靠背上消食。

俩人无声无息地在这儿干坐，一个闭目养神，一个看手机。耿靳维过来的时候没敲门，直接推开了，看见他们俩这状态，"哟"了一声，走进来问："吃着呢？"

"吃完了，"原野冲耿靳维点个头当打招呼，"耿哥吃了没呢？"

耿靳维说："没，有我的份儿？"

原野笑着说："那是不可能了，一口汤都没剩。"原野说完看了方绍一一眼，之后说，"你要是不嫌弃的话，还有俩煎……"

"没了。"方绍一睁眼打断原野，问耿靳维，"有事儿啊？"

耿靳维摇头，笑了一声："我过来叫你一起出去吃口东西，那你吃完了就拉倒吧，我下楼去餐厅吃口得了。"

原野弯腰去拿茶几上留的煎蛋饭盒，和耿靳维说："来耿哥，拿着下楼一起……"

方绍一按住原野的手再次打断了，睨着对方，淡淡扔了一句："耿哥不吃鸡蛋。"

"啊，那算了，"原野笑了笑，然后坐直了，慢慢悠悠说，"耿哥不吃就算了。"

耿靳维看着他们俩，专业性没得说，脸上的表情都不变的，但也不想再在这儿继续待，转身走了："行，你们俩待着吧。"

他走了之后原野坐那儿笑了半天，盯着方绍一笑得肩膀都在耸。

原野现在经常往公司跑，这在公司人眼里看来就是他上赶着"抱大腿"，方绍一又不给眼神，这太符合外界对他们俩现在的猜测了。网上也有人偷偷爆料，说原野的微博都发了一年了，方绍一还没松口答应和好，这么看感觉原野应该当时得罪方绍一很深了。毕竟前面认识那些年了，但凡方绍一有想修复关系的心思应该早就和好了，不至于到现在都还这样对原野。

网友们一半心疼原野，感觉他们这下真的回不去了。另外一半还在兴奋看八卦，一年了方绍一都没彻底把人撵走，这还没和好呢？去年剧组生日照你们都忘了？俩人这是在跟对方玩儿呢！

俩人玩儿得的确挺来劲，方绍一不肯下台阶，态度也不放软，原野倒挺有耐心，就这么慢慢来也行。但是该说的话他不能不说，该谈的事儿还得好好谈。

十月中旬，韦导叫方绍一去家里吃饭，原野也跟着去了。原野一直非常喜欢韦华导演，当初他看的方绍一第一部戏就是韦导拍的。

韦导拍东西很有他自己的想法，每部戏都等于把自己挖空，拆碎了打散了再一点点重组，他以前说过："拍一部电影，就像和这个故事谈一场恋爱。这场恋爱一定是既深刻又浪漫的，否则出不了好电影。"

他是方绍一的第一个导演，启蒙是很重要的，所以方绍一很多理念和方法受他影响很多。

韦导一辈子用心做电影，是个难得的纯粹的电影人。原野很尊敬他，从小就喜欢他的东西。后来方绍一拍他的戏，原野和他接触也不少，彼此也算是熟悉。

席间，韦导起了话头，问方绍一歇得怎么样了。

原野接了他的话，和他说："导演，他犯轴呢，您劝劝。"

"犯什么轴？" 韦华看看原野，又看看方绍一，半笑不笑地说，"有什么想法了？说我听听。"

"您别听原野瞎说。"方绍一和他说，"我年龄在这儿呢，都得有个沉淀期。"

韦导笑着指了指他，说了一句："虚话。"

"没有，真话。"方绍一给他添了酒，"跟您不说虚的。"

韦华看了方绍一一眼，摇着头笑了笑。

那天韦导和方绍一聊了挺多，吃饭聊一半，饭后喝茶聊一半。原野其实没怎么出声，没插嘴。韦导不是劝方绍一接戏，他那边也找了代替的演员，已经在培训了。拍戏讲究个你情我愿，不能靠人情强迫谁去拍。他们聊得更多的是电影，两个人都深深了解这个东西，聊起来有很多东西能讲。

韦导问方绍一对新电影里面男主角人物形象的理解，方绍一只看了个初稿，他接到剧本的时候剧本还是个雏形。这部电影拍的就是人物，有大量的内心戏，所以人物性格需要细致地琢磨。要是聊这个，他们可以聊一宿，方绍一说了自己的想法，也说了一下对其他人物的一点看法，任何导演都喜欢和别人聊剧本聊人物。

韦导后来叹了一口气，说："其实我心里真没底，内心戏可能得删掉一半。"

方绍一说："要不先拍拍看？或许有惊喜也说不定。"

惊喜哪有那么好碰见？韦导笑着承认："我现在也懒了，熟人用惯了，就懒得去磨新人。"

韦导拍电影这么多年，已经有自己熟悉的一群人了，不只是方绍一，还有一些其他的各类演员。这种默契很难得，互相看一眼，话还没说就彼此懂了，这多省事儿。

他们聊天的时候原野坐在一边安静地看着听着，方绍一说这些的时候从来都很吸引人，一个人在他的领域聊他熟知的那些东西，这件事本身就是充满吸引力的。

后来他们没聊完原野就睡着了，在旁边的沙发上靠着，睡得还挺熟。

方绍一脱了衣服要往原野身上盖，韦导说："让人取个毯子过来。"

"不用，"方绍一摇头轻声说，"这样就行。"

原野手上拿着韦导家一个小摆件儿，方绍一从他手里轻轻拿出来，放在一边。

韦导看着他的眼神，突然笑了，说："你这样的真难得。"

方绍一听了之后笑了一声，看着原野的方向道："原野这样的才难得。"

《风逍客》上映一个月，票房共计七亿多，成绩还不错，比预计的要好一些。也是近期电影市场竞争不强，没有国外英雄片，也没有吸金的喜剧。这部电影在投资上没有太夸张的片酬支出，新人演员多，钱一般都花在置景和道具上了。总的看下来，还是挣着钱了，拍自己喜欢的东西还不给投资人赔钱，这对剧组来说就算是成功了。

方绍一这部电影好评多，没什么可吐槽的。有些影评人说他拍戏太内敛，表现力差点。这是见仁见智的事，用不着去跟他们争辩。你觉得好他觉得不好，各说各话就得了。

这部电影拍得很省心，在剧组时基本就没有什么事，除了拍戏还是拍戏。但剧组条件也是真艰苦，很搓磨人。

电影下线之后，辛导安排了一次庆功宴，叫上电影的主创们，还有几位重要演员。大家都不在一个城市，平时这种庆功宴方绍一可能就不去了，但他和辛导的关系摆在这儿，他肯定得去。更巧的是正逢原野的新书上市，在全国几个重点城市有签售会，俩人刚好要去同一个地方。

原野很主动地给他们俩订了票，吉小涛问用不用自己跟着，他说："不用，你忙你的就行了，涛老师。"

吉小涛还没说话，方绍一跟他说："你跟着吧。"

原野看向方绍一，以为方绍一故意的，不过小涛跟不跟着都行，原野对这个也没想法。所以最后就是三个人一起去的，吉小涛给自己补了一张票。

其实方绍一让吉小涛跟着主要是让他跟原野的，原野干什么都习惯一个人来一个人走，虽然出去签售出版方肯定得安排人照应，但方绍一还是觉得有人跟着更好。

原野不太喜欢签售之类的活动，但这本书之前签约的时候就把这条签在合同里面了，这些年他的书一直是同一个出版方负责，双方合作得挺好，他这次也算是还个人情，答应了几场活动。

吉小涛又当助理又当保镖，操碎了一颗老妈子心。活动之后原野和合作方吃饭，方绍一打电话给吉小涛，问他："结束了没有？"

吉小涛小声说："完事儿了，吃饭呢。"

方绍一问："你跟着一起？"

吉小涛低头"嗯"了一声，说："对。"

"那你们吃完了给我打电话。"方绍一说。

"好嘞，知道了！"吉小涛答应着。挂了电话之后吉小涛心想，你不能直接给他打电话吗？非得让我传话是什么毛病？

方绍一和辛导他们吃饭也不可能不喝酒，这种庆功宴哪有不喝的？导演和方绍一私下里是叔侄关系，喝酒更是不用顾忌，方绍一哪可能不喝多？他去之前想得挺好的，找个理由说喝不了推了就算了，但最后还是没能推开。

结果就是原野吃完饭后，方绍一却喝高了。原野他们这边结束之后，吉小涛打了个电话，问方绍一用不用接，方绍一说："不用，你们俩回去休息吧。"

他的声音听着有点粗重，吉小涛挂了电话之后，转头和原野说："完了，他喝多了。"

原野想了想，说："你回去歇着，我过去。"

吉小涛很自觉地回去了，原野打了一辆车去了酒店。到的时候，包间里气氛正好，原野没进去，在门口等的。他要是进去也得喝，他们俩都喝高了，怎么回去？所以原野还是决定在这儿躲躲。

散场的时候，原野像是刚到，导演看见他，原野赶紧打招呼，笑嘻嘻地问："你们都完事儿啦？我来晚了？"

导演笑着问："小原来了？那要不咱们再重来一拨？"

"那不用，"原野晃晃脑袋，"我来接我哥的。"

导演回头看了一眼方绍一，按了按原野肩膀，又说了几句话才走。剧组的人走在前面，原野凑到方绍一跟前去，小声问他："喝了多少？"

方绍一眼神不那么清明，是真的没少喝，但走路和神态还是看不出有什么不一样。他没答话，只是摇了摇头。

原野走在他身边，和他并肩出去。各位领导都有人接，没人接的就酒店送，倒是不用原野多惦记。公众人物没有在外面说话的习惯，该说的话在酒桌上都说完了，出了门也就简单告个别，不用再说别的。

他们俩没让酒店的车送，原野随手打了个车，钻进去报了地址。司机师傅是个中年大叔，也不认识他们俩，一路都挺安静。

方绍一在人后就卸了一直绷着的那股劲儿，往后座再一靠，呼吸重重的，一身酒气，一看就是个醉鬼。

后来司机师傅回头看了几次，然后小心地和原野说了一句："你可别让他吐车里……"

原野说："不会，不用担心。"

方绍一有很久没喝过这么多酒，至少原野很长时间没见他喝过了。他喝高了通常都挺安静的，不闹人，可能回去直接就睡了。中途原野几次看了看方绍一沉静的睡脸，心说这还怪乖的。

回了房间之后方绍一倒是清醒了一些，脱了衣服，还冲了个澡。他一直都没闹，原野让他干什么就干什么。原野把他的事情都忙活完才洗了个澡，洗完出来，发现他躺在被子里睡得安安静静。

原野往他床头放了一瓶水，怕他醒了口干要喝水。方绍一突然开口，咕哝着问："你还没收拾好啊……"

"好了，"原野看他一眼，"这就结束了。"

其实方绍一没睡熟，回了房间之后就没有那么困了。原野磨磨蹭蹭一直有动静，方绍一这才开口催原野。

在酒精的作用下，方绍一不再是平时那副清冷的模样，有意端着的样子原野像哄孩子一样轻声说："睡吧一哥。"

方绍一皱了皱眉，过了一会儿，他突然开口说了没头没脑的一句："你的心怎么那么硬？"

原野先是愣了一下，然后失笑，低声问他："哪儿来的这么句话啊……"

方绍一还是皱眉，说："闭嘴。"

原野沉默着眨了眨眼，之后笑得很轻，说他："你才是真心硬。"

方绍一说："你该。"

"是，我该，"原野赶紧安抚，"我活该，别皱眉。"

方绍一安静下来不再说话，原野却又主动开口，问他："为什么不想拍戏了？"

方绍一不出声，原野就又说："你不相信我？"

"我信。"方绍一的声音含含糊糊的，"就是因为我信，才不愿意。"

原野不知道该接什么，关了灯后，方绍一很快就睡着了。

这个地方签完原野还有好几个地方得去，后面吉小涛一直跟着原野来回飞，这事儿他以前也干过，明星助理偶尔也兼职作家助理。等原野忙过这一阵儿都十二月了，再过十几天都要圣诞节了。

原野到处飞，空出来的时间还得跟冯雷子他们敲剧本，三稿都给过去了，原野最怕的就是他们和自己说："你有空过来呗，咱们当面聊。"

当面聊就没好事，一聊就是一宿，上回他们直接聊了十个小时，原野实在是困得不行了，但导演的眼睛还瞪得那么亮，让自己再喝两杯咖啡。

这部电影叫《沙哑》，是部旧时期背景的文艺片。男主角是个哑巴，他还有个弟弟是个半哑。那个弟弟戏份也挺重的，是干干净净很有灵气的这么一个角色。聊到"弟弟"的时候冯雷子随口念叨了几个演员，导演都没表态。原野脑子一动，之后说："我倒是有推荐，挺贴的。"

原野推荐的人其实不止一个，一个是杨斯然，另外一个是程珣。杨斯然上部戏是和方绍一一起拍的，原野看过他拍戏，很有天分。程珣的形象很贴这个角色，但演技贴不贴就不知道了，说实话，原野没太看过他们拍戏，程珣和迟星那俩小孩儿原野挺喜欢的，推荐程珣也算是私心。

光他这么推没有用，成不成还得给导演送资料，让人看看。原野当时其实也就是随口一说，也没太当回事，毕竟这个角色也算是重点，得慎重再慎重。不过原野回去还是和程珣说了一声，让程珣有空把资料整理一下给导演发一份。

原野倒是挺久都没见着杨斯然了，因为这事儿他就问了问。原野问起来的时候吉小涛还一脸无奈地说："我看那孩子是要完。"

"怎么了？"原野挑眉，"公司不是挺想捧他？"

"不知道他脑子里在想什么，当时在剧组看不出来他这么倔。"吉小涛说，"他跟经纪人合不来，明明态度也挺好，脾气也挺好，但是就让干什么不干什么。"

"还有这事儿呢？"当时原野在剧组看着杨斯然是个挺好个小孩儿，也挺安分的，虽然和方绍一一起上了个新闻，但是相处下来感觉也不是特别有心机的那种人，当时他闷不吭声替方绍一出气，原野其实挺想他能好好发展。

吉小涛叹了一口气，说："耿哥从来不惯着谁，公司里除了我哥之外，没哪个演员这么不配合。他被搁着几个月了，我估计耿哥要'扔'了他。"

235

原野说："我现在手头那剧本有个角色还挺适合他的，让公司递资料试试吧。刚签下来的，扔了那孩子路也就断了，不至于那么绝。"

"够呛，"吉小涛说，"耿哥在公司都不提他了，开会什么的也都不提，估计是不捧了。"

耿哥不捧了？签的人说不捧就不捧了，原野心说耿总还真是只手遮天。但是同剧组待过几个月，还一起过了年，他们之间好歹也算有点交情。就这么扔个几年那孩子星路也就没了，虽然不知道杨斯然到底都干啥了，但公司应该不至于这么狠。

所以原野再看见耿靳维的时候特意跟他提了一嘴杨斯然的事儿，问他要不要送个资料。林峰的电影格调很高，如果真的能被选中那是个很好的机会。

耿靳维没说送也没说不送，只说了一句："行，我知道了。"

原野还多说了一嘴："我看过小杨拍戏，戏感还不错。"

耿靳维看着原野，脸上半笑不笑的，问原野："他和绍一上新闻那事，你忘了？"

原野嗤的一声就笑了，原本是歪着坐在办公桌上的，这会儿站了起来，拍了拍裤子说："我什么岁数了啊？跟一个小孩儿过不去？"

耿靳维也笑了一声，原野又说："在剧组的那时候小杨跟我关系还成，他是个挺安分的小孩儿，也不讨厌。我帮他说个话吧，他年纪小不懂事，你儿给他个教训就得了。不过我就是这么一说，你就这么一听，公司的事儿我肯定不管。"

"小原，"耿靳维叫了原野一声，"这话说远了，你跟绍一要是愿意管管我可太乐意了。"

原野摇了摇头，嘴角挂起个笑："我们俩不愿意，辛苦耿哥了。"

既然说的是杨斯然的事儿，最后耿靳维说："回头给他递个资料，能不能成，反正你就也帮着推一把吧。"

"好说，"原野笑着点点头，"毕竟是自家演员。"

然而自家演员多了，原野也不是个个都能帮一把，杨斯然只不过是恰好和他同剧组待过，关系也还成，这怎么说也算是缘分，所以才帮那孩子说句话。公司的事儿原野是不参与的，方绍一可以问，原野说多了就不太好，况且也不愿意说。

这事原野说过也就算了，并没放在心上。过了两天，杨斯然给原野发了一条消息：谢谢原野哥帮我说话，让您费心了。

两人是在剧组加的联系方式，加了之后也没联系过，原野都不记得这事了。他回了杨斯然一条：加油，收收脾气。

杨斯然回：好的，我记住啦。再次谢谢原野哥。

原野收了手机，接着去盯灶上的小砂锅，里面刚一沸腾立刻转了小火，然后扣上了盖子。手往后拄着柜沿，想起之前杨斯然和方绍一闹的那波无聊的新闻，原野摇头笑了一下。

方绍一走了进来，问原野："笑什么？"

原野诚实回答："跟小孩聊天呢。"

方绍一没个表情："又聊？"

"啊，反正你也不跟我聊。"原野说。

方绍一深深看了原野两眼，没搭理他，俩人就这么相处着，时间过得也挺快。之前是一个嬉皮笑脸一个高贵冷漠，后来时间长了这基本都成了俩人之间故意弄出来的模式，怪有意思的。外人不知道的还以为原野这么长时间一直把姿态摆得很低，也挺辛苦。知道内情的才明白这俩人真是有意思，日子太闲了给自己找点乐子。

比如吉小涛，看俩人天天这么来，看得都麻木了，心如止水。刚开始吉小涛偶尔还发消息跟简叙的助理东临交流，后来都懒得发了。东临挺久没收到，主动发过来问：你哥他们又掰了？

吉小涛黑着脸回：你哥才掰了。

原野这段时间厨艺都见长了，煲个汤煮个面都很是个模样，偶尔还弄点小花样。圣诞节的时候他还弄了一棵圣诞树回别墅那边，巨大的一棵树，上面挂了一堆礼物。方绍一当时都不知道应该摆什么表情，原野怎么挂上去的他能想到，但是自己要怎么摘下来方绍一是真想不到，两米多的树，摘树尖儿上的盒子还得搬个长梯子。眼看着四十岁了，圣诞老人给礼物为什么不能直接塞他枕头底下，非要折腾这。

嘴上、脸上都写着不情愿，但圣诞夜方绍一拍了半个多小时的照片，拍了有十多张。最后，他挑了三张：一张全景，一张他坐在梯子上摘礼物的样子，一张回屋里坐地毯上，两条长腿周围铺了一地花花绿绿的礼物盒，笑得有点满足可爱。还配文称：节日快乐，方七岁。

粉丝在底下"哈哈哈""嗷嗷嗷""嘤嘤嘤"的一堆，都在说些方绍一看不懂的网络词。

原野看不见方绍一发微博，但是他朋友圈有爱心人士啊，手机叮叮当当响个没完，原野看完之后有点无语地问方绍一："哥你显摆什么？"

方绍一拆礼物都拆不过来，最开始脸上还挂着一脸嫌弃，到后来装不下去了，眼睛里的笑意都藏不住，声音倒是还挺正经，说："你管我呢。"

"我不管，"原野帮他一起拆，好几十个盒子，按他这速度得拆到猴年马月去，"我哪敢管，你是老大。"

方绍一指了一下原野手里的盒子，说："放下。"

"啊，好，"原野看着他，愣了愣，然后叹了一口气，放下了，"行，行。"

转眼过年了，私下里原野祝福语一套一套的，说一句方绍一给个红包，最后方绍一红包都给没了原野还没说完。

方绍一无奈地对原野说："没了，别说了。"

原野身边一堆从方绍一那儿收来的红包，笑得有点坏，突然探过身去手往方绍一衣兜里伸，果然又掏出一个，原野笑着说："你以为我猜不到你藏着一个？"

方绍一更无奈了："你好歹给我留一个，老底都给你掏干净了。"

原野一下子乐得不行。

零点倒数之后一脚就迈进了新年，原野在那儿翻东西，方绍一不知道从哪儿又拿出个红包来，塞原野手里，之后说："压岁钱，平平安安。"

原野失笑："我还是没掏干净啊，你怎么还有？"

方绍一说："你再翻出来我还有，我总得留个压岁钱给你。"

原野拿着压岁钱，手摸到沙发枕头底下，也摸出个红色信封来，递过去给方绍一，轻声说："每年都是你给我，以后我也给你压岁。所有祝福都给你，压得稳稳的。"

方绍一接在手里，看了半天，良久都没说话。

原野放低了声音和他说："以前我神经挺粗的，没那么细致，很多事儿我想不到，现在回头想想，总觉得对不住你。"

"以后我凡事多想想，我说错话了你就告诉我，我什么事儿让你为难了你也让我知道一下。"原野继续说着，"往后还有那么多日子，我想咱们别再为了没必要的事伤了和气。"

方绍一和原野对视着，他原本想问原野从哪儿来的这错觉，但又觉得不需要说这个，原野既然说了，他好好接受就可以了。

所以最后方绍一只是点点头，说了声"好"。

两个人好好相处，就每天都是和谐的。没有矛盾也没有纷争，平静之下传递出的惬意，能逐渐填满曾经的遗憾和小伤口。

方绍一从四月拍完戏回来一直歇到现在，眼看都要整一年了。这一年他除了走走宣传和电影节之外什么都没做，任何工作都没接。生活节奏猛地调到很慢，甚至可以说几乎静止了下来。不得不承认这一年来他和原野之间的裂痕修复得很好，毕竟他们两人之间本来也没有什么天大的矛盾。

方绍一年前走了几场宣传，活动也参加了几个。蒋临川那部电影挤的是贺岁档，切切实实火了一把。方绍一去年下半年连着播了两部戏，几乎接上档了。两部戏完全不同风格，但完成得都还不错，演技要被网友夸上天了。影评人对两部电影褒贬不一，但对方绍一倒都嘴下留情了。方绍一也真没什么可指摘的，对演员来说，一切都是靠作品靠演技说话，电影不行导演编剧背锅，演员只要演技完成了预期就不怎么会挨骂。而作为艺人方面，方绍一在和原野闹出来那事之前基本没什么可让人攻击的地方，一直很有艺德。

方绍一去年有一档综艺，两部上映的电影，都很有热度。如果换作别人，这时候该趁着热度得赶紧再提一个台阶，借着现在的人气好好利用一番，正是事半功倍的时候，可方绍一竟然停了，除了之前的合作方之外，能推的工作他全推了。

耿靳维对他的事儿不会有太大意见，毕竟他已经足够成熟了。而且他们俩这种关系，耿靳维更不会多说什么，尤其是这种挣钱的事儿。方绍一不想挣不想接，耿靳维劝多了倒显得有其他想法，说几句，提醒到位了就够了。这么多年，他们的合作没有过矛盾，一直很默契，这跟双方脑子都很明白也有关系，处事时能考虑的都为对方考虑到了。耿靳维从来不架着方绍一让他去挣钱，不强迫他接什么工作，始终保持尊重，以方绍一的意思为主。方绍一那边也尽量配合，平时耿靳维让他带的人，他能带的都会带。什么关系都是处出来的，跟明白人合作最省心。

开年，耿靳维照例给方绍一弄了一个工作计划，方绍一收了，耿靳维说："给我句话吧，你打算歇到什么时候，我也好看看怎么安排。你总得把你的打算跟我交个底。"

方绍一笑了笑，和他说："还真不知道，今年别给我排工作。以前我是工作间隙过生活，以后可能更多生活吧。"

"要息影了？"耿靳维浓眉微微挑起，看着方绍一，"你放得下？"

方绍一低着头想了想，过了会儿之后像是笑了，淡淡地说："能吧。"

年头这会儿耿靳维特别忙，经常要出差。方绍一有时间的时候就去公司上班，替他分担一些。但耿靳维也并没有省下心，越忙的时候越容易出乱子。

不过惹麻烦的不是方绍一，而是原野。

吉小涛一溜烟从楼下跑上来找方绍一，给他看微博，方绍一刚开始还以为什么事儿，结果看完脸色就变得有些沉了。他先给原野打了个电话，说等会儿过去接他。原野估计没看微博，语气还挺轻快，问他晚上想吃什么。

方绍一放轻了声音跟他说："你定，我什么都行。"

"成，那回头再说吧。"原野在电话里说。

"嗯。"方绍一跟原野说完挂了电话。

手机放下，他转头和吉小涛说："用你自己的账号发微博。"

吉小涛先点头应了，然后问："行，我要说什么？"

"先搅浑水，"方绍一皱了皱眉，"他们想要制造舆论，你就先搅和了他们，之后让公关去处理。"

方绍一说话的时候耿靳维的电话打了过来，吉小涛边接电话边答应着："好的，哥。"

刚才那条微博是何寒发的，直接提到了原野，剑指原野：原野，原老师，怪不得您当时会说那样的话，这些天我终于明白了这是什么意思。您说我仗了别人的势，我又何来的势可仗？想想那些努力和心血是多么可笑！如今您可以笑我这条丧家之犬了。

配图是他在剧组拍戏时的戏照，还有之前何寒微博透露出来电影要走双男主线的截图。

他经纪人转发了这条，转发时说：这些话都出自原老师之口，万分屈辱，但为了不影响这部戏，何寒忍下了。可付出没能得到同等回报，他无话可说，希望上天厚待努力坚守的人！

下面的评论中粉丝们占领了大半，心疼何寒被剧组骗了不说，在剧组还要受欺负挨排挤，原野说的话未免太过分了。

关于这个话题的讨论也基本都在说何寒这些年很努力但还是不红，还带了他早年拍的偶像剧照，勾起小姑娘们的情怀，转发时纷纷带着"那些年何寒给的少女梦"的标题。也有的在浑水摸鱼，用模棱两可的口吻说原野在剧组一直很霸道，方绍一耍大牌，这俩人经常欺负新人，还曾经把小演员骂哭了。

才十多分钟的时间，舆论就迅速形成了，对方一看就是早准备好的。和方绍一闹掰了还上综艺演戏到底是落了话柄，在有些人眼里留下了不太好的印象，这似乎给了他们泼脏水的底气，什么都敢说。

粉丝们不知道究竟怎么回事儿，先不怎么敢说话，因为摸不清方向，怕说错话了之后引起反效果，因此辩驳的力度也弱。

方绍一和原野的微博底下很多来看热闹的网友，在评论里让他们回应。两边都没动静，倒是方绍一助理在自己账号先出了声，发了张图，是当初剧本上写的演员顺序，按照戏份占比标的，方绍一是第一个，何寒在第五个。带着一个微笑表情配文：按顺位怎么看都得是男四了，所谓双男主是打哪儿来的啊？

他都说话了，方绍一和原野这边的粉丝也定了心，纷纷开始帮着他俩解释。

何寒确实是让剧组摆了一道，白加了那么多戏，最后根本没剪进成片里，这口气他无论如何没法咽下去。导演甚至整个剧组加在一块儿，热度都没有方绍一和原野强，所以找事也得从他们下手，怎么看都不亏。

耿靳维给方绍一打电话，说："我今晚回，你们俩都先别出声。"

"你忙你的，"方绍一沉声说，"不用回来，不算什么大事儿，我自己跟公关商量一下。"

"算了吧，"耿靳维冷笑，"你现在能冷静下来了？我来吧。"

耿靳维又问："话是原野说的吗？"

方绍一皱眉道："是，话赶话了，情势逼着原野说的，原野不说我也要说。"

"你不可能说。"耿靳维先是笑了一声，之后说，"不过有些人就该骂，这小子……"

后面的话没说，耿靳维纵着他闹事这么久了，也就是顾着他现在背后那靠山，的确是还不太想和那边撕破脸。方绍一脾气好不代表他们公司也脾气好，这些年方绍一什么不好说的话都是公司出面来说，耿靳维自认没方绍一那么有涵养。

方绍一和他说："我以后拍不拍戏了都不一定，我不怕挨骂，无所谓。"

他的意思是尽量把原野从这件事里摘出来，降低对原野的负面影响。耿靳维一听就明白了他的意思，叹了一口气说："你不想让原野挨骂，我也不想你挨骂。这家伙我早晚得治治，有病，往我这儿凑什么？"

他骂了两句之后才挂了电话。

方绍一放下手机之后捏了捏眉心，是真的觉得心烦。眼下网上的舆论让方绍一不能接受，那些字看着都烧他的眼睛。

原野是这个圈里少数的"好人"之一，是真正意义上的好人。方绍一自认他自己只能算是"不坏"，但他真的算不上好。原野这些年砸在免费书屋，给落后地区盖学校捐图书馆，以及公益医疗上的钱，占了原野所有收入的差不多七成。方绍一始终觉得原野身上有文人的大爱，看着他被铺天盖地黑了一通，这让方绍一非常不好受。

方绍一接到原野的时候他显然还不知道这事儿，脸上还带着笑，缩着肩膀钻进车里，说："今天也太冷了。"

"你穿少了，"方绍一也笑着和原野说话，"我早上让你穿厚点你没听。"

"我想着反正来回都有你接我，我穿什么不都一样啊。"原野搓了搓手，"但我忘了从大门口走到里头还有那么远，冻傻了。等久了吗？"

方绍一淡淡笑着："没有。"

原野看着他，过了一会儿突然问了一句："你怎么了啊？感觉你今天不怎么高兴？"

方绍一本来想说"没有"，按照他的行事风格，他一定会和原野说"没怎么"。但话在嘴边打了个转，却没说出来，而是在红灯的时候踩了刹车，停下来后问原野："如果我以后不拍戏了，原老师能罩着我吗？"

原野一本正经等他说话，结果等出这个来，扑哧一声笑了，想也没想先说："那必须。"之后才问，"怎么就不拍戏了？"

方绍一这次竟然没瞒着他，声音低沉地说了实话："何寒发了一条微博，把你在剧组说他的事拿出来说话，你又挨骂了。"

　　原野眨了眨眼，看着方绍一，脸上那点笑意还没收回去，摸了摸脑袋，轻声问方绍一："我又给你惹麻烦了吧？"

　　方绍一摇头，说："我只是突然也很厌恶这一切……前所未有地厌恶这些。"

　　事是导演蒋临川定的，决定那么剪辑也是他拿的主意，这事方绍一从最开始就清楚，但原野不清楚，原野实打实地是最后才知道。最后这个锅却由他们俩来背——主要还是原野，方绍一是被带着一起骂的。可就原野和方绍一的关系，这事儿说他不知道谁也不会信，在旁人眼里，这锅他背一点都不屈。

　　但蒋临川也并不是缩头乌龟，当初这么定也是无奈之下的权衡之举，他也明白肯定得闹这一遭，不过为了电影也认了，他决定放到一切尘埃落定无法更改的时候再做反应。但何寒那边直指原野确实没想到，蒋临川当天晚上就发了声，说由于时长的关系，也为了电影效果，片子这么剪辑是几位核心主创共同决定的结果。剪辑出来的第一版已经舍掉了很多，但还是有两百多分钟，最后的成品中很多演员的戏份都被剪掉了，这在电影后期制作中也是难免的。

　　他这条微博说得不够完美，可钻空子的地方太多，所以很大部分注意力都集中到了他这边，原野那边倒是安静了一些。

　　"你这是说的什么啊，导演，"原野在电话里和蒋临川说，"这么说话就没意思了啊。"

　　蒋临川亲自给原野打了电话，说这次原野确实憋屈，算他欠原野一回。原野在电话里说："我站在风口浪尖上这么多年了，习惯了，不算什么，不用放心上。再说那话也的确就是从我这儿说出来的。"

　　说何寒经纪人的话就是当着导演面说的，那时候原野谁的面子都没给，直接就摆了脸色。这话也就原野说得出口，当时那经纪人都嚣张成那样了，要是还能忍着不说也就不是他了。方绍一之所以让他收收脾气也就是防止有今天这一遭，说了让他们别针对原野，但也还是没防住。

　　方绍一在旁边听着原野打电话，起身去给他泡了一壶茶。

　　这种无奈的时候很多，方绍一再有背景有地位，他也不可能时时处处保证这些事不波及原野。年轻的时候他对自己很有自信，后来才发现身在这个圈根本做不到如此。

原野也说了，他因为这事挨骂一点都不生气。但方绍一也受牵连这让他有些愤怒，也不只是愤怒，这种情绪很复杂。他多少还是有点挫败感吧，自己又搞砸了。

原野跟方绍一说："当时你就让我别冲动收着脾气，那会儿我心里还生气，我还得怎么收？现在我明白了。"

方绍一拍了拍他的肩膀，说："那就不收，以后都这样吧。"

"那也挺好，"原野笑笑，"反正不管怎么都得是这个结果，那不如先爽着再说。我现在就后悔当时没多骂点，要有下回我肯定往痛快了说，之后怎么样也不觉得亏了。"

方绍一突然就觉得原野说得也有道理。以前他想的都是让原野收一点，别留把柄给旁人。现在想想，如果就按照原野的心来，他至少会比现在自由一些。

方绍一看着原野坐在那儿喝茶，看着看着竟然笑了。原野有点诧异地看过来，方绍一就笑着和他说："我也后悔当时没让你多说几句，那怎么办？现在补上？"

原野也跟着笑，嘿嘿个没完，笑完了说："我上微博说？"

方绍一把旁边放的平板电脑拿了过来，递过去："来。"

原野接过来还真的登录了自己的微博，笑得停不下来了。其实他是不会发什么的，何寒他们要的就是热度，一旦有来有回，这热度可就给他蹭够了。他们根本不怕打嘴仗，恨不得原野他们把他那些乱糟糟的事都曝光出来才好呢，他们怎么着都不吃亏，还赚翻了。

原野一登录微博，在首页刷出来的第一条就是吉小涛刚转的一条杨斯然的微博：我在剧组几个月，原野哥对我一直很照顾，过年还给了红包。第一次进剧组本来很紧张，很感谢原野哥和绍一哥对我的指导和提点，受益匪浅。几个月下来我没有听过一句重话，他们始终耐心教导，我很感激。

后面还跟了个双手合十的表情。

原野啧了一声，说："小杨这是公关安排的？"

方绍一看了一眼，没太在意地说："不清楚。"

原野说："可别是他自己发的，那就不妙了。"

这条微博还真就是杨斯然自己发的，也没跟谁商量过，自己就发了。杨斯然现在也算是正式出道了，在电影里面表现不错，而且长相很有观众缘，他在戏里的角色傻呆呆的，但也有点可爱，现在也有了点粉丝，多数都是喜欢他的脸的。后面听说耿靳维给杨斯然弄来了个拍戏的综艺机会，里面都是新人演员，好好推一波应该能小红一把。

这条微博发得有点冲动，杨斯然的助理很头疼，在旁边说："我说了你现在微博就发发照片就行了，少说话！少说话！怎么记不住呢？你看现在，本来没人提这回事，现在把当初的新闻都翻出来了！"

杨斯然低头道歉："对不起啊郑哥，是我冲动了。"

"正常情况下公司都不让新人自己打理微博的，我看你听话才让你自己弄，你看你现在怎么办？"郑光皱着眉，和他说，"上头问起来你让我怎么说？咱俩都得挨骂！"

"就说你不知情，就是我自己发的。"杨斯然抱歉地和他说，"本来也是这样的，我自己的事。"

郑光长长地叹了一口气："你别惹耿总了行不行啊，祖宗……"

"我谁也没想惹，"杨斯然抿了抿唇，"原野哥对我挺好的，我就想说句话。"

"现在不是你讲情义的时候，"郑光看着杨斯然说，"这里也不是讲义气的地方。"

杨斯然看他一眼，转开眼没再说话。

但杨斯然发这条微博冲动是冲动，不过也不是什么大事。再说他本来也是方绍一公司的人，虽然现在没说出去，但早晚也是得跟公司绑在一起。

这事其实不算什么，要不然吉小涛也不会转自己的微博，吉小涛的意思基本就是上头的意思。

杨斯然到最后也没有经纪人，后来给安排了现在的助理，半是助理半是经纪人地带着他，杨斯然也一直很配合。后来郑光偷着问杨斯然，先前闹什么啊，差点把星途就闹断了。

杨斯然没说，只是轻轻摇了摇头。他就是不想要经纪人，除此之外公司什么安排都能接受和配合。

这次是个意外，剧组的事杨斯然是知道的，看着原野和方绍一站在话题风口，他实在是没看过去，就算他也没多少粉丝，但该说的话还是应该说。

245

助理说这里不是讲义气的地方，这话对不对他不知道，可无论什么地方，总该留着点人性吧？是人就有情感，有情感的地方不该是绝对冷漠的。

　　原野作为被直接提到的对象，一直不回应也说不过去，无论如何他得回应一次。原野不想让这事没完没了，对方就等着原野回应之后留了话头好再有话说，原野得让他们憋着。而且他们这么你来我往的，太不像样了，他们想说什么就让他们说吧。所以原野最后不咸不淡地发了一条：大家都加油。演戏的好好演戏，写字的好好写字，旁门左道少琢磨一点，想要什么都有了。

　　原野发这么一条就够了，之后也不会再理，剩下的交给耿靳维就行，这点小事处理起来还是挺轻松的。

　　原野现在该干什么干什么，要说这种事儿真能影响什么，那就是的确影响了心情。本来俩人天天这么待着挺好的，可这几天方绍一情绪都不算太高，原野上楼来，本来打算跟方绍一说说话，结果电话铃声又非常不合时宜地响了起来。

　　原野看了一眼，打电话过来的是关洲，他们俩挺久没联系了，这就不好不接了。原野接电话之前和方绍一说："开心一点。"

　　方绍一抬头看原野，倒是不吝啬，扯起嘴角就是个极好看的笑。

　　原野看着手机，叹了一口气，接电话之前冲方绍一斜斜笑着。

　　原野转身要走，方绍一拦住了他。原野看向他，方绍一用眼神示意自己旁边的位置，让原野就在这儿接。

　　"哈喽？"原野跟关洲打招呼，笑着坐在方绍一旁边。

　　关洲年底的那阵忙劲儿刚过，这个晚会那个晚会的，刚刚告一段落，这才抽出空来打电话，他们过年了都没见过面，怎么也要约顿饭。

　　"好说，"原野语气平静，"你哪天有空提前告诉我就行，叫上傻陆吧，我正好问问他那六千万花了多少了。"

　　一个电话才聊完，电话铃声又在房间里响起，这次是方绍一的。

　　方绍一看了一眼手机，接起电话："喂？领导。"

第八章

电影里的他
是谁的梦。

本来原野还打算在这儿等方绍一打完电话，结果这电话一讲就是快一个小时。听得原野直翻白眼，眼看着一时半会儿的这电话讲不完，转头在房里绕起了圈。

方绍一看着原野绕圈，原野边绕边冲他乐，他跟原野招了招手，原野走过来跟他一起坐在沙发上。方绍一换了个姿势，对着电话那边说："嗯，您说。"

原野认真听着他打电话，后来方绍一就直接开了免提，原野安静听着他们俩聊电话，也不插嘴。电话里面韦华嗓子都哑了，叹了一口气说："就这情况，具体我也不用跟你多说，开机开了三个月，现在有多难办我不说你也知道。"

"我懂，"方绍一聊到后面脸色也挺沉重的，他跟韦华说，"我明早给您答复？您别着急，也别上火，好事多磨。"

韦导在电话里苦笑出声："希望是吧，不瞒你说，我嘴上长了好几个泡。组里其他几位老师早就让我给你打电话，我不愿意给你打，你知道我，我最不愿意强迫别人，心不甘情不愿拍出来的东西也难看。但今天是实在没办法了，让我找一个现在就有时间，还能扛住我的戏的，真没有了。"

方绍一说："我明白。"

韦华又说："不多说了，这回你就当给我救个场。我等你电话，行不行的都给我个信儿。"

方绍一应道："一定的。"

挂了电话之后，方绍一看向原野，原野也一直看着他，没等方绍一开口，原野先说了话："哥，你得去。"

方绍一和原野互相看着，以他们俩之间互相了解的程度，他根本也不用说什么了。原野皱了皱眉，接着说："开拍之前你不接就不接了，但现在需要你救场，无论如何你都得去。我猜如果不是真没招儿了韦导也不会给你打这个电话，别说现在你闲着没有事儿，就算真有事儿，能推的都要推。"

　　刚才这个电话韦华打来确实是说正事，《呢喃》这部戏方绍一没接，但也早早跟韦导说过了，让他早做准备。韦导的确早早就开始准备了，千挑万选地挑出来一个演员，开拍之前就把人扔到农村，去把身上的明星气息磨掉。开机之后也还算顺利，方绍一和原野先前还去剧组探过班。那个演员演戏还行，挺有爆发力的。

　　结果刚才韦华在电话里说，那演员上周请假去给女朋友过生日，之后就再没能回剧组，因为他出了事儿。

　　现在他的经纪公司在拼命压消息，不想出新闻，但这种事压不住，早晚得上新闻。这演员无论如何不能再用了，之前拍的戏全得换人重拍。但都开机这么久了，剧组每天的开销都像流水一样。现在他们唯一的事儿就是马上找演员救场，而方绍一就是不二人选，但这明明是上周的事儿了，到现在韦导才打电话来，就能看出他是想了其他法子的，他不想拿人情来强迫方绍一接这个活儿，现在估计是计穷力竭了。

　　他们不是找不着演员，但好演员的档期得从一年多前就开始定，有些甚至要更早，想现在找一个能立刻进组拍戏，演技还能不拖韦华电影后腿的，就真的没有了。

　　方绍一捏了捏眉心，原野看着方绍一说："你因为什么不想拍戏我知道，咱俩一直也没就这个事儿聊过，一是我怕一聊这个咱俩又要吵，我说话不过脑子；二是我也希望你就趁着这时间好好歇歇，之前两年你太累了。"

　　原野起身坐到方绍一对面，让他正视自己，方绍一挑眉轻笑："这么正式啊。"

　　"不应该吗？"原野也笑着问了他一句，之后收了笑就又是正经说话的样子，"哥，你别拎不清。咱俩的问题咱俩慢慢理，而且我相信咱俩同样的错路都不会再走第二遍。我相信我自己，也相信你。"

　　原野眼神坚定地说自己"相信"，估计没有任何人作为友人能怀疑他的真诚。

　　方绍一轻轻叹了一口气，摆出个十足的弱者姿态，他的声音听着有些闷：

"我是真的怕。"

原野问他："你怕什么？"

"很多，"方绍一低声重复一次，"很多。"

方绍一从来没说过这样的话，他好像就不会和别人讲述自己的内心，不管是更年轻的时候还是现在，他从来不说他想什么，他的想法你要自己去悟，去猜。原野知道他就是这样，也习惯了，很少去逼问他，他的性格就是如此，没必要非要把他掰成另外的样子。就像方绍一也从来不限制原野说话，除非是怕他得罪人的时候。他们一个外放，一个内敛，原本就是这样的。

这是原野很久以来第一次听方绍一说他的感受，不是委婉的，也不是通过其他的话来表达，而是直接地说出来，说他怕。原野在方绍一头上拍了一下，哑声说："不怕。"

方绍一的挣扎原野明白，他现在是真的不想接戏，尤其何寒他们闹了这么一出，会让方绍一短时间之内更不想接戏。

可打电话的是韦导，对他有恩有情，这个场他必须得救。方绍一表面上看着淡漠，其实他骨子里是个很重情义的人。韦导的这个电话句句都是掏心窝的话，这么艰难的时候方绍一要是能冷眼旁观，他就不是他了。

原野后来说："我想看你拍电影，我最初对你改观就是因为你的电影。"

第二天下午，原野和方绍一直接一起飞去了剧组，到了剧组什么也不用说，合同拿过来方绍一大概扫了两眼就直接签了。这部电影的片酬很低，比以往任何一次都低。韦导说："我不是坑你，前面砸出去了太多钱，重拍的成本都要扛不住了，我还得去跟投资方磨，没那么多钱能给你。你这份情我记住了，咱们往后看。"

方绍一摇了摇头："领导，咱们之间不说这个。"

韦华嗓子哑了，嘴边一处溃疡已经结了痂，人看着也很憔悴。剧组中途换人的事是最麻烦的，何况是男主角。前面的心血全部废掉，而且人都不喜欢旧东西，拍过的东西再拍很难能再激出第一次的感情。所以方绍一更得来，用他的戏尽量把全剧组的情绪重新带一遍，如果每一场都比之前效果好，重拍就不算救场，那算改头换面的提升。

这部戏不是商业片，韦导拍戏追求故事，不顾别的。但制片、监制等其他人都对这部戏期望值很高，不指望票房多高，但奖还是要冲一冲的。投资人心里也有数，再这么投钱，万一奖没拿着，票房又不好看，那就彻底赔了。投资人不想再掏钱，韦导自己的工作室已经投了八百万进来，再多也拿不出来了。

方绍一说："缺的资金我来填。各位放心拍，不用担心别的。"

总制片当时也在现场，钱的事归他管，当时他拍了下方绍一的肩膀，什么都没说。

韦华摇头道："不用你来，我想办法。"

"不要费时间去想那个了，您的脑子用来想怎么调整要改的戏就行了。"方绍一说完又跟制片说，"明天我让耿哥联系您，您跟他细说。"

其实这一个星期以来剧组的大家心早就慌了，最初只有核心团队的几位知道男主角出了事，一直压着没说，怕乱了大家的心。但总瞒着也不是办法，演员迟迟不回来，也瞒不住。剧组的人这周都急了，咱这戏怎么办？还能拍吗？不会黄了吧？

方绍一进组无疑是给所有人都打了一剂强心针。不是随便抓过来顶数的演员，是原本做剧本的时候就定的最佳人选。方绍一不光带着演技，还带着钱，两个大事儿他都给解决了，剩下的都是小事。

原野过来是帮着看剧本的，之前因为不是方绍一来拍，因此减掉了很多内心戏的部分，怕演员表达不出来。现在很多场都要调剧本，台词也要改。

编剧跟原野说："小原，留在这儿帮我？"

原野说："我能做到的部分那肯定会帮，不过我手头也有个活儿，那边用不着我的时候我都可以帮你们。"

"这几天趁你在，正好跟我聊聊。"编剧老师是韦导的老搭档，不管是在编剧圈还是文学圈都是响当当的前辈，是塔尖上那几个人之一，原野一直很尊敬他，从很年轻的时候就挺崇拜他。

原野点头说："好的，没问题。"

他们俩来剧组来得突然，吉小涛人还在公司，手里一堆事儿也不能说放就放下，总得有个人把他这些活分出去。方绍一和他说："不然你就待在公司吧，你也不小了。"

"不，不不不，"吉小涛想都没想就说，"我得跟你跟到老，你不拍戏我在公司，你出门了我必须得跟着你。野哥过几天就走了，到时候只剩你自己了，谁跟你说话啊？"

电话是开着外放的，原野笑了一声说："在公司弄个经理当当多好啊，你傻啊？"

"野哥你别跟着我哥一起劝啊！那我不孤单啊？"吉小涛问，"还是我没办好事儿啊？你们嫌我年纪大了？想换个年轻的吗？"

他都这么说了，原野赶紧说："没有！来，立刻来！明天你就来！"

吉小涛的声音都沉下去了，听着还挺失落的："反正你们要是想换一个那我也没意见，我给你们找个勤快老实的。"

方绍一笑了一声，原野也笑了，原野冲着电话说："行了别装了，没不让你跟，别演小白菜了。"

"哈哈哈，行，"吉小涛也不演了，笑嘻嘻的，"我放下这堆事儿就去！"

其实网上关于他们俩那事还没有完全平息，何寒那边扮可怜尝到了甜头，现在舆论势头对他们来说很不乐观。何寒上赶着惹事，原野不可能公开跟他打擂台，这太掉价，但何寒的那些手段耿靳维也不可能就这么看着不管。

何寒根本不怕负面评价，现在大家都明白，时间能冲淡一切。

但现在的热度给你了，以后能不能给你机会再冲淡一切就不好说了。

方绍一刚进组，有一堆事要忙，俩人都没空再看网上那些风言风语，没那闲工夫。剧组里也没人闲得去关注那些，他们现在相当于关机重启了，之前的那些工作都注销了，大事小事都得重新开始，就连演员穿的衣服都得重新做，两个主演的身材差了一号，之前的衣服方绍一穿着小了。

方绍一这次演的是个知青，下乡多年没能回去，身上那层城里人的气息早就被消磨干净。他年轻的时候在村里有个钟情的姑娘，两个人在这片山林泥土间有过很多浪漫。那时候的他是个青涩温和的愣头青，带着些鲁莽，但也有种固执的可爱，这样的男孩子必然是迷人的。后来的事情注定不会是幸运的，姑娘怀了孩子，他们的事情被人发现，拉扯之间他亲眼见着姑娘流了血，之后脸色苍白地被送去城里医院。

姑娘再没有回来过。有人说她跑了，有人说她死了。

他一年又一年的念想最后都是空等，树头高枝上绑的布条，山头上的瞭望，全都无疾而终。后来的他嘴里常常喃喃自语，念的什么别人听不懂。很多人说他脑子坏了，精神有问题。他时而正常，时而陷入自我世界，嘴里念的究竟是什么没有人听到过。最后这些话和树头绑的布条被风吹响的声音合在一起，像风吹过时的几声呢喃。

女主角是个新人，才二十二岁，很年轻。这个之前韦导就说过，不过磨了这么久，现在她的戏感也出来了。她见了方绍一有点紧张，鞠躬问好，叫了声："方老师。"又看看原野，也叫了声，"原老师。"

方绍一摆了摆手，说："不用这么客气，叫绍一哥和原野哥就行了。"

女演员有点不好意思地笑笑，说："我有点紧张。"

原野笑了一声，问她："是不是看网上说的那些了，怕我们俩骂哭你？"

他这么一说完周围人都笑了，小姑娘赶紧摇头："没有没有，没信那个，剧组里大家都说两位老师人特别好。"

原野笑了一声说："他们那是哄你呢，等一会儿方老师脸一拉下来就得骂人了。"

旁边人又笑了，方绍一用剧本轻敲了一下原野的头："别瞎贫了。"

"我这是给你们活跃一下气氛，一个个的脸都拉那么长，吓死我。"原野笑着说。

这部戏也幸亏就是在方绍一歇了快一年之后才拍，如果是在去年或者几个月以前，他的皮肤状态可能要很费一些功夫才能与年轻时候青涩的那个英俊青年匹配。他前面那两部戏都挺磋磨人，尤其辛导那个，风沙天天往脸上吹，方绍一又不那么注意保养，要是紧接着拍一部需要呈现年轻状态的戏，那必然很吃力。

"今天定了妆，我一看你还挺年轻。"原野调侃他。

方绍一闭着眼往脸上抹精华，没接话。原野已经订了下周的机票飞回去，之后个把月是来不了剧组了。原野本来想去聊聊剧本，但方绍一扯着原野，非得让原野陪他说会儿话。

原野应了，东西一放立刻去拿了瓶瓶罐罐过来，监督他抹脸。

最近方绍一这状态确实是不错，毕竟歇了这么久，生活诸事又都很和谐。

因为是韦导的剧组，方绍一进组就跟回家一样的，整个班底他都很熟悉，大家也都很有默契。之前虽说是不接的，但既然现在他接了，一旦真的进了组，就没有那么多杂七杂八可想，必须立刻调整自己，进入状态。韦导和他聊过一次戏，之后就没怎么聊过，两人对人物是有共识的，大体观念也都一致，细节部分边拍边看就可以了。

韦导让方绍一每天都去那棵老树下面坐一会儿，和它培养感情，也不用说什么话，就在树根底下坐着就行了。

剧组选址选在这儿，有很大一部分原因是村里这棵几十年的老槐树。戏里很重要的一个景就是它，也真的是从那个年代就存在了，跟着村子共同经历了那些日子，也见证了那么多形形色色的人。从年轻到老去死去，每个人都有自己的坚守。

看景的时候选景小组拍了上百套照片过来，韦导一眼就相中了它。用韦导的拍电影即谈恋爱的说法来看，那就是一见钟情。

原野也陪着方绍一一起过去坐，傍晚黄昏，两个人穿着日常装席地而坐，可能很久都没声聊几句。每天这么坐着坐着，他们就真的对这棵树有了不一样的感情。方绍一坐在这儿多数时候想的都是戏，想戏里那个从年轻等到老的固执男人。这么长久下来会形成一种情感暗示，到了这边见到这棵树，他心里就会有些莫名的凄苦悲怆。

再后来原野就不在他旁边坐着了，怕方绍一分心，于是就去树上坐着，有时候还躺着。春天的槐树没有那么繁盛，绿叶刚冒尖的时候，正适合躺在上面闭眼眯着。他没有那么多悲凉情绪能酝酿出来，况且也用不着。

方绍一开机拍的第一场戏就是在这棵树下，男女主孔尘和白茹之间很重的一场戏，也是两个主角相识后在这棵树下的第一场戏。这场戏先前的男演员已经拍过了，很简单的一场戏拍了两天，能讲的都讲过了，所以拍之前也不用再给女演员说什么，直接走戏就行。

因为是第一场戏，原野多多少少有点紧张，演员是不能久待的，待久了身上的戏感就散了。原野搬个凳子坐在导演旁边看监视器，他很热衷于从监视器里看方绍一，可能因为原野也喜欢拍东西，总觉得透过这四四方方的一个镜头，看的就不是眼前的世界了。但场记板一敲，原野就不紧张了。

方绍一进入状态的速度一直都很快，导演这边对讲机一喊开始，现场整体都变成无声的了，也就是这一两秒时间，方绍一连眼神都变了。场记念完场次，敲了板，方绍一已经完完全全是戏里那个莽撞冒失的小青年，眼神很有灵气。

监视器上屏幕的比例和实际大荧幕的比例是一样的，这么看才能让导演最准确地看到调度的效果。镜头里孔尘喊住白茹，伸手夺过她手里端的装石头的盆子，白茹"哎"了一声，没反应过来木盆就已经易了手。孔尘力气有些大，石头颠出来一个，砸在他自己脚上。白茹连"谢谢"都还没说完，见他砸了脚，有些迟疑："你……"

镜头里孔尘一笑，不甚在意地晃了下头，道："没什么。你搬这些石头干什么？"

这么和男同志说话，女孩子总是不自在的。她离得孔尘有几步远，略低着头，额头上有些薄汗，脸热得通红，回说："前天下雨浇坏了苗，备上石头，下雨了好压布。"

白茹音量不大，但声音很好听，脆生生的。

孔尘又问她："怎么你自己搬？别人呢？"

白茹没答这话，轻轻摇了摇头。

她就是不说孔尘也是明白的，无论什么时候太惹眼了总是不吃香，受人嫉恨。白茹长得漂亮，人又老实，一起下乡的这些女青年里，她经常挨欺负。

那时候两人还不太熟，孔尘也没再说太多，只是在两人都沉默，白茹抬眼看他的时候，孔尘冲她露出一个干干净净的笑，比春光都晃眼。

方绍一太会笑了，原野当初想跟方绍一做朋友，就是因为电影里那个有冲击力的笑。这次镜头里方绍一笑起来的样子又让原野有些恍惚，这哪是方绍一，这分明是个心怀坦荡带着点柔和心思的小青年。

韦华不愧是原野喜欢了这么多年的导演，这场戏太漂亮了。春光大好，树芽抽尖，两张干干净净的脸，两个灵魂的初次碰撞。屏幕里，旧时光都透着青春的稚嫩气息。

这场拍完之后，导演喊了"CUT"，原野侧过头问他："行吗，领导？"

石头砸脚是个意外，原本石头应该是滚在地上的，但是导演当时没喊卡，方绍一也没有停的意思，也就顺着演下来了。导演没说行不行，两位演员走过来的时候，导演只是说："等会儿再拍一条。"

方绍一也没多问，点头应了声："行。"

再拍的时候方绍一将情绪收了一些，女演员就也跟着他收。之后他再放，女演员也跟着他放。方绍一是很带戏的，演员和他拍对手戏其实反而轻松。韦导没说重拍是因为哪里不行，那就是可以了，只是想再看看其他的效果会不会更好，所以每一次方绍一都会给不一样的效果。这是他们俩之间的默契，不用多说话，方绍一就能明白导演的意思。

女演员叫乔诗雨，第一天的戏拍完，她冲方绍一弯了下身子说："方老师

255

辛苦了。"

方绍一虚扶她一下，没真挨上，和她说："不用总是这么客气。戏很不错。"

乔诗雨搓了搓手，笑了笑说："我其实特别紧张。"

"不用紧张，慢慢来。"方绍一说完就往原野那边去了。

小姑娘太小了，是从一堆候选里面扒拉出来的纯新人，第一次拍戏就是韦导的戏，对戏的还是方绍一，可以说是一步登天了。但这种机会对很多新人来说压力很大，不是谁都能扛得住的，所以她见了每个人都毕恭毕敬战战兢兢，因为她对这个圈子是全然陌生的。

原野跟了一天的戏，这会儿身心满足。他可能从自身来讲还是更喜欢这种故事，本身也带着对韦导的偏爱，这一天看下来的满足感是他在蒋临川剧组的时候从来没感受过的。不是蒋临川的电影不好，只是黑色幽默的东西总会带着点无厘头，相比较而言原野更喜欢传统的风格。

方绍一走过来的时候原野冲他竖了个拇指，诚恳夸着："棒极了。"

方绍一摇头笑了笑，说："导演在旁边还没说话，你就直接夸上了？"

"啊，"原野看向导演，笑着问，"我说错了吗，导演？"

导演看着原野，也笑了，问："那你话都说出去了，我还怎么说？"

其实他们也就是开玩笑，方绍一是韦导绑定的演员，那必须是非常认可的。方绍一最难得的就是合作了这么多年，还是经常能给人带来惊喜。他的风格不是固定的，给他一个角色，他吃透了就能给你很好的回馈，这说来简单，其实很不容易。他没把自己固定在哪一个程度上，每部戏都是彻底掏空了再重新填。

吉小涛来剧组还给大家带了礼物，小涛哥在方绍一身边混这么多年了，到哪儿都能混得开。助理跟助理之间也得分个三六九等，他就是地位最高的那一批了。他在公司被耿靳维使唤了一年，现在终于又能出来跟组了，感觉自己灵魂都释放了。

他来了原野再有两天就得走，他还欠揍地去问原野："野哥，我再找你说话你还嫌我烦吗？你需不需要关于剧组的一手资讯、照片？"

现在原野光是听他说都觉得头疼，说："你要敢发我肯定拉黑你。"

方绍一也说："你野哥回去有很多事儿忙，你别闲得乱发消息。"

"嗯，行。"吉小涛也不是非得给人发，现在也非常淡定了，还跟原野说，"那你找不着我哥的时候还得反过来找我。"

原野笑着挑眉："我不能给他打电话？我们俩是没手机吗？"

吉小涛面无表情道："拍戏的写剧本的这么辛苦，你们俩还这么有精力呢？"

"滚开！"原野踹了他一脚，吉小涛嘻嘻哈哈跑走了。

方绍一从导演那边过来的时候，原野正在收拾箱子，他是明天下午的飞机。吉小涛在原野旁边帮着他收。

收到一半的时候，见方绍一走了进来，吉小涛跟他点了点头就走了。

方绍一跟原野说："都收拾好了？"

"好了，"原野拉上箱子，拖到墙角放着，回头冲他一笑，"明儿我就拜拜了。"

方绍一走过去说："明早起来我就去拍戏，你也别来跟我说了，直接走就行了。"

原野点了点头说："行，那我就不去片场看你了啊。"

"嗯。"方绍一说，"走你的。"

原野临走之前还真没去看方绍一，方绍一在村里拍戏来着，这两天拍的都是室内戏。原野也没想让人看见，拖着行李箱去了那棵树那儿，趁人不注意，猫着腰跑过去，几步就蹿了上去。

原野来之前从道具组偷了一条布，挂在了树上，到时候方绍一过来跟树"谈恋爱"的时候，抬头一瞅，有个小布条迎风忽闪着，这不挺好的。

片场里，方绍一刚拍完一条戏，导演正给搭戏的男演员说戏，方绍一看了眼时间，转头去问吉小涛："你野哥走了没有？"

吉小涛看眼手机，之后说："这时间应该走了，我问问？"

方绍一"嗯"了一声，导演那边讲完戏，演员又得回去再拍一条。吉小涛打了电话原野没接，估计是在路上了。于是他给原野发了条短信：野哥你到机场了告诉我一声。

这条短信原野也没回，不过原野经常不回他消息，他已经麻木了。

然而方绍一一条戏还没拍完，导演就喊了停，演员看过来，吉小涛眉头皱得死紧，正跟方绍一招着手让他过来。方绍一走过来，导演和他说："你的戏今天就到这儿吧，你赶紧去看看。"

方绍一问："我看什么？"

旁边一个不知道哪个组的小助理，抖着嗓子跟方绍一说："方老师，您快去看看吧，原老师摔了……"

"谁摔了？原老师？"方绍一挑眉，"原野？"

小助理点头说"是"："原野老师。"

方绍一皱着眉说了句："不可能。"

方绍一是真的脑子里第一个念头就是不可能，他就不信。一是这个时间原野应该已经走了，现在还没走飞机都快赶不上了。再说谁摔了原野也不会摔，这人摔了爬起来就得跑，还至于这么兴师动众来找他？

"什么不可能啊！"吉小涛都无奈了，想要晃晃方绍一脑袋看他想什么，"你想啥呢哥！真是我野哥摔了，他从树上掉下来了！"

方绍一脸色一变，立刻就迈步跑了出去。他想起原野总躺在树上打盹儿，万一真睡着了不小心掉下来那也不是没可能。方绍一脸都黑了，原野这些年从没摔过，方绍一也没担过这心。

他过去的时候原野还真在树根底下坐着，穿着连帽卫衣和黑牛仔裤，身上还背了个书包。原野一条腿曲起来，胳膊搭在膝盖上，脸枕着胳膊，一脸无言面对世界的表情，另外一条腿在地上伸直着。身边有人弯腰跟他说话，原野捂着半张脸说："不用管我，等一会儿方老师来了再说吧。"

他挥了挥手，撵他们："去，你们该干什么干什么吧，别在我这儿看我。原老师的自尊心已经全崩了，别再踩着它跳舞了兄弟们，去吧。"

身边本来也没有几个人，估计都让原野撵走了。

有人看见方绍一，说了一句："方老师来了！"

原野抬头看过来，一脸苦笑。方绍一看他这状态应该是还行，脸色也还成，那就没大事儿。方绍一松了一口气，走过去蹲在原野旁边，问："摔着哪儿了？"

原野指了指自己伸着的那只脚。

方绍一帮原野解了鞋带脱了鞋，动作很轻，但原野还是稍微有点皱眉，叹了一口气说："没折，别看了。"

方绍一试着碰了碰伤处，问："疼？"

"不能受力，你这么碰不疼。"原野长长地叹了一口气说，"我说了没折，就是崴了一下。我有……三十年没崴过了……"

方绍一问他："怎么摔的？"

原野又把脸枕在了胳膊上，虚弱地说了句："不知道，那是我未知的动作轨迹。不愿回想，你也别问。"

方绍一其实挺担心，但看原野没事儿，这会儿又突然有点想笑。但好歹也得顾忌着原野老师的尊严，收住了没笑。原野把另外一只鞋也脱了，把两只鞋的鞋带系一起，从中间拎着，然后跟方绍一说："扶我回去吧，不然他们一直看着我。"

周围人一听这个就散了，赶紧走了。

方绍一先把原野扶起来站着，然后调整好姿势，原野突然低声说："我老了，不服是不是不行啊？"

他的语气多多少少都有点悲伤了，方绍一实在是没忍住，轻笑了声，说："以后是不是不能上树了？"

原野没说话，仿佛被乌云罩顶。

其实这也不能说原野就是老了，不能玩儿了。当时也就是一个寸劲儿，他系完布条要下来的时候，一只脚没落好点，有点踩空了。但这事儿在以前也的确是不能发生的，真踩空了胳膊也能抓住，落地时他也能尽量让自己不疼。这次原野也没想到能崴着，有点狼狈。

眼下走肯定是走不了了，飞机都飞走了。方绍一带原野去医院拍了个片，确实没伤着骨头，伤的是筋和韧带，也没严重到没法走路，但头几天确实不该多走，得休养。原野的脚以极快的速度开始肿起来，看着还挺吓人。

原野做梦都想不到有一天他得需要养脚，这有点太打击野猴子了，这称号他都没脸要了。

方绍一身上穿的始终还是戏服，白衬衫蓝裤子，一双旧皮鞋，连衣服都没换，去医院的时候有没有人拍照也没顾得上注意。吉小涛跟在后面，也没让他们俩管这些，他们帽子口罩都没戴，拍就拍吧。

晚上回去方绍一给原野做冰敷，用毛巾裹着冰块敷着他的脚，伤患躺在那儿玩手机。方绍一说："别躺着看手机，眼睛难受。"

"我回个消息，"原野说，"我得跟冯雷子他们说一声啊，我这都放他们鸽子了。"

"嗯，"方绍一轻声问原野，"脚还疼不疼？"

"不疼，"原野不太在意地摇了摇头说，"麻了。"

"过两天就该疼了，"方绍一看着原野，说，"好好养，恢复不好以后经

259

常要崴。"

原野说："不能。"

方绍一是经常受伤的，像现在这样要养伤的时候很多。原野以前总是要照顾病号，这是方绍一头一回把原野当个病人去照顾。整个剧组兴师动众地来看原野，看望病人一样的，还有送红包的，都让原野撵出去了，给红包的拿果篮的都撵走，哪来的回哪儿去。他们这简直是要命一样在臊原野的脸。

这搁正常人心里都得想：没事儿你上树？那你不是有病吗？

没摔怎么都行，真摔了想想也的确是挺有病的。

其实原野嘴上没说，但这事多多少少都让他有点伤感，方绍一明白。对于原野来说，上个树掉下来把脚崴了，这就像住海边的渔儿子呛了水。第一反应是可笑，第二反应其实会有些不知所措。

好像自己真的就莫名其妙地老了，再怎么踩空再怎么是意外，放在从前可能都不会发生。

原野看着自己的脚嗤嗤乐的时候，方绍一有点看不下去了。

他从卫生间出来的时候原野已经睡了，他的脚已经给垫起来了，这会儿也好端端摆着，还挺老实。

方绍一轻声问了句："睡着了？"

原野竟然也开口回他："没有，哈哈。"

"没睡着你装什么？"方绍一笑他。

原野说："我思考人生呢。"

方绍一拿原野没办法，笑着说："睡你的吧。"

原野嘿嘿笑了两声，在黑暗里闭上眼，嘴角挂了点浅浅的笑。

原野哪是能困在床上消停躺着的人，第一天还算安分的，第二天早上方绍一反反复复说了几次别下地瞎走，他嘴上答应得痛快极了，等人一走，自己没躺上半个小时就起来了。

原野就躺不住，也压根儿不是爱躺着的人。他拽过一把椅子垫着脚，靠在沙发上看了一天书。

方绍一下午回来的时候原野已经歪在沙发上睡过一觉了，正单腿跳着从洗手间里蹦出来。原野本来想在方绍一回来之前回床上躺好，装出一副一天都这么老实的样子来，但还没等他蹦回去门就已经开了，现在装显然也来不及。原野索性就地一倒，跟没骨头似的赖在地上，说："脚疼了，快来扶我。"

"脚疼了你还乱走？"方绍一猜原野就是不可能老实躺着，也没指望这个。

原野笑了一声说："那我想上厕所啊，我不起来怎么上厕所？"

方绍一扶着原野回到床上躺好，指了指他的脚。

原野很自觉地抬脚侧着搭在床边，仰着脸跟方绍一说："哥，我订了大后天机票啊，大后天我就得走。"

方绍一下意识皱了下眉，说："太早了。"

"再有两天肯定没事了，"原野对自己的脚腕根本没在意过，说，"那边等我呢，我得回去。没事儿，我心里有数，你放心。"

方绍一能放心？但是原野也真没法不回去。本来昨天就得回，结果这么个小意外又让他多留了几天。《沙哑》那个项目马上要开机了，一堆事等着原野处理，总不能因为他拖了大家共同的进度，这不是原野的风格。而且崴个脚就在家养着不工作，那简直是在挫伤原野的灵魂。

方绍一跟剧组请了天假，亲自送原野回去，原野死拦活拦也没能拦住。原野无语地问方绍一："哥，是不是我这些年没受过伤，好不容易有这么一回，你有点不知所措？我崴个脚，你这么送我？"

"闭上嘴，"方绍一皱眉说，"你还想受多少伤？"

"我就是想说你不用送我，"原野眼神非常诚恳地劝着，"太夸张了，我现在走路都不瘸，你送我的意义何在？"

"你管我呢？"方绍一不听他的。

原野无奈之下只能点头，笑着说："行，行。"

其实原野这脚凭肉眼真看不出崴了，走路完全跟正常时一样的。但方绍一还是把他送回去看他安排好了才走，当天飞了个来回。俩人在机场还让人问候了，问原野脚怎么样。

原野笑着摆了摆手示意没事。

那天方绍一扶着原野上医院，不少人都看到了，在诊室门口就有人对着他们的脸拍。原野倒无所谓，但方绍一当时脸有些冷，克制地让他们不要拍了。

当天晚上爆料就已经出来了，说原野骨折了，方绍一带人去了医院拍片。关于骨折原因，网上猜了好几个，说得最像的一个就是俩人在去片场的路上出了车祸，方绍一躲过一劫，原野断了腿。网上那些东西俩人都没去看，烦得慌。

但是怕粉丝太紧张，后来是吉小涛用原野的账号发了一条微博大概说了一下，他的腿没骨折，只是扭了一下，让大家不用担心。

还有不少人在原野微博底下留了很不友善的回复，又引起了一些争论。吉小涛后来把这些评论删掉了，都很不值得留着。

尽管吉小涛也在圈子里待了很多年了，但看到那些言论依然会有点难受，还是不够淡定。刚开始的时候他还切换到了小号，也去底下发了一条评论，为原野抱不平。

发完之后他想想又觉得自己闲得，跟这些人能掰扯出什么。

原野对这些看得倒是都很淡，风言风语如果每一句都去在意，那整个后半生可能都是压抑的。何必呢？

"你的脚有没有事儿？"冯雷子看见原野第一句话就是问这个。

"你看呢？"原野坐在椅子上抬了下自己崴过的那只脚，"健步如飞。"

"恢复得还挺快。"冯雷子说了一句。

原野只是笑了笑，没再说这个，转头去说正事儿了。

其实原野都是装的，头两天刚崴就只是胀，会有点热和麻，到了第三天第四天才真正开始疼，不能受力。但是原野很受不了自己瘸着腿，也是怕方绍一太担心，就装成个没事人。

方绍一还能不知道原野是装的？走路的时候原野额头上都有一小层薄薄的汗。

所以方绍一晚上打电话过来的时候跟原野说："脚晚上抬高，泡脚，热敷，别偷懒。"

"哎，我都好得差不多了，"原野声音还挺轻松的，和他说，"没什么感觉了，你好好拍戏，不用老担心这个。"

方绍一在电话里沉默了差不多十几秒，原野的声调上扬着："嗯？"

再开口的时候方绍一先舒了一口气，之后说话的声音里带点妥协，也有些认真："如果是以前的话……我可能就不戳穿你在假装的事了。"

这一句话让原野很久都没能回应，后来没说话先笑了。

方绍一声音是很轻的，他问："笑什么？"

原野胳膊搭在额头上，声音压低，说了句很诚实的话："我现在脚疼，疼到我睡不着觉。"

说就说了，说出来也没什么。

方绍一低低地应了一声"嗯"，之后说："我知道。"

　　原野拿着手机的那只手，手指在手机侧沿上刮了刮，听见方绍一说："你以为我会看不出来？"

　　原野闭上眼睛，突然觉得此时此刻特别舒服，好像说出来之后疼痛感都减轻了不少。

　　"你变得有点多。"原野闭眼笑着，和电话对面的方绍一说，"我偶尔还感觉不太适应。"

　　方绍一也笑了声，问："那我还像原来那样？"

　　"不了吧，"原野说，"现在挺好的。"

　　方绍一后来和原野说："如果是以前我甚至可以现在请假飞回去，之后你装不疼，我装担心，这都可以。"

　　他的话让原野听着都淡淡地挂上了笑，方绍一继续说："可是总得有点不一样，才算对得起这几年，是不是？"

　　原野应道："是。"

　　方绍一说："你在我这里假装什么我一眼就看得到，这个话我以前也和你说过。所以你想让我不担心，你想让我不要多想，那你就要说。"

　　他的语速很慢，让人听来觉得很舒服："你肯说了，我就放心了。你说你好了你没什么，那不行。"

　　原野几乎是立刻就笑着说了句："谁不疼啊，我疼得想骂人。"

　　原野确实喜欢现在这样，而且也越来越有种心里很平顺的感觉。改变有时候是突然发生的，也有很多时候是一点一点潜移默化来的。但不管怎么说，如果是一种良性的变化，那身处其中的人是一定会有反馈的。

　　这种反馈让人觉得踏实，也能打散从前的某些担忧，这一切都很好。

　　《沙哑》之前立项还算顺利，眼见着要开机，原野肯定要跟组的，这也是合同里签过的。

　　另外那个缺的角色还真的定了杨斯然，一个是因为杨斯然本来形象也贴合，他在蒋导那部戏里的表现导演看过，确实不错，再加上原野这边的推荐，以及耿靳维出的力，最后定他也不奇怪。

　　文艺片的投资不那么好拉，拿不着奖卖不了国外版权，那很有可能就要赔。

公司往里面投了钱，也算是给杨斯然加了码。但导演其实也是慎重选择过的，光是试镜就试了三次，备选的演员一共有三个，最后还是定了杨斯然。

开机仪式上，原野和杨斯然都在。现场人多得来来回回地挤，杨斯然走到原野旁边默默帮他挡人，有人过来的时候就虚扶一下原野的胳膊，万一真有人撞过来也好就近扶。

原野笑着说："谢谢了，小杨。不过你真不用扶着我，我还不至于那么弱。"

杨斯然小声说话，还有点不太好意思："我也崴过脚，其实半年都不太能用力。真有人撞你你肯定会倒。"

原野看杨斯然一眼，叹了口气说："看破不说破啊，小朋友。"

杨斯然笑了一下，跟在原野身边像个小弟似的，其实杨斯然和从前也没怎么变，上回最初上蒋导剧组也是这么跟着吉小涛。除了作为新人得懂点事，要主动帮吉小涛干点什么之外，他其实也是在找归属感，在一个陌生的地方会主动去接近那些关系更近一些的人。

原野不讨厌杨斯然，他们之前也还算熟，他想跟着就跟。跟着原野是一件很轻松的事儿，他跟人说话多数时候是挺有意思的，听他说话有时很享受。而且跟着原野也能学到很多东西，尽管不是与拍戏相关的。

偶尔清闲的时候他们也聊聊天，原野想起来就问了杨斯然两句："你那么喜欢音乐为什么签这儿？没有音乐公司签你？"

杨斯然点头，之后说："确实没有，而且我原本就没想站在台前，写写歌就挺好的，自由。"

"那怎么就拍了电影了？"原野又问。

"耿总说我适合拍戏，我就签了。"杨斯然低头浅浅笑了笑，说了一句。

原野又看杨斯然一眼，嗤的一声就笑了，杨斯然问："你笑什么？"

原野盯着他的眼睛，开口直接问道："你不会是因为耿哥才签的这儿吧？"

原野一问直接把杨斯然问蒙了，张了张嘴没答话。原野坐直了抻了抻胳膊，说："没事儿，不用说。"

"没，没什么不能跟您说的。"杨斯然低声说，"是，我是因为耿总。"

原野点头，没打算再多聊，闲聊天儿还行，但没想真聊这么深。

杨斯然却接着又跟了一句："他救过我一次，我很崇拜他，好多年了。"

"他……"原野看着杨斯然的脸，有点迟疑地说，"耿哥没要挟你什么吧？"

杨斯然脸上平平静静的，眼角那点淡淡的笑意一直挂着，摇了摇头：
"没有。"

　　原野拍了拍杨斯然肩膀，只说了一句："那就行。"

　　杨斯然从来没和任何人说过这些事，他不想说，也没人可说。但这天他竟
然也没瞒着原野，还讲得挺有劲儿的。

　　杨斯然和耿靳维认识的时候也是十七岁，耿靳维那时候就住杨斯然家楼上，
电梯里偶尔会遇见，耿靳维好像从来就不知道楼下住着这么个年轻的小孩儿。

　　之后杨斯然差点出了意外，耿靳维拉了他一把，让杨斯然一直记到了现在。

　　再后来耿靳维就搬走了，两人几乎没再见过。

　　原野听完多多少少有点吃惊，没想到小杨竟然这么重情义。

　　他站起来动了动腿，总这么站着脚腕受不了，回头看着杨斯然，问："那
你又怎么被他签了的？你找他报恩了？"

　　杨斯然说起这个眼睛都更亮了一些，说："真的只是巧合，碰巧遇见。"

　　那确实是巧合，杨斯然去娱乐公司签合同，写了几首曲子，也不值几个钱，
但合同还是要签的。杨斯然在楼里一眼看到耿靳维，小心翼翼去和他打招呼。
耿靳维搬走之后没再见过杨斯然了，但对杨斯然还有印象，挑眉淡淡地看向他，
杨斯然说话不太顺畅，说自己原来住在他楼下。

　　很艰涩的开场，之后就没有句子能再说。

　　后来耿靳维竟然开口问杨斯然想不想拍戏，杨斯然想了半分钟，之后点头
说了"好"。

　　杨斯然条件确实不错，形象很好。耿靳维给了杨斯然一张名片，杨斯然接
过来的时候努力去掩饰自己颤抖的手。

　　原野听完笑了笑，冲他竖了下拇指。

　　杨斯然摸了摸鼻子，笑得有点抹不开。原野之后随口问道："耿哥知道你
是因为这个吗？"

　　"不知道。"杨斯然几乎是立刻答道。

　　杨斯然眨了眨眼睛，看来有点紧张，说："他不知道，您也别说，可以吗？"

　　原野挑眉。

　　杨斯然垂下眼，声音低了些，慢慢道："我想报答是我的事，为什么要让
他知道？有多感谢他，记了几年，说到底都是自我感动的事，不要拿去绑架别

人……太可怕了。"

原野本来就是当个故事在听，看杨斯然还挺想说的，他就听听。但现在听杨斯然说完这句之后原野转头去看杨斯然，之后突然发现自己之前应该还是小瞧了这小孩儿。

很明白的心境，他没想到杨斯然能这么通透。

原野再次冲杨斯然比了下拇指，什么都没说。之后拍了拍杨斯然，扬了扬下巴，示意他们应该回去了。

晚上打电话原野没和方绍一提杨斯然跟自己说的这些，他们没那个习惯去聊别人的私事。他们俩现在也不是每天都会打电话，有时候时间合不来。

方绍一在电话里问原野："脚还疼不疼？"

原野说："有点儿，疼得不怎么厉害。"

"你自己顾好了，要不然以后三天两头崴一回，那可要命了。"方绍一嗓子有点干，他喝了点水润了一下。

"那可不，原野老师不要尊严了？"原野忍不住笑，"瘸腿猴子啊？"

"猴什么啊？"方绍一在电话里开玩笑，"你还能上树吗？"

原野说："现在肯定是不能了，以后再说以后的。"

方绍一"嗯"了一声，没多说。其实崴过脚基本短时间就不能再剧烈运动了，上树这样爬上跳下的更不可能。但是方绍一不会和原野说这些，原野什么不知道啊。

方绍一在韦导剧组基本上除了拍戏什么事儿都没有，非常省心。原野这边剧组大事没有，小事不断。原野回来之后两个多月俩人都没再见过，都没时间。方绍一生日那天原野守着时间发了微博，方绍一竟然还转发了他那条。

原野在电话里问他："你幼不幼稚，方老师？明天又要引起热议。"

"我想转，"方绍一说，"我还想那么多？"

这个生日原野没特意飞过去给他过，一个是原野这边的事也走不开，另外方绍一的戏再有两个月也就拍完了。整个剧组有默契，戏就能拍得更快一些。最近方绍一那边拍的也都是重头戏，原野也不敢去，怕打散他的情绪，反正再不久也就回来了，所以原野也就没去剧组，就俩人打打电话算了。

第九章

方绍一天生就是个光鲜的人，
他可能会这么闪耀一辈子。

"原野老师？"导演助理过来跟原野说话，弯下身子叫了他一声。剧组因为下雨停工，原野正戴着耳机听着杨斯然给自己的歌，听见人叫他就摘下了耳机，对方和原野说："导演让您过去一趟，有事儿想跟您商量。"

"好，"原野把手机还给杨斯然，笑着和导演助理说，"下回给我打个电话就行了，不用总这么跑来跑去的。"

导演助理挠着头笑了："那也得您听得见啊。"

原野挑了挑眉，摸出手机看到上面的未接来电，笑了两声："哈，还真没听见。"

这是林锋导演剧组的规矩，在片场手机必须静音，所有人用对讲机耳机交流，在片场不可以大声说话，整个片场都是静悄悄的。不仅仅因为这部电影，之前他的剧组也这样，林锋就不喜欢拍戏的时候周围像菜市场似的吵，这部戏因为主角是哑巴，就更要安静。

"怎么了锋哥？"原野到了导演棚，导演旁边的人让出位置，原野坐过去，问，"什么事儿？"

林锋叫了原野一声："小原。"

"嗯？"原野点头，"你说。"

林锋问原野："你看这两场戏改雨天拍，可不可行？"

原野直接摇头："不行。"

制片在旁边皱着眉，一脸苦相："原老师，天气条件就在这儿呢。咱下周就得走，还有将近十场晴天戏没拍，万一后面不放晴，咱就尴尬了。"

最近下雨确实多，当地到雨季了，这没办法。原野问导演："气象局怎么说？你们问过了吗？"

"下周有两天晴天，其他全是雨。"林锋叹了一口气，也捋了把头发，愁。

"咱们什么时候走？"原野又问。

"下周三。"制片在旁边接了话，又说，"时间太紧了。"

原野低头想了半天，之后抬头问导演："锋哥，你觉得呢？"

林锋捏着眉心，先是低声骂了句，然后说："那就全是雨戏了，气氛压得跟要沉船了似的，什么鬼东西。"

原野也叹了一口气，所以还用他说什么？导演也知道不能再改雨戏了，打从来这儿之后晴天儿就没拍成几场，拍了的又废了。导演心里也是不想改的，叫原野过来就是想听听原野怎么说，如果原野同意改，那他或许还能勉强劝自己松口。

来之前他们跟当地气象局已经核对过了这段时间的预计天气，那会儿说晴天得占半数以上，晴戏雨戏分开拍，刚好。结果来了之后才几个晴天？这谁都没办法，天气预报这东西也就是看个大概，哪有那么准的。

这小岛本来就租了四十天，到这儿之后没拍完又加了十天，到下周三他们必须得走了，后面已经租出去了。条件确实不允许，但是这部戏是原野自己一点一点敲打出来的，这就是亲儿子，他肯定不会做这个能让导演制片都能松口气的人。

原野最后还是摇头："没法再改。太多雨了，基调都偏了。"

他们现在拍的是整部戏里可以说是相对轻松的部分，主角和弟弟两个人在岛上，有种隔离的自在，也让观众先松一口气。本来拍出来的感觉应该是轻快的，导演选这儿就是因为这里的美，这是很活泼的一个小岛。结果现在大多数都是雨戏，拍出来的效果已经有些压抑了。

制片说："二位，现实点，客观条件不允许，稍微放低点要求行不行呢？"

导演不说话，原野也不说话，摄影棚里那么多工作人员，都没人说话。

后来还是原野清了清嗓子，先开的口："我的意思是不能再改，但是条件确实有限，我的意见你们就参考一下。要是改就跟我说，戏得调一下。"

导演始终没什么表情，但是制片脸色不好看，原野也没怎么看他，接着说："我给一条方案，可不可行不知道。雨景都拍两条备着，趁晴天拍几个大远景，细节部分来不及就回去拍，拍完再合在一块儿，剪片时候看效果。"

这是原野能给出的自己还算能接受的方案了，全改成雨戏整部电影味道都变了。

那天原野出去之后听见制片在棚里说了句："太天真，年轻编剧都有这毛病。"

原野的动作都没停顿过，只是摇头笑了笑。

其实原野今天就是制片让叫过来的，想找个自己这边的，帮着劝导演几句，结果人来了之后没说出一句好话来。制片心里不太痛快，但是原野也确实顾不上这个，不过他也能理解。他们的立场和角度不一样，制片用左脑工作，算钱算成本，整个剧组的运行就靠他。导演和编剧靠右脑活着，就要情感，追求的是艺术效果。谁都别说谁错，这事没对错。

原野这边下雨，方绍一那边的雨也不少。几场大雨下来，整个村子都变得泥泞了。方绍一穿着雨衣雨靴，回来后一碗姜水喝下去，在电话里和原野说："你注意，别感冒了。"

"我没事儿，我身体好着呢，你又不是不知道。"原野笑了一下，和他说。

"嗯。"方绍一也承认这个。他们俩之间他是更容易生病的那个，他比原野体质差。

"你顾好自己，"原野轻声问他，"这几天肩膀疼了没？太潮了。"

他压低声音对着电话说："有一点。"

原野笑了一下，跟他说："让小涛给你推推，按摩仪要记着用。"

旧伤的后遗症都这样，怕下雨，怕阴天。以前原野到了下雨天就会担心方绍一，现在他也躲不开这个，一潮了他的脚腕就疼。原野盘腿坐在床上，手伸下去在脚腕上无意识地捏了捏，听见方绍一说："我不用他给我推。"

原野仰头笑了下："那你用谁？"

方绍一也不说，只说："谁知道。"

俩人年龄加起来七十多岁了，你一句我一句说这些没营养的话。聊到一半，方绍一的门响了，他跟原野说："等我一下。"

方绍一去开了门，原本以为是吉小涛没带房卡，结果开了门，还真不是他。

门外站的是一个年轻的小孩儿，戏里是和他一起下乡同批里面的一个，今年才二十一岁。方绍一没想到能是他，手放在门把上，没松手，问："有事吗？"

小孩儿把手里拎的盒子递过来，声音很小，话音还顿了一下，小声问他："绍一老师，听说您肩膀有旧伤，我给您带了这个。"

方绍一没接话，小孩儿有些挂不住脸。方绍一问："经纪人让你来的？"

小孩儿有点惊讶，抬头看过来，方绍一说："你回祁言吧，心意我领了，东西明天给我助理就行，今天我就不收了。"

方绍一抬手晃了晃手机，说："有事忙呢，理解一下。"

他这么一动，手机也亮了。屏幕上的通话状态让那小孩儿尴尬极了，点点头说了一声"晚安"，又鞠了一个躬，然后转身走了。

方绍一关上门，原野在那边啧了一声："绍一老师，你看你怎么不收？那好歹也是人家的心意。"

方绍一问："那我叫回来？好好谢谢他？"

原野轻笑了一声，淡淡地说："随便你。"

这么长时间没见面，原野实在是有点不放心方绍一。这种心情也不知道打哪儿来，按理说方绍一是不需要原野担心的，韦导的剧组里没人会得罪他，吉小涛也在他身边，这些都很安稳，但原野最近就是总提着心，感觉哪里都不得劲。

原野有点后悔方绍一生日的时候没能过去看他，他们俩现在刚恢复到以前的状态，决裂又和好之后总是会首先想到对方，主要还是这么久没看见了，怎么说也还是想确认对方的状况。

这种忐忑在两天之后达到了顶点，这天雨下得太大，片场所在的整个小岛都被大云压顶，云层太低了，压得人气都喘不匀。

林锋最后也没同意再改雨戏，晴天拍大远景，近景回去之后再想办法，或者全拍完之后如果可行的话再过来这边补几场戏。

这么大的雨什么都拍不了，机器都要受潮。原野在房间里太闷了，想要出去透透气。他披了一件雨衣，打算出去走走。路过杨斯然房间的时候，原野顺手敲了敲他的门，但脚步没停，只是抬手一敲，敲完就走了。

杨斯然探头出来，往左右两边看了看，看见原野，叫了一声"原野哥"。

原野回头问："我出去转转，去吗？"

"去，等我一下！"杨斯然回房间里拿着雨衣就要跑，助理在屋里喊道："下大雨呢，你往哪儿去啊？！"

杨斯然笑了一下："我跟原野哥出去走走，太闷了。"

杨斯然说完披上雨衣就出去追原野了，也没管助理在屋里咆哮。其实雨这么大的时候反倒洒脱了，也不用遮不用挡的，披着雨衣随它怎么下，在雨里走着其实会有种畅快感。原野去海边一块高高的石头上坐着，杨斯然也陪着他坐。往前看过去，雨幕之下没有尽头的海水，有种说不出的辽阔磅礴。

写东西的人很喜欢这样的画面，但是在别人看来这行为像是有病。

出来让雨这么一浇，再吹吹风，原野心里那些没有着落和没来由的东西也散了不少。他喊着问杨斯然："回吗？"

"您要是没坐够就再坐会儿！"杨斯然也喊着回道，"感觉挺释放的！"

原野天天带着这么个小弟，也带习惯了，偶尔兴致来了还和杨斯然开开玩笑，说说耿靳维的事儿。每次说起这个杨斯然都显得有点开心，杨斯然是真的崇拜耿靳维，提起那个人的时候，他眼睛里的情绪藏都藏不住。

俩人回去的时候原野跟杨斯然说："回去冲个澡，你要是着凉了我可摊上事儿了。"

"跟您有什么关系啊，"杨斯然摇头说，"我自己也想出去走走，房间里太闷了。"

杨斯然的助理听见声音从里面开了门，看见他们俩一把抓住原野的胳膊，喊了声："野哥！"

原野都让他给抓蒙了，愣头愣脑地问他："干什么？"

助理把原野扯进房间里，关上门，死皱着眉脸上急得不行："你是不是没带手机啊？小涛找你都找疯了！电话都打到我这儿来了，我正要出去找你们！"

原野几乎是立刻就沉了心，神经绷紧，摸了摸口袋，他确实没带手机。杨斯然也皱着眉问助理："怎么了？"

助理大哥看看杨斯然又看看原野，只说："小涛没说，但是听起来挺急的。"

原野说："行，我知道了。"说完转身就出去了。

有些直觉是下意识的，而且很准。原野在开门的时候心里想的只有一个，明明自己之前都有些预感了，怎么就不给方绍一打个电话。

原野抄起手机给吉小涛打电话，怎么打都是通话中，原野指尖都有些发抖，嘴唇都渐渐变白了。他打了两分钟，吉小涛也持续占线两分钟。有电话切进来应该是有提示的，但吉小涛还是一直在通话。

原野挂了电话之后给他发了消息：回电话，立刻。

等电话的这一分多钟，原野已经脱了衣服，拿好了身份证护照和钱包。等电话打过来的时候原野已经是随时可以出门走的状态了。

原野接起电话，"嗯"了一声。

吉小涛的声音从电话那边传过来，一开口就能听出他嗓子都快冒烟了的状态，哑得几乎说不出话，叫了一声"野哥"。

原野闭了闭眼睛，又是一声"嗯"。

吉小涛说话几乎全是气音了："你现在回得来吗？我哥这边……"

他说话有点犹豫，原野打断他："他怎么了？什么程度？现在在哪儿？一口气说完别让我再问你。"

吉小涛顿了一下，之后说："道具车爆胎。"

这几个字说完原野眼睑又是一颤，呼吸都停了几秒，吉小涛继续说："车失控翻过来了，我哥压在下面了，人还在抢救室，具体什么情况还不知道，当时就近送的县医院，之后可能得转院。剧组封锁消息了，还没有消息透出去。"

原野过了几秒之后问他："送去之前能看到的地方，都伤在哪儿？"

吉小涛用干哑的声音回话说："头，肩膀，钢筋……穿胸。"

"我马上回，"原野闭着眼睛和他说，嘴唇颤抖，但声音听起来很平静，"撑着，涛。"

吉小涛立刻就哽咽了，说不出话。

原野挂电话之前又叫了他一声，明知道结果还是问了一句："还有意识吗？"

吉小涛说："没有了。"

三十个小时之后，原野下了飞机。当地暴雨，机场所有飞机都已经停飞了，原野那天想尽了一切办法也没能让自己离开这儿。

吉小涛在电话里干巴巴地说着："野哥你别急。"

原野"嗯"了一声，和他说："有任何情况马上给打我电话。"

"放心吧。"吉小涛说。

原野嗓子也哑了，但声音一直很平静，或者说是沉稳。吉小涛很想和原野一直说话，好像和他说话就能安心。

医院里最开始除了剧组的人就只有吉小涛，独当一面处理一切，也很能撑

273

得住。但他再能挺，看着再强硬，心里也慌，也害怕，能让他打从心里倚仗的只有耿靳维和原野两个人。

这两个人都没在，但电话里听着都不慌，他们不慌就好像没有大事会发生，吉小涛就愿意相信，最可怕的事情不会发生。只要那件事不发生，别的他都扛得住。

耿靳维在第一天半夜就到了，吉小涛看见他的时候嗓子已经说不出话。耿靳维一张脸沉得像一潭死水，眼神在医院走廊里一扫，像刀尖划过每个人的脸。所有的招呼都没应，径直朝置景导演走过去，抓着他头发逼得对方仰起头，之后两拳全往他胸口砸。

"耿总，耿总……"没人敢多劝，也没人伸手过来拦着。吉小涛眼神里甚至觉得耿靳维打的每一拳都让他痛快，他就靠在对面墙上冷冷看着。

方绍一现在生死未定，他活了一切都好说，他要是真怎么样了，那就谁都逃不掉。置景组那辆车的司机是第一个，置景导演也跑不过。置景组那辆拉拆桥废料的车速度太快了，拐弯处突然爆胎整辆车失控冲了出去。房子都塌了两栋，也万幸方绍一和另外两位演员距离路边不算近，不然可能连送医院都没必要了。

这么大的事已经出了，剧组几乎所有重要人员全都在，急救室前这一小圈地方已经挤满了人。韦导也在，他看起来也很苍老憔悴，后来还是他过去拦了一把，耿靳维猩红的眼睛和他对视上，韦导沉默着冲他摇了摇头。

耿靳维现在谁的面子也不卖，他收手只是因为现在还有更重要的事，没有其他原因。

之后耿靳维走过去，伸出胳膊在吉小涛身上环了一下，之后用力拍了下他的后背。吉小涛嘴唇多处都裂了，当着面跟耿靳维说话的时候声音才有些发抖："耿哥，我……挺害怕的。"

耿靳维放开他之后沉声说了一句："没事儿，别害怕。"

原野和吉小涛说有任何情况第一时间通知自己，手机一直攥在手里，哪怕坐上飞机后的那几个小时，原野也从来没放下过手机。他怕吉小涛找他的时候找不到，但他从来没有这么恐惧过电话响起。

这个时候打来的电话未必都是好消息，原野甚至没有想好，万一电话真的响了，他得用什么情绪去接。

但是还好，原野下了飞机给吉小涛打的第一个电话，吉小涛开口就是说："别担心野哥，暂时稳定。"

暂时稳定，虽说只是暂时的，但这对原野来说已经足够了。原野跟他说："我还要两个小时。"

"你别着急，没事儿。"吉小涛跟原野说。

机场外面早就有人在等，原野出了机场直奔县城医院。原野到的时候医院里已经没有那么多人了，都让耿靳维撵走了，医院里剩下的人只有六个，每个人脸色都是灰白的，都很难看。

没有心情等电梯，原野是跑楼梯上来的。原野冲导演他们点了点头，吉小涛已经走过来了，说："野哥别担心，刚才医生说现在也还稳定。"

原野还在喘，不听他这些，直接问："还流不流血了？"

吉小涛点头："流。医生也问我们要不要转院。"

"转。"原野想都没想就说了，说完看向耿靳维，"必须得转吧，耿哥？"

这一点原野和耿靳维想到一块儿去了，情况紧急之下先把人送到小医院先急救，稳定之后必须得转院。但是现在医院还不放人，危险期没过，转院风险太大了，建议再等等。

方绍一身上的伤情之前在电话里原野就已经了解过了。锁骨断裂，钢筋穿进右胸刺伤右肺下叶，从省医院调了专家过来做的手术，做了修补止血，但效果不理想。至于头上的伤反倒是最轻的，伤口缝了五针，当时的昏迷可能是由于脑震荡。

原野刚听到这个结果的时候心里其实重重地松了一口气。胸腔里脏器太多，"钢筋穿胸"这四个字让原野在听到的时候就有几秒断了呼吸。如果伤到了心脏，如果伤到了动脉……这些后果原野根本不能想。但这不代表伤了肺就不致命，只是对原野来说，相对于其他脏器，这能让他稍微地松口气。

"导演，"原野走了过去，低声和导演他们说话，"多余的话咱们先不说，我就一个要求，消息必须得压住，一句都不能传出去。"

制片在旁边说："小原，这你放心，剧组这边一句话都出不去。"

韦导握了握原野的手，什么都没说。他掌心很凉，原野知道导演其实不比任何人好受。方绍一对他而言，说是半个儿子都不过分，而且这部戏本来就是他拉方绍一过来救场的，现在出了事导演心里肯定是最难受的。

原野宽慰他："吉人自有天相，我哥不会有事，您也该回去休息了。"

韦导摇了摇头，坐在椅子上没动。

原野太冷静了，冷静得都不像常人。连耿靳维来了都二话不说先动了手，但原野始终是理智的，只是眼睛一直盯着重症监护的那个大门。县医院太简陋了，连单独的无菌监护室都没有，只有一间大的重症监护室，几位重患都在里面。

方绍一一直没醒，每出来一个人给出的都是相同的答案，每个医生都是同样的表情，后来原野也就不问了。

但一直这样不是个事儿，三十多个小时了方绍一还没睁过眼，引流管里的血也一直没断过。上级医院已经联系好了，急救车也一直在外面等，原野和耿靳维都是一个意思，不等了，立刻转院。

转院单是个年轻的医生送过来的，要求监护人签字。原野站起来伸手去接，说："给我吧。"

医生递过去，原野看着单子上对方绍一伤情的描述，他的笔尖开始抖了。

医生一直在盯着原野看，此时试探着问了一句："确定是您来签吗？"

原野熬了几十个小时，眼睛已经很红了，现在直直地看过来，有点吓人，但也莫名地让人不太忍心。

耿靳维从医生手中接过文件，看了原野一眼，之后低头签了自己名字。

原野从最初接到电话开始，一直到现在，吉小涛看到和听到的原野都是冷静克制的，理智地说话，理智地处理事情。原野像是打从心里觉得这只是件小事，不用慌。

但这么一张转院单，好像突然把原野整个打碎了，手抖得不成样子。

"野哥……"吉小涛叫了原野一声。

原野回神，看了他一眼，然后摆摆手，有些僵硬地去了楼梯间。

原野靠着墙，缓缓蹲下身，胳膊在头上挡着，整个人蜷缩起来，缩成一副抵抗世界的姿态。

里面躺的是方绍一，是原野十多年来的挚友。

他有个头疼脑热，原野都觉得不得了了，现在人没有意识，在重症监护室里发烧四十度退不下来，身上插着夹着各种管子，引流管不停地从他身体里往外抽血。

这样的方绍一躺在里面，原野没有一点办法。

这太无力了，也太残酷了。

急救车一路走绿色通道飙去市里，担架床往急救室送的时候，一个年轻的医生扯起被子一把蒙住了担架床上人的脸。

医院人来人往，方绍一的脸是不能被看见的，连原野和吉小涛都遮了脸，医生也是好意。但这个动作原野连反应时间都没有，大夫一盖住脸原野立刻就掀开了，然后脱了自己外套遮住了他。白被子蒙脸太扎眼睛了，不行。他脸上已经一点颜色都没有了，怎么能再给他盖上白色。

人好好地转过来了，一路过来生命体征也还算稳定，这总归是让人稍微放下点心。担架床推进去之前原野狠狠握了握方绍一的手，吉小涛鼻子猛地一酸，转开头擦了下眼睛。

从一家医院的监护室转到另一家医院的无菌 ICU（重症监护室），对外面人来说都没有区别，都看不见摸不着。吉小涛问为什么他们医院不是玻璃房，没人搭理他。

晚上，重症监护区走廊里是不能留那么多人的，后来就只剩下原野。其他人自己找地方待着或者回去睡觉，原野一刻都不想走，也没人让他走。林锋打电话过来问情况，原野说还行，没大事儿。

原野走之前去和导演大概说了下情况，也说了后面的工作他可能没法再做。林锋旁的什么都没说，让他赶紧回去，这边不用再管。原野还能镇定地打电话给冯雷子让他过去一趟，剧本上的事让他盯着。他似乎一点都没慌，很淡定地把手头的事都交代了。

原野在监护区走廊上或站着或来回走走，如果按时间定格的方式去定这些画面，那会和电影里演的一样，一帧一个位置和形态，那种寂寥和萧瑟是显而易见的。病房里有两个医护人员，他们时不时会出来一趟。

原野就问："他醒了吗？"

对方摇头之后原野再问："还流不流血了？"

对方说："还有一点。"

原野点头，不多问了。

凌晨两点半，其中一个护士出来，原野看见他，从走廊另一边走过来。原野走路脚步放得轻，一点声音都没有。护士带了一点笑意和他说："患者醒了。"

原野闭了下眼睛，点头，之后又点了点头，看了下手机上的时间，连问话声音都是轻的，不敢太大声："他能说话吗？"

"不能说话，"对方说，"但是精神还不错。"

原野问："退烧了吗？"

护士摇头。

原野说："我知道了，谢谢啊。"

对方摆了摆手，又进去了。

原野靠在墙上，仰着头想，醒了啊！不知道他脑子清不清醒，都在想点什么？要是能叹气他估计得叹一口气，还得想想之后的那些事儿。

其实方绍一才醒了不到十分钟，基本上护士出来又穿上无菌服重新进去的工夫他就又闭上眼睛了。

ICU每天早晚六点可以进去探视一次，这会儿耿靳维和吉小涛已经来了。因为只能进去一个，原野把兜里的东西都掏出来给吉小涛，去卫生间简单洗漱了下，还撩起水洗了洗头。原野穿上无菌服跟着进去，护士说患者还在睡，原野戴着口罩点头说："没事，我就看看。"

床边有一把椅子，原野坐了过去。病房里的监测设备时不时"嘀"地响一声，这种声音不知道为什么让人听了会有点难受。

可能还是感觉到了，原野刚一坐下方绍一就慢慢睁了眼。他脸上还扣着呼吸机，这么勒着显得颧骨很高，不英俊了。原野就那么看着他，俩人视线对着，原野突然咧了一下嘴角，冲方绍一笑。

方绍一还是看着原野，笑起来有点艰难。原野凑得近了些，不敢去碰他，就长长地舒了口气，然后红着眼笑着，哑着嗓子对他说："你吓死我了。"

方绍一还没有脱离危险期，只要他高烧不退什么都有可能发生，何况他现在血都没止住，过一会儿专家会诊的时候还得再研究他现在怎么办，得找到出血点，血再止不住就还得再开胸。这些都很麻烦，但他现在也没到只能躺在这儿喘气的地步，他不说话是因为戴着呼吸机说话不方便，动还是能动的。

方绍一伸出手来，手上还输着液。原野下意识伸手过去，但是迟疑了一下，不知道能不能碰他。护士在后面小声说："没关系，等下我再给他擦。"

确实是得无菌隔离，怕感染，不过哪至于这样谨慎，原野也知道自己紧张过头了，他自嘲地笑了笑，之后伸手跟方绍一握了握。

"我瘦了吧？"原野问。

278

方绍一仔细看了看原野的脸。

"我肯定瘦了,"原野又说,"估计五斤都不止,这些肉都是我一口一口吃出来的,两天你就给我吓没好几斤。"

方绍一眉眼弯起,呼吸面罩上的雾气重了几分。

原野给方绍一拉了拉被子,又把他上上下下看了几遍。方绍一再看原野眼睛的时候就看到了点水光,他夹着监测仪的手小心地凑过去轻拍原野的手臂,然后拍去那些恐惧、不安和绝望。

半天就只能探视一次,十分钟唰一下就过去了,说几句话就到点了。方绍一看着原野的眼睛,原野叹着气说:"你赶紧退烧,赶紧的。你不退烧就得一直关在这儿,谁也看不见。"

方绍一眼里有些笑意,眨了一下。

原野说完转头就走了,方绍一看着原野出去。

原野跟护士说:"给他擦擦手,也再擦擦脸,辛苦了。"

护士说:"应该的。"

耿靳维问原野:"怎么样了?"

原野笑着点了点头说:"好着呢。"

谁问原野都是这么说,挺好的,好着呢。

其实哪有那么好啊?方绍一伤着肺了,现在喘气都那么费劲。他流了那么多血,要是状况好的话也不至于现在还戴着那破玩意,也不会昨天半夜才醒。他呼吸弱得好像快不存在了,几天之前视频里还那么帅气鲜活的一个,现在躺在那儿话都不能说一句。

方绍一的父母上午到了,吉小涛最开始没第一时间通知他们,是想等方绍一这边稍微稳定了一点再说,现在的情况他不敢说。是原野昨天来了之后给他们打的电话,这种事不能等,大家都怕方绍一有点什么,但不管怎么样没人有资格瞒着他父母。万一呢?如果有些事真的发生,不让他们来看一眼?

原野探视过之后已经给他们打了电话,说了下情况。这会儿看到他们过来,原野走过去,抱了下方绍一母亲,然后握着方悍的手跟他们说:"暂时没什么事儿了,等他烧退了就能转病房,别担心。"

方悍点点头,声音还是一如既往的沉稳有力,但眼眶分明是一片暗红:"我不担心,拍戏在片场有个小伤小病的算个什么。我这些年'死'过这些回,不也都活了？"

"是，"原野说，"他处处都像您。"

耿靳维、吉小涛都在，导演、制片也在，方悍沉着一把雄浑嗓音，问着："到底怎么回事？钢筋哪儿来的？你们拍戏用着钢筋了？"

"废料，拆桥拆下来的。"吉小涛回话说，"戏里要拆个日本桥，戏拍完得把那些拉走，拉废料的车爆胎了。"

"怎么会爆胎？"方悍的眉头皱得死紧，盯着制片问，"你就把实话说给我听，你不说我也要查。这是意外？"

"确实是意外。"制片这几天也愁得头发都快白了，看着方悍诚恳道，"方老，现在事实就摆在这儿。说这个话听来可笑了些，但我们剧组您也知道的，大家都很安分，这次确实是意外。"

"车好好开着，到我儿子旁边就炸了？你拿意外来打发我糊弄我？"方悍犀利的眼神射过来，不管他到了什么年纪，这种威势依然让人不太能扛住。

韦华导演这时开了口："方老。"

方悍等着他："你说。"

"是意外，也是人为。"韦华没瞒着，什么都说了，该怎么回事就是怎么回事，瞒也瞒不住。而且韦华的性格也不是藏着掖着的人，这事他有责任。

剧组的车收来的时候就都是旧车，不拍戏的时候可能停在哪儿一停就是一两年，车胎老化严重，再进组用之前得保养或者换胎。管车的司机报了前轮两对新胎的账，但没换新胎。路况也太差，下雨下得就没好路了，其实两个胎之前就不太行了，但现在开到外面去用大把时间修胎也不现实，司机就拆了一个旧胎，用备胎顶上了。

司机常年摆弄这些，心里是很有谱的，货车没那么敏感，有一两个老化的胎问题不大，将就用到戏拍完正常是可以的，心里要是真没底他也不能那么干。

坏就坏在拆桥的废料太重了。同轴的俩胎花纹不一样，老胎又磨损严重，在胎压不足车速又不低的情况下，一个坑洼就能让它炸了。

这是不是意外？的确是意外，但这本来是能够避免的。司机的责任最大，可谁又没责任？谁都摘不干净，按着线捋，都是负责人查得不严。

和方绍一同时受伤的还有两个演员，两个小演员是去找方绍一帮着对戏的，这种事情方绍一通常都不拒绝。午饭时间吉小涛去帮方绍一拿饭了，不然就他们俩天天贴在一起这情况，他可能也得来个重伤。

方绍一毕竟拍了这么多年戏，打戏也拍了不少，反应是很快的。事情发生的那一瞬间他已经推着俩演员往前扑了，否则那些东西必然得砸在头上，真那样脑壳都得碎。方绍一要是不顾着那俩演员他其实能躲开的，至少不会到现在这个程度。但他怎么可能不管？看着他们被砸死？那还是方绍一吗？

方悍一双眼来回颤动着，眼底染上浑浊的红斑，他问：“那司机呢？死了没有？”

耿靳维说：“医院里躺着，没死。没有绍一伤得重。”

“他还没我儿子伤得重？”方悍是真的气急了，他正气了一辈子，一生坦坦荡荡，现在才能说出这样的话，“他自己不想活了，让我儿子给他扛？”

“小子真出了什么事，你们拿什么赔我？”方悍指了指制片人，眼神又转向韦华，先前总是嘴上说着“在片场有个小伤小病的算个什么”的人，现在拍着墙面吼着问他们，“钢筋从我儿子身上穿过去，要是扎了心脏，你们拿什么赔我？！”

谁能赔个方绍一？谁也赔不了。

方绍一胸腔引流一直有血，不是正常术后的量，颜色也很深，所以得推他出去做肺部检查。医生会诊之后说十点推他下去做个CT看出血点，原野让其他人都回去了，医院里就留了耿靳维和吉小涛，就算有个什么事儿或者要推他去哪儿做检查，他们仨就足够了。这里留的人多了也没用，医院也烦，都堵在走廊里不是那么回事，看着都焦虑。而且原野不想让其他人看见方绍一现在的样子，怕他爸妈担心，也不想别人看见他现在的狼狈。

原野是懂方绍一的，如果不是怕突然有什么事儿人不够，原野能让所有人都走，他自己留着就行了。

谁都没提电影的事，方绍一现在这样，也没人敢提这个。他能不能醒，能不能好，现在危险期都没过，这不好说。他好了之后电影还能不能拍更是不知道，导演不提这事，也顾不上去考虑那些。

如果方绍一现在不流血了他就能稍微动动，也得让他练吸气和咳嗽什么的。可是他现在不知道哪儿还在一直流血，医生就根本不让他动，万一是主干血管出血的话，动作大了导致血管爆裂了就很危险了。

现在他不管去哪儿都有个医生跟着，全程走医生通道，不用去外面一起跟着普通患者等电梯。方绍一是醒着的，原野和吉小涛都戴着口罩，方绍一现在也没带呼吸机，看着精神还行。他在电梯里跟原野说："你是不是一直没休息？"

原野低头冲他笑，脸上的笑都被口罩挡住了，但是眼睛里温和的笑意没挡住，原野说："休息了。"

方绍一眨了眨眼睛，慢慢道："你撒谎。"

吉小涛在里面接话："哥他撒谎。"

原野瞥了他一眼："就你嘴快。"

这是方绍一受伤之后吉小涛第一次和他说上话，这几天他全程跟过来，那些慌乱和恐惧现在想想都不知道自己怎么挨过来的。本来还好，但跟方绍一说上句话之后他的情绪突然就有点崩溃，忍不住地鼻酸。

耿靳维拍了他一下，方绍一叫他："小涛。"

"哎！"吉小涛吸了吸鼻子，哑着应声，"在呢哥，怎么了？"

方绍一声音很低，说话看着有点吃力："晚上你留着，把他赶回去休息。"

"我黑天白天地撵，野哥也不听啊。"吉小涛扯了下口罩，告原野的状，"他现在无法无天，哥你回头收拾他吧。"

"嗯。"方绍一无声地笑了笑，眼神转向原野，原野冲他眨了眨眼睛。

下午耿靳维调过来的专家团队到了，拿着方绍一的各种结果和报告，和本院医生还有当时紧急调去县城给他做手术的医生会诊研究了一个小时。方绍一现在出血点有两个，一个是吻合器上的吻合口有出血点，另外一个是伤处旁边一条血管，需要后面再观察看情况，不行就得再做一次胸腔镜。原野很不乐意再做一次，那就还得来一次全麻，等于又做了次手术。

重新再去鬼门关走一回，这谁能放心？

原野和方绍一说："哥，你赶紧给我凝血，别再动刀了。"

原野当时是半蹲着的，方绍一手抬了抬，放在原野头上，笑着说："好的，我努力。"

两人也就做检查来回路上的时间能说上几句话，其他时间还是一个门里一个门外的隔着。

方绍一在ICU的这些天，原野就没离开过，也没回去睡过觉。就中途有几次去吉小涛住的医院旁边酒店里洗个澡换了衣服，之后马上就还要回去。原野现在不能离开方绍一时间太长，他总怕病房里护士出来有话说的时候自己不在。

在电话里听消息，原野已经恨透了这个滋味。

好在方绍一后来的血止住了，不用再做一次手术。这个事儿让原野进去看他的时候差点高兴地跳起来。

后来方绍一暂时脱离危险期，肺部没有严重感染，没有并发症，也只是偶尔才会发点烧，可以转普通病房了。其实提前两天他就可以转了，但原野没让，反正都住了这些天，也不差再多两天。

方绍一的头发都剃光了，他本来后期伤口缝合的时候剃了一小片，头上伤口换药的时候他索性让护士都剃了，住院也利索，好收拾。

从 ICU 转出来的那天，他是自己走出来的，手上还带着埋的针，慢慢抬手抱了原野一下。俩人都瘦了，而且不是一点半点。原野跟他抱都缩手缩脚，不知道手往哪儿放，顾忌他前胸后背都有伤。

很多人都在病房里等他，方绍一进去的时候还开玩笑说："嚯，这阵仗，吓我一跳。"

方绍一的爸妈都在，方母顿时就红了眼，很端庄的一位夫人，这会儿强忍着没哭出来。方绍一慢慢走过去抱她，说："我没事儿了，别担心。"

方母摸了摸他的脸，她在人前不爱多说话，只是来回摸了又摸。

他父亲方悍说："没事儿了就好，瘦这么些也是难免的。小原这些天辛苦了。"

原野嬉皮笑脸的，说："其实每天你们走了我转头就找地儿睡了，谁还真在哪儿守一宿啊？您还真信啊？"

原野在人前有说有笑，还是这么一副笑呵呵的样儿，等病房里没人了的时候，他拿着毛巾给方绍一轻轻擦着头。挺好，这下洗头都免了，擦擦就行，现在俩人这发型可挺像的。方绍一以前为了拍戏也剃过头，他这样子原野不陌生，可是他当时没有这么瘦，人看着也不憔悴。

原野擦着擦着手就停了，方绍一微微仰起头看原野，原野没什么表情，只是看着他说："你不帅了。"

方绍一摸了摸自己的脸，对原野笑着说："不好看了是吗？那给我点时间。"

"给你点时间你能恢复原样吗？"原野手里拿着毛巾，用手背碰了碰鼻子，声音有点哑，"和以前不能有一丁点不一样。"

"可以。"方绍一仰着脸看原野，认认真真地说，"我能。"

他说他能，眼神也还是那么让人安心，方绍一传递给原野的就是想让对方安心的力量。

方绍一虽然从重症监护室出来了，但不代表他就没事儿了。这是切切实实的重伤，他被切了小半片肺叶，每天都要做雾化，做肺扩张锻炼。原野遵医嘱出去买了袋气球，天天盯着他吹。

韦华进来的时候方绍一正跟原野商量着，问能不能先不吹了。

原野问他："疼啊？"

"啊，"方绍一示弱，"疼。不吹了吧？"

"吹，你才吹几个？"原野不为所动，在旁边给他切水果。方绍一这次伤了之后太难缠了，水果都得原野切成一块儿一块儿的，混在一起吃。

"疼。我肺……"方绍一话说一半，看见韦导走进来，笑着跟他打招呼，"领导。"

"这是干什么呢？"韦导走进来，站在方绍一床边，和他说话，"精神不错。"

方绍一甩了下手里的气球给他看，说："原野天天盯着我吹这个。"

"那你就好好吹。"韦导带着点笑，和他说。

方绍一现在既然都从监护室出来了，情况也基本稳定了，过来看他的人就都不会表现得多愁眉苦脸的，不吉利。导演几乎每天都会过来看他，这天方绍一主动和导演说起戏的事，其实他的戏份原本也就没剩太多，但后面主角痴痴傻傻的戏份一场都还没拍。韦导说："你好好养身体，其他的不用你操心，我想办法。"

这部戏现在处境确实难，最难的就是导演。剧组里现在有些人私下里说，这部戏从头到尾都不顺，导演和那棵老树不合，所以处处遇难事。韦导拍戏拍了一辈子，没哪个剧组像这个这么难——男主角戏拍到一半出了临时换人，换来的又出事了差点没命，原野也从树上掉下来崴了脚，处处都不顺，意外多得蹊跷。现在就不知道方绍一还能不能恢复，之后还能不能拍戏了。

剧组现在根本没人敢问这事儿，这电影会不会到最后胎死腹中，谁心里都没底。这么不顺的一部电影还要不要继续做了，做了结果是什么，谁都没法预测。导演始终没发话，大家就都闭口不言。

方绍一话说不了几句就得捂着肋骨咳，咳嗽是好事儿，咳完了原野把水果递给他让他润喉润肺。方绍一还跟导演开了个玩笑："我现在这个身形和体重，正好能贴后面的戏。但年轻时候的戏拍不了了，不贴戏了，找替身补拍吧。"

　　韦导不接他的话，只是摆了摆手。

　　方绍一知道他在想什么，叫了他一声："导演。"

　　韦导看向他，皱眉太多，眉心有着深刻的川字纹。方绍一认真道："我现在这状况你知道，我确实短时间进不了组。你让我下个月就起来去接着拍戏这不现实，办不到。但这戏我既然接了就必须拍完，你现在扛着什么我知道，告诉大家都放心吧，除了时间上必须得往后拖了之外，其他什么都不影响。"

　　方绍一一口气说这么多话有点难，说完又是一顿咳，原野过来帮他顺气，韦导看着他们，良久都没说话。再开口的时候叹了长长的一口气，声音里有他惯有的沧桑，那是大半辈子磨砺出来的："孩子……我不是来跟你说戏的。"

　　这一声"孩子"让人听着有点恍惚，方绍一挺多年没听韦导这么叫他了。他第一次拍戏那会儿才十六岁，那时候韦导跟他说话总要叫一声"孩子"，后来很长一段时间也都那么叫，再后来方绍一也成熟了，这么叫就不合适了。

　　这电影方绍一当初没接，是韦导硬给叫过来救场的，方绍一命差点就交代在这儿了，导演心里什么滋味儿谁都想得到。

　　方绍一冲他笑得也跟个孩子似的，很简单也带点无辜，对他摊了摊手，说："我就是个演员，您不跟我说戏，那说什么啊？"

　　关于这事儿原野也没和他聊过，也不重要。原野太了解方绍一了，就没怀疑过方绍一会把戏拍完这件事儿。

　　原野刚出去把方绍一吹的一串气球送去给隔壁病房的小朋友了，最近天天都去送，小朋友特别开心。原野一回来方绍一就叫道："我想上厕所。"

　　方绍一现在能走能动的，完全可以自己去，他偏就让原野扶着去，自打他受伤之后就这样。

　　病房里还有张病床就是给陪护人员用的，这就是原野的床。原野之前在走廊待了那么多个晚上，后来有床了也睡不踏实，他半夜总要醒来看看方绍一，夜里方绍一翻身咳嗽他都知道。

　　方绍一压低了声音咳了两声，之后坐了起来，原野问他："怎么了哥？"

　　方绍一朝原野看过来，问："我吵醒你了？"

"没，我睡不踏实。"原野下地走过来，给他倒了一杯水，递过去让他喝。

方绍一开了床头灯，原野表情温和从容，问他："不睡了啊？"

原野下巴都尖了，方绍一看着他的脸，突然说了句："对不起啊。"

原野都让他给说愣住了，愣完之后失笑，问他："这是打哪儿来的这话啊，你对不起什么了？"

方绍一手抬起来在原野肩上轻轻拍了拍，然后轻声安慰："不怕。"

原野本来挺好的，也一直都跟没事儿人似的，这会儿方绍一用俩字就让他所有神经都崩了。

当初方绍一因为时差症在原野眼前晕过去，就能把原野吓得嘴唇都白了，尽管那时候原野已经不小了，现在也三十多了，确实是成年人了，很能扛得住事儿，他扛了这么多天，着实厉害极了。

原野先是站在原地发愣，而后突然弯下了身子，脸埋在方绍一床边，蜷缩起来，肩膀抖动。

方绍一拍着原野的背，一下一下地，也一声声给他道歉。

"我不接受你的道歉。"原野的话里带着浓重鼻音，愤怒里带着些孩子气，手死死抓着方绍一的被子，整个后背都在抖，"你道歉有什么用啊……"

"我这些天担惊受怕的，你一句对不起就完了？！"

"岛上一直下雨，我回不来，小涛说你受伤了，说钢筋穿透了你的胸，他说你没有意识了，我回不来啊！"

原野的情绪已经失控了，脸死死扣在床边，很用力地呼吸："你说不怕我就不怕了吗？你试试？"

方绍一一直轻轻拍原野的脖子和后背，持续不断地道歉，告诉原野不怕。

方绍一知道原野害怕，不管原野十七岁时还是现在，从来都没变过，他在这方面胆子很小。

所以当时方绍一失去意识之前唯一的念头就是：太糟糕了，小猴子要吓疯了。

方绍一眼睛猩红，低头看着原野，沉声说："我怎么可能就这么死了，还没活够呢。"

原野把脸在床上用力来回蹭了两下，之后猛地抬头看方绍一，哑着声音低喊着："你骗人！你差点就死了，都是骗人的！"

方绍一现在说他不会就这么死了，在他在 ICU 躺了那么多天之后。

这话原野怎么可能接受？原野眼睛死死盯着他："你连意识都没有了，现在你跟我说不会就这么死了，就是屁话。"

原野说什么方绍一都应着，点头承认："是，都是屁话。我错了。"

原野瞪着他，那天原野说了很多，说一句方绍一就点头承认一句，然后跟原野道歉，说他错了。

深夜里的这一场崩溃的发泄质问，让原野彻底疲惫了，之前强撑着的那股劲儿好像都散没了，他坐在自己床上，整个人都是一种松弛的状态，坐得很不端正。

方绍一轻声道："睡吧，我看着你睡。我肯定好好恢复，你看我表现？"

原野发泄完，现在甚至有些发空，脑子里什么都没了，强烈的疲惫感也让原野不想再动了，连去洗把脸的劲儿都不愿意使，躺下就睡了。原野面对着方绍一这边睡，睡前又看了他一眼。

原野睡着了之后，方绍一坐在床上静静地看着他。原野瘦了那么多，这个年纪，一瘦就容易显年龄，原野的长相原本是显小的，但现在看来已经很符合真实的年龄了。

原野这一觉睡得很沉，甚至早上其他人已经来了，他都还没醒。吉小涛拎着早饭过来，方绍一正好从洗手间洗漱完出来，吉小涛放下东西过来扶他，他冲吉小涛比了个"嘘"。

吉小涛压低了声音说："等一下伯父伯母要来，我去接他们。"

方绍一点头："晚点吧，让他先睡。"

"嗯，"吉小涛看着原野，点了点头，"野哥太多天没睡过了，这些天他真的一直在绷着，我之前都怕他把自己绷折了。"

方绍一视线放在原野身上，轻轻摇头："他不会的。"

不真正放下心来，那口气就不会松，原野能一直挺着。方绍一低声和吉小涛说着话，吉小涛点头应着，之后说："好的，哥。"

原野那天直接睡到了下午，中间病房里来了一拨又一拨人，护士查房的时候说了很多话，原野都没动过一下。无论谁进来，方绍一都淡淡笑着冲他们比个"嘘"。正常这个时间陪护床是不可以有人睡的，怎么也要等上午医生查房过后再睡，但他们这儿本来也有点特殊，医生护士也就没多说。

方绍一爸妈来的时候，方绍一让他们先回去，毕竟他们年龄大了，总在这里，方绍一实在担心他们。方悍说："你就别管我们了，顾好你自己就行了。"

方绍一说："你们在这儿我担心，而且我休养可得花段时间呢，你们就别在这儿耗着了。爸你回去忙你的，我出院之后回去住。"

方母说："你爸回去，我留着。"

"别，"方绍一对她笑着说，"有原野在就行，你自己在这儿我也不放心。"

他这么说了，他们也就没强留，他们确实帮不上什么，而且方绍一还要分心惦记他们。

原野是被吓醒的，砰的一声过后，他猛地睁开了眼睛。

"没事没事，"方绍一一愣之后赶紧跟原野说，"你睡你的。"

原野坐起来问："怎么了？什么声音？"

耿靳维在方绍一病床旁边的椅子上坐着，半笑不笑地说了一句："气球吹爆了。"

原野坐在那儿眨了眨眼，之后看了下方绍一，方绍一脸上的神色稍微有一点点懊恼，问道："你还睡吗？"

原野摸过手机看了一眼时间，有点惊讶都这个点儿了，他笑着摇摇头说："不睡了。"

他站起来把被子叠好，然后去洗手间洗漱。方绍一小声跟耿靳维说："我说先不吹，你非得让我吹。"

"那是我让你吹的？"耿靳维还是那副不知道笑没笑的样儿，"那是护士让你吹的。"

"你赶紧走。"方绍一轻皱着眉，跟他说。

"明天我就走。"耿靳维耸了耸肩，拿起旁边柜子上的报告单卷个筒在方绍一腿上砸了一下，"当我愿意来呢？你别给我搞事我还来看你？我那么有闲心呢？你太让我操心了。"

原野洗漱完出来，一边拿毛巾擦着脸一边扔了一句："有不让你操心的。"

那边两人都看过来，耿靳维挑眉问："你啊？你可算了，你也是个祖宗。"

原野边笑边说："我也不是你们公司艺人，我又不是明星。"

耿靳维没说什么，没搭原野这话。

原野绕去方绍一另一边，蹲下看他引流管里的气泡，抬头问他："今天吃水果了吗？气球吹几个了？"

方绍一回答："吃了，吹了。那儿有小涛给你拿的饭，你赶紧吃。"

"我问你吹几个了？"原野不让他糊弄过去，挑着眉往上看着。

"一个都没吹完。"耿靳维在旁边接了话。

原野把气球往他身上一扔："吹吧。"说完，原野就站起来吃饭去了。

原野这几天接电话接得明显比以前多了，这世上没有真能压住的事儿。关洲那儿本来就是各种消息的集结地，原野在吃饭的时候接到了他电话："怎么了，洲儿？"

关洲在电话里问："原老师，我听说绍一剧组出事儿了？有没有事儿啊？"

原野没否认，"嗯"了一声，说："受伤了，现在没事儿了，别惦记。"

关洲说："我听说挺重的，反正不管什么事儿，你要是有能用着我的地方你就说话吧。"

"行，"原野笑了一声，"好说。"

网上也开始有消息了，有人说方绍一在剧组出了事故，受了重伤，没抢救过来。

本来大家都当这是瞎扯的，明星时不时就有些匪夷所思的传言，没人拿这话当回事。但是网友的力量不可小觑，顺着各种蛛丝马迹摸索，方绍一出事故本来就是真的，只要有人带头说，各种证据就开始一个一个往外甩了。

粉丝彻底慌了，方绍一和原野的微博底下都是来问的，粉丝都哭着求他们说句话报个平安，路人也一样。

方绍一现在状况逐渐稳定，原野也不怕让人知道，受伤就受伤了，他们不怕说。原野让吉小涛用两人微博都说了话，说只是一点轻伤，让大家不用担心。

原野坐方绍一床上拍了个照，斜着身子挂着，扬着眉神采飞扬地做了个鬼脸，方绍一出镜的只有半边身子和一只手。

粉丝看到这张照片才真正放下心，继续为偶像祈祷去了。尽管方绍一真的穿着病号服，尽管他露出的手腕都能看出他真的瘦了很多，但至少前面的消息不是真的，这不是抢救成功吗。

原野爸妈之后也来了，之前原野一直没和他们说，怕他们担心。后来方绍一脱离危险期了也就没什么了，老两口第二天就坐飞机到了。

原野搂着老妈，说："哎哎，老太太，可别哭啊，你哭了他该有压力了。"

"没哭，没哭。"老太太擦着眼泪，坐在方绍一旁边摸摸他的胳膊，摸摸手，"受苦了啊，绍一。"

方绍一现在的样子确实狼狈，他跟以前差别太大了，头发都剃了，身上也还插着管子的，谁看了心里都会觉得不能接受。这么多年了，方绍一也算是他们家里半个儿子，乍一看见他这样，谁能受得了。

"没事的儿，我过两个月就好了。"方绍一安慰她。

"好什么啊？你当我不知道，"老太太抹抹眼睛，"那可是肺呢，是那么好恢复的？"

"不影响，年轻人恢复快。"原野在旁边说，"真没事儿。"

老两口也没久待，过了两天就回去了，医院里人来人往的，他们在这儿也不方便，而且也不能帮着做什么。

除了实在亲近的人之外，所有说要来看望的，原野都做主回绝了。方绍一得休息，真要是开门见客了那天天什么也不用干了，光等着人就行了。他受了这么重的伤，要是能探病的话，可能半个圈子都得折腾一趟，跟他有点关系的谁也不好不来。

所以就干脆谁也别来，哪个都不见。

连简叙都是半夜偷着来的，他一落地就直接过来了，戴着帽子口罩，他助理东临背着大书包在后面跟着。

方绍一看着他，无奈："你跟着凑什么热闹？几点了？"

"说什么的都有，我不看一眼我这心一直都提着。"简叙皱着眉，骂了几句，之后跟方绍一说，"你别在这儿住了啊，这儿条件不行。我给你联系个疗养院吧，那地方挺不错的，清静。"

方绍一笑着摇头："不用，我现在也不能出院，别折腾了。我在哪儿都一样。"

简叙现在在拍一部电影，是一部推理片，之前方绍一把这边推掉之后直接把简叙送上去了。也就是关系实在铁才能这么干，不然换了心思多容易多想的还不喜欢这样，觉得你把挑剩不要的给我了？电影拍好了还行，万一电影票房惨淡，对方心里可能多多少少还得带点责怪。这种破东西你让我来拍？我还得承你份人情？

所以不是关系真到这儿了，方绍一也不会牵这条线给别人，这是很复杂的事。

方绍一和简叙之间没那么多计较的，简叙是真的得考虑转型了，方绍一也确实帮他，适合他的项目能推荐他的都推了。简叙说："电视剧拍了这些年，演戏都有点没根了，现在就总觉得差点意思，差一口气，上不去。"

"慢慢来，"方绍一跟他说，"这俩模式不一样。你有十分，拍电影就得把自己逼出十二分，不然你就过不了戏，在荧幕上看还是缺点东西。"

"咱俩什么时候搭部戏吧？"简叙半开玩笑说，"我给你当男二号或者男三号都行。"

"我？"方绍一自嘲地笑了一声，"你看我现在这样，以后什么样还难说。"

"你怎么样了？"简叙说他，"我没来之前猜得比现在吓人多了，这还行，还行。"

大半夜的，简叙也不能坐太久，方绍一得休息。他坐了差不多半个小时就要走了，走之前问这俩人："你们俩不会再闹了吧？"

这问题问得太犀利了，方绍一看看原野，原野也看了看他，俩人都答不上来。

"行了我明白了。"简叙说完之后看着这俩人，"那你们俩打算再闹几回呢？"

"你怎么话这么多，赶紧走。"方绍一撵他。

简叙贱兮兮地拉着小助理走了。

人都走了，方绍一就叫原野过来坐他旁边，声音低低的："你还打算跟我闹掰啊？"

"不好说。"原野摇头，"当初那工作室的协议书也不是我签的字。"

虽然不是原野签的字，但是他们俩闹掰的事儿其实也计较不出个什么。谁都不无辜，非要说的话，其实是原野先闹的，这他心里很清楚。他现在也就是故意这么说，反正也有人配合。

"是，是我要你签的。"方绍一一点反抗的心都没有，"我当初怎么这么冲动，但是我现在肺疼。"

前言不搭后语的两句话，他最近用这个句式用得可顺了，不管说什么只要加一句"我肺疼"，那就是第一好使的。

原野都让他给说笑了："锁骨不疼？"

方绍一说："不疼，就肺疼。"

"那你想干什么啊？"原野问他，"怎么能不疼？"

方绍一满脸认真一本正经："你跟我重新签协议我就不疼，立刻就能好。"

方绍一和原野都不是喜欢在新闻或者八卦号上频频露脸的人，但现在一受伤，关于他的事儿总是没完没了地出现。方绍一让耿靳维尽量处理，不用拿这事儿做什么文章。以"方绍一受伤后"为标题开头的推送估计在接下来一阵出现频率极高，能降低就降。

这人感觉受这一回伤，他的性格都变了，变得离不开人了，也懒了，很多事不爱听也不愿意去想。

这次事故不是小事，房子塌了俩，人伤了四个，还有一个重伤。管车的司机责任摆在那儿，置景导演来求过情，但也没怎么好意思张这个嘴。这要放以前可能方绍一不会真的追究什么，趁原野不在的时候说声"算了"就过去了，但现在方绍一端着一个玻璃碗吃水果，头都不抬，不去接置景导演的话。

水果是原野切的，方爷现在只接受这么一个人照顾他，别人切的水果都不吃，不能入口。用吉小涛的话说就是他磕着头之后心理年龄退化了三十年，直奔十岁以下去了。

方绍一跟置景导演指了指原野，这个事他不敢松口，也懒得管，直接都推给原野。他跟置景导演说："我做不了主的。"

原野把纸巾往方绍一腿上一扔，说："我们不难为不报复他，该怎么着就怎么着。赔偿我们不要，他也赔不起，该入刑得入刑，该坐牢他就得去坐牢。没人盯着他非得重判还是怎么，他也可以给自己请律师尽量轻判，怎么判就怎么接着吧，我们没异议。"

置景导演实在是没脸再说别的，虽然方绍一跟剧组关系在这儿，但他差点就因为那个司机的问题而没了命。方绍一的命谁能赔得起？这是现在人抢救回来了，而且就算是抢救回来了他那切掉的小半片肺叶和他这几个月的休养期也没法估价。

原野又说："就算我们不追究责任，我们这边松口了，但公司那边耿哥也不会就这么算了。他那人……薛老师，该怎么办就怎么办吧。"

置景导演本来也就是碰碰运气，连话都没好意思说出口。其实这事出得他也生气，这些天也愁坏了。但毕竟那是跟着他干了好几年的人，到底还是没忍心，想要帮他试一次，行就行，不行也是他活该。现在原野没松口他反倒还松了一口气，内心隐隐地还觉得痛快了。

这事确实没法原谅，原野不是坏人，大是大非面前能心存善念，但也绝不是圣人。从出事到现在原野一眼也没看见那个司机，看见了可能什么心都有，尤其方绍一在重症监护里面生死不明的时候。意外发生之前确实是不可预计的，但它明明是可以避免的。做错了事就得付出代价，指望着别人不追究了甚至原谅他，这世上没那么多便宜事儿。

后来人走了之后原野问方绍一："你觉得呢？"

方绍一刚把水果吃完，将碗递给原野，他吃得有点累，缓了一口气说："我觉得你说得都对。"

"我估计是你的话，可能会原谅吧。"原野看着方绍一说。

方绍一确实不是那种睚眦必报的人，但他却摇了头。原野挑起眉，方绍一脸上的表情有些认真，看着原野的眼睛说："如果这次我只断了一根锁骨我可能会原谅吧。"

原野有点想笑了，问："伤重了就不原谅了？"

"嗯，"方绍一没否认，点了头，"伤了肺，动了手术，也进了 ICU，这我也没法再当个圣人。"

原野当时没太听懂方绍一的意思，笑了笑转身洗碗去了。洗碗的时候，原野还在想方绍一那句话，突然也就明白了方绍一在想什么。

伤得太重了，原野的那些恐惧方绍一这些天很努力在做补偿，身边所有人的揪心和不安让方绍一也不能原谅。

其实就凭原野那天闷在方绍一病床边失控痛哭的那一场，就能让方绍一记这场意外很多年。

原野其实哭的时候不多，从方绍一认识原野到现在，原野哭成那种程度就只有过两回，一回是那年方绍一逼着原野签字的时候，一回就是那天晚上。

原野那些控制不住的气息和嗓音，从喉咙里抽出的每一个哭腔，都让方绍一印象深刻。闹掰那次的哭对原野来说其实再失控也只是难受，但不至于恐惧和绝望。上次和原野这次感受到的难过和灭顶的恐惧完全不是一回事。

方绍一切掉那小半片肺叶后其实不至于影响到以后的生活，恢复好了之后可以和从前一样，但想要彻底恢复好至少需要半年的时间。

医院不是什么值得久留的地方，医生说可以出院的当天方绍一就让他们去办了出院手续。办手续本来应该由吉小涛去，但他还没等走出去方绍一就把他叫住了。吉小涛回头："怎么了，哥？"

方绍一冲他招手让他回来，然后转头跟原野说："你帮我办。"

吉小涛闻言，一脸无语地站在那儿。

原野也嫌他烦："我不去，你几岁了？"

"我几岁也要你给我办，"方绍一不松口，"你不给我办，我不出院。"

吉小涛手揣兜里低着头就出去了，原野拿他也没个办法，瞪着他看了半天，后来也笑了，问他："你烦不烦人？"

"烦，"方绍一点头点得还挺认真，"我也不是烦一天两天了。"

"还知道呢？"原野还是应了，转身去找护士给他拿药办出院。

吉小涛正手揣兜在走廊里乱晃，原野去护士站跟他打上照面，路过的时候故意重重地拍了拍他的肩膀。

原本方绍一得回去静养，但电影确实还没拍完，等他养个半年回来再补那项目就真是拖死了。他现在身体恢复得也算不错，正常行动是可以的，甚至可以有少量适度的有氧运动，但不能搬东西不能有太剧烈的动作。在这样的条件下方绍一没回去，直接去了剧组。

他后面剩的戏本来也不多，而且多数是得收着演的内心戏，对身体刺激不大，但拍戏哪有定数，只能是先试试着看。

原野没拦着他，这戏确实得赶紧拍完，方绍一拍完也能更踏实地休息。先挑着能拍的先拍着，哪怕每天少拍几场，至少剧组的进度别一直停着。现在除了方绍一的戏之外都完成了，导演剪片都完成得差不多了，就等最后这一部分，就卡在这儿。

原野那部戏的剧组之前也从小岛上回来了，原野跟导演林锋和冯雷子都打了电话，当时他有事把剧组扔下就走了，确实走得急。但这种事谁能不理解，尤其冯雷子，他跟原野认识这么多年了，他还是很明白轻重的。这事原野没说太多，没说他情急之下的取舍，也没讲那些虚的客套话，每次沟通都是说正事，一码归一码，事就摆在这儿，轻重没得比。

原野走之前跟导演打了声招呼，说他后面没法再跟了，别的方面没提，只说了句"其他的咱们之后再说"。后面原野其实也没说，只不过把这个项目从最初到目前为止他拿到手的所有稿费都给退了回去。冯雷子立刻就给原野转了回来，原野把整部剧本都完成了，其实工作可以到此结束的，只不过合同上签的让原野后期跟组，如果他当时把这部分摘掉了也就那么回事儿。冯雷子在电话里说："你这是跟谁办事儿呢？咱们之间你搞这套可就太不给脸了。"

原野笑了一下，说："一码归一码。"

"那也不是这么归的，"冯雷子的声音压得低，骂了原野一句之后说，"你傻啊？跟不跟组的就那么回事儿，挂名跟组的有几个真跟到头了，还退钱，就你伟大光明正义？你当你是给我了还是给导演了？你脑子进水了？"

原野不愿意多掰扯这个，他执意这么干，后来冯雷子就扣了后面的尾款，把跟组那部分的款扣掉了。虽然原野人不去了，但是事儿倒也没少，冯雷子时不时就搞一个视频会议，他可能得陪着开会到半夜。这剧本毕竟是原野亲手一点点弄出来的，他的意见是最有参考价值的。

原野怕影响方绍一休息，去吉小涛房间打的电话。方绍一半夜醒了发现人还不在，打电话也不接，穿着睡衣就去敲了门。

吉小涛在床上睡得香，原野从椅子上站起来去开门，耳朵上还戴着耳机，开了门之后看见方绍一，摘了耳机小声问他："怎么了？"

吉小涛听见开门声坐起来，看见方绍一进来了还有点紧张，问："怎么了，哥？"

"你睡你的，"方绍一没看他，"没事。"

吉小涛倒头就又睡了。

方绍一往原野手机上瞄了一眼，画面上压根没人，对着的是天花板。方绍一皱着眉，一脸不高兴："你开会就开会，你跑这来干什么？"

原野也没顶嘴，把俩耳机都摘下来，小声答应着："我怕我说话你睡不着，行，走，回去。"

方绍一摸过原野一边耳机，戴在耳朵上听，里面吵架吵得正厉害，他把耳机还给原野，带着人回去了。

原野哄着巨型儿童重新躺下睡觉，自己在旁边盘腿听手机。方绍一皱着眉，闭着眼睛咕哝："我做梦醒了见不着人，心慌。"

原野天天让他给磨得没脾气，小声又小声地说："行了我在这儿呢，睡吧。"

方绍一还不满意，不痛快："我肺……"

原野立即打断他："知道了，你肺疼。"

方绍一原来的身形对于角色后期来说太壮了，现在住院磋磨这么久出来，刚好能贴角色。唯一差点意思的就是头发，他现在的头发太短了，戏里的角色得是不修边幅杂乱无章的头发。他每天上戏之前弄头发和化妆要很长时间，为了化出那种苍白颓废的气质，化妆师会把他的脸刻意弄出那种病态的苍白，嘴唇的干枯起皮皲裂效果都会弄得很细致。

　　第一次化完妆原野过来乍一看见的时候都没能接受，无声地看了方绍一很久，看完转过身有很长时间的沉默。忽略掉头发，他脸上的苍白颓废把原野一下子扯回了方绍一在 ICU 躺着的那些天。原野每天早晚十分钟能进去看看，其他时间就在走廊里来来回回地转。这种触动也不仅仅都来自对那段时间的记忆，这种妆容总是引人想到很多。

　　方绍一天生就是个光鲜的人，他可能会这么闪耀一辈子，像现在这种狼狈形态的他可能到老都不会有，但原野还是控制不住去想象。

　　"原老师觉得还行吗？"化妆师问。

　　"可以，挺好的。"原野看着镜子里的方绍一，两人通过镜子对视，这样的对视他们有过许多次。第一次应该是原野十七岁的时候跟方绍一去剧组玩儿，那时候什么都是新奇的，镜子里的方绍一化完妆更英俊了。那时候原野冲他笑得没心没肺，方绍一也就回了原野一个笑。现在镜子里的方绍一苍颓衰老，原野沉默许久之后牵了牵嘴角，遥遥对视着递了过去一个淡淡的笑。方绍一回给原野的这个笑里也不是只有当初的包容，还有这小二十年一起走过来的很多很多。

　　有一场方绍一爬到树上系完布条跳下来的戏，而且跳下来之后他要在地上摔一下，然后就势滚一圈。导演都没问他就直接安排了替身，哪怕方绍一说想试导演都不让。他现在就是剧组的第一保护对象，这是从来没体验过的高级待遇。从前拍戏时方绍一动作替身用得很少，以前跳楼跳伞都未必让他用替身，现在跳个树都不敢让他尝试。

　　这也是没办法，影帝现在太娇贵了。

　　原野先前就是从树上掉下来摔的，拍这场戏原野在旁边看着都隐隐约约觉得脚腕疼。他走过去拍了拍树干，笑了声跟它说："咱们天天培养感情，看来这也没培养出来，你摔我是一点不含糊啊？"

　　导演听见了，说："你那也叫培养感情？你不是净躺上头睡觉了？"

"那就不是培养了？"原野回头跟导演说，"我看它就是无情无义。"

导演没那闲工夫跟他瞎贫，不搭理原野了。方绍一在地上滚的戏自己来，滚了一圈之后坐了起来，对着近镜头发了两秒的呆，然后站起身，抬头去看自己刚才系的布条。

这种戏拍起来没难度，方绍一戏感还是在的。而且经历过这么一遭之后，他的心态更沉得住了。

不拍戏的时候方绍一就得戴着口罩，尽量远离人群。吉小涛拿着保温杯过来，里面装的是冰镇梨汁，方绍一打开看了一眼，摇摇头说："不喝。"

吉小涛立刻就转头，四处找原野，方绍一皱着眉，扯了下口罩，不让他声张，低声说："你喝了，赶快喝。"

"我喝？"吉小涛一脸拒绝，"我不喝，回头让野哥知道饶不了我。"

"这东西能有什么用？"方绍一还是皱眉，不肯摘口罩，"你赶紧喝了，等会儿你野哥回来又得盯着我喝。"

"我野哥干什么去了？"吉小涛问他。

方绍一摇头："不知道，打电话去了吧。"

吉小涛没办法，方绍一不愿意喝非要推给他，他举起杯子刚要喝，原野就从后面捏了把他的脖子。其实原野真没什么想法，以为他正常喝水来着，但是吉小涛心虚啊，肩膀都哆嗦了。

在这方面影帝高出一百个他都不止，瞪着吉小涛恨铁不成钢。原野挑眉闻了下杯子，方绍一冲吉小涛伸手，还跟原野说："他抢我东西。"

"嗯？"原野看着他们俩，"他不给你喝啊？"

方绍一点头："嗯。"

原野从吉小涛手里拿过杯子塞方绍一手里，跟他说："我给你抢回来了，喝吧。"

方绍一从医院出来以后就不好管了，水也不好好喝，让干什么就不干什么，有脾气了。这也是这次伤了之后才有的毛病，以前这些小事他根本不放在心上，都懒得因为这些多说话，有说话的工夫喝都喝完了。现在他喝水的任务完不成原野就让他喝放了冰糖蒸过之后再冰镇的梨汁，清肺的。方绍一喝了几天之后连这个也不爱喝了，想着法地赖过去。

"今晚我给你蒸。"原野说。

方绍一只能点头。原野示意他摘了口罩，说："喝吧。"

方绍一在旁边喝梨水，原野坐他旁边看他喝，吉小涛就在一边蹲着看手机，还感叹了一句："小杨这脸确实很出众啊。"

"嗯，确实不错，脸上也没坑没痘的。"原野接了一句。

原野在《沙哑》剧组和杨斯然天天一起待着，待了那么久后两人现在关系确实不错，杨斯然也不烦人，挺懂事儿的。原野随口问了一句："你在哪儿看见杨斯然了？"

"微博啊，"吉小涛把手机给原野看了眼，"热闹着呢，他们那拍戏的节目为了热度可费了不少劲。"

"会不会影响他啊？"原野问。

吉小涛摆弄着手机，皱了下眉说："我抽空得跟他聊聊，别再弄成负面形象了。"

"不用，"原野失笑，摇了摇头说，"他应该不能。"

杨斯然最近人气还挺高的，那节目本来是个演戏的节目，结果有场戏杨斯然亮了嗓唱了首歌，一下子就火了，唱歌的视频在微博转得满首页都是。这里面有公司推了一手，但他确实也是歌唱得好，开口就知道有专业性在里头。

杨斯然在剧组里跟着原野那么久，出了剧组也时不时要问候一下，原野闲着的时候就跟他说几句。

这天原野给杨斯然发了条消息：你小涛哥说要找你聊聊。

杨斯然回得很快：原野哥好！小涛哥要跟我聊什么？

原野其实就是无聊了，逗杨斯然玩儿，笑着回道：你在节目里头唱歌那事。

杨斯然：啊！他们太烦了，一直抓着这点营销，我很不喜欢这样。

这会儿原野突然想起什么，于是发了条消息过去：小杨啊。

杨斯然：在的，原野哥。

原野：你那个报恩……到什么进度了？

原野很少对别人的事儿好奇，但是关系近了之后难免挂心。原野发完这条之后又跟了一条：我就随口一问，不是必须答，别有压力。

方绍一敲门，原野跳起来去开。方绍一带了一层薄汗，直接要去洗澡，拿着衣服进了浴室，过了会儿方绍一就在里面说："我胸口不舒服。"

"有新词儿了啊？"原野笑着站门口歪头看他，"你赶紧洗完得了。"

方绍一皱了皱眉："你不信？"

"我哪敢啊？"原野半边肩膀奔拉在门里，另外一边身子还在门外，"你冲个澡五分钟就出来了，赶紧的。"

原野说完就跑了，手机上有杨斯然回自己的两条消息。

——没压力，不怕你知道，原野哥。

——哈哈，进度百分之四十五吧。

方绍一勉勉强强自己洗了个澡，出来看着原野，原野跟他说："你现在太烦人了。"

方绍一反手一抬放在自己侧胸，话都不用说。

原野失笑："你就装吧。"

瞎闹完了也聊聊正经事，原野看着他在脸上涂涂抹抹，低声叫了他一声："一哥。"

方绍一没睁眼："嗯？"

原野抿了下嘴唇，过了一会儿说："你以后……什么打算啊？"

方绍一声音很平静，没了那股玩笑的调，慢慢道："照常。"

原野手上的动作没停，轻声道："很多人猜你不会继续拍戏了。"

方绍一还是没睁眼，只是笑了一下。良久之后，方绍一闭着眼开了口，对原野道："电影里的我很吸引人，是吗？"

原野应了声："是。"

方绍一又道："他也在吸引着我。"

方绍一为了让戏拍得更纯粹，之前根本没考虑过转去做幕后。电影拍多了手里还有资源的，多数都惦记着自己操刀做电影。但方绍一没考虑过这个，在他这儿表演就是表演，身上背着其他身份，难免要分心。方绍一拍戏的方法是沉浸式的，他每一次都把自己全部浸在一部戏里，拍一部戏就要把自己拆碎重组一次。

在电影行业浮浮沉沉热几年冷几年的态势下，方绍一坚守了二十多年。拍戏是他的职业，电影也一直都是他热爱的事业。有些人要做什么是生来就注定好的，方绍一这一生就该做这个，他也将自己的前半生给了电影。谁都有迷茫期，在混沌中的取舍、挣扎也都是难免的，方绍一也有那么几次萌生了退意。

很多人猜方绍一这次重伤之后可能不会再拍戏了，有些网友甚至笃定地替他放出了消息。

韦导之前说过，电影人得死在电影里，虽然这话说得夸张，但其实也没什么错。每一个一辈子坚持做电影的人，都要经历那么几次大生大死，很少有例外。电影人表面的光鲜之下那些苦难灾祸都是难免的，方绍一的电影生涯如果结束也不会是因为受伤这种外界困难，除非确实动不了了。

他始终是原野的骄傲，这一点从来没变过。

方绍一没有哪部戏拍得比现在这个还难，困难很多，许多原来能轻松完成的动作他现在都做不了，但好在最后还是完成了。

方绍一杀青那天，导演给他包了一个很厚的红包，他将红包捏在手里，挑着眉笑道："挺厚啊？"

导演没说话，单手搂了他一下，在他后背轻轻拍了拍："辛苦了。"

方绍一抱着花，给大家鞠了个躬："大家都辛苦了，因为我的关系，大家每一场戏都过得都不容易，辛苦了。"

"绍一老师别这么说。"身边有人说了一句。

之后其他人也都在说："您辛苦了。"

方绍一那天跟剧组每位主创都握了手，说了话。按理说是要有杀青宴的，但方绍一现在的身体也不能乱吃东西，酒也喝不了，酒桌上又是烟又是酒的，空气也差，于是就算了。导演对他说："回去之后来我家，想吃什么都给你做。"

方绍一点头说："您回去了给我打电话。"

韦导说："好好养着，咱们以后时间还长。你为我做的这些，我心里记着了，咱们往后看。"

方绍一摇头，皱了皱眉道："领导，生分了。"

韦导哈哈笑了几声，又拍了拍方绍一没受伤的那边肩膀，之后看向原野，说："小原也辛苦了。"

原野笑着晃了晃头，笑起来还是那副大大咧咧的样儿："我没什么辛不辛苦的，我很耐磨。"

这部戏拍得不顺，从头到尾都困难重重。但它最后能完成，能保留住它的完整故事性，方绍一已经出了他最大的力。最初他接戏原本就是为了救场，对于剧组出的事故，方绍一没要一分钱赔偿，他开了头，另外两个年轻演员方面也就更不能提出什么意见。最后，他身体还没恢复好，刚出院就直接回剧组拍戏。他跟韦导的情分在这儿，他做的这些，很对得起这份情义了。

这个行当里真感情不多，但总还是有的，不是所有人都是冷漠的，总有些地方还是热的，还有温度。

方绍一从剧组回来，在机场一落地，只觉得有点恍惚。方绍一上次回来还是原野崴脚的时候，那会儿这些事都还没发生。公司的车过来接他们，吉小涛跟司机说："来，小弟，你下来我开。"

"别啊小涛哥，你们坐飞机够累的了。"司机战战兢兢的，"我开就行了，我开车挺稳的，你放心。"

"不是，"吉小涛哭笑不得，"让你下来你就下来。"

司机解开安全带，从车上下来，吉小涛拍了拍他肩膀，跟他说："没事儿，别慌。"

吉小涛顺路先把司机送回公司去了，后座上俩人都睡着了，吉小涛跟司机说："回吧。"

"那……"司机还有点不敢走，本来他的任务是把这三位各自送回家，结果现在一个没送成，他自己倒让人送回来了。

吉小涛摇头笑了笑，关上车窗走了。

坐飞机确实累了，后面那俩人睡了一路。车再次停下之前，方绍一睁了眼，眼里没一点困意，清明得很。吉小涛趁着红灯回头看他，小声说："马上到了，哥。"

方绍一点头，翻出一个口罩戴上了。

车停稳之后，吉小涛关了火，也解开安全带，从兜里掏出手机，对着后座开始拍。

方绍一叫醒原野："野哥，醒醒。"

这一声"野哥"来得太穿越了，原野睁开眼都感觉自己可能还没醒。方绍一什么时候这么叫过他，原野一脸蒙，刚睡醒声音还哑着："干什么啊……你瞎叫什么啊？"

方绍一说："到了，别睡了。"

原野坐起来，揉了揉眼睛，说他："你刚是不是叫我野哥？你是不是病了……"

"没病。"方绍一递给原野一瓶水，原野接过来喝了一口，抬头看见吉小涛，竖起眉问他："你拿手机对着我们俩拍什么啊？"

吉小涛不回答，还跟原野说："野哥，来笑一个，比个 V 字。"

"V 个灯笼啊！"原野彻底清醒了，感觉出不对劲，看了眼车窗外面，"这是哪儿啊？你们俩这是要把我卖了？"

方绍一手罩在原野脑袋上按着晃了晃，然后开门下了车，下去之后弯腰伸手扯原野："出来。"

"我不出去，我感觉有阴谋。"原野觉得这俩人不正常。

方绍一脸上戴着口罩，看不见表情，他扯着原野胳膊往外拽了一下："你下来，坐这儿干什么？"

"我下去干什么啊？！"原野不敢太用力，怕动作大了扯着方绍一，他后来都笑了，跟方绍一说，"你们这架势搞得我不敢下车，你们俩要干啥，给我句话。你要卖我你就说，我还能帮你查查钱，整个镜头对着我拍个没完是干吗呢？"

原野说完推了推吉小涛的手机："小崽子，你就跟着你哥搞我，我现在收拾不了你哥，我还收拾不了你了？"

吉小涛的手机还在举着，像个执着的记者："野哥，我也没办法！"

原野探着头往外看，看了几眼，心里大概有数了，可看明白之后，原野就更不能下车了。他双手叉在胸前，坐得稳稳的，头往后座上一靠，稳得跟一尊佛似的。

方绍一扯了下口罩，低声问道："你下不下来？"

原野闭着眼摇头。

方绍一看着原野，他弯着身子半天了，手放开原野，捂上自己侧胸："我疼。"

"别搞事儿，"原野看了他一眼，"别装。"

方绍一站直了呼了一口气，轻轻皱着眉，眼神看起来也有点难受："你刚才扯着我了。"

我扯啥了？原野心道，自己刚刚连劲都没敢使，压根儿没推他。

但是方绍一说疼，原野还是拗不过他，人家有撒手锏，自己没有。原野认命地下了车，叹了一口气，说："行了，我下来了，别疼了方'娇娇'。"

方绍一带着原野往前走，吉小涛一直拿着手机在他们俩旁边对着拍，原野说："你这是打算拍个纪录片儿啊？差不多得了。"

吉小涛不敢说话，兢兢业业地举着手机。

这地方原野之前来过，要不是那年头一回跟方绍一签股权协议书，他都不知道还有这地方。这次来干什么自然不用说，原野一边走一边忍不住想笑，够能折腾的。

结果一进了大厅，原野一条腿都还没迈进去，这笑就僵在脸上挂不住了："我的老天爷。"

大厅里十几二十个镜头都明晃晃地在对着他们拍，快门声噼里啪啦响个没完。原野摸了摸头，用胳膊挡着脸，小声地问方绍一："祖宗啊……你闹哪样呢？"

方绍一放开原野，摘了口罩，跟大家问了个好。

"辛苦各位，添麻烦了。"方绍一冲着前方众人点了点头。

"我跟原野的事，这两年一直都在传，今天借着大家的镜头说几句。"方绍一面容俊朗，声音沉稳，虽然比以前瘦了，但丝毫看不出病态。

"我从来没公开聊过，都是大家猜来猜去，其实也真的没什么好聊的。"方绍一握了握原野的手，对着镜头说，"我们怎么认识的大家都知道，后来闹掰了你们也知道了。

"闹掰之后，我们俩还是以好友的身份上了一个旅行节目，这事确实挺不应该。节目是我这边要上的，很多人说我为了钱，其实不是，我们把钱都捐了。我是故意想上这个节目的，我就没想过和原野真的分道扬镳，上那个节目就是想看看原野的意思。"

说到这儿，方绍一看了原野一眼，眼角带了些笑意。之后他继续道："不再往来也是我提的，我们性格上有很多不一致的地方，这样一来是为了彼此更好地想清楚以后怎么办，我用了错误的方法，这是我的不对。"

"原野是个很倔的人，表面看起来是我更辛苦，其实这么多年，都是原野迁就我更多。"方绍一话说多了，咳了两声，旁边有人递了水过来，方绍一摆了摆手表示不用。

"其实当时我们都不清醒，很多事情不需要分那么清，再难的事也有更好的解决办法，总好过闹成那样。以后可能我们也还是有很多很多摩擦和问题，但我相信原野，也相信我自己。"

"我这次拍戏受了点伤，算是个小意外。"方绍一又咳了几声，之后声音微微沙哑，"意外来的时候其实我也不知道还有没有明天，那几天我心里才觉得遗憾，如果今生就这么结束了，有些事却还没办完。"

方绍一说了这么多，没有华丽的字眼，每个字都出于真心，每个字都是真诚的。原野始终歪着头看他，眼前人没有穿着当年那套西装，他今年三十八岁了，距当初那场成立典礼已经十三年。原野一直淡淡笑着，笑着笑着眼圈就渐渐有些红了。

方绍一看着原野，沉稳又坚定地问道："你可不可以再重新信我一次？"

原野嘴角弯起一个笑，哑声说："你弄这么大架势，我要是说不行你的粉丝可饶不了我。"

方绍一挑眉："所以？"

原野摊了摊手，有些无奈："我可以同意，但你好歹先有个准备。你带协议书了吗？公证人找好了吗？合同给我看了吗？现在这么长枪短炮的……都拍下来了，我看今天怎么收场，你丢不丢人……"

在场的众人有的没忍住笑出了声，原野说："见谅，这回受伤之后方老师偶尔任性。"

方绍一没说话，原野脑子里已经在想怎么收场。

吉小涛从一边猫着腰挪过来，手机让别人帮忙拿着，直播不能断。他把书包翻到前面来，一样一样的，陆续递到原野手里。

原野攥着一堆纸，哑口无言。但是他脸上还挂着笑，嘴唇不动，咬着牙用只有他们俩能听见的声音问方绍一："又先斩后奏是吧？"

方绍一抬起下巴撇了撇吉小涛："他弄的。"

原野拉着方绍一，拿着那一堆东西去找地方签字。

原野一边翻着合同，一边问方绍一："笔呢？不用我给你打开？"

方绍一从兜里掏出来，自己就把笔帽拔开了。

有人笑着问他："方老师，你怎么不让原老师给你拔开？"

方绍一笑着摇了摇头："见好就收吧，这我都不知道回去得装多久的可怜。"

"装可怜有用吗？"又有人问了一句。

"有用。"方绍一点头，带着他写下了"原野"二字，一边写一边说，"原老师见不得这个。"

原野已经随他去了，只要他开心就好。

方绍一这是早打算好了，反正后面得有很长一段时间的沉淀期，也是调养身体，现在张扬也无所谓了，总之都能沉下去。

原野对着镜头说："别被他迷惑了，他说得天花乱坠，其实都是炒作。过气影帝蹭当红作家热度，我的粉丝别上当。看见我冲你们眨眼了吗？其实我这是被绑架了。"

方绍一侧过头看原野："踩我？影帝再过气还轮到你来踩我？"

原野嗤了一声："影帝肺疼，影帝养伤，影帝接下来好久都没作品了。"

刚才还在掏心窝子说话，转眼画面就滑稽了起来。两人你一句我一句地互说个没完，说笑间对视一眼，小半生过去，彼此竟然还是一如从前。

番外

晚安，故事听完就得睡了。

1

——突如其来的直播？什么情况？被盗号了？

——盗号了吧？哇，人来得好快，我卡死了！

——不是盗号！戴口罩那不是一哥吗？天哪！他瘦了好多啊……

——野妃还没睡醒呢啊，这直播是要干啥？！我哭了！呜呜——

吉小涛直接将直播链接放在方绍一的微博上，一个字都没说。进来直播间的粉丝都还蒙着，等看明白就瞬间热闹了起来。方绍一一声"野哥"太会了，一点冷场时间都没给，公屏上一串一串的"啊啊啊""哈哈哈"，再加上持续进来的新人问什么情况的，弹幕快得都看不清字。

原野刚睡醒就让方绍一和吉小涛弄得云里雾里，拿着手机的人还让原野比个 V 字，原野一声"V 个灯笼啊"更是让屏幕上的字飞速前进。之后就没停过，速度越来越快。

这事儿做得太张扬了，没人这么做过。方绍一说话的时候满屏都在"呜呜呜"，他们俩鲜少在屏幕前剖白内心，所以当方绍一这个有些高冷的人摊开来一字一句去讲这些，那就不可能不感人。

……

吉小涛关掉直播之前对着手机说："就到这儿了，我要关掉了哦。"

屏幕上一直有粉丝送礼物让他不要关，再播一会儿。吉小涛说："我得把人送回家了，任务完成，我等着明天找野哥领死。"

说完，他毅然决然退出了直播间，非常冷酷无情。

不用想都知道，现在网上到处都是这场直播了，回去的路上原野满脸凶相地问："你是不是闲的？你是最近身体太好了？有劲儿了？你瞎折腾什么啊？"

方绍一淡笑着不说话。

原野真是恨不得掐死他："你几岁了还玩这套，你不觉得丢人？刚才要不是人太多我没法折你面子我肯定掉头就走了，大哥。"

方绍一耸了耸肩，还挺无辜："那你倒是走。"

原野都让他气笑了，但又没个办法，他指了下方绍一，无话可说。之后他坐正了一眼看见从后视镜偷瞄的吉小涛，刚才只顾着跟方绍一说话，倒忘了这儿还有个小崽子。原野拍了他脑袋一下，冷冷笑了声，凑到前面去问他："长出息了，涛？"

"没有，丁点儿没长！"吉小涛缩着脖子，"我哥拿工作威胁我的，说我不配合就辞了我，或者把我留在公司，以后不带我了！"

方绍一在后头淡淡地说："他编的。"

吉小涛看着原野："我没编，野哥。"

方绍一又说："我没威胁他。"

方绍一确实没威胁他，这么热闹的事儿吉小涛还用人威胁？不带上他，他八成都要不乐意，这人总是看热闹不嫌事大。

他们一人一句把原野烦得要死，索性谁也不搭理了，闭上眼睛仰头往后座上一靠，一句话也不说。

把人送到了，吉小涛帮着收拾，收拾完立刻就走了，一刻都不敢多留。

原野只给老爸老妈打了电话，他们也知道了，现在估计已经没人不知道了。原野在电话里说话声都不大，小声哼哼着："是，你们不是都看着了？"

"我大姨还特意给你打了个电话？"原野笑了一声说，"行，打了就接呗。"

"他？他好着呢啊，电视里没看见吗？"原野看了方绍一一眼，"他要身体不好还能这么折腾？"

"知道，行，我挂了啊，我关机了，有事你们打他私人手机号吧。明后天回家。"

原野挂了电话之后，直接把手机关了往旁边一扔，方绍一的手机也早关了，还留了一个私人号的手机，知道那个号的人很少。

方绍一等原野挂完电话就站了起来，原野说："你给我站那儿别动，咱俩还有账没算完。"

原野的表情稍微有点认真，方绍一思忖片刻，老老实实坐下了。原野就那么挂着脸去了洗手间，关上门脸上就绷不住了，一点点软了下来，眼角眉梢分明都带着笑意。

原野就是吓唬人，他让方绍一摆了一道，故意弄出那么一副不乐意的样儿。其实那都是原野装的，他哪可能真生气。

这次方绍一搞这么一出，说到底还是公开地给原野澄清，甚至把自己放得比原野更低。因为当初原野主动站出来吸引走了舆论，后来外界一直觉得是原野得罪了他才闹掰，等着看原野笑话。他们俩就这么和好了什么都不说，或者简单说一声，别人都会以为这是原野舰着脸求来的。

所以方绍一当着所有人的面掰开了揉碎了说清楚，一句虚话都没有，说出口的都发自内心。一段健全的关系应该是彼此平等尊重，方绍一最不愿意的就是原野不被尊重。

这些原野还能不明白？

那天晚上，原野穿了条大短裤，坐在地毯上，单腿支着，胳膊搭在膝盖上，要跟方绍一唠唠。

方绍一非常顺从地走过来坐原野对面，问："唠完抹脸吗？"

原野说："你自己抹啊。"

方绍一接话接得非常顺口："东西放得太远了，我不能来来回回这么走，疼。"

原野嗤了一声："那你就干巴着吧，别抹了，反正你一时半会儿的也不拍戏了。"

方绍一没反抗没说话，竟然还点了点头。他不装了，却显得更可怜了，原野知道他是演的，影帝的这点天赋不去拍戏，全用在这会儿了。但尽管这样原野还是看不下去他抿着嘴唇不说话的样儿，伸手拍他了一下："别演了。"

方绍一抬眼看他，原野说："现在也没别人了，咱俩的事儿也消停了，也算空出个工夫，咱俩掰扯掰扯。"

掰扯什么啊？现在这样坐地上要掰扯什么啊？方绍一内心非常不愿意，他今天话讲得还不够多吗？

但是方绍一嘴上一句话没有，老老实实点头。

原野往后靠在沙发，胳膊肘搭在沙发座上，斜眼睨着方绍一，问了句："当着记者面，你说从来没真想跟我闹掰？"

方绍一看着原野，"嗯"了一声。

原野冷笑了声，说他："撒谎。"

方绍一说："没有，真话。"

"撒谎精。"原野又说了他一句。

方绍一竖起眉，表情也认真了起来，道："我没撒谎，我有没有你不知道？"

原野盯着他看，俩人对视着，互相看对方的眼睛，谁也不退让。

过了一会儿，还是原野先开了口，原野老师要翻旧账了。

"你把我车牌都注销了，车牌在物业都不识别了，你怎么说？怎么着，这边我不能来？这工作室注册地没我事儿了呗？"原野问他。

方绍一都不知道原野在说什么："我注销你车牌干什么？"

原野挑着眉："我的车都进不来大门，你是不是还得说是物业自己注销的呢？物业厉害了。"

方绍一迷茫地问原野："车库里那两辆车不是你的？没开进来？"

原野说："别跟我扯，我说咱俩闹掰那时候，上节目之前。"

方绍一的眉毛都拧起来了："我真的没有，小涛更不会。"

原野知道方绍一不会跟自己说谎，但他当时确实没进来。后来俩人眼对眼各自迷茫，方绍一突然想起来什么，问原野："物业费你哪年交的？"

原野说："那谁能记得，刚注册的时候一起交了几年的我都忘了。"

方绍一说："你搬走之后我也没怎么来过这边，欠费了好几个月，我的车也没能开进来，还是小涛去补缴的物业费。应该是有这么一件事，你不说我都忘了。"

原野眨了眨眼，当时他因为这事其实多多少少心里是有点难受的，导致来收拾东西的时候一直都很伤感，觉得方绍一是彻底不想跟他往来了。结果只是物业费没交？这个答案是真的让原野哭笑不得。

感觉他们又被生活给操控了。

不过旧账那绝对不止一件的。

原野接着问方绍一："你不想跟我分道扬镳，你想看看我什么意思，那你录节目的时候老呛我干什么？你呛我我能拿好脸对着你？"

方绍一看原野一眼，说："你先呛我的。"

"我哪呛你了？"原野啧了一声，"再说了，是你逼我签的字，我生气不应该？我呛你不应该？"

"应该，"方绍一点头，然后说，"可是我也很不好受。你心里已经惦记着这事了，我就劝不动你了。你说不想让一段鲜活的关系变成老弱病残，这句话太锋利了。怎么就是老弱病残了？它怎么就残了？"

方绍一有理有据，说到最后看原野真的有些难过了，他又加了一句："而且我也没呛你。"

"没呛吗？"原野用手背蹭了蹭鼻尖，也顾不上其他了，什么情绪都没了，"'你还能感觉到我难不难受，你能吗''别动我箱子''哪句不是你说的？"

"你咳嗽成那样我能感觉不到你难受？你箱子里装金子了？我要给你找东西抹脸，你黑着脸让我别碰你箱子。"说到这儿，原野摸过一个橘子砸在方绍一腿上，沉着脸说，"等一会儿你可快自己来吧，小原不碰你东西。"

这些事儿原野都一件一件地记在心里呢，一个字儿都不带忘的。

方绍一捡起橘子剥开，接话接得很溜："你随便碰。"

"给我滚。"原野说。

方绍一坐过去，说："原野老师饶了我，别翻旧账了。"

原野哼笑了一声："没当着那么多镜头的面跟你翻旧账已经算我仁慈了。"

方绍一也不多说，就那么无声地看着原野。

账算了好半天，再算下去方老师就只能肺疼了。原野叹了一口气，说："算了，太久的不算了，咱们来说点近的。"

方绍一小心地问着："近的还有？"

"可不？"原野笑了一声，笑意没进眼睛，"跟那小演员关系很不错啊，都能给人挡伤了！你都挡出重伤来了，挡得大家都为你提心吊胆。"

方绍一不敢再顶嘴，受伤这事就是心上的一把刀，想起来就是一个血口子。

一会儿后，方绍一轻声说："我错了，知道我的，换了是谁我都会挡那一下。"

原野什么不知道啊？拿出来算的账无非就是把当初觉得难受觉得不痛快的事都说说，以前他们就是因为什么都不说才闷出事来的，所以现在就得好好说，不说都不行。

说来说去也说累了，原野站起来，跺了跺腿，扔了一句："行，今天就唠到这儿吧，我先就想起这些。"

方绍一仰着头问他："上哪儿去？"

原野低头看他，笑了："我能上哪儿去？你不抹脸了吗？"

方绍一松了手，原野去给他把瓶瓶罐罐都拿了过来。

原野把东西放到方绍一手边，说："也就是我心软，不然就凭你跟我黑脸那么一回，这辈子我看你是没这待遇了，多金贵呢。是不是，方老师？"

"不金贵。"方绍一低声道，"我不金贵，我的箱子也不金贵。"

"是吗？"原野随口一问。

方绍一睁开眼，最后叹了一口气，慢慢道："我箱子里……有一本原野老师的新书，还有一个笔记本。你碰它就知道我在打算干什么了……可我当时还不敢让你知道，我不知道你是怎么想的。"

原野眨了眨眼睛，又是没说出话来。

原野到底比不过方绍一，段位低了不止一级，旧账算了半天，招招都让人打了回来。算到最后，账乱得一塌糊涂，再加上方绍一以退为进，不停地服软，这些他现在最会了。

这时候原野是真的明白方绍一说那句话的时候心里是个什么滋味儿了。

2

"原野哥又帅了啊，咱俩一会儿拍张照片我挂墙上吧，现在你也算明星了！"姑娘笑着跟原野打招呼。

原野说："来拍。"

老图推门走了进来，他穿着一件黑色短袖，胸前一大片荧光黄图案，嘴里叼着烟，一只胳膊环过来在原野脖子上勒了一下，微侧着头眯着眼："怎么不早点给我打电话？我差点下午要走了，你再晚会儿给我打电话，我都走了。"

原野笑了一声："还挺忙啊？"

"跟人一起弄了个山庄，还没整完。你有空了去瞅瞅？"老图说。

姑娘在旁边摘了老图胳膊，说他："你注意点儿啊，我原野哥现在估计可多人盯着呢。"

原野挺久没来老图这儿了，因为之前也一直没在家。这次来老图这儿就是吃肉喝酒的，方绍一自从伤了肺就再也没有酒局了，原野也没什么场合要应酬，最近活得特别养生。

今天方绍一去公司了，原野没跟着，自己找地方潇洒了。

老图这儿生意不错，很火爆，最近成了网络热门店了。

姑娘说："去包间吧？"

原野说："不用，谁想拍就拍吧，在包间里吃肉没气氛。"

那样确实没气氛，吃烤肉要的就是这烟熏火燎闹吵吵的感觉。老图领着原野去了个稍微人少点的区域，两人坐在小凳子聊了一会儿天。

后来，原野在老图这儿蹭了一顿饭，吃完饭后方绍一也过来了，在门口等了一会儿，原野出来钻进车里，进了车就脱掉外套："一身的味儿。"

方绍一说："没事儿。"

原野喝了酒，笑嘻嘻的，脑袋凑过去晃了晃："你闻闻。"

方绍一有点想笑："我闻什么？别人都头发上沾味儿，你有头发吗？"

原野笑着骂他，坐直了扯过安全带系着："你怎么这么烦。"

原野确实喝了酒，但没喝太多，恰好在不醉但又足够亢奋的度上。他一疯起来方绍一有时候都招架不住，一会这儿的一会那儿的，没个章法。后来方绍一瞪他："你能不能老实一会儿，你到底要干什么？"

原野扬着下巴说："不能。"

这人就是欠收拾，哪儿都欠。

……

方绍一收拾原野的时候霸气冷酷很镇得住人，不收拾原野的时候他还是可怜兮兮的方八岁。

方绍一搞出来的那一场直播，在网上热闹了好久。他倒无所谓，这人现在也不出去见人，什么活动和电影节都不出席，避世休假了，连领奖都是导演帮着领的，对外只说身体还没恢复好，静养去了。

秋天的时候韦华导演帮他领了一个奖，蒋临川也帮他领了一个，领奖的时候现场连线方绍一，方绍一在大屏幕上说感言。两次导演代领的时候都没少打趣他，在场的人也都跟着笑。方绍一不缺奖，在电影圈来讲，他还年轻着呢，他也一直不是很看重这些，毕竟路还长。

关了视频之后，韦导脸上还挂着笑，眼神落在第一排的方悍身上，之后低下头沉吟片刻，慢慢道："绍一……所有人都知道最初是我带他出来的。那时候方悍先生跟我通了一个电话，说不用在意他是谁儿子，该敲打就使劲敲打，别顾忌。"

韦华导演轻笑了一声，眼里染上悠远的光，他是一个温润又踏实的人，一生都这么过来的，什么时候讲话都是不紧不慢："其实那时候我压力挺大，您儿子您自己不带，让我来敲打？"

镜头扫到台下的方悍，方悍笑得爽朗，冲着镜头指了指韦华。

韦华道："现在回头想，那都是二十年前的事了，我看着小方一步一步到今天。我以前其实问过绍一，你爸是怎么教导你的？绍一说我爸不教导我，他就给我四个词，让我自己去琢磨。"

"他说：踏实、沉稳、求索、拼命。"韦华说到这儿冲台下竖了个拇指，继续道，"现在回头看，他确实做到了。'电影人'的品质他有，一个'好人'的品质他也有。我不知道方老怎么评判他，但都说他是我半个儿子，至少我是满意的。"

方悍还只是笑着，眼边晕染出一道道半深半浅的扇形纹路，没有说话。

韦华最后说："电影是光鲜的，只有少数人知道这个行业到底有多难做，它有很多不为人知的面。电影做久了，除了这门艺术本身，其他都是麻木机械的。但就是因为还有一些人，他们一直在拼命，在坚守，所以电影行业不管多难，它始终在发展。"

"谢谢这些电影人。"韦华顿了一下，看了眼手里属于方绍一的奖杯，此刻温厚的声音很有力量，"时代翻涌，一代又一代人前赴后继，电影几经寒冬——但电影不死。"

台下掌声经久不息，给他说的那些人，也给韦华。他自己也是坚守了大半生的优秀电影人，他也是一个拔尖儿的领路者，带着国产电影往外走，一生磕磕绊绊，吃力地让世界更多地看到我国电影。

他是必须值得尊重的，那些沉默着一直在用力前行的人，都该被尊重。

韦华口中的优秀电影人穿着西装站在公司某个拍广告的棚里，视频连线发表完感言，西装一脱，一边走一边说话："我出去几天，有事儿打我电话吧。"

吉小涛手里拿着方绍一的便装，跟着他进更衣室："哥，领着我啊！"

方绍一换着衣服，都没回头看吉小涛："我领着你倒是没问题，那你问问你耿哥我度假领着你，你看他让不让。"

"我不问！"吉小涛在他身边打转，"他就知道压榨我！我就是被榨油的那粒花生！葵花籽！大豆！哥！你领着我吧！"

方绍一穿上裤子，说："我把你领走了，你耿哥还得打我电话要人。"

314

"你不接！"吉小涛接过方绍一换下来的西装，等会儿还得妥帖地收好，不敢折不敢压褶，"哥，我也想度假！"

方绍一嫌他烦，扔给他一句："那你去问你野哥吧，看他让不让带你。"

吉小涛脸都苦得皱起来了，小声说："你这一条一条的，给我的都是死路啊……耿哥、野哥，哪个都不是良善的人！"

其实本来原野是最心软的那个，这种事儿通常找他最好办，方绍一还得顾忌着在公司辛苦劳作的耿哥，只有原野不受他控制。可是吉小涛趁原野睡觉直接把车开去签协议，还在原野不知情的情况下开了那么个大阵仗的直播，从那之后原野再也不帮他说话了，情谊被原野单方面切断了。

吉小涛只能缠着方绍一打商量，方绍一确实是最好说话的一个，但是他说了也不算啊。他自己都不干活，还敢把耿靳维信任又好使唤的人带走？

后来方绍一无情无义地走了，没顾忌一点兄弟情分。

老图那个山庄建成了，原野要和方绍一过去住几天，反正现在俩人都没什么事儿，一起去的还有原野的几个朋友，冯雷子算一个。上次剧组的事儿算原野欠他一个人情，但他们俩这关系也没什么人情不人情的，原野这么多年来免费给他把关剧本，情分在这儿呢。

老图在高速路口等他们，他们的车一过来老图便开门往车里一钻。方绍一跟他打了声招呼，他跟原野和好之后和老图也常见，大家都是熟人了。

老图说："轩儿那边也有几个朋友，别介意。我都认识，也都不是张扬的人，没事儿，不会乱说话拍照什么的。"

原野笑了一声，回头看他一眼说："你让你妹传染了啊？不用那么紧张。"

老图笑着骂原野，之后说："你好好开车。小妹确实来之前磨磨唧唧让我注意，说你们俩都是明星，别让你们俩被人拍照什么的，整得我也神经兮兮的。"

方绍一也笑了一下："不至于。"

原野说："别，我不是明星，往多了说我也就算个网络红人。"

原野这种贴着地长大的人，必须活得接地气，让他天天躲躲藏藏注意这注意那，可真是太折磨人了，那不可能。

这山庄挺大的一片，得占了半个山头。老图在后面指路，原野顺着他指的路开，老图说："等会儿他们在那边吃饭，咱一起吃？我可能得过去露个面，都是熟人。"

原野无所谓这个，说："你不用管我们，等会儿我去看一眼，在一块玩别弄得我们好像多高级还得隔离开似的，别扭。"

方绍一毕竟是个公众人物，原野自己不在意这些，但不能不在意方绍一。确实很多人对公众人物总有种探索好奇的念头，见着了张嘴闭嘴问这问那，这很烦，所以原野肯定得先去看看对方都是什么人。尤其方绍一还不是普普通通的小明星，还是很有身份的，原野平时很注意这些。

老图说："嗯，反正都是靠谱的人，相处起来很舒服。"

山庄是老图和他朋友一起弄的，两头各自都有朋友聚，原野不愿意弄成这边一伙那边一伙的，这样老图和他朋友也很别扭。于是原野跟着老图过去打招呼，第一个看见的就是老图的朋友，穿得挺随意的，看着年轻。

原野跟他握了握手，说："原野。"

"林轩。"对方笑着说，"我说我喜欢你的书，你可别当这是客套话。"

原野笑了，说了一声："那我说声谢谢吧。"

寒暄了几句，林轩问："我有几个朋友也在这儿，我带你见见？介意吗？"

原野侧了侧下巴，说："走着。"

林轩带着原野往后面果园走，边走边说："我朋友反正就不着调，干什么的都有，不过还真没有你的同行，搞艺术的有好几个，但都跟文学不搭边。"

"都一样。"原野说。

"也不都是文盲，"林轩笑着说，"里面有个高知分子呢，博士、人民教师。"

原野还没等回话，就看见个人，那人低着头在打电话，听见他们走过来，笑着抬了下胳膊算是打招呼。林轩抬了抬下巴，跟原野说："人民教师。"

人民教师揣起手机朝他们走过来，先伸出了手，笑起来看着很舒服："原野老师？久仰了，我是萧刻。"

原野跟他握手，然后摇头："别，我哪是老师，你别臊我。"

林轩在旁边说："行，你们都是老师，都够给我们上课的了，你们俩谁大啊？萧刻是我们里面最小的。"

萧刻先说了年龄，原野说："那我大。"

萧刻又笑了下："那就是原野哥了。"

萧刻是相处起来很舒服的一个人，原野跟着他们钻进一个草莓棚，里面蹲了好几个人，都在稀里呼噜地吃草莓，林轩说："别吃了，我介绍个朋友啊，原野。"

"这我认识啊!"离他们最近的一个穿软皮夹克的跳起来说,"我的天!你不提前说?我好捯饬一下。"

"你别跳,有你什么事啊?"林轩说他。

林轩跟原野说:"这是曹圆,叫他老曹就行,做手工的。"

他指着剩下的几个人跟原野说:"老朱,方禧,周罪。"然后头往这边凑了凑,说,"他跟萧刻最好。那边是周罪的小弟和朋友,俩小孩儿。"

原野挑起了眉,转头看了一眼萧刻,萧刻听见他们说话了,笑着点头:"周老师是搞刺青的,那光头是我弟小北,他朋友叫林程。"

那边吃草莓的都走过来了,原野分别打了招呼,就周罪离得最远没吃,端了个小盆过来递给萧刻,里面都是通红通红的小草莓,周罪跟原野握了握手,声音听起来很低沉:"周罪。"

"原野。"

萧刻拿起一颗草莓吃了,说:"这儿的草莓确实不错。"

大家都是挺明白的人,没得说。后来方绍一跟他们见了之后也没人表现出什么不一样来,顶多就是打招呼的时候说句我喜欢你的电影。

晚上吃饭的时候都在一起,冯雷子他们也到了,一起坐了十几个人的大桌。很多人上了饭桌就没有熟不熟这一说,各行各业的成功人士凑到一起,哪怕混的都是不同的圈子,但肯定有得聊。一个桌上吃过饭喝过酒就都是朋友了。

原野替方绍一要了一壶茶,那边周罪给萧刻要了一壶豆浆。连那边的林程都能跟着喝啤酒,整张桌上就这么俩娇气的。

萧刻跟旁边人说:"你够了周老师,我能喝酒,不至于啊。"

周罪"嗯"了一声。

方绍一这边和原野说:"我可以喝。"

原野没应他,只说:"你别喝,那破玩意烧心烧肺的,你喝茶。"

一个酒局闹到半夜,中途陆小北领着林程先回去睡了。桌上都是三十好几四十来岁的,他们聊天林程也聊不到一块儿去,林程是个大学还没毕业的小孩儿,就知道傻兮兮地跟着笑。林程喝了几杯啤酒,陆小北就不让再喝了,林程小声叫"哥",与他商量,他装模作样沉了脸,林程就没再坚持,又吃了点东西。

过了一会儿,陆小北斜眼看林程有些犯困,于是站起来举着杯子,说:"你们喝着吧大哥们,我们俩先回去睡了。"

陆小北把那杯酒喝光了，带着林程走了。林程一边走还一边回头看方绍一和原野，他毕竟年轻，看着平时在网上才见着的人多多少少都感觉新鲜。

方绍一没喝酒，跟林程对上视线，林程挺不好意思的，缩了缩脖子。方绍一冲林程温和地笑了一下，林程感觉自己受宠若惊。

"我的天哪！"林程回过头一边走一边嘟嘟，"哥，方绍一刚才冲我笑了，这明星笑起来就是好看啊！"

陆小北挑眉看向林程："那怎么的？我给你送回去？"

林程赶紧摇头："不，你才是我偶像。"

"啊，"陆小北没什么表情，"是吗？"

"是，我可崇拜你了。"林程看着他说。

陆小北扯着林程回了房间，半笑不笑地说："回去再告诉我有多崇拜。"

最小的那俩走了，过了一会儿，老曹看了看方绍一、原野这边，又看看周罪、萧刻那头，啧了一声。

原野没明白，萧刻先笑了，周罪压根不搭理他，连点表情都不给。

方禧说："甭搭理他。"

方绍一笑了笑，侧过头去看，他很乐见于现在原野脸上总挂着放松自在的笑容。

原野跟他交换了个眼神，然后小声问他："累不累？要回去休息吗？"

"别，"方绍一摇头，"聊你的。"

这些人里原野最先加的就是萧刻的联系方式，酒桌上俩人出去外头吹风透气，互相扫了个码加了好友。

原野说："有空出来玩儿。"

萧刻一笑："好说。"

他们俩回去时席也该散了，都闹到半夜了。方绍一很少参加这样的局，他几乎就没什么圈外的朋友，圈里的也就那么几个，所以总是给人清清冷冷的感觉，很有距离感。

原野跟他很不一样，原野的交际圈很广，这样的局也很多。偶尔方绍一跟着原野出来聚聚，感觉也挺新鲜的。

回到房间后，瞧着外头夜灯微亮，半扇窗都照暖了，喧嚣过去有种沉下来的寂静安和。

故事听完就得睡了。

——夜过半了，人生还长。

3

冬天的午后，明明该是舒适的，房间里应该带一点慵懒的午后阳光，斜斜地散漫地照下来。但是没有，外面刚下了雪，看不到一点太阳，从窗户看向外面，除了觉得冷还是冷。

周日的晚上有两节晚自习，杨斯然很早就出了门，反正都是一个人，在家里或者在教室对自己来说都没有区别。杨斯然在校服外面罩了一件羽绒服，看起来有些臃肿，下巴和嘴巴埋在羽绒服的领口，只露出了半张脸，耳朵里戴着耳机，里面是一首一首的英文歌，权当练听力了。

那辆车开过来的时候杨斯然刚好被耳机里的一句歌词吸引了注意，总之半分都没发现危险来袭，被人猛然往后扯了一把才反应过来。

入眼的是烟灰色毛呢质感的风衣，随着呼吸闻到的是一种混合着淡香和烟草的味道，杨斯然的额头撞在对方肩膀上，很狼狈的姿态。

站定之后，杨斯然有些局促地抬起头，也就见到了这人的脸。

很冷的一张脸，微微皱着眉，眼神也不是平和友好的，是疏离又冷漠的神色。杨斯然拘谨又小心地深深冲对方鞠了一躬，小声说："对不起……谢谢叔叔。"

杨斯然连开口的声音都是抖的，男人的视线只在杨斯然脸上停留了一秒，或者一秒都没有，他只是留下了淡淡的一声"嗯"，就迈步上了台阶，没多留下一个眼神。

哪怕已经过了好几个小时，连晚自习都已经上完了，杨斯然还是不能从那个意外中醒来。他坐在钢琴前用力甩了甩头，想要甩掉脑海中不停重放的那个瞬间。后来杨斯然叹了一口气，卸了力气不再绷直，垮了端平的肩膀。

杨斯然从梦中醒来，又做了这个梦，这个回忆片段无数次入了他的梦。

耿靳维叫人找来杨斯然，他微微扬着下巴，没垂眼，只是开口问了一句话："闹够了吗？"

杨斯然看了看他，没接话。

耿靳维说："闹够了就去找齐昭，给他道个歉。"

杨斯然点点头，答道："道歉可以的，但我不要经纪人。"

耿靳维视线垂下来，看了杨斯然两眼，之后说："看来还是没闹够。"

319

杨斯然顿了顿，低声道："我真的不要，我不能要。我想好好工作，想上升，想做好。"

　　"工作上我可以接受一切安排，听公司的话。可我真的不需要经纪人，我希望我所取得的成就都与你有关，而不是别人。"杨斯然说。

　　耿靳维视线在杨斯然脸上转了一圈，之后没再开口，只是让他离开了。

　　杨斯然当然不能有经纪人，他可以很听话，只有在这件事情上有着执拗的坚持。

　　说到底，像杨斯然这样没身份没地位的小明星，身上没一点资源，这样的新人和经纪人之间的关系就是绝对的支配和服从。能够这么完全指挥他的其他人杨斯然不能接受，这是根本不可能的，他在心里只听耿靳维一个人的话。

　　杨斯然的坚持从来没动摇过，哪怕因为换了一个又一个经纪人，现在处于被搁置冷藏的状态，可能以后也一直就这样了，他也认了。本来他也不是非要做这个明星，也不是一定要拍戏，只是想报恩。

　　只是可惜自己不能再被他分配工作了，不能被他带着去见导演或者谁，轻轻往前推自己的肩膀，和别人熟稔地说上一句"这是我新签的小孩儿"。

　　这有点可惜了，但他还是不能因为这些就妥协的。

　　耿靳维让杨斯然想明白了就去找齐昭，杨斯然始终没去过。他已经做好不再拍戏做演员的准备了，闲着的时候就写写歌换点钱，这也挺好的，以前的生活不也就是这样。

　　耿靳维又找到他问："不想再拍戏了，是吧？"

　　"没有，"杨斯然开口回道，"想拍。"

　　"想拍？那你是在跟谁较劲？"耿靳维的话音里总有那么点冷。

　　杨斯然已经习惯了他话音里的冷淡，老老实实回话："我没较劲，我可以很听话。"

　　耿靳维挑眉："你想让我带你，你觉得自己有几斤几两？"

　　杨斯然马上回答："我知道自己无足轻重。"

　　耿靳维说："你看看我带过谁，我这几年就只管着绍一了。你这是要跟他平起平坐，反天了？"

　　杨斯然神色一凛，立刻诚恳道："我没那么想过，我也不敢。"

　　"你是不敢。"耿靳维依然是淡淡的，"你不敢想，别人都敢。你是谁，需要我亲自带你？"

"我谁也不是，"杨斯然说，"我错了。"

杨斯然也的确听话、安分。耿靳维说过这些之后，杨斯然就没再想过回去拍戏的事，他本来也志不在此。在那之后，耿靳维再问杨斯然还想不想拍戏，杨斯然都直接回答："不想了。"

耿靳维的眼神在他身上扫了几圈，也不再多说什么。

弄弄音乐，写写歌，这样的生活挺好。杨斯然不缺钱，写的歌攒在手里有天都卖了也能值几个钱。杨斯然的微博几个月来都没怎么更新过，他已经差不多打算好就这么退圈了，但竟然在某天收到耿靳维的消息。

——下午来公司。

杨斯然感到意外，早早就去了。在公司见着了他后来的助理，也得知公司之前就准备让他去拍一部电影，通知下周去试戏。杨斯然愣愣地看着耿靳维，之后恭恭敬敬点头："好的，耿总。"

耿靳维说："以后就让他跟着你，你就当那是你助理吧。"

杨斯然问："会给您带来麻烦吗？"

耿靳维冷笑一声，垂下眼看了看杨斯然："你操的心倒不少，有空去谢谢原野，你原野哥帮你说话了，你倒知道该跟谁处好关系。"

除了最初经纪人的事，杨斯然没跟公司再有过任何矛盾。杨斯然把自己的助理也当经纪人用，对外接洽都是他做，他们关系一直不错。助理没给杨斯然安排过太过分的事，杨斯然本身也没架子，好说话。

杨斯然外貌长得确实好，自己也很争气，而且从方绍一公司出来的，到哪儿别人都不敢随意踩一脚。他出道拍的几部戏都是跟大导演合作，虽然都是小角色，但这起点很高。杨斯然火得挺快的，两年多的时间就差不多跻身一线了，资源也可以挑着要了。他本身条件好，人又谦逊努力，加上公司有手段有能力，火起来是必然的。

杨斯然的档期排得越来越满，有时候，半年也回不来公司几次。

杨斯然坐在化妆间，任造型师给自己弄着头发，镜子里是一张完美的脸。

助理在杨斯然旁边坐着，抬头看了看杨斯然，问："怎么了？没睡好？"

杨斯然说："嗯，最近有点累。"

助理笑了一声说："忙是好事。"

杨斯然从镜子里对他淡淡地笑了一下："我知道。"

公司最近在捧一个年轻演员，杨斯然在一场秀里见到过，实打实的年轻俊逸。那年轻小孩儿才二十岁出头，见了杨斯然笑着点头打招呼。公司捧他捧得厉害，分给他的都是好资源。

公司里都在说，耿总对那小孩儿格外优待，看来是要换人主捧了。

大秀落幕，杨斯然和助理坐在回国的飞机上，现在才是真正的没有外人了，助理见杨斯然神色不太好，侧了侧身，压低了声音说："别想那么多，这事都是轮着来的，公司主捧你也四年了，挺长。"

杨斯然抿了抿唇，没应声。

"你现在也不是当年了，没了谁你也不是站不住，麻烦肯定有，但不至于被谁憋死。"助理和杨斯然绑着一起两年多，除去工作这一层，也确实关系好，能跟他说点私下里的话，"一个小孩儿而已，犯不上过心，总归是一个公司的，他也害不了你。"

杨斯然还是不说话，侧过头看着小窗。外面云层挺厚的，绵绵密密，很美，就是让人看起来觉得闷，透不过气。

杨斯然落了地没有先回住处，而是直接去了公司。杨斯然敲了耿靳维办公室的门，听见他在里面应了一声。

杨斯然开了门，走进去，又反手轻轻带上门。杨斯然看着耿靳维，叫了一声："耿总。"

"回来了？"耿靳维淡淡地问了一句。

杨斯然准备朝他走过去，但是他的步子陡然停了下来。

——耿靳维桌边站了个小孩儿，杨斯然猝不及防和他对上，那小孩儿抬着头看杨斯然，甚至扬着眉毛，跟杨斯然打了一声招呼。

杨斯然站在原地抿了抿嘴唇，之后也点了点头，跟他问了个好。

出了办公室之后，杨斯然靠在门边的墙上，沉默了半晌，之后轻轻又长长地吐了一口气。

门里耿靳维和那小孩儿说："你也出去。"

杨斯然处在如日中天的年纪，正是好时候。虽然明眼人都知道最近公司资源倾斜方向换了人，连杨斯然的助理都悄悄跟杨斯然说："耿总不会亏待你。你现在在咱们公司也不是小人物了，踏踏实实拍戏挣钱，好过着呢。"

但杨斯然最初跟公司签约也根本不是希望耿靳维能把他捧红，他从未想过这个。

杨斯然从十七岁被耿靳维救了那一下到现在，快十三年了。

之前，杨斯然心里一直记着这事，把自己踩在土里去仰望报答这个人，这是他愿意的，虽然在别人看来可能觉得他有病。

可这也不代表杨斯然就真的没有骨气，真的什么都不顾忌了。

感不感恩了？那必然还是打心底谢谢耿靳维的，而且丝毫没减。

"绍一哥，原野哥，"杨斯然的座位在他们后面一排，看见他俩立即过去打招呼，"你们俩今天打扮得真好帅啊。"

"我们平时不帅了？"原野笑着挑眉，"是你原野哥不英俊了还是你绍一哥的脸垮了？"

"没有没有，"杨斯然赶紧说，"主要是你平时也不怎么穿西装。"

方绍一也跟杨斯然打了招呼，低声说："周导在那边，散了之后你去打个招呼，上回你临时推了他的戏，他没难为你，这事就算过了。你别得罪人，过去好好说说话。"

杨斯然现在跟他们接触得多，也算是挺熟的，方绍一有时候会像这样给杨斯然讲讲。杨斯然总是听得很认真，跟他说什么自己都记得住，也都能照做。

电影节上不缺演员，也不缺小明星。杨斯然也看到了苏忱，都传现在耿总捧苏忱捧得厉害，那小孩儿笑起来的确明亮，讨人喜欢。

苏忱叫住杨斯然，跟他说话，还是亲亲热热地叫他"斯然哥"。

杨斯然也从来都是友善的，但这次苏忱靠过来想离近点的时候杨斯然不动声色地退了步，没给他机会。

苏忱也没在意杨斯然的不配合，笑着说："加个联系方式吧，斯然哥？"

杨斯然拿出手机扫了码，苏忱低着头小声说了一句："蛋糕就这么大，斯然哥能不能分我一口？"

加了好友后，杨斯然揣起手机，淡淡笑了一下说："凭本事拿吧。"

苏忱见了方绍一和原野也一样热情，一副小粉丝的样子。后来原野还跟杨斯然开过玩笑，说："这不是耿哥新捧的那个？"

杨斯然叹了一口气，轻笑一声："年轻活泼，谁不想捧？"

他说完，原野却嗤地笑了一声，在他头顶上按了按，扔了一句："我看不一定吧。"

杨斯然抬头看原野，原野只说："悟吧。"

杨斯然很少主动去联系耿靳维，只有在过节的时候才会给他发简简单单的祝福短信。

耿靳维生日这天，杨斯然发给他一条消息：生日快乐，望平安。

耿靳维回复了杨斯然：谢谢。

杨斯然看着那两个字，手指在屏幕上刮来刮去，却也没再回复什么。

虽说主捧苏忱，但杨斯然在公司的地位没一点变化，好资源依旧大把大把的，超一线奢侈品代言也拿到了。杨斯然后来每次拿到什么珍贵的资源都会给耿靳维发条消息：谢谢您，望平安。

中秋团圆，望平安。

圣诞快乐，望平安。

新年快乐，辞旧迎新，望平安。

新年这条祝福耿靳维回复了杨斯然：新年快乐。

杨斯然是方绍一公司的人，是耿靳维手里的人，多数时候不用太为难也能让自己不至于身陷险境。但总也有些时候，杨斯然也没法让自己妥善地全身而退。

那天情急之下，杨斯然摸过手机竟然直接拨出了那个号码。听筒里的声音沙哑低沉，却不是冷漠的，他问了一句："怎么了？"

"我……"开口才发现自己嗓子已经哑得说不清话，杨斯然瘫在地上说了一句，"给您惹麻烦了……我出了点事。"

"发生什么事了？"对方的声音从来都是那么有力，杨斯然竟然不知什么时候就从眼角流了泪，他抬起无力的手抹下去，听见对方在电话里问，"地址发给我。"

杨斯然再睁开眼睛的时候，就看见了房间里的耿靳维。

杨斯然理智回笼，诚恳道歉："我惹麻烦了，耿总对不起。"

耿靳维站在窗边，朝他看过来，问："你第一天出道？防范意识让狗吃了？"

杨斯然不顶嘴，点头道："是我不当心。"

"你不当心？"耿靳维迈步走过来，几步就近在眼前，声音里那股狠劲儿让人听了心都发颤，"你不当心？你对不起我吗？你对不起谁？"

"你真是长本事了。"耿靳维额头上的青筋都暴起来了，"脑子呢？"

他是真的发了火，他经常和别人发火，但跟杨斯然是第一次。杨斯然这么久以来就没干什么惹他生气的事，很让人省心。这次杨斯然却来了个厉害的，稍有差池结果都是没法想的。

杨斯然不停地道着歉，哑着嗓子说："是我错了。"

"你是错了，"耿靳维长舒一口气，"你差点吓死我。"

杨斯然忘了说话，仰着脸去看他。他脸上还有昨晚磕出的伤，脸色也是惨白一片，看着没一点生气，要多可怜有多可怜，也是吓得够呛。

耿靳维伸手揉了揉杨斯然的头，动作不算温和。

杨斯然大脑倏然间一片空白，什么都想不出了，张着的嘴唇也在发抖，很久很久说不出一个字来。

耿靳维问他："我在你身上费的这些心思，你脑子里有没有一点数？"

"有的，"杨斯然点头又点头，"您对我好。"

4

——哥？

原野试探性地发出一条消息。

但是消息石沉大海，十分钟过去了，也没人理自己。

原野转而发给吉小涛：涛，你哥呢？

吉小涛立刻回：我哥在玩手机呢！

玩手机都不回自己消息，这是真生气了。

原野接着发：哥！

——一哥？

——绍一哥？

方绍一在片场盯着手机挑了挑眉，吉小涛眼尖地发现他嘴角勾起来了。

——我一哥不然就搭理搭理我吧？

原野还在发。

"笑啥呢？我看看？"吉小涛巴巴地凑过来，往方绍一手机上瞄，方绍一直接把手机扣身上躲着他不给看。

"哟，还有小秘密？"吉小涛眯起眼睛，"你可别再瞎整事儿，你要真敢我可不向着你，马上我就报给我野哥。"

方绍一懒得理他，歪着点身子接着看原野消息。

原野这段时间本来也一直在片场跟着的，昨天被人一个电话叫走开导演会去了，又得帮人推剧本。方绍一这边下了戏才听吉小涛说原野走了，刚开始方绍一还以为原野跟他闹着玩儿呢，谁知道还真走了。

因为这事儿方影帝目前打电话也不爱接，发消息也不回。原野远在千里之外连解释带道歉，到现在也没获得原谅。

吉小涛看着方绍一虽然没明显笑出来，可眼角眉梢那点小弧度挺明显的，于是问："你没在搞什么事吧？"

方绍一脸上还带着伤痕妆，嘴巴上也抹了道具血浆和做出来的伤口，不方便说话。他把手机屏幕迅速往吉小涛那边亮了下，然后马上收回。

吉小涛看见聊天框里的另一个头像是原野的就放心了，然而他眼睛太尖了，不光看见头像了，还不当心看见了那边刚发来的一句话。

——我错了我错了，别气了一哥。

吉小涛"扑哧"一声乐出来，跟方绍一说："我野哥让你别气了。"

身边路过的一个道具组小导演没忍住也乐出了声，方绍一往后扫了一眼，小导演也没怕他，笑意没收回去，点头打招呼道："方老师好。"

方绍一被人笑话了也不生气，摆摆手算是招呼过了。

原野还在那头没完没了地发消息，方绍一垂着眼睛看屏幕，睫毛遮着，他这人被原野捧惯了，那点拿乔的劲儿都遮掩不住。

副导演那边大喇叭已经开始喊"就位"了，方绍一在把手机给吉小涛前，回复了一条语音过去："那你就早点回来。"

原野一听这声就知道这是气消得差不多了，马上追着也给回了一条两秒的语音。

——哎，一完事儿马上回！

方绍一听完就把手机交给吉小涛保管，脱了身上裹的大衣去上工去了。

那边的原野放下手机，旁边的一个编剧笑道："可算忙完了？这劲费得。"

原野笑了笑，叹了一口气，说："没招儿，谁让人是影帝呢。"

— 全文完 —

图书在版编目（CIP）数据

月亮山 / 不问三九著. — 武汉 ： 长江出版社，
2023.1
ISBN 978-7-5492-8585-3

Ⅰ. ①月…Ⅱ. ①不…. ①长篇小说—中国—当代
Ⅳ. ① I247.5

中国版本图书馆 CIP 数据核字（2022）第 214292 号

月亮山　不问三九　著
YUELIANGSHAN

出　　版	长江出版社
	（武汉市解放大道 1863 号）
选题策划	阿　朱　靳　丽
市场发行	长江出版社发行部
网　　址	http://www.cjpress.com.cn
责任编辑	陈　辉
封面设计	Laberay
印　　刷	长沙鸿发印务实业有限公司
版　　次	2023 年 1 月第 1 版
印　　次	2023 年 1 月第 1 次印刷
开　　本	710mm×1000mm　1/16
印　　张	21
字　　数	360 千字
书　　号	ISBN 978-7-5492-8585-3
定　　价	49.80 元